百年乡愁

中国乡土小说经典大系 ⑨

张丽军 主编

小二黑结婚
——山药蛋派及荷花淀派乡土小说

山东城市出版传媒集团·济南出版社

图书在版编目（CIP）数据

小二黑结婚：山药蛋派及荷花淀派乡土小说/张丽军主编. -- 济南：济南出版社，2023.6
（百年乡愁：中国乡土小说经典大系）
ISBN 978-7-5488-5723-5

Ⅰ.①小… Ⅱ.①张… Ⅲ.①山药蛋派 – 乡土小说 – 作品集 – 中国②荷花淀派 – 乡土小说 – 作品集 – 中国 Ⅳ.①I246.7

中国国家版本馆 CIP 数据核字（2023）第 107284 号

小二黑结婚——山药蛋派及荷花淀派乡土小说
XIAOERHEI JIEHUN

张丽军/主编

出 版 人	田俊林
责任编辑	刘召燕　胡雨薇
装帧设计	郝雨笙　张　倩
出版发行	济南出版社
地　　址	山东省济南市二环南路 1 号（250002）
编辑热线	0531-86131722
发行热线	0531-86116641　87036959　67817923
印　　刷	济南龙玺印刷有限公司
版　　次	2023 年 6 月第 1 版
印　　次	2023 年 7 月第 1 次印刷
成品尺寸	145 毫米×210 毫米　32 开
印　　张	13.25
字　　数	273 千
定　　价	68.00 元

（济南版图书，如有印装质量问题，请与出版社出版部联系调换。电话：0531-86131736）

编委会

主　编　张丽军

副主编　李君君

编　委（以姓氏笔画为序）

丁　帆　马　兵　王方晨　王光东　王延辉　田振华

付秀莹　丛新强　刘玉栋　刘醒龙　李　勇　李云雷

李君君　李掖平　吴义勤　何　平　张　炜　张丽军

陈文东　陈继会　赵月斌　赵德发　贺仲明　徐　勇

徐则臣　蒋述卓

本书部分文字作品稿酬已向中国文字著作权协会提存，敬请相关著作权人联系领取
电话：010-65978917，传真：010-65978926，E-mail：wenzhuxie@126.com

| 总 序 |

记录百年中国乡愁 传承千年根性文化

面对急剧迅猛的乡土中国城市化、现代化、高科技化浪潮，我们惊讶地发现，曾被认为千年不变、"帝力于我何有哉"的中国乡村根性文化正面临着从根源深处的整体性危机。"谁人故乡不沦陷？"千百年来，孕育和滋养乡土中国文化、文明的乡村及其根性文化正以某种加速度的方式消逝，甚至被连根拔起。这不仅是乡土中国城市化、现代化的问题，而且是一个全球化、人类性的整体危机。早在20世纪60年代，法国社会学家孟德拉斯就提出，在工业文明入口处，数十亿农民向何处去的问题。而在1948年，中国学者费孝通就在《乡土重建》中提出传统的乡土社会所面临的现代性失血危机，进而提出了"乡土重建"的深邃思考。显然，在21世纪的今天，思考乡村、乡土、农业、农民乃至整体性人类向何处去的问题,显得无比重要而迫切。

作为一个从事乡土文学研究二十多年的研究者,我在苦苦思考:中国乡土文学向何处去?乡土中国社会向何处去?乡土中国农民向何处去?新时代乡村如何振兴?……苦苦思考之后,我突然意识到,既然看不清去处,何不回顾自己的来路?未来的道路,并不是冥思苦想来的,而是从过去的来路而来。历史的来路,决定了我们未来的去处,即未来的去处正蕴藏在历史来路之中。这让我重新思考百年中国乡土文学,重新回顾晚清以来中国仁人志士的文化选择和文学审美思考,乃至从更远的历史、文学中寻找智慧和启示。正是在这样一种文化思考中,我与济南出版社不谋而合,立志从众多乡土中国文学中选编一套"中国乡土小说经典大系",来为21世纪的新一代中国青年提供一个关于百年乡土中国心灵史的文学路线图,慰藉那些因完整意义的乡土中国乡村消逝而无从获得纯粹乡土中国体验的21世纪中国读者。此外,从中汲取智慧和灵感推进新时代中国乡村振兴,也是本套丛书的应有之义。简单归纳之,《百年乡愁:中国乡土小说经典大系》(以下简称"大系")具有以下特点:

一是强烈的经典意识。文学、文化的传承与经典的建构是由一个个经典化的环节与步骤完成的。从古代文学的"选本",到20世纪中国新文学大系,在中国文学经典化中,"选本"文化起到了某种极为重要的,乃至核心的作用,为经典化提供了不同时代不断接续的核心动力源。本套"大系"选编了现当代文学史中具有重要影响的作家作品,力图使"大系"具有乡土中国现代化思想史的重要功能，展现中华民族的百年心灵史。

二是浓郁的地方气息。乡土文学是最接地气的文学，是"土气息、泥滋味"的文学，是由不同地域文化包孕、滋养的文学，又是最能显现和表达乡土中国各个地方独特文化的审美形态的文学。本套"大系"就是百年中国各地民俗文化最大、最美、最迷人的表达。齐鲁、燕赵、三秦、三晋、江南、东北、西北、岭南等不同地域的文化，在本套"大系"中得到了较完整的展现。从这个意义上而言，本套"大系"既是一部百年中国民俗文化史，也是一部最精彩的地方文化志。

三是典雅的审美意识。文学是审美的艺术。言之无文，行而不远。文学性、审美性是文学的自然属性。文学应该是美的，是诗，是生命舒展的自由吟唱。正是在这个审美维度上，我们来选编百年乡土中国小说，让读者、研究者在美的文字诗意流动中获得对千年中国乡村根性文化之美的感悟，从而思考人与自然、人与大地、人与世界的精神建构问题。因此，本套"大系"是"乡土中国最后的抒情诗"，是千年乡土中国根性文化的当代吟唱，是具有深厚乡土生命体验的文化乡愁。

乡愁是感伤的，是一种甜蜜优美的感伤。不是每个人都有乡愁的。乡愁是一种深厚的文化情怀，是对大地、故乡、世界的一种深刻的生命眷恋。而《百年乡愁：中国乡土小说经典大系》就是让我们这些具有乡土中国完整经验的最后一代人，以文化传承的方式，把这种纯粹、完整、具有审美意义的文化乡愁，传递给21世纪中国青年，乃至未来的中国青年。我们曾有过这样一种乡土生活，这样一种乡土中国乡村根性文化——这就是我们的文化根基、我们的精神基因，它蕴含未来的路径和种种可能性。

我们常言，越是民族的，就越是世界的。而我想说的是，越是地方的，越是中国的，也越是世界的。中华文化是一个整体，是由一个个具有地方文化特性的地域文化组成的，是千百年来文化交融凝聚而成的。地方性文化的丰富和多样，恰恰是中华文化的活力与魅力所在。《百年乡愁：中国乡土小说经典大系》就具有鲜明的、浓郁的地方性文化特征，不同地域的读者不仅可以从中读到自己家乡的影子，而且可以由一个个乡土文化而建立起丰富、感性、美美与共的中华文化世界。

本套"大系"适合研究乡土文学文化的学者、学生阅读，也适合对中华文化、地域文化感兴趣的读者阅读。事实上，这套"大系"对于世界各国读者而言，是理解和思考千年中国根性文化、百年中国社会变迁的最佳读本，是具有世界性意义、最接中国地气、最具中国民俗文化气息的文学读本。

是为序。

张丽军

2023 年 7 月 1 日凌晨于暨南园

导 读

在中国的现代文学史上，以赵树理为代表的山药蛋派和以孙犁为代表的荷花淀派无疑是中国当代小说流派中两朵并蒂争发的文学奇葩。本卷收录了山药蛋派的主力军赵树理、马烽、西戎、李束为和胡正等五人的经典作品，及荷花淀派孙犁的代表作品。

赵树理出生于1906年，原名赵树礼，是山西省晋城市沁水县尉迟村人，现代小说家、人民艺术家，山药蛋派创始人。他的小说多以华北农村为背景，反映农村社会的变迁和存在其间的矛盾斗争，塑造农村各式人物形象。本卷选取了他的代表作品六篇：《小二黑结婚》《福贵》《传家宝》《登记》《求雨》《锻炼锻炼》。这些作品主要表现了新中国成立前后广大农村的真实面貌，语言亲切幽默。

孙犁，原名孙振海，后更名孙树勋，河北安平人，荷花淀派创始人。1944年，他赴延安，在鲁迅艺术文学院学习和工作，发表了《荷花淀》《芦花荡》等短篇小说。1951年起，出版长篇小说《风云初记》。1956年，发表中篇小说《铁木前传》。本卷收录他的代表作品五篇：《吴召儿》《山地回忆》《小胜儿》《正月》《村歌》。

西戎，原名席诚正，1922年出生于山西省蒲县，著有长篇小说《吕梁英雄传》（合作），短篇小说集《宋老大进城》，散文集《寄语文学青年》，电影文学剧本《叔伯兄弟》《扑不灭的火焰》（合作）、《黄土坡的婆姨们》等。本卷选取了他的代表作品三篇：《赖大嫂》《麦收》《宋老大进城》。

马烽，原名马书铭，1922年出生于山西省孝义市。本卷选取了他的代表作品六篇：《一架弹花机》《三年早知道》《饲养员赵大叔》《孙老大单干》《韩梅梅》。

李束为，原名束学礼，笔名束为，1918年11月出生于山东省东平县朱管村。本卷收录了他的代表作品两篇：《卖鸡》《十年前后》。

胡正，原名胡振邦，1924年出生于山西省灵石县，1943年开始发表作品，1959年加入中国作家协会。本卷收录了他的代表作品《摘南瓜》。

目录

百年乡愁：中国乡土小说经典大系

小二黑结婚 / 赵树理　001

福贵 / 赵树理　019

传家宝 / 赵树理　034

登记 / 赵树理　051

求雨 / 赵树理　084

锻炼锻炼 / 赵树理　090

吴召儿 / 孙犁　116

山地回忆 / 孙犁　128

小胜儿 / 孙犁　137

正月 / 孙犁　148

村歌 / 孙犁　158

赖大嫂 / 西戎　227

麦收 / 西戎　245

宋老大进城 / 西戎　265

一架弹花机 / 马烽　289

三年早知道 / 马烽　309

饲养员赵大叔 / 马烽　331

孙老大单干 / 马烽　348

韩梅梅 / 马烽　365

卖鸡 / 李束为　383

十年前后 / 李束为　391

摘南瓜 / 胡正　401

长篇存目　410

后记　411

小二黑结婚

/// 赵树理

一　神仙的忌讳

刘家峧有两个神仙,邻近各村无人不晓:一个是前庄上的二诸葛,一个是后庄上的三仙姑。二诸葛原来叫刘修德,当年做过生意,抬脚动手都要论一论阴阳八卦,看一看黄道黑道。三仙姑是后庄于福的老婆,每月初一、十五都要顶着红布摇摇摆摆装扮天神。

二诸葛忌讳"不宜栽种",三仙姑忌讳"米烂了"。这里边有两个小故事。有一年春天大旱,直到阴历五月初三才下了四指雨。初四那天大家都抢着种地,二诸葛看了看历书,又掐指算了一下说:"今日不宜栽种。"初五日是端午,他历年就不在端午这天做什么,又不曾种;初六倒是黄道吉日,可惜地干了,虽然勉强把他的四亩谷子种上了,却没有出够一半。后来直到十五才又下雨，别人家都在地里锄苗，二诸葛却领着两个孩子在地里补空子。邻家有个后生，吃饭时候在街上碰上二诸葛便问道："老汉！今天宜种不宜？"二诸葛翻了他一眼，扭转头返回去了，大家就嘻嘻哈哈传为笑谈。

三仙姑有个女孩叫小芹。一天，金旺他爹到三仙姑那里问病，三仙姑坐在香案后唱，金旺他爹跪在香案前听。小芹那年才九岁，晌午做捞饭，把米下进锅里了，听见她娘哼哼得很中听，站在桌前听了一会，把做饭也忘了。一会，金旺他爹出去小便，三仙姑趁空子向小芹说："快去捞饭！米烂了！"这句话却不料就叫金旺他爹听见，回去就传开了。后来有些好玩笑的人，见了三仙姑就故意问别人："米烂了没有？"

二　三仙姑的来历

三仙姑下神，足足有三十年了。那时三仙姑才十五岁，刚刚嫁给于福，是前后庄上第一个俊俏媳妇。于福是个老实后生，不多说一句话，只会在地里死受。于福的娘早死了，只有个爹，父子两个一上了地，家里就只留下新媳妇一个人。村里的年轻人们觉得新媳妇太孤单，就慢慢自动地来跟新媳妇做伴，不几天就集合了一大群，每天嘻嘻哈哈，十分红火。于福他爹看见不像个样子，有一天发了脾气，大骂一顿，虽然把外人挡住了，新媳妇却跟他闹起来。新媳妇哭了一天一夜，头也不梳，脸也不洗，饭也不吃，躺在炕上，谁也叫不起来，父子两个没了办法。邻近有个老婆替她请了一个神婆子，在她家下了一回神，说是三仙姑跟上她了，她也哼哼唧唧自称吾神长吾神短，从此以后每月初一、十五就下起神来，别人也给她烧起香来求财问病，三仙姑的香案便从此设起来了。

青年们到三仙姑那里去，要说是去问神，还不如说是看圣像。三仙姑也暗暗猜透大家的心事，衣服穿得更新鲜，头发梳得更光滑，首饰擦得更明，官粉搽得更匀，不由青年们不跟着她转来转去。

这是三十来年前的事。当时的青年，如今都已留下胡子，家里大半又都是子媳成群，所以除了几个老光棍，差不多都没有那些闲情到三仙姑那里去了。三仙姑却和大家不同，虽然已经四十五岁，却偏爱当个老来俏，小鞋也仍要绣花，裤腿上仍要镶边，顶门上的头发脱光了，用黑手帕盖起来，只可惜官粉涂不平脸上的皱纹，看起来好像驴粪蛋上下上了霜。

老相好都不来了，几个老光棍不能叫三仙姑满意，三仙姑又团结了一伙孩子们，比当年的老相好更多，更俏皮。

三仙姑有什么本领能团结这伙青年呢？这秘密在她女儿小芹身上。

三　小芹

三仙姑前后共生过六个孩子，就有五个没有成人，只落了一个女儿，名叫小芹。小芹当两三岁时候，就非常伶俐乖巧，三仙姑的老相好们，这个抱过来说是"我的"，那个抱起来说是"我的"，后来小芹长到五六岁，知道这不是好话，三仙姑教她说："谁再这么说，你就说'是你的姑姑'。"说了几回，果然没有人再提了。

小芹今年十八了，村里的轻薄人说，比她娘年轻时候好得多。青年小伙子们，有事没事，总想跟小芹说句话。小芹去洗衣服，马上青年们也都去洗；小芹上树采野果，马上青年们也都去采。

吃饭时候，邻居们端上碗爱到三仙姑那里坐一会，前庄上的人来回一里路，也并不觉得远。这已经是三十年来的老规矩，不过小青年们也这样热心，却是近二三年来才有的事。三仙姑起先还以为自己仍有勾引青年的本领，日子长了，青年们并不真正跟她接近，她才慢慢看出门道来，才知道人家来了为的是小芹。

不过小芹却不跟三仙姑一样：表面上虽然也跟大家说说笑笑，实际上却不跟人乱来，近二三年，只是跟小二黑好一点。前年夏天，有一天前晌，于福去地，三仙姑去串门，家里只留下小芹一个人，金旺来了，嬉皮笑脸向小芹说："这会可算是个空子呢？"小芹板起脸来说："金旺哥！咱们以后说话要规矩些！你也是娶媳妇大汉了！"金旺撇撇嘴说："咦！装什么假正经？小二黑一来管保你软了！有便宜大家讨开点，没事；要正经除非自己锅底没有黑！"说着就拉住小芹的胳膊悄悄说："不用装模作样了！"不料小芹大声喊道："金旺！"金旺赶紧放手跑出来，一边还咄念道："等得住你！"说着就悄悄溜走了。

四　金旺弟兄

提起金旺来，刘家峧没有人不恨他，只有他一个本家兄弟名叫兴旺的跟他对劲。

金旺他爹虽是个庄稼人，却是刘家峧一只虎，当过几十年老社首，捆人打人是他的拿手好戏。金旺长到十七八岁，就成了他爹的好帮手，兴旺也学会了帮虎吃食，从此金旺他爹想要捆谁，就不用亲自动手，只要下个命令，自有金旺、兴旺代办。

抗战初年，汉奸敌探溃兵土匪到处横行，那时金旺他爹已经死了，金旺兴旺弟兄两个，给一支溃兵做了内线工作，引路绑票，讲价赎人，又做巫婆又做鬼，两头出面装好人。后来八路军来，打垮溃兵土匪，他两人才又回到刘家峧。

山里人本来就胆子小，经过几个月的大混乱，死了许多人，弄得大家更不敢出头了。别的大村子都成立了村公所、妇救会、武委会，刘家峧却除了县府派来一个村长以外，谁也不愿意当干部。不久，县里派人来刘家峧工作，要选举村干部，金旺跟兴旺两个人看出这又是掌权的机会，大家也巴不得有人愿干，就把兴旺选为武委会主任，把金旺选为村政委员，连金旺老婆也被选为妇救会主席，其他各干部，硬捏了几个老头子出来充数。只有青抗先队长，老头子充不得。兴旺看见小二黑这个小孩子漂亮好玩，随便提了一下名就通过了，他爹二诸葛虽然不愿，可是惹不起金旺，也没有敢说什么。

村长是外来的，对村里情形不十分了解，从此金旺、兴旺比从前更厉害了，只要瞒住村长一个人，村里人不论哪个都得由他两个调遣。这几年来，村里别的干部虽然调换了几个，而他两个却好像铁桶江山。大家对他两个虽是恨之入骨，可是谁也不敢说半句话，都恐怕扳不倒他们，自己吃亏。

五 小二黑

小二黑，是二诸葛的二小子，有一次反"扫荡"打死过两个敌人，曾得到特等射手的奖励。说到他的漂亮，那不只在刘家峧有名，每年正月扮故事，不论去到哪一村，妇女们的眼睛都跟着他转。

小二黑没有上过学，只是跟着他爹识了几个字。当他六岁时候，他爹就教他识字。识字课本既不是五经四书，也不是常识国语，而是从天干、地支、五行、八卦、六十四卦名等学起，进一步便学些《百中经》《玉匣记》《增删卜易》《麻衣神相》《奇门遁甲》《阴阳宅》等书。小二黑从小就聪明，像那些算属相、卜六壬课、念大小流年或"甲子乙丑海中金"等口诀，不几天就都弄熟了，二诸葛也常把他引在人前卖弄。因为他长得伶俐可爱，大人们也都爱跟他玩；这个说："二黑，算一算十岁属什么？"那个说："二黑，给我卜一课！"后来二诸葛因为说"不宜栽种"误了种地，老婆也埋怨，大黑也埋怨，庄上人也都传为笑谈，小二黑也跟着这事受了许多奚落。那时候小二黑十三岁，已经懂得好歹了，可是大人们仍把他当成小孩来玩弄,好跟二诸葛开玩笑的,一到了家,常好对着二诸葛问小二黑道:"二黑!算算今天宜不宜栽种?"和小二黑年纪相仿的孩子们,一跟小二黑生了气,就连声喊道:"不宜栽种不宜栽种……"小二黑因为这事,好几个月见了人躲着走,从此就和他娘商量成一气,再不信他爹的鬼八卦。

小二黑跟小芹相好已经二三年了。那时候他才十六七,原不过在冬天夜长的时候,跟着些闲人到三仙姑那里凑热闹,后来跟小芹混熟了,好像是一天不见面也不能行。后庄上也有人愿意给小二黑跟小芹做媒人,二诸葛不愿意,不愿意的理由有三:第一小二黑是金命,小芹是火命,恐怕火克金;第二小芹生在十月,是个犯月;第三是三仙姑的名声不好。恰巧在这时候彰德府来了一伙难民,其中有个老李带来个八九岁的小姑娘,因为没有吃的,愿意把姑娘送给人家逃个活命。二诸葛说是个便宜,先问了一下生辰八字,掐算了半天说"千里姻缘使线牵",就替小二黑收作童养媳。

虽然二诸葛说是千合适万合适,小二黑却不认账。父子俩吵了几天,二诸葛非养不行,小二黑说:"你愿意养你就养着,反正我不要!"结果虽把小姑娘留下了,却到底没有说清楚算什么关系。

六　斗争会

金旺自从碰了小芹的钉子以后,每日怀恨,总想设法报一报仇。有一次武委会训练村干部，恰巧小二黑发疟疾没有去。训练完毕之后，金旺就向兴旺说："小二黑是装病，其实是被小芹勾引住了，可以斗争他一顿。"兴旺就是武委会主任，从前也碰过小芹一回钉子，自然十分赞成金旺的意见，并且又叫金旺回去和自己的老婆说一下，发动妇救会也斗争小芹一番。金旺老婆现任妇救会主席，因为金旺好到小芹那里去，早就恨得小芹了不得。现在金旺回去跟她说要斗争小芹，这才是巴不得的机会，丢下活计，马上就去布置。第二天，村里开了两个斗争会，一个是武委会斗争小二黑，一个是妇救会斗争小芹。

小二黑自己没有错，当然不承认，嘴硬到底，兴旺就下命令，把他捆起来送交政权机关处理。幸而村长脑筋清楚，劝兴旺说："小二黑发疟疾是真的，不是装病，至于跟别人恋爱，不是犯法的事，不能捆人家。"兴旺说："他已是有了女人的。"村长说："村里谁不知道小二黑不承认他的童养媳。人家不承认是对的：男不过十六女不过十五，不到订婚年龄。十来岁小姑娘，长大也不会来认这笔账。小二黑满有资格跟别人恋爱，谁也不能干涉。"兴旺没话说了，小二黑反要问他："无故捆人犯法不犯？"经村长双方劝解，才算放了完事。

兴旺还没有离村公所，小芹拉着妇救会主席也来找村长，她一进门就说："村长！捉贼要赃，捉奸要双，当了妇救会主席就不说理了？"兴旺见拉着金旺的老婆，生怕说出这事与自己有关，赶紧溜走。后来村长问了问情由，费了好大一会唇舌，才给她们调解开。

七　三仙姑许亲

两个斗争会开过以后，事情包也包不住了，小二黑也知道这事是合理合法的了，索性就跟小芹公开商量起来。

三仙姑却着了急。她跟小芹虽是母女，近几年来却不对劲。三仙姑爱的是青年们，青年们爱的是小芹。小二黑这个孩子，在三仙姑看来好像鲜果，可惜多一个小芹，就没了自己的份儿。她本想早给小芹找个婆家推出门去，可是因为自己声名不正，差不多都不愿意跟她结亲。开罢斗争会以后，风言风语都说小二黑要跟小芹自由结婚，她想要真是那样的话，以后想跟小二黑说句笑话都不能了，那是多么可惜的事，因此托东家求西家要给小芹找婆家。

"插起招军旗，就有吃粮人。"有个吴先生是在阎锡山部下当过旅长的退职军官，家里很富，才死了老婆。他在奶奶庙大会上见过小芹一面，愿意续她，媒人向三仙姑一说，三仙姑当然愿意。不几天过了礼帖，就算定了，三仙姑以为了却一宗心事。

小芹已经和小二黑商量得差不多了，如何肯听她娘的话！过礼那一天，小芹跟她娘闹起来，把吴先生送来的首饰绸缎扔下一地。媒人走后，小芹跟她娘说："我不管！谁收了人家的东西谁跟人家去！"

三仙姑愁住了，睡了半天，晚饭以后，说是神上了身，打了两个呵欠就唱起来。她起先责备于福管不了家,后来说小芹跟吴先生是前世姻缘,还唱些什么"前世姻缘由天定,不顺天意活不成……"。于福跪在地下哀求,神非教他马上打小芹一顿不可。小芹听了这话,知道跟这个装神弄鬼的娘说不出什么道理来,干脆躲了出去,让她娘一个人胡说。

小芹一个人悄悄跑到前庄上去找小二黑,恰在路上碰上小二黑去找她,两个就悄悄拉着手到一个大窑里去商量对付三仙姑的法子。

八　拿双

小芹把她娘怎样主婚怎样装神,唱些什么,从头至尾细细向小二黑说了一遍,小二黑说:"不用理她!我打听过区上的同志,人家说只要男女本人愿意,就能到区上登记,别人谁也做不了主……"说到这里,听见外边有脚步声,小二黑伸出头来一看,黑影里站着四五个人,有一个说:"拿双拿双!"他两人都听出是金旺的声音,小二黑起了火,大叫道:"拿?没有犯了法!"兴旺也来了,下命令道:"捉住捉住!我就看你犯法不犯法,给你操了好几天心了!"小二黑说:"你说去哪里咱就去哪里,到边区政府你也不能把谁怎么样!走!"兴旺说:"走?便宜了你!把他捆起来!"小二黑挣扎了一会,无奈没有他们人多,终于被他们七手八脚打了一顿捆起来了。兴旺说:"里边还有个女的,也捆起来!捉奸要双,这是她自己说的!"说着就把小芹也捆起来了。

前庄上的人都还没有睡,听见有人吵架,有些人就跑出来看,麻秆火把下看见捆着的两个人,大家不问就知道了八九分。二诸葛也出来了,见小二黑被人家捆起来,就跪在兴旺面前哀求道:"兴旺!咱两家没有什么仇!看在我老汉面上,请你们诸位高高手……"兴旺说:"这事情,我们管不了,送给上级再说吧!"小二黑说:"爹!你不用管!送到那里也不犯法!我不怕他!"兴旺说:"好小子!要硬你就硬到底!"又逼住三个民兵说:"带他们走!"一个民兵问:"带到村公所?"兴旺说:"还到村公所干什么?上一回不是村长放了的?送给区武委会主任按军法处理!"说着就把他两个人拥上走了。

九　二诸葛的神课

邻居们见是兴旺弟兄们捆人,也没有人敢给小二黑讲情,直等到他们走后,才把二诸葛招呼回家。

二诸葛连连摇头说:"唉!我知道这几天要出事啦:前天早上我上地去,才上到岭上,碰上个骑驴媳妇,穿了一身孝,我就知道坏了。我今年是罗睺星照运,要谨防戴孝的冲了运气,因此哪里也不敢去,谁知躲也躲不过!昨天晚上二黑他娘梦见庙里唱戏。今天早上一个老鸦落在东房上叫了十几声……唉!反正是时运,躲也躲不过。"他啰里啰唆念了一大堆,邻居们听了有些厌烦,又给他说了一会宽心话,就都散了。

有事人哪里睡得着？人散了之后，二诸葛家里除了童养媳之外，三个人谁也没有睡。二诸葛摸了摸脸，取出三个制钱占了一卦，占出之后吓得他面色如土。他说："了不得呀了不得！丑土的父母动出午火的官鬼，火旺于夏，恐怕有些危险了。唉！人家把他选成青年队长，我就说过不叫他当，小杂种硬要充人物头！人家说要按军法处理，要不当队长哪里犯得了军法？"老婆也拍手跺脚道："小爹呀！谁知道你要闯这么大的事啦！"大黑劝道："不怕！事已经出下了，由他去吧！我想这又不是人命事，也犯不了什么大罪！既然他们送到区上了，我先到区上打听打听。你们都睡吧。"说着点了个灯笼就走了。

二诸葛打发大黑去后，仍然低头细细研究方才占的那一卦。停了一会，远远听着有个女人哭，越哭越近，不大一会就来到窗下，一推门就进来了。二诸葛还没有看清是谁，这女人就一把把他拉住，带哭带闹说："刘修德！还我闺女！你的孩子把我的闺女勾引到哪里了？还我……"二诸葛老婆正气得死去活来，一看见来的是三仙姑，正赶上出气，从炕上跳下来拉住她道："你来了好！省得我去找你！你母女两个好生生把我个孩子勾引坏，你倒有脸来找我！咱两人就也到区上说说理！"两个女人滚成一团，二诸葛一个人拉也拉不开，也再顾不上研究他的卦。三仙姑见二诸葛老婆已经不顾了命，自己先胆怯了几分，不敢恋战，少闹了一会挣脱出来就走了。二诸葛老婆追出门来，被二诸葛拦回去，还骂个不休。

十　恩典恩典

二诸葛一夜没有睡，一遍一遍念："大黑怎么还不回来，大黑怎么还不回来。"第二天天不明就启程往区上走，走到半路，远远看见大黑、三个民兵已都回来了，还来了区上一个助理员、一个交通员。他远远就喊叫道："大黑！怎么样？要紧不要紧？"大黑说："没有事！不怕！"说着就走到跟前，助理员跟三个民兵先走了。大黑告交通员说："这就是我爹！"又向二诸葛说："区上添传你跟于福老婆。你去吧，没有事！二黑跟小芹两个人，一到区上就放开了。区上早就听说兴旺跟金旺两个人不是东西，已经把他两个人押起来了，还派助理员到咱村开大会调查他们横行霸道的证据。我赶到那里人家就问罢了，听说区上还许咱二黑跟小芹结婚。"二诸葛说："不犯罪就好，结婚可不行，命相不对！你没有听说添传我做什么？"大黑说："不知道，大约也没有什么大事。你去吧，我先回去告我娘说。"交通员说："老汉！这就算见了你了！你去吧，我再传那一个去！"说了就跟大黑相跟着走了。

二诸葛到了区上，看见小二黑跟小芹坐在一条板凳上，他就指着小二黑骂道："闯祸东西！放了你你还不快回去？你把老子吓死了！不要脸！"区长道："干什么？区公所是骂人的地方？"二诸葛不说话了。区长问："你就是刘修德？"二诸葛答："是！"问："你给刘二黑收了个童养媳？"答："是！"问："今年几岁了?"答:"属猴的,十二岁了。"区长说:"女不过十五岁不能订婚,把人家退回娘家去,刘二黑已经跟于小芹订婚了!"二诸葛说:"她只有个爹,也不知逃难逃到哪里去了,退也没处退。女不过十五不能订婚,那不过是官家规定,其实乡间七八岁订婚的多着哩。请区长恩典恩典就过去了……"区长说:"凡是不合法的订婚,只要有一方面不愿意都得退!"二诸葛说:"我这是两家情愿!"区长问小二黑道:"刘二黑!你愿意不愿意?"小二黑说:"不愿意!"二诸葛的脾气又上来了,瞪了小二黑一眼道:"由你啦?"区长道:"给他订婚不由他,难道由你啦?老汉!如今是婚姻自主,由不得你了,你家养的那个小姑娘,要真是没有娘家,就算成你的闺女好了。"二诸葛道:"那也可以,不过还得请区长恩典恩典,不能叫他跟于福这闺女订婚!"区长说:"这你就管不着了!"二诸葛发急道:"千万请区长恩典恩典,命相不对,这是一辈子的事!"又向小二黑道:"二黑!你不要糊涂了!这是你一辈子的事!"区长道:"老汉!你不要糊涂了,强逼着你十九岁的孩子娶上个十二岁的小姑娘,恐怕要生一辈子气,我不过是劝一劝你,其实只要人家两个人愿意,你愿意不愿意都不相干。回去吧!童养媳没处退就算成你的闺女!"二诸葛还要请区长"恩典恩典",一个交通员把他推出来了。

十一 看看仙姑

三仙姑去寻二诸葛,一来为的是逞逞闹气的本领,二来为的是遮遮外人的耳目，其实小芹吃一吃亏她很高兴，所以跟二诸葛老婆闹了一阵之后，回去就睡了。第二天早上，她起得很迟，于福虽比她着急，可是自己既没有主意，又不敢叫醒她，只好自己先去做饭，饭快成的时候，三仙姑慢慢起来梳妆，于福问她道："不去打听打听小芹？"她说："打听她做甚啦？她的本领多大啦？"于福也再没有敢说什么，把饭菜做成了放在炉边等，直等到她梳妆罢了才开饭。

饭还没有吃罢，区上的交通员来传她。她好像很得意，嗓子拉得长长地说："闺女大了咱管不了，就去请区长替咱管教管教！"她吃完了饭，换上新衣服、新手帕、绣花鞋、镶边裤，又擦了一次粉，加了几件首饰，然后叫于福给她备上驴，她骑上，于福给她赶上，往区上去。

到了区上，交通员把她引到区长房子里，她趴下就磕头，连声叫道："区长老爷，你可要给我做主！"区长正伏在桌上写字，见她低着头跪在地下，头上戴了满头银首饰，还以为是前两天跟婆婆生了气的那个年轻媳妇，便说道："你婆婆不是有保人吗？为什么不找保人？"三仙姑莫名其妙，抬头看了看区长的脸。区长见是个擦着粉的老太婆，才知道是认错人了。交通员道："认错人了！这就是于小芹的娘！"区长又打量了她一眼道："你就是小芹的娘呀？起来！不要装神弄鬼！我什么都清楚！起来！"三仙姑站起来了。区长问："你今年多大岁数？"三仙姑说："四十五。"区长说："你自己看看你打扮得像个人不像？"门边站着老乡一个十来岁的小闺女嘻嘻嘻笑了。交通员说:"到外边耍!"小闺女跑了。区长问:"你会下神是不是?"三仙姑不敢答话。区长问:"你给你闺女找了个婆家?"三仙姑答:"找下了!"问:"使了多少钱?"答:"三千五!"问:"还有些什么?"答:"有些首饰布匹!"问:"跟你闺女商量过没有?"答:"没有!"问:"你闺女愿意不愿意?"答:"不知道!"区长道:"我给你叫出来,你亲自问问她!"又向交通员道:"去叫于小芹!"

刚才跑出去那个小闺女,跑到外边一宣传,说有个打官司的老婆,四十五了,擦着粉,穿着花鞋。邻近的女人们都跑来看,挤了半院,唧唧哝哝说:"看看!四十五了!""看那裤腿!""看那鞋!"三仙姑半辈没有脸红过,偏这会撑不住气了,一道道热汗在脸上流。交通员领着小芹来了,故意说:"看什么?人家也是个人吧,没有见过?闪开路!"一伙女人们哈哈大笑。

把小芹叫来,区长说:"你问问你闺女愿意不愿意!"三仙姑只听见院里人说"四十五""穿花鞋",羞得只顾擦汗,再也开不得口。院里的人们忽然又转了话头,都说"那是人家的闺女""闺女不如娘会打扮",也有人说"听说还会下神",偏又有个知道底细的断断续续讲"米烂了"的故事,这时三仙姑恨不得一头碰死。

区长说:"你不问我替你问!于小芹,你娘给你找的婆家你愿意跟人家结婚不愿意?"小芹说:"不愿意!我知道人家是谁?"区长向三仙姑道:"你听见了吧?"又给她讲了一会婚姻自主的法令，说小芹跟小二黑订婚完全合法，还吩咐她把吴家送来的钱和东西原封退了，让小芹跟小二黑结婚。她羞愧之下，一一答应了下来。

十二　怎么到底

三个民兵回到刘家峧，一说区上把兴旺、金旺二人押起来，又派助理员来调查他们的罪恶，真是人人拍手称快。午饭后，庙里开一个群众大会，村长报告了开会宗旨，就请大家举他两个人的作恶事实。起先大家还怕扳不倒人家，人家再返回来报仇，老大一会没有人说话，有几个胆子太小的人，还悄悄劝大家说："忍事者安然。"有个被他两人作践垮了的年轻人说："我从前没有忍过？越忍越不得安然！你们不说我说！"他先从金旺领着土匪到他家绑票说起，一连说了四五款，才说道："我歇歇再说，先让别人也说几款！"他一说开了头，许多受过害的人也都抢着说起来：有给他们花过钱的，有被他们逼着上过吊的，也有产业被他们霸了的，老婆被他们奸淫过的。他两人还派上民兵给他们自己割柴，拨上民夫给他们自己锄地；浮收粮，私派款，强迫民兵捆人……你一宗他一宗，从晌午说到太阳落，一共说了五六十款。

区上根据这些罪状把他两人送到县里，县里把罪状一一证实之后，除叫他们赔偿大家损失外，又判了十五年徒刑。

经过这次大会之后，村里人也都敢出头了。不久，村干部又都经过大改选，村里人再也不敢乱投坏人的票了。这期间，金旺老婆自然也落了选。偏她还变了口吻,说:"以后我也要进步了。"

两个神仙也有了变化:

三仙姑那天在区上被一伙妇女围住看了半天,实在觉着不好意思,回去对着镜子研究了一下,真有点打扮得不像话;又想到自己的女儿快要跟人结婚,自己还卖什么老俏?这才下了决心,把自己的打扮从顶到底换了一遍,弄得像个当长辈人的样子,把三十年来装神弄鬼的那张香案也悄悄拆去。

二诸葛那天从区上回去,又向老婆提起二黑跟小芹的命相不对,他老婆道:"把你的鬼八卦收起吧!你不是说二黑这回了不得吗?你一辈子放个屁也要卜一课,究竟抵了些什么事?我看小芹蛮不错,能跟咱二黑过就很好!什么命相对不对?你就不记得'不宜栽种'?"二诸葛见老婆都不信自己的阴阳,也就不好意思再到别人跟前卖弄他那一套了。

小芹和小二黑各回各家,见老人们的脾气都有些改变,托邻居们趁势说和说和,两位神仙也就顺水推舟同意他们结婚,后来两家都准备了一下,就过门。过门之后,小两口都十分得意,邻居们都说是村里第一对好夫妻。

夫妻们在自己卧房里有时候免不了说玩话:小二黑好学三仙姑下神时候唱"前世姻缘由天定",小芹好学二诸葛说"区长恩典,命相不对"。淘气的小孩子们去听窗,学会了这两句话,就给两位神仙加了新外号:三仙姑叫"前世姻缘",二诸葛叫"命相不对"。

福贵

/// 赵树理

福贵这个人,在村里比狗屎还臭。村里人说他第一个大毛病是手不稳:比方他走到谁院里,院里的人总要眼巴巴看着他走出大门才放心;他打谁地里走过,地里的人就得注意一下地头堰边放的烟袋衣服;谁家丢了东西,总要到他家里闲转一趟;谁家丢了牲口,总要先看看他在家不在……不过有些事大家又觉着非福贵不行:谁家死了人,要叫他去穿衣裳;死了小孩,也得叫他给送送;遇上埋殡死人、抬棺打墓,也都离不了他。

说到庄稼活,福贵也是各路精通,一个人能抵一个半,只是没人能用得住他——身上有两毛钱就要去赌博,有时候谁家的地堰塌了大壑,任凭出双工钱,也要请他去领几天工——经他补过的壑,很不容易再塌了。可是就在用他的时候,也常常留心怕他顺便偷了什么家具。

后来因为他当了吹鼓手,他的老家长王老万要活埋他,他就偷跑了,直到去年敌人投降以后,八路军开到他村一个多月他才回来。

我们的区干部初到他村里,见他很穷,想叫他找一找穷根子,可是一打听村里人,都一致说他是个招惹不得的坏家伙,直到好多的受苦受难的正派人翻身以后,区干部才慢慢打听出他的详细来历。

一

福贵长到十二岁,他爹就死了,他娘是个把家成人的人,纺花织布来养活福贵。福贵是好孩子,精干、漂亮,十二三岁就学得锄苗,十六七岁做手头活就能抵住一个大人,只是担挑上还差一点。就在这时候,他娘又给他订了个九岁的媳妇。这闺女叫银花,娘家也很穷,爹娘早就死了,哥嫂养活不了她,一订好便送过来做童养媳。不过银花进门以后却没有受折磨——福贵娘是个明白人,又没有生过闺女,因此把媳妇当闺女看待。

村里有自乐班,福贵也学会了唱戏——从小当小军,长大了唱正生,唱得很好。银花来了第二年,正月十五去看戏,看到福贵出来,别的孩子们就围住她说:"银花!看!你女婿出来了!"说得她怪不好意思,后来惯了,也就不说那个了。

银花头几年看戏,只是小孩子看热闹;后来大了几岁,慢慢看出点意思来——倒不是懂得戏,是看见自己的男人打扮起来比谁都漂亮——每逢庙里唱自己村里的自乐班,不论怎样忙,总想去看看,嫌怕娘说,只看到福贵下了台就回来了。有一次福贵一直唱到末一场,她回来误了做饭,娘骂了一顿,她背地里只是笑。别人不留意,福贵在台上却看出她的心事来,因此误了饭也不怪她,只悄悄地笑着跟她说一句:"不能早些回来?"

二

福贵长到二十三,他娘得了病,吃上东西光吐。她自己也知道好不了,东屋婶也说该早点准备,福贵也请万应堂药店的医生给看了几次,吃了几服药也不见效。

一天,福贵娘跟东屋婶说:"我看我这病也算现成了。人常说'吃秋不吃夏,吃夏不吃秋',如今是七月天,秋快吃得了,恐怕今年冬天就过不去。"东屋婶截住她的话道:"嫂!不要胡思乱想吧!哪个人吃了五谷能不生灾?"福贵娘说:"我自己的病自己明白。死我倒不怕!活了五六十岁了还死不得啦?我就只有一件心事不了:给福贵童养了个媳妇在半坡上滚,不成一家人。这闺女也十五了,我想趁我还睁着眼给她上上头,不论好坏也就算把我这点心尽到了。只是咱这小家人,少人没手的,麻烦你到那时候给我招呼招呼!"东屋婶满口称赞,又问了日期,答应给她尽量帮办。

七月二十六是福贵与银花结婚的日子,银花娘家哥哥也来送女。银花借东屋婶家里梳妆上轿,抬在村里转了一圈,又抬回本院,下了轿往西屋去,堂屋里坐着送女客,请老家长王老万来陪。福贵娘嫌豆腐粉条不好,特别杀了一只鸡,做了个火锅四碗。

不论好坏吧,事情总算办过了。福贵和银花是从小就混熟了的,两个人很合得来,福贵娘觉着蛮高兴。

不过仍不出福贵娘所料,收过了秋,天气一凉病就重起来——九月里穿起棉袄,还是顶不住寒气,肚子里一吃东西就痛,一痛就吐,眼窝也成黑的了,颧骨也露出来了。

东屋婶跟福贵说:"看你娘那病恐怕不中了,你也该准备一下了。"福贵也早看出来,就去寻王老万。

王老万说:"什么都现成。"王老万的"万应堂"是药铺带杂货,还存着几口听缺的杨木棺材。可是不论你用什么,等到积成一个数目,就得给他写文书。王老万常教训他自己的孩子说:"光生意一年能见几个钱?全要靠放债,钱赚钱比人赚钱快得多。"

将就收罢秋,穰草还没有铡,福贵娘就死了。银花是小孩子,没有经过事,光会哭。福贵也才二十三岁,比银花稍强一点,可是只顾央人抬棺木,请阴阳,顾不得照顾家里。幸亏有个东屋婶,帮着银花缝缝孝帽,挂挂白鞋,坐坐锅,赶赶面,才算把一场丧事忙乱过去。

连娶媳妇带出丧,布匹杂货钱短下王老万十几块,连棺木一共算了三十块钱,给王老万写了一张文书。

三

小家人一共四亩地，没有别的指望，怕还不了老万的钱，来年就给老万住了半个长工。银花从两条小胳膊探不着纺花车时候就学纺花，如今虽然不过十六岁，却已学成了纺织好手。小两口子每天早上起来，谁也不用催谁，就各干各的去了。

老万一共雇了四个种地伙计，老领工伙计说还数福贵，什么活一说就通。老领工前十来年是好把式，如今老了，做起吃力活来抵不住福贵，不过人家可真是通家，福贵跟人家学了好多本领。

不幸因为上一年福贵办了婚丧大事，把家里的粮食用完了，这一年一上工就借粮，一直借到割麦。十月下工的时候，老万按春天的粮价一算，工钱就完了，净欠那三十块钱的利钱十块零八毛。三十块钱的文书倒成四十块，老万念其一来是本家，二来是东家伙计，让了八毛利。

福贵从此好像两腿插进沙窝里，越坋弹越深，第四年便滚到九十多块钱了。十月里算账，连工钱带自己四亩地余下的粮食一同抵给老万还不够。

这年正月初十，银花生了头一个孩子。银花娘家只有个嫂，正月天要在家招呼客人，不能来，福贵只好在家给她熬米汤。

粮食已经给老万顶了利，过了年就没吃的。银花才生了孩子，一顿米汤只用一把米，福贵自己不能跟她吃一锅饭，又不敢把熬米汤的升把米做稠饭吃，只好把银花米汤锅里剩下的米渣子喝两口算一顿。银花见他两天没吃饭，只喝一点米渣子，心疼得很，拉住他的胳膊直哭。

四

十四那一天，自乐班要在庙里唱戏，打发人来叫福贵。福贵这时候正饿得心慌，只好推辞道："小孩子才三四天，家里离不了人照应。"

白天对付过去了，晚上非他不行，打发人叫了几次没有叫来，叫别人顶他的角，台底下不要。

有些人说："本村唱个戏他就拿这么大的架子！抬也得把他抬来！"

东屋婶在厢房楼上听见这话，连忙喊道："你们都不知道！不是人家孩子的架子大！人家家里没吃的。三四天没有吃饭，只喝人家媳妇点米渣渣，哪能给咱们唱？"东屋婶这么一喊叫，台上台下都乱说："他早不说？正月天谁还不能给他拿个馍？"东屋婶说："这孩子脸皮薄，该不是不想说那丢人话啦？我给人家送个馍人家还嫌不好意思啦！"老万在社房里说："再去叫吧！跟他说明，来了叫他到饭棚底吃几个油糕，社里出钱！"

问题算是解决了，社里也出几个钱，唱戏的朋友们也给他送几个馍，才供着他唱了这三天戏。

社里还有个规矩：每正月唱过戏，还给唱戏的人一些小费，不过也不多，一个人不过分上一两毛钱，福贵是个大把式，分给他三毛。

那时候还是旧社会，正月天村里断不了赌博。十七这一天前响，他才从庙里分了三毛钱出来，一伙爱赌博的青年孩子们把他拦住，要跟他耍耍钱。他心里不静，急着要回去招呼银花，这些年轻人偏偏要留住他，有的说他撇不下老婆，有的说他舍不得三毛钱——话都说得不好听："三毛钱是你命？""不能给人家老婆攒体己？"说得他也不好意思走开，就跟大家跌起钱来。他是个巧人，忖得住手劲，当小孩子时候，到正月天也常跟别的孩子们耍，这几年日子过得不称心才不耍了。他跟这些年轻人跌了一会，就把他们赢干了，数了数赢够一块多钱。

五

回到家，银花说："老领工刚才来找你上工。他说正月十五也过了，今年春浅，掌柜说叫早些上工啦！"福贵说："住不住吧不是白受啦！咱给人家住半个，一月赚人家一块半；咱欠人家九十块，人家一月赚咱三块六，除给人家受了苦，见一月还得贴两块多。几时能贴到头？"银花说："不住不是贴得越多吗？"福贵说："省下些工，担担挑挑还能寻个活钱。"银花说："寻来活钱不还是给人家寻吗？这日子真不能过了呀？"福贵说："早就不能过了，你才知道？"

他想住也是不能过，不住也是不能过，一样不能过，为什么一个活人叫他拴住？"且不给他住，先去籴二斗米再说！"主意一定，向银花说明，背了个口袋便往集上去。

打村头起一个光棍家门口过，听见有人跌钱，拐进去一看，还是昨天那些青年。有一人跑来拦住他道："你这人赌博真不老实！昨天为什么赢了就走，真不算人！"福贵说："你输干了，叫我跟你赌嘴？"说着就回头要走，这青年死不放，一手拉着他，一手拍着自己口袋里的铜圆道："骗不了你！只要你有本事，还是你赢的！"

福贵走不了，就又跟他们跌了一会，也没有什么大输赢。这时候，外边来了个大光棍。挤到场上下了一块现洋的注，小青年谁也不敢叫他这一注，慢慢都抽了腿，只剩下四五个人。福贵正预备抽身走，刚才拉他那个青年又在他背后道："福贵！你只能捉弄我，碰上一个大把式就把你的戏煞了！"福贵最怕人说他做什么不如人，怄着气跌了一把，恰恰跌红了，杀过一块现洋来。那人又从大兜肚里掏出两块来下在注上叫他复。他又不好意思说注太大，硬着头皮复了一把，又杀了。那人起了火，又下了五块，他战战兢兢又跌了一把，跌了两个红一个皮，码钱转到别人手里。这时候，老领工又寻他上工，他说："迟迟再说吧！我还不定住不住啦！"那个青年站在福贵背后向老领工道："你不看这是什么时候？赢一把抵住受几个月，输一把抵住歇几个月，哪里还能看起那一月一块半工钱来？"老领工没有说什么走了。

隔了不大一会，一个小孩从门外跑进来叫道："快！老村长来抓赌来了！"一句话说得全场的人，不论赌的看的，五零四散跑了个光，赶老万走到院里，一个人也不见了。

晚上，福贵买米回来，老万打发领工叫他到家，好好教训了他一番，仍叫他给自己住。他说："住也可以，只要能借一年粮。"老万合算了一下："四亩地打下的粮不够给自己上利，再借下粮指什么还？不合算，不如另雇个人。"这样一算，便说："那就算了，不过去年的利还短七块，要不住就得拿出来！"福贵说："四亩地干脆缴你吧！我种反正也打得不够给你！"

就这么简单。迟了一两天，老万便叫伙计往这地里担粪。

福贵这几年才把地堰叠得齐齐整整的，如今给人家种上了，不看见不生气，再也不愿到地里去。可是地很近，一出门总要看见，因此常钻在赌场不出来，赌不赌总要去散散心。这样一来二去，赌场也离不了福贵，手不够就要来叫他配一配。

六

福贵从此以后，在外多在家少，起先还只在村子里混，后来别的光棍也常叫上他到外村去，有时候走得远了，三月两月不回来。东屋婶跟银花说："他再回来劝一劝他吧！人漂流的时候长了，就不能受苦了！"银花有一回真来劝他，他说："受不受都一样，反正是个光！"

他有了钱也常买些好东西给银花跟孩子吃，输了钱任凭饿几天也不回来剥削银花。他常说他干的不是正事，不愿叫老婆孩子跟他受累。银花也知道他心上不痛快，见他回来常是顺着他；也知道靠他养活靠不住,只能靠自己的两只手养活自己和小孩。自己纺织没钱买棉花,只好给别人做,赚个手工钱。

有一年冬天,银花快要生第二个小孩,给人家纺织赚了一匹布。自己舍不得用,省下叫换米熬米汤,恰巧这时候福贵回来。他在外边输了钱,把棉衣也输了,十冬腊月穿件破衣衫,银花实在过意不去,把布给他穿了。

腊月二十,银花又生了个孩子,还跟第一次一样,家里没有一颗粮,自己没米熬米汤,大孩子四岁了,一直叫肚饿,福贵也饿得肚里呱呱叫。银花说:"你拿上个升,到前院堂屋支他一升米,就说我迟两天给他纺花!"福贵去了,因为这几年混得招牌不正,人家怕他是捣鬼,推说没有碾出来。听着西屋的媳妇哭,她婆婆揭起帘低低叫道:"福贵!来!"福贵走到跟前,那老婆婆说:"有点小事叫你办办吧,可不知道你愿意不愿意?"福贵问她是什么事,她才说是她的小孙女死了,叫福贵去送送。福贵可还没有干过这一手,猛一听了觉着这老婆太欺负人:"这些事怎么也敢叫我干?"他想这么顶回去,可是又没说出口。那老婆见他迟疑就又追道:"去不去?去吧!这怕甚啦?不比你去借米强?"他又想想倒也对:自己混得连一升米也不值了,还说什么面子?他没有答话,走进西屋里,一会就挟了个破席片卷子出去了。他找着背道走,生怕碰上人。在村里没有碰着谁,走出村来,偷偷往回看了一下,村边有几个人一边望着他一边叽叽呱呱谈论着。他没有看清楚是谁,也没有听清楚是说什么,只听着福贵长福贵短。

这时候,他躲也没处躲,席卷也没处藏,半路又不能扔了,只有快快跑。

这次赚了二升米,可是自这次也做成了门市,谁家死了孩子也去叫他,青年们互相骂着玩,也好说:"你不行了,叫福贵挟出去吧!"

来年正月里唱戏,人家也不要他了,都嫌跟他在一块丢人,另换了个新把式。

七

人混得没了脸,遇事也就不很讲究了:秋头夏季饿得没了法,偷谁个南瓜找谁个萝卜,有人碰上了,骂几句板着脸受,打几下抱着头挨,不管脸不脸,能吃上就算。

有一年秋后,老万的亲家来了,说福贵偷了他村里人的胡萝卜,罚了二十块钱,扣在他村村公所。消息传到银花耳朵里,银花去求老万说情。其实老万的亲家就是来打听福贵家里还有产业没有,有就叫老万给他答应住这笔账,没有就准备把他送到县里去。老万觉着他的四亩地虽交给了自己,究竟还没有倒成死契,况且还有两座房,二十块钱还不成问题,这闲事还可以管管,便对银花说:"你回去吧!家倒累家,户倒累户,逢上这些子弟,有什么办法?"钱也答应住了,人也放回来了,四亩地和三间堂房,死契写给了老万。

写过了契,老万和本家一商量,要教训这个败家子。晚上王家户下来了二十多个人，把福贵绑在门外的槐树上，老万发命令："打！"水蘸麻绳打了福贵满身红龙。福贵像杀猪一样干叫喊，银花跪在老万面前死祷告。

福贵挨了这顿打，养了一月伤，把银花半年来省下的二斗多米也吃完了。

八

伤养好了，银花说："以后不要到外面跑吧！你看怕不怕？"他说："不跑吃什么！"银花也想不出办法，没说的，只能流两眼泪。

这年冬天，他又出去了。这次不论比哪一次也强，不上一个月工夫，回来衣裳也换了，又给银花送回五块钱来。银花问他怎样弄来的，他说："这你不用问！"银花也就不问了，把这几块钱，买了些米，又给孩子换换季。

村里的人见福贵的孩子换了新衣裳，见银花一向不到别人家里支米，断定福贵一定是做了大案。丢了银钱的，失了牲口的，都猜疑是他。

来年正月，城里一位大士绅出殡，给王老万发了一张讣闻。老万去城里吊丧，听吹鼓手们唱侍宴戏，声音好像福贵。酒席快完，两个吹鼓手来谢宾，老万看见有一个是福贵，福贵也看见席上有老万，赶紧把脸扭过一边。

丧事完了，老万和福贵各自回家。福贵除分了几块钱，并不觉得自己做了什么坏事，老万觉着这福贵却非除去不可。

这天晚上，老万召集起王家户下有点面子的人来道："福贵这东西真是活够了！竟敢在城里当起吹鼓手来！叫人家知道了，咱王家户下的人哪还有脸见人呀？一坟一祖的，这堆狗屎涂到咱姓王的头上，谁也洗不清！你们大家想想这这这叫怎么办啦？"这地方人，最讲究门第清，叫吹鼓手是"王八""龟孙子"，因此一听这句话，都起了火，有的喊"打死"，有的喊"活埋"。

人多了做事不密，东屋婶不知道怎么打听着了，悄悄告诉了银花，银花跟福贵一说，福贵连夜偷跑了。

自那次走后，七八年没音信，银花只守着两个孩子过。大孩子十五了，给邻家放牛，别的孩子们常骂他是小王八羔子。

福贵走后不到一年，日本人就把这地方占了。有人劝银花说："不如再找个主吧！盼福贵还有什么盼头？"银花不肯。有人说："世界上再没有人了，你一定要守个王八贼汉赌博光棍啦？"银花说："是你们不摸内情，俺那个汉不是坏人！"

区干部打听清楚福贵的来历，便同村农会主席和他去谈话。农会主席说："老万的账已经算过了，凡是霸占人家的东西都给人家退了，可是你也是个受剥削的，没有翻了身。我们村干部昨天跟区上的同志商量了一下，打算把咱村里庙产给你拨几亩叫你种，你看好不好？"福贵跳起来道："那些都是小事！我不要求别的，要求跟我老万家长对着大众表诉表诉，出出这一肚子王八气！"区干部和农会主席都答应了。

晚上，借冬学的时间，农会主席报告了开会的意义，有些古脑筋的人们很不高兴，不愿意跟王八在一个会上开会。福贵不管这些人愿意不愿意，就发起言来：

"众位老爷们：我回来半个月了，很想找个人谈谈话，可是大家都怕沾上我这王八气——只要我跟哪里一站，别的人就都躲开了。对不住！今天晚上我要跟我老万家长领领教，请大家从旁听一听。不用怕！解放区早就没有王八制度了，咱这里虽是新解放区，将来也一样。老万爷！我仍要叫你'爷'！逢着这种王八子弟你就得受点累！咱爷们这账很清楚：我欠你的是三十块钱，两石多谷；我给你的，是三间房、四亩地，还给你住过五年长工。不过你不要怕！我不是跟你算这个！我是想叫你说说我究竟是好人呀是坏人？"

老万闷了一会，看看大家，又看看福贵道："这都是气话，你跟我有什么过不去可以直说！我从前剥削过人家的都包赔过了，只剩你这一户了，还不能清理清理？你不要看我没地了，大家还给我留着大铺子啦！"

福贵道："老家长！我不是说气话！我不要你包赔我什么，只要你说，我是什么人！你不说我自己说：我从小不能算坏孩子！一直长到二十八岁，没有干过一点胡事！"许多老人都说："对！实话！"福贵接着说："后来坏了！赌博、偷人、当王八……什么丢人事我都干！我知道我的错，这不是什么光荣事！我已经在别处反省过了。可是照你当日说的那种好人我实在不能当！照你给我做的计划，每年给你住上半个长工，再种上我的四亩地，到年头算账，把我的工钱和地里打的粮食都给你顶了利，叫我的老婆孩子饿肚。一年又一年，到死为止。你想想我为什么要当这样好人啦？我赌博因为饿肚，我做贼也是因为饿肚，我当王八还是因为饿肚！我饿肚是为什么啦？因为我娘使了你一口棺材，十来块钱杂货，怕还不了你，给你住了五年长工，没有抵得了这笔账，结果把四亩地缴给你，我才饿起肚来！我从二十九岁坏起，坏了六年，挨的打、受的气、流的泪、饿的肚，谁数得清呀？直到今年，大家还说我是坏人，躲着我走，叫我的孩子是'王八羔子'，这都是你老人家的恩典呀！幸而没有叫你把我活埋了，我跑到辽县去讨饭，在那里仍是赌博、偷人，只是因为日本人打进来了，大家顾不上取乐，才算没有再当王八！后来那地方成了八路军的抗日根据地，抗日政府在那里改造流氓、懒汉、小偷，把我组织到难民组里到山里去开地。从这时起，我又有地种了、有房住了、有饭吃了，只是不敢回来看我那受苦受难的孩子老婆！这七八年来，虽然也没有攒下什么家当，也买了一头牛，攒下一窑谷，一大窑子山药蛋。我这次回来，原是来搬我的孩子老婆，本没有心事来和你算账，可是回来以后，看见大家也不知道怕我偷他们，也不知道是怕沾上我这个王八气，总是不敢跟我说句话。我想就这样不明不白走了，我这个坏蛋名字，还不知道要传流到几时，因此我想请你老人家向大家解释解释，看我究竟算一种什么人！看这个坏蛋责任应该谁负？"

传家宝

/// 赵树理

一

有个区干部叫李成，全家一共三口人——一个娘，一个老婆，一个他自己。他到区上做工作去，家里只剩下婆媳两个，可是就只两个人，也有些合不来。

在乡下，到了阴历正月初二，照例是女人走娘家的时候，在本年[①]这一天早饭时，李成娘又和媳妇吵起来。

李成娘叫着媳妇的名字说："金桂！准备准备走吧！早点去早点回来！"她这么说了，觉得一定能叫媳妇以为自己很开明，会替媳妇打算。其实她这次的开明，还是替她自己打算：她有个女儿叫小娥，嫁到离村五里的王家寨，因为女婿也是区干部，成天不在家，一冬天也没顾上到娘家来。她想小娥在这一天一定要

---

① 本年：指一九四九年。

来，来了母女们还能不谈谈心病话？她的心病话，除了评论媳妇的短处好像再没有什么别的，因此便想把媳妇早早催走，免得一会小娥回来了说话不方便。

金桂是个女劳动英雄，一冬天赶集卖煤，成天打娘家门口过来过去，几时想进去看看就进去看看，根本不把走娘家当成件稀罕事。这天要是村里没有事，她自然也可以去娘家走走，偏是年头腊月二十九，区上有通知，要在正月初二这一天派人来村里开干部会，布置结束土改工作，她是个妇联会主席，就不能走开。她听见婆婆说叫她走走娘家，本来可以回答一句"我还要参加开会"，可是她也不想这样回答，因为她知道婆婆对她当干部这个事早就有一大堆不满意，这样一答话，保不定就会吵起来，因此就另找了个理由回答说："我暂且不去吧！来了客人不招待？"

婆婆说："有什么客人？也不过是小娥吧。她来了还不会自己做顿饭吃？"

金桂说："姐姐来了也是客人呀，况且还有姐夫啦！"婆婆不说什么了，金桂就要切白菜，准备待客用。她切了一棵大白菜，又往水桶里舀了两大瓢水，提到案板跟前，把案板上的菜搓到桶里去洗。

李成娘一看见金桂这些举动就觉着不顺眼。第一，她觉着不像个女人家的举动。她自己两只手提起个空水桶来，走一步路还得叉开腿，金桂提满桶水的时候也只用一只手，她一辈子常是用碗往锅里舀水，金桂用的大瓢一瓢就可以添满她的小锅：这怎么像个女人？第二，她洗一棵白菜，只用一碗水，金桂差不多就用半桶，她觉得这也太浪费。既然不顺眼了，不说两句她觉得不痛快，可是该说什么呢？说个"不像女人吧"，她知道金桂一定不吃她的，因此也只好以"反对浪费"为理由，来挑一下金桂的毛病："洗一棵白菜就用半桶水？我做一顿饭也用不了那么多！"

"两瓢水吧，什么值钱东西？到河里多担一担就都有了！"金桂也提出自己的理由。

"你有理！你有理！我说的都是错的！"李成娘说了这两句话，气色有点不好。

金桂见婆婆鼓嘟了嘴，知道自己再说句话，两个人就会吵起来，因此也就不再还口，沉住气洗自己的菜。

李成娘对金桂的意见差不多见面就有：嫌她洗菜用的水多，炸豆腐用的油多，通火有些手重，泼水泼得太响……不说好像不够个婆婆派头，说得她太多了还好顶一两句，反正总觉着不能算个好媳妇。金桂倒很大方，不论婆婆说什么，自己只是按原来的计划做自己的事，虽然有时候顶一两句嘴，也不很认真。她把待客用的菜蔬都准备好，洗了占不着的家具，泼了水，扫了地上的菜根葱皮，算是忙了一个段落。

把这段事情做完了，正想向婆婆说一声她要去开会，忽然觉得房子里总还有点不整齐，仔细一打量，还是婆婆床头多一口破黑箱子。这口破箱子，年头腊月大扫除她就提议放到床下，后来婆婆不同意，就仍放在床头上，可是现在看来，还是搬下去好——

新毯子新被褥头上放个龇牙咧嘴的破箱子，像个什么摆设？她看了一会，跟婆婆商量说："娘！咱们还是把这箱子搬下去吧？"

婆婆说："那碍你的什么事？"

婆婆虽然说得带气，金桂却偏不认真，仍然笑着说："那破破烂烂像个什么样子？你不怕我姐夫来了笑话？来，咱们搬了吧！"

婆婆仍然没好气，冷冰冰地说："你有力气你搬吧！我跟你搬不动！"

她满以为不怕金桂有点气力，一个人总搬不下去，不想金桂仍是笑嘻嘻地答应了一声"可以"，就动手把箱子一拖拖出床沿，用胸口把一头压低了，然后双手拖住箱腰抱下地去，站起来一脚又蹬得那箱子溜到床底。

金桂费了一阵气力，才喘了两口气，谁知道这一下就引起婆婆的老火来。婆婆用操场上喊口令的口气说："再给我搬上来！我那箱子在那里摆了一辈子了！你怕丢人你走开！我不怕丢我的人！"金桂见婆婆真生了气,弄得摸不着头脑，只怪自己不该多事。婆婆仍是坚持"非搬上来不可"。

其实也不奇怪。李成娘跟这口箱子的关系很深，只是金桂不知道罢了。李成娘原是个很能做活的女人，不论春夏秋冬，手里没做的就觉得不舒服。她有三件宝：一把纺车，一个针线筐和这口黑箱子。这箱子里放的东西也很丰富，不过样数很简单——除了那个针线筐以外，就只有些破布。针线筐是柳条编的，红漆漆过的，可惜旧了一点——原是她娘出嫁时候的陪嫁，到她出嫁时候，她娘又给她做了陪嫁。不记得哪一年磨掉了底，她用破布糊褙起来，以后破了就糊，破了就糊，各色破布不知道糊了多少层，现在不只弄不清是什么颜色，就连柳条也看不出来了，里边除了针、线、尺、剪、顶针、钳子之类，也没有什么别的东西。破布也不少，恐怕就有二三十斤，都是一捆一捆捆起来的。这东西，在不懂的人看来一捆一捆都一样，不过都是些破布片，可是在李成娘看来却不那样简单——没有洗过的，按块子大小卷；洗过的，按用处卷——那一捆叫补衣服，那一捆叫打褙①，那一捆叫垫鞋底：各有各的特点，各有各的记号——有用布条捆的，有用红头绳捆的，有用各种颜色线捆的，跟机关里的卷宗②上编得有号码一样。装这些东西的黑箱子，原来就是李家的，可不知道是哪一辈子留下来的——榫卯③完全坏了，角角落落都钻上窟窿用麻绳穿着，底上棱上被老鼠咬得跟锯齿一样，漆也快脱落完了，只剩下巴掌大小一片一片的黑片。这一箱里表都在数，再加上一架纺车，就是李成娘的全部家当。她守着这份家当活了一辈子，补补纳纳，哪一天离了也不行。当李成爹在的时候，她本想早给李成娶上个媳妇，把这份事业一字一板传下去，可惜李成爹在时，家里只有二亩山坡地，父子两个都在外边当雇汉，人越穷定媳妇越贵，根本打不起这主意。李成爹死后，共产党来了，自己也分得

---

① 打褙：用面糊把破布褙起来，做鞋用。
② 卷宗：公事。
③ 榫卯：官名叫榫子。

了地，不多几年定媳妇也不要钱了，李成没有花钱就和金桂结了婚，李成娘在这时候，高兴得面朝西给毛主席磕过好几个头[①]。一九里[②]，为了考试媳妇的针工，叫媳妇给她缝过一条裤子，她认为很满意，比她自己做得细致。可是过了几个月，发现媳妇爱跟孩子到地里做活，不爱坐在家里补补纳纳，就觉得有些担心。她先跟李成说："男人有男人的活，女人有女人的活……"李成说："我看还是地里活要紧！我自己是村里的农会主席，要多误些工，地里有个人帮忙更好。"半年之后，金桂被村里选成劳动英雄，又选成妇联会主席，李成又被上级提拔到区上工作，地里的活完全交给金桂做，家事也交给金桂管。从这以后，金桂差不多半年就没有拈过针，做什么事又都是不问婆婆自己就做了主，这才叫李成娘着实悲观起来。孩子在家的时候，娘对媳妇有意见可以先跟孩子说，不用直接打冲锋；孩子走了只留下婆媳两个，问题就慢慢出来了——婆婆只想拿她的三件宝贝往下传，媳妇觉得那里边没大出息，接受下来也过不成日子，因此两个人从此意见不合，谁也说不服谁。只要明白了这段历史，你就会知道金桂搬了搬箱子，李成娘为什么就会发那么大脾气。

金桂见婆婆的气越来越大，不愿意把事情扩大了，就想了个开解的办法，仍然笑了笑说："娘！你不要生气了！你不愿意叫搬下来，我还给你搬上去！"说着低下头去又把箱子从床底拖出

[①] 那时候毛主席在延安。
[②] 一九里：结婚后的九天里。

来。她已准备往上搬,忽然听得院里有个小女孩叫着:"金桂嫂!公所叫你去开会啦!区干部已经来了!"

二

这小女孩叫玉凤,和金桂很好,她在院里叫着"金桂嫂"就跑进来。李成娘一听说叫金桂去开会,觉得又有点不对头,嘴里嘟噜着说:"天天开会!以后就叫你们把'开会'吃上!"

玉凤虽说才十三岁,心眼儿很多,说话又伶俐。她沉住气向李成娘说:"大娘!你还不知道今天开会干什么吗?"

"我倒管他哩?"李成娘才教训过金桂,气色还没有转过来。

玉凤说:"听说就是讨论你家的地!"

"那有什么说头?"

"听说你们分的地是李成哥自己挑的,村里人都不赞成。"

"谁说的?四五十个评议员在大会上给我分的地,村里谁不知道?挑的?……"玉凤本来是逗李成娘,李成娘却当了真。

李成娘认了真,玉凤却笑了。她说:"大娘!你不是说开会不抵事吗?哈哈哈……"

李成娘这时才知道玉凤是逗她,自己也忍不住一边笑,一边指着玉凤说:"你这小捣乱鬼!"

金桂把箱子从床下拖出来正预备往床上搬,玉凤就叫着进来了。她只顾听玉凤跟自己的婆婆捣蛋,也就停住了手站起来,等到自己的婆婆跟玉凤都笑了,自己也忍不住陪着她们笑了一声,笑罢了仍旧弯下腰去搬箱子。

李成娘这一会气已经消下去,回头看见床头上没有那口破箱子,的确比放上那口破箱子宽大得多,也排场得多,因此当金桂正弯腰去搬箱子的时候,她又变了主意:"不用往上搬了,你去开你的会吧!"

金桂见婆婆的气已经消了,自然也不愿意再把那东西搬起来,就答应了一声"也好",仍然把它推回床下去,然后又把床上放箱子的地方的灰尘扫了一下。她一边扫,一边问玉凤:"区上谁来了?"

玉凤说:"你还不知道?李成哥回来了。"

"你又说瞎话!"

"真的!他没有回家来吗?"

正说着,李成的姐姐小娥就走进来,大家说了几句见面话以后,金桂问:"我姐夫没有来?"

小娥说:"来了!到村公所开会去了!——你怎么没有去开会?"

金桂抓住玉凤一条胳膊又用一个拳头在她头上虚张声势地问她:"你不是说是你李成哥回来了?"

玉凤缩住脖子笑着说:"一提他你去得不快点?"

"你这个小捣乱鬼!"金桂轻轻在玉凤脊背上用拳头按了一下放了手,回头跟小娥说,"姐姐!我要去开会,顾不上招呼你!你歇一歇跟娘两个人自己做饭吃吧!"小娥也说:"好!你快去吧！"李成娘为了跟小娥说起心病话来方便，本来就想把金桂推走，因此也说："你去吧！你姐姐又不是什么生客！"金桂便跟玉凤走了，这时家里只留下她们母女两个。

小娥说："娘！我一冬天也顾不上来看你一眼！你还好吧？"

"好什么？活受啦吧！"

"我看比去年好得多，床上也有了新褥新被子！衣裳也整齐干净了！也有了媳妇了……"

李成娘的心病话早就闷不住了，小娥这一下就给她引开了口。她把嘴唇伸得长长地哼了一声说："不提媳妇不生气。古话说，'娶个媳妇过继出个儿'①。媳妇也有本事，孩子也有本事，谁还把娘当个人啦？"说着还落了几点老泪。她擦过泪又接着说："人家一手遮天了，里里外外都由人家管，遇了大事人家会跑到区上去找人家的汉。人家两个人商量成什么是什么，大小事不跟咱通个风。人家办成什么都对！咱还没有问一句，人家就说'你摸不着！'外边人来，谁也是光找人家！谁还记得有个咱？唉，小娥！你看娘还活得像个什么人啦？——说起心病话来没个完。你还是先做饭吧！做着饭娘再慢慢告诉你！"

小娥说："一会再做吧，我还不饿哩！"

"先做着吧！一会他姐夫回来也要吃！"

小娥也不再推，一边动手做饭，一边仍跟娘谈话。她说："他姐夫给我们镇上的妇女讲话，常常表扬人家金桂，说她是劳动模

---

① 娶个媳妇过继出个儿：这是当地流行的一句俗话。

范，要大家向她学习，就没有提到她的缺点，照娘这么说起来，虽说她劳动很好，可也不该不尊重老人啊？"

李成娘又把她那下嘴唇伸得长长地哼了一声说："什么好劳动？男人有男人的活，女人有女人的活，她那劳动呀，叫我看来是狗捉老鼠，多管闲事！娶过她一年了，她拈过几回针？纺过几条线？"

小娥笑着说："我看人家也吃上了，也穿上了！"

李成娘把下嘴唇伸得更长了些说："破上钱谁不会耍派头。从前我一年也吃不了一斤油，人家来了以后是一月一斤，我在货郎担上买个针也心疼得不得了，人家到集上去鞋铺里买鞋，裁缝铺里做制服，打扮得很时行。"这老人家，说着就带了气，嗓子越提越高："不嫌败兴！一个女人家到集上买着穿！不怕别人划她的脊梁筋①……"小娥见她动了气，赶紧劝她，又给她倒了碗水叫她润一润喉咙，又用好多别的话才算把她的话岔断。

小娥很透脱，见娘对金桂这样不满意，再也不提金桂的事，却说着自己一冬天的家务事来消磨时间。可是女人家的事情，总与别的女人家有关系，因此小娥不论说起什么来，她娘都能和金桂的事往一处凑。比方小娥说到互助组，她娘就说"没有互助组来，金桂也能往外边少跑几趟"；小娥提到合作社，她娘就说"没有合作社来，金桂总能少花几个钱"；小娥说自己住在镇上很方便，她娘说就是镇上的方便才把金桂引诱坏了的；小娥说自己的男人

---

① 不怕别人划她的脊梁筋：当地的俗话，意思是说不怕别人指着她的脊背笑话她。

当干部,她娘说就是李成当干部才把媳妇娇惯了的。

小娥见娘的话左右摆不脱金桂,就费尽心思拣娘爱听的说。她知道娘一辈子爱做针线活,爱纺棉花,就把自己头年一冬天做针线活跟纺棉花的成绩在娘面前夸一夸。她说她给合作社纺了二十五斤线,给鞋铺纳了八对千针底,给裁缝铺钉了半个月制服扣子。她说到鞋铺和裁缝铺,还生怕娘再提起金桂做制服和买鞋的事来,可是已经说开了头不得不说下去。她娘呢,因为只顾满意女儿的功劳,倒也没有打断女儿的话再提起金桂的事,不过听到末了,仍未免又跟金桂连起来,她说:"看我小娥!金桂那东西能抵住我小娥一分的话,我也没有说的!她给谁纺过一截线?给谁做过一针活?"她因为气又上来了,声音提得很高,连门外的脚步声也没有听见,赶到话才落音,金桂就掀着门帘进来了,小娥的丈夫也跟在后面。

三

李成娘一见他们两个人进来,觉着"真他娘的不凑巧"。

小娥觉着不对,赶紧把话头引到另一边,她向自己丈夫说:"今天的会怎么散得这样快?"

她丈夫说:"这会只是和几个干部接一下头,到晚上才正式开会。"

只说了这么几句简单话大家坐下了,谁也再没有什么话说,金桂的脸色就很不平和。

金桂平常很大方，婆婆说两句满不在乎，可是这一次有些不同：小娥的丈夫是她的姐夫，可也是她的上级。她想婆婆在小娥面前败坏自己，小娥如何能不跟她自己的丈夫说？况且真要是自己的错误也还可说，自己确实没错，只是婆婆的见解不对，她觉着犯不着受这冤枉。

小娥的丈夫见她们婆媳们的关系这样坏，也断不定究竟哪一方面对。他平常很信任金桂，到处表扬她，叫各村的妇女向她学习，现在听见她婆婆对她十分不满意，反疑惑自己不了解情况，对金桂保不定信任太过，因此就想再来调查研究一番。他见大家都不说话，就想趁空子故意撩一撩金桂。他笑着问小娥："你们背地里谈论人家金桂什么事，惹得人家鼓嘟着嘴！"

金桂还没开口，李成娘就抢先说："听见叫她听见吧，我又没有屈说了她！你问她一冬天拈过一下针没有？纺过一寸线没有？"

婆婆开了口，金桂脸上却又和气得多了。金桂只怕没有机会辩白，引起上级的误会，如今既然又提起来了，正好当面辩白清楚，因此反觉着很心平。她说："娘！你说得都对，可惜是你不会算账。"又回头问小娥的丈夫说："姐夫你给我算着：纺一斤棉花误两天，赚五升米；卖一趟煤，或做一天别的重活，只误一天，也赚五升米！你说还是纺线呀还是卖煤呀？"

小娥的丈夫笑了。他用不着回答金桂就向小娥说："你也算算吧！虽然都还是手工劳动，可是金桂劳动一天抵住你劳动两天！我常说的'妇女要参加主要劳动'，就是说要算这个账！"

李成娘觉着自己输了，就赶紧另换一件占理的事。她又说："哪有这女人家连自己的衣裳鞋子都不做，到集上买着穿？"她满以为这一下可要说倒她，声音放得更大了些。

金桂不慌不忙又问她说："这个我也是算过账的：自己缝一身衣服得两天；裁缝铺用机器缝，只要五升米的工钱，比咱缝的还好。自己做一对鞋得七天，还得用自己的材料，到鞋铺买对现成才用斗半米，比咱做的还好。我九天卖九趟煤，五九赚四斗五；缝一身衣服买一对鞋，一共才花二斗米，我为什么自己要做？"

等不得金桂说完，李成娘就又发急了。她觉得两次都输了，总得再争口气——嗓子再放大一点，没理也要强占几分。她大喊起来："你做得对！都对！没有一件没理的！"又向女婿喊："你们这些区干部，成天劝大家节约节约！我活了一辈子，没有听说过什么是'节约'，可是我一年也吃不了一斤油，我这节约媳妇来了是一月吃一斤。你们都会算账，都是干部！就请你们给我算算这笔账！"

她喊得越响亮，女婿越忍不住笑，等她喊完了，女婿已笑得合不上口。女婿说："老人家，你不要急！我可以替你算算这笔账：两个人一月一斤油，一个人一天还该不着三钱，不能算多。'节约'是不浪费的意思。非用不行的东西，用了不能算是浪费……"

李成娘说："你们这些当干部的是官官相护！为什么非用不行？我一辈子吃糠咽菜也活了这么大！"

金桂说:"娘!我不过年轻点吧,还不是吃糠长大的?这几年也不是光咱吃得好一点,你到村里打听一下,不论哪家一年还不吃一二十斤油?"

小娥的丈夫又帮助金桂说:"老人家!如今的世道变了,变得不用吃糠了!革命就是图叫咱们不吃糠,要是图吃糠谁还革命哩?这个世道还是才往好处变,将来用机器种起地来,打下的粮食能抵住如今两三倍,不说一月吃一斤油,一天还得吃顿肉哩!"他这番话似乎已经把李成娘的气给平下去了,要是不再说什么也许就没事了,可是不幸又接着说了几句,就又引起了大事。他接着说:"老人家!依我说,你只用好吃上些好穿上些,过几年清净日子算了!家里的事你不用管它!"

"你这区干部就说是这种理?我死了就不用管了,不死就不能由别人摆布我!"李成娘动了大气,也顾不上再和女婿讲客气。她说金桂不做活,浪费还都不是很重要的问题,最要紧的是恨金桂不该替她做了当家人,弄得她失掉了领导权。她又是越说越带气:"这是我的家!她是我娶来的媳妇!先有我来先有她来?"

小娥的丈夫说:"老人家!不是说不该你管,是说你上年纪了,如今新事情你有些摸不着,管不了!"

"管不了?娶过媳妇才一年啊!从前没有媳妇我也活了这么大!她有本事叫她另过日子去!我不图沾她的光!大小事情不跟我通一通风,买个驴都不跟我商量!叫她先把我灭了吧!"

金桂向来还猜不到婆婆跟自己这样过不去,这会听婆婆这么一说，也真正动了点小脾气。她说："娘！你也不用跟我分家了！你想管你就管，我落上一个清净算了！"说着就跑回自己房里去。小娥当她回房去寻死，赶紧跟在她后面。可是当小娥才跑到她门口，她却挟了个小布包返出来跑到婆婆的房子里，向婆婆说："娘！让我交代你！"

小娥看见已经怄成气了，赶紧拉住金桂说："金桂！不要闹！娘是老糊涂了，像……"

小娥的丈夫倒很沉得住气，他也不劝金桂也不劝丈母，他向小娥说："你不用和稀泥！我看就叫金桂把家务交代给老人家也好！老人家管住家务，金桂清净一点倒还能多做一点活！"又回头向金桂挤了挤眼说："金桂你不要动气，说正经的，你说对不对？"

金桂见姐夫是帮自己，马上就又转得和和气气地顺着姐夫的话说："谁动气来？"又向婆婆说："娘，我不是跟你生气！我不知道你想管这个！你早说来我早就交代你了！"说着就打开小包，取出一本账和几叠票子来。

李成娘见媳妇拿出账本，还以为是故意难为她这不识字的人，就又说："我不识字！不用拿那个来捉弄我！"

金桂仍然正正经经地说："我才认得几个字？还敢捉弄人？我不是叫娘认字！我是自己不看账记不得！"

小娥的丈夫也趴到床边说："让我帮你办交代！先点票子吧！"他点一叠向丈母娘跟前放一叠，放一叠记个数目——"这是两千元的冀南票，五张共是一万！""这是两张两千的，一张一千的，十张五百的，也是一万！"……他还没有点够三万，丈母娘早就弄不清了，可是也不好意思说接管不了，只插了一句话说："弄成各色各样的有什么好处，哪如从前那铜圆好数？"女婿没有管她说的是什么，仍然点下去，点完了一共合冀南票的五万五。

点过了票，金桂就接着交代账上的事。她翻看账本说："合作社的来往账上，咱欠人家六万一。他收过咱二斗大麻子，一万六一斗，二斗是三万二。咱还该分两三万块钱的红，等分了红以后你好跟他清算吧！互助组里去年冬天羊踩粪，欠人家六升羊工伙食米。咱还存三张旧工票，一张大的是一个工，两张小的是四分工，共是一个零四分，这个是该咱的米，去年秋后的工资低，一个工是二升半。大后天，组里就要开会结束去年的工账，到那时候要跟人家找清……"

婆婆连一宗也没听进去，已经觉得很厌烦。她说："怎么有这么多的穷事情？麻麻烦烦谁记得住？"

小娥听着也替娘发愁，见娘说了话，也跟着劝娘说："娘！你就还叫金桂管吧，自己揽那些麻烦做甚哩？这比你黑箱子里那东西麻烦得多哩？"

李成娘觉着不只比箱子里的东西样数多，并且是包也没法包，卷也没法卷，实在不容易一捆一捆弄清楚。她这会倒是愿意叫金桂管，可也似乎还不愿意马上说丢脸话。

金桂仍然交代下去。她说："不怕，娘！只剩五六宗了——有几宗是和村公所的，有几宗是和集上的，差务账上，咱一共支过十个人工八个驴工，没有算账。咱还管过好几回过路军人饭，人家给咱的米票，还没有兑。这两张，每张是十一两。这五张，每张是……"

"实在麻烦，我不管了！你弄成什么算什么！我吃上个清净饭拉倒！"李成娘赌气认了输，把腿边的一堆票子往前一推。

小娥的丈夫哈哈大笑起来。他说："我原来不是说叫你'过几年清净日子算了'吗？"又向金桂说："好好好！你还管起来吧！"又向小娥说："我常叫你们跟金桂学习，就是叫学习这一大摊子！成天说解放妇女解放妇女，你们妇女们想真得到解放，就得多做点事、多管点事、多懂点事！咱们回去以后，我倒应该照金桂这样交代交代你！"

登记

/// 赵树理

一　罗汉钱

诸位朋友们：今天让我来说个故事。这个故事题目叫《登记》，要从一个罗汉钱说起。

这个故事要是出在三十年前，"罗汉钱"这东西就不用解释；可惜我要说的故事是个新故事，听书的朋友们又有一大半是年轻人，因此在没有说故事以前，就得先把"罗汉钱"这东西交代一下。

据说罗汉钱是清朝康熙年间铸的一种特别钱，个子也和普遍的康熙钱一样大小，只是"康熙"的"熙"字左边少一直画；铜的颜色特别黄，看起来有点像黄金。相传铸那一种钱的时候，把一个金罗汉像化在铜里边，因此一个钱有三成金。这种传说可靠不可靠不是我们要管的事，不过这种钱确实有点可爱——农村里的青年小伙子们，爱漂亮的，常好在口里衔一个罗汉钱，和城市人们爱包镶金牙的习惯一样,直到现在还有些偏僻的地方仍然保留着这种习惯;有的用五个钱叫银匠给打一只戒指,戴到手上活像金的。不过要在好多钱里挑一个罗汉钱可很不容易:兴制钱的时候,聪明的孩子们,常好在大人拿回来的钱里边挑,一年半载也不见得能碰见一个。制钱虽说不兴了,罗汉钱可是谁也不出手的,可惜是没有几个。说过了钱,就该说故事。

有个农村叫张家庄。张家庄有个张木匠。张木匠有个好老婆,外号叫个"小飞蛾"。小飞蛾生了个女儿叫艾艾,算到一九五〇年阴历正月十五元宵节,虚岁二十,周岁十九。庄上有个青年叫小晚,正和艾艾搞恋爱。故事就出在他们两个人身上。

照我这么说,性急的朋友们或者要说我不在行:"怎么一个'罗汉钱'还要交代半天,说到故事中间的人物,反而一句也不交代?照这样说下去,不是五分钟就说完了吗?"其实不然:有些事情不到交代时候,早早交代出来是累赘;到了该交代的时候,想不交代也不行。闲话少说,我还是接着说吧。

张木匠一家就这么三口人——他两口子和这个女儿艾艾——独住一个小院:他两口住北房,艾艾住西房。今年①阴历正月十五夜里,庄上又要玩龙灯,张木匠是老把式,甩尾巴的,吃过晚饭丢下碗就出去玩去了。艾艾洗罢了锅碗,就跟她妈相跟着,锁上院门,也出去看灯去了。后来三个人走了个三岔:张木匠玩龙灯,小飞蛾满街看热闹,艾艾可只看放花炮起火,因为花炮起

---

① 今年:指一九五〇年。

火是小晚放的。艾艾等小晚放完了花炮起火就回去了，小飞蛾在各街道上飞了一遍也回去了，只有张木匠不玩到底放不下手，因此他回去得最晚。

艾艾回得北房里等了一阵等不回她妈来，就倒在她妈的床上睡着了。小飞蛾回来见闺女睡在自己的床上，就轻轻推了一把说："艾艾！醒醒！"艾艾没有醒来，只翻了一个身，有一个明晃晃的小东西从她衣裳口袋里溜出来，丁零一声掉到地下，小飞蛾端过灯来一看："这闺女！几时把我的罗汉钱偷到手？"她的罗汉钱原来藏在板箱子里边的首饰匣子里。这时候，她也不再叫艾艾，先去放她的罗汉钱。她拿出钥匙来，先开了箱子上的锁，又开了首饰匣子上的锁，到她原来放钱的地方放钱："咦！怎么我的钱还在？"摸出来拿到灯下一看：一样，都是罗汉钱，她自己那一个因为隔着两层木头没有见过潮湿气，还是那么黄，只是不如艾艾那个亮一点。她看了艾艾一眼，艾艾仍然睡得那么憨。她自言自语说："憨闺女！你怎么也会干这个了？说不定也是戒指换的吧？"她看看艾艾的两只手，光光的；捏了捏口袋，似乎有个戒指，掏出来一看是顶针圈儿。她叹了一口气说："唉！算个甚？娘儿们一对戒指，换了两个罗汉钱！明天叫五婶再去一趟，赶快给她把婆家说定了就算了！不要等闹出什么故事来！"她把顶针圈儿还给艾艾装回口袋里去，拿着两个罗汉钱，想起她自己那一个钱的来历。

这里就非交代一下不行了。为了要说明小飞蛾那个罗汉钱的来历，先得从小飞蛾为什么叫"小飞蛾"说起：

二十多年前，张木匠在一个阴历腊月三十日娶亲。娶的这一天，庄上人都去看热闹。当新媳妇取去了盖头红的时候，一个青年小伙子对着另一个小伙子的耳朵悄悄说："看！小飞蛾！"那个小伙子笑了一笑说："活像！"不多一会，屋里，院里，你的嘴对我的耳朵，我的嘴又对他的耳朵，各里各得都嚷嚷这三个字——"小飞蛾""小飞蛾""小飞蛾"……

原来这地方一个梆子戏班里有个有名的武旦，身材不很高，那时候也不过二十来岁，一出场，抬手动脚都有戏，眉毛眼睛都会说话。唱《金山寺》她装白娘娘，跑起来白罗裙满台飞，一个人撑满台，好像一只蚕蛾儿，人都叫她"小飞蛾"。张木匠娶的这个新媳妇就像她——叫张木匠自己说，也说是"越看越像"。

第二天是大年初一，按这地方的习惯，用两个妇女搀着新媳妇，一个小孩在头里背条红毯儿，到邻近各家去拜个年——不过只是走到就算，并不真正磕头。早饭以后，背红毯的孩子刚出门，有个青年就远远地喊叫："都快看！小飞蛾出来了！"他这么一喊，马上聚了一堆人，好像正月十五看龙灯那么热闹，新媳妇的一举一动大家都很关心："看看！进了她隔壁五婶院子里了！""又出来了又出来了，到老秋孩院子里去了！……"

张木匠娶了这么个媳妇，当然觉得是得了个宝贝，一九里，除了给舅舅去拜了一趟年，再也不愿意出门，连明带夜陪着小飞蛾玩；穿起小飞蛾的花衣裳扮女人，想逗小飞蛾笑；偷了小飞蛾的斗方戒指,故意要叫小飞蛾满屋子里撵他……可是小飞蛾偏没心情,只冷冷地跟他说:"不要打哈哈!"

几个月过后,不知道谁从小飞蛾的娘家东主庄带了一件消息来,说小飞蛾在娘家有个相好的叫保安。这消息传到张家庄,有些青年小伙子就和张木匠开玩笑:"小木匠,回去先咳嗽一声,不要叫跟保安碰了头!""小飞蛾是你的?至少有人家保安一半!"张木匠听了这些话,才明白了小飞蛾对自己冷淡的原因,好几次想跟小飞蛾生气,可是一进了家门,就又退一步想:"过去的事不提它吧,只要以后不胡来就算了!"后来这消息传到他妈耳朵里,他妈把他叫到背地里,骂了他一顿"没骨头",骂罢了又劝他说:"人是苦虫!痛痛打一顿就改过来了!舍不得了不得……"他受过了这顿教训以后,就好好留心找小飞蛾的岔子。

有一次他到丈人家里去,碰见保安手上戴了个斗方戒指,和小飞蛾的戒指一个样;回来一看小飞蛾的手,小飞蛾的戒指果然只留下一只。"他妈的!真是有人家保安一半!"他把这消息报告了妈妈,他妈说:"快打吧!如今打还打得过来!要打就打她个够受!轻来轻去不抵事!"他正一肚子肮脏气,他妈又给他打了打算盘,自然就非打不行了。他拉了一根铁火柱正要走,他妈一把拉住他说:"快丢手!不能使这个!细家伙打得疼,又不伤骨头,顶好是用小锯子上的梁!"

他从他的一捆木匠家具里边抽出一条小锯梁子来,尺半长,一指厚,木头很结实,打起来管保很得劲。他妈为什么知道这家具好打人呢？原来他妈当年年轻时候也有过小飞蛾跟保安那些事，后来是被老木匠用这家具打过来的。闲话少说：张木匠拿上这件得劲的家伙，黑丧着脸从他妈的房子里走出来，回到自己的房里去。

小飞蛾见他一进门，照例应酬了他一下说："你拿的那个是什么？"张木匠没有理她的话，用锯梁子指着她的手说："戒指怎么只剩了一只？说！"这一问，问得小飞蛾头发根一支权①。小飞蛾抬头看看他的脸，看见他的眼睛要吃人，吓得她马上没有答上话来，张木匠的锯梁子早就打在她的腿上了。她是个娇闺女，从来没有挨过谁一下打，才挨了一下，痛得她叫了一声低下头去摸腿，又被张木匠抓住她的头发，把她按在床边上，拉下裤子来"噼、噼、噼"一连打了好几十下。她起先还怕招得人来看笑话，憋住气不想哭，后来实在支不住了，只顾喘气，想哭也哭不上来，等到张木匠打得没了劲扔下家伙走出去，她觉得浑身的筋往一处抽，喘了半天才哭了一声就又压住了气，头上的汗把头发湿得跟在热汤里捞出来的一样，就这样喘一阵哭一声喘一阵哭一声，差不多有一顿饭工夫哭声才连起来。一家住一院，外边人听不见，张木匠打罢了早已走了，婆婆连看也不来看，远远地在北房里喊："还哭什么？看多么排场？多么有体面？"小飞蛾哭了一阵以后，屁股蛋疼得好像谁用锥子剜，摸了一摸满手血，咬着牙兜起裤子，站也站不住。

---

① 头发根一支权：形容人猛一受惊，头皮发麻的紧张情况。

她的戒指是怎样送给保安的，以后张木匠也没有问，她自己自然也没有说。原来是她在端午那一天到娘家去过节，保安想要她个贴身的东西，她给保安卸了一个戒指，她也要叫保安给她个贴身的东西，保安把口里衔的罗汉钱送了她。

　　自从她挨了这一顿打之后，这个罗汉钱更成了她的宝贝。人怕伤了心：从挨打那天起，她看见张木匠好像看见了狼，没有说话先哆嗦。张木匠也莫想看上她一个笑脸——每次回来，从门外看见她还是活人，一进门就变成死人了。有一次，一个鸡要下蛋，没有回窝里去，小飞蛾正在院里撵，张木匠从外边回来，看见她那神气，真有点像在戏台上系着白罗裙唱白娘娘的那个小飞蛾，可是小飞蛾一看见他，就连鸡也不撵了，赶紧规规矩矩走回房子里去。张木匠生了气，撵到房子里跟她说："人说你是'小飞蛾'，怎么一见了我就把你那翅膀耷拉下来了？我是狼？""呱"一个耳刮子。小飞蛾因为不愿多挨耳刮子，也想在张木匠面前装个笑脸，可惜是不论怎么装也装得不像，还不如不装。张木匠看不上活泼的小飞蛾，觉着家里没了趣，以后到外边做活，一年半载不回家，路过家门口也不愿进去，听说在外面找了好几个相好的。张木匠走了，家里只留下婆媳两个。婆婆跟丈夫是一势，一天跟小飞蛾说不够两句话，路上碰着了扭着脸走，小飞蛾离娘家虽然不远，可是有嫌疑，去不得；娘家爹妈听说闺女丢了丑，也没有脸来看望。这样一来，全世界上再没有一个人跟小飞蛾是一势了，小飞蛾只好一面伺候婆婆，一面偷偷地玩她那个罗汉钱。她每天晚上打发婆婆睡了觉，回到自己房子里关上门，把罗汉钱拿出来看了又看，有时候对着罗汉钱悄悄说："罗汉钱！要命也是你，保命也是你！人家打死我我也不舍你，咱俩死活在一起！"她有时候变得跟小孩子一样，把罗汉钱暖到手心里，贴到脸上，按到胸上，衔到口里……除了张木匠回家来那有数的几天以外，每天晚上她都是离了罗汉钱睡不着觉，直到生了艾艾，才把它存到首饰匣子里。

她剩下的那只戒指是自从挨打之后就放进首饰匣子里去的。当艾艾长到十五那一年，她拿出匣子来给艾艾找帽花，艾艾看见了戒指就要。她生怕艾艾再看见罗汉钱，赶快把戒指给了艾艾就把匣子锁起来了，那时候张木匠和小飞蛾的关系比以前好了一点，因为闺女也大了，他妈也死了，小飞蛾和保安也早就没有联系了。又因为两口子只生了艾艾这么个孤闺女，两个人也常借着女儿开开玩笑。艾艾戴上了小飞蛾那只斗方戒指，张木匠指着说："这原来是一对来！"艾艾问："那一只哩？"张木匠说："问你妈！"艾艾正要问小飞蛾，小飞蛾翻了张木匠一眼。艾艾只当是她妈丢了，也就不问了。这只戒指就是这么着到了艾艾手的。

以前的事已经交代清楚，再回头来接着说今年正月十五夜里的事吧。

小飞蛾手里拿着两个罗汉钱，想起自己那个钱的来历来，其中酸辣苦甜什么味儿也有过：说这算件好事吧，跟着它吃了多少苦；说这算件坏事吧，想一遍也蛮有味。自己这个，不论好坏都算过去了；闺女这个又算件什么事呢？把它没收了吧，说不定闺女为它费了多少心；悄悄还给她吧，难道看着她走自己的伤心路吗？她正在想来想去得不着主意，听见门外有人走得响，张木匠玩罢了龙灯回来了，因此她也再顾不上考虑，两个钱随便往箱里一丢，就把箱子锁住。

这时候鸡都快叫了，张木匠见艾艾还没有回房去睡，就发了脾气："艾艾，起来！"因为他喊的声音太大，吓得艾艾哆嗦了一下一骨碌爬起来，瞪着眼问："什么事，什么事？"小飞蛾说："不能慢慢叫？看你把闺女吓得那个样子！"又向艾艾说："艾！醒了没有？什么事也没有，你爹叫你回去睡哩！"张木匠说："看你把她惯成什么样子！"艾艾这才醒过来，什么也没有说，笑了一笑就走了。

张木匠听得艾艾回西房去关上门，自己也把门关上，回头一边脱衣服一边悄悄跟小飞蛾说："这二年给咱艾艾提亲的那么多，你总是挑来挑去都觉得不合适。东院五婶说的那一家有成呀没成？快把她出脱了吧！外面的闲话可大哩！人家都说：一个马家院的燕燕，一个咱家的艾艾，是村里两个招风的东西；如今燕燕有了主了，就光剩下咱艾艾！"小飞蛾说："不是听说村公所不准燕燕跟小进结婚吗？我听说他们两个要到区上登记，村公所不给开证明，后来怎么又说成了？"张木匠说："人家说她招风，就指的是她跟小进的事，当然人家不给他们证明！后来说的另是一家西王庄的，是五婶给保的媒，后天就要去办登记！"小飞蛾说:"我看村公所那些人也是些假正经,瞎挑眼!既然嫌咱艾艾的声名不好,这二年说媒的为什么那么多哩?民事主任为什么还托着五婶给他的外甥提哩?"张木匠说:"我这几天只顾玩灯,也忘记了问你:这一家这几年过得究竟怎么样?"小飞蛾说:"我也摸不着!虽说都在一个东王庄,可是人家住在南头,我妈住在北头,没有事也不常走动。五婶说她明天还要去,要不我明天也到我妈家走一趟,顺便到他家里看看去吧?"张木匠说:"也可以!"停了一下子,他又向小飞蛾说:"我再问你个没大小的话:咱艾艾跟小晚究竟是有的事呀没的事?"小飞蛾当然不愿意把罗汉钱的事告诉他,只推他说:"不用管这些吧!闺女大了,找个婆家打发出去就不生事了!"

二　眼力

艾艾也和她妈年轻时候一样,自从有了罗汉钱,每天晚上把钱捏在手里,衔在口里睡觉。这天晚上回去把衣服上的口袋摸遍了,也找不着罗汉钱,掌着灯满地找也找不着,只好空空地睡了。第二天早晨她比谁也起得早,为了找罗汉钱,起来先扫地,扫得特别细致——结果自然还是找不着。停了一会,她听见妈妈开了门,她就又跑去给她妈扫地。她妈见她钻到床底下去扫,明知道她是找钱,也明知道是白费工夫找不着,可是也不好向她说破,只笑着说了一句:"看我的艾艾多么孝顺!"

吃过早饭,五婶来叫小飞蛾往娘家去,张木匠照着二十多年来的老习惯自然要跟着去。

张木匠这个老习惯还得交代一下：自从二十多年前他发现小飞蛾把一只戒指送给了保安以后，知道小飞蛾并不爱他，不是就跟小飞蛾不好了吗？可是每当小飞蛾要去娘家的时候，他就又好像很爱护她，步步不离她。后来他妈也死了，艾艾也长大了，两个人的关系又定下来了，可是还不改这个老习惯。有一回，小飞蛾说："还不放心吗？"张木匠说："反正跟惯了，还是跟着去吧！"直到现在还是这样。

五婶、张木匠、小飞蛾三个人都要动身了，小飞蛾说："艾艾！你不去看看你姥姥！"艾艾说："我不去，初三不是才去过了吗？"张木匠说："不去就不去吧！好好给我看家！不要到外边飞去！"说罢，三个人就相跟着走了。

艾艾仍忘不了找她的罗汉钱。她要是寻出钥匙，到箱子里去找，管保还能多找出一个来，不过她梦也梦不到箱子里，她只沿着她到过的地方找，直找到晌午仍是没有影踪。钱找不着，也没有心思做饭吃，天气晌午多了，她只烤了两个馒头吃了吃。

刚刚吃过馒头，小晚来了。艾艾拉住小晚的手，第二句话就是："罗汉钱丢了！""丢就丢了吧！""气得我连饭也吃不下去！""那也值得生个气？我看那都算不了什么！在着能抵什么用？听说你爹你妈跟东院里五奶奶去给你找主儿去了。是不是？""咱哪里知道那老不死的为什么那么爱管闲事？""咱们这算吹了吧？""吹不了！""要是人家说成了呢？""成不了！""为什么?""我不干!""由得了你?""试试看!"正说着,外边有人进来,两个人赶快停住。

进来的是马家院的燕燕。艾艾说:"燕燕姐!快坐下!"燕燕看见只有他们两个人,就笑着说:"对不起!我还是躲开点好!"艾艾笑了笑没答话,按住肩膀把她按得坐到凳子上。燕燕问:"你们的事怎么样?想出办法来了没有?"艾艾说:"我们正谈这个!"燕燕的眼圈一红接着就说:"要快想办法,不要学我这没出息的耽搁了事!"说了这么句话,眼里就滚出两点泪来,引得艾艾和小晚也陪着她伤心,眼边也湿了。

过了一阵,三个人都揉了揉眼,小晚问燕燕:"不是还没有登记?"燕燕说:"明天就要去!"艾艾问:"这个人怎么样?"燕燕说:"谁可见过人家个影儿?"艾艾又问:"不能改口了吗?"燕燕说:"我妈说:'你不愿意,我就死在你手!'我还说什么?"艾艾说:"去年腊月,你跟小进到村公所去写证明信,村公所不给写,是怎么说的?什么理由?"燕燕说:"什么理由!还不是民事主任那个死脑筋作怪?人家说咱声名不正,除不给写信,还叫我检讨哩!"小晚说:"明天你再去了,人家民事主任就不要你检讨了吗?"燕燕说:"那还用我亲自去?只要是父母主婚,谁去也写得出来;真正自由的除不给写还要叫检讨!就那人家还说是反对父母主婚!"小晚向艾艾说:"我看咱这算吹了!五奶奶今天去给你说的这个,一来是人家民事主任的外甥,二来又有你妈做主。你妈今天要听了东院五奶奶的话,回来也跟你死呀活呀地一闹,明天你还不跟人家到区上去登记?"艾艾说:"我妈可不跟我闹,她还只怕我闹她哩!"

正说着,门外跑进一个人来,隔着窗就先喊叫:"老张叔叔,老张叔叔!"艾艾拉了燕燕一把说:"小进哥哥又来找你!"还没等燕燕答话,小进就跑进来了。燕燕本来想找他诉一诉苦,两三天也没有找着个空子,这会见他来了,赶快和艾艾坐到床边,把凳子空出来让他坐,两眼直对着他,可是一时想不起来该怎样开口。小进没有理她,也没有坐,只朝着艾艾说:"老张叔叔哩?场上好多人请他教我们玩龙灯去哩!"艾艾说:"我爹到我姥姥家去了。你快坐下!"小进说:"我还有事!"说着翻了燕燕一眼就走出去,走到院里,又故意叫着小晚说:"小晚!到外边玩玩去吧,瞎磨那些闲工夫有什么用处?回去叫你爹花上几石米吧!有的是!"说着就走远了。燕燕一肚子冤枉没处说,一埋头趴在床边哭起来,艾艾和小晚两个人劝也劝不住。

劝了一会,燕燕忍住了哭,跟他两个人说:"我劝你们早些想想办法吧!你看弄成这个样子伤心不伤心?"艾艾说:"你看有什么办法,村里锄人们都是些老脑筋,谁也不愿揽咱的事,想找个人到我妈跟前提一提也找不着。"小晚说:"说好话的没有,说坏话的可不少;成天有人劝我爹说:'早些给孩子定上一个吧!不要叫尽管耽搁着!'"燕燕猛然间挺起腰来,跟发誓一样地说:"我来当你们的介绍人!我管跟你们两头的大人们提这事!"又跟艾艾说:"一村里就咱这么两个不要脸闺女,已经耽搁了一个我,难道叫连你也耽搁了？"小晚站起来说："燕燕姐！我给你敬个礼！行不行冒跟我爹提一提！不行也不过是吹了吧？总比这么着不长不短好得多！就这样吧，我得走了！不要让民事主任碰上了再叫你们检讨！"说了就走了。

艾艾又和燕燕计划了一下，见了谁该怎样说，东院里五奶奶要给民事主任的外甥说成了又该怎样顶。她两人正计划得起劲，小飞蛾回来了。她两个让小飞蛾坐了之后，燕燕正打算提个头儿，可是还没有等她开口，五婶就赶来了。五婶说："不论说人，不论说家，都没有什么包弹①的！婆婆就是咱村民事主任的姊姊，你还不知道人家那脾气多么好？闺女到那里管保受不了气，你还是不要错打了主意！"小飞蛾说："话叫有着吧！回头我再和她爹商量商量！"五婶见小飞蛾不愿意，又应酬了几句就走了，艾艾可喜得满脸笑窝。

小飞蛾为什么不愿意呢？这就得谈谈她这一次去娘家的经过：早饭后，他们三个人相跟着到了东王庄，先到了小飞蛾她妈家里。五婶叫小飞蛾跟她到民事主任的外甥家里看看去，小飞蛾说："相跟去了不好！不如你先到他家去，我随后再去，就说是去叫你相跟着回去，省得人家说咱是亲自送上门的！"

南头这家也只有三口人——老两口，一个孩子——就是张家庄民事主任的姐姐、姐夫和外甥。孩子玩去了，家里只剩下老两口。五婶一进去，老汉老婆齐让座，几句见面话说过后，老汉就

---

① 包弹：方言，挑剔的意思。

问:"你说的那三家,究竟是哪一家合适些?"五婶说:"依我看都差不多,不过那两家都有主了,如今只剩下小飞蛾家这一个了!"老汉说:"怎么那么快?"五婶说:"十八九的大姑娘自然快得很了!"老婆向老汉说:"我叫快点决定,你偏是那么慢腾腾地拖!好的都叫人家挑完了!"五婶故意说:"小一点的不少!就再说个十四五的吧?反正还比你的孩子大。"老婆说:"老嫂子!不要说笑话了!我要是愿意要十四五的,还用得搬你这么大的面子吗?"五婶说:"要大的可算再找不上了!你怎么说'好的都叫人家挑完了'?我看三个里头,就还数人家小飞蛾这一个标致!我想你也该见过吧!长得不是跟二十年前的小飞蛾一个样吗?"老婆说:"人样儿满说得过去,不过听说她声名不正!"五婶说:"要不是那点毛病,还能留到十八九不占个家吗?以前那两个不一样吗?"老婆说:"要是有前个毛病,咱不是花着钱买个气布袋吗?"五婶说:"你不要听外人瞎谣传!要真有大毛病的话,你娘家兄弟还叫我来给你提吗?那点小毛病也算不了什么,只要到咱家改过来就行!"老汉说:"还改什么?什么样的老母下什么样的儿!小飞蛾从小就是那么个东西!"五婶说:"改得了!人是苦虫,痛痛打一顿以后就没有事了!"老汉说:"生就的骨头,哪里打得过来?"五婶说:"打得过来,打得过来!小飞蛾那时候,还不是张木匠一顿锯梁子打过来的?"

他们正说到这里,小飞蛾正走到当院里,正赶上听见五婶末了说的那两句话。她一听,马上停了步,看了看院里没人,就又悄悄溜出院来往回走。她想："难道这挨打也得一辈传一辈吗？去你妈的！我的闺女用不着请你管教！"回到她家里，她妈和张木匠都问："怎么样？"她说："不行！不跟他来！"大家又问她为什么，她说："不提他吧！反正不合适！"她妈见她鼓嘟着个嘴，问她怎么那样不高兴，她自然不便细说，只说是"昨天晚上熬了夜"，说了就到套间里睡觉去了。

其实她怎么睡得着呢？五婶那两句话好像戳破了她的旧伤口，新事旧事，想起来再也放不下。她想："我娘儿们的命运为什么这多一样呢？当初不知道是什么鬼跟上了我，叫我用一只戒指换了个罗汉钱，害得后来被人家打了个半死，直到现在还跟犯人一样，一出门人家就得在后边押解着。如今这事又出在我的艾艾身上了。真是冤孽：我会干这没出息事，你偏也会！从这前半截事情看起来，娘儿们好像钻在一个圈子里，傻孩子呀！这个圈子，你妈半辈子没有跳得出去，难道你就也跳不出去了吗？"她又前前后后想了一下：不论是和她年纪差不多的姊妹们，不论是才出了阁的姑娘们，凡有像罗汉钱这一类行为的，就没有一个不挨打——婆婆打，丈夫打，寻自尽的，守活寡的……"反正挨打的根儿已经扎下了，贱骨头！不争气！许就许了吧！不论嫁给谁还不是一样挨打？"头脑要是简单点，打下这么个主意也就算了，可是她的头脑偏不那么简单，闭上了眼睛，就又想起张木匠打她那时候那股牛劲：瞪起那两只吃人的眼睛，用尽他那一身气力，满把子揪住头发往那床沿上"扑嚓"一按，跟打骡子一样一连打几十下也不让人喘口气……"妈呀!怕杀人了!二十年来,几时想起来都是满身打哆嗦!不行!我的艾艾哪里受得住这个?……"就这样反一遍、正一遍尽管想,晌午就连一点什么也吃不下去,为着应付她妈,胡乱吃了四五个饺子。

午饭以后,五婶等不着她,就到她妈家里来找。五婶还要请她到南头看看,她说:"怕天气晚了赶天黑趁不到家①。"三个人往张家庄走,五婶还要跟她麻烦,说了民事主任的外甥一百二十分好。她因为不想听下去,又拿出二十多年前那"小飞蛾"的精神在前边飞,虽说只跟五婶差十来步远,可弄得五婶直赶了一路也没有赶上她。进了村,张木匠被一伙学着玩龙灯的青年叫到场里去了,小飞蛾一直飞回了家。五婶还不甘心,就赶到小飞蛾家里,后来碰了个软钉子,应酬了几句就走了。艾艾见她妈没有答应了,自然眉开眼笑;燕燕看见这情形,也觉着要说的话更好说一点。

燕燕趁着小飞蛾没有注意,给艾艾递了个眼色叫她走开。艾艾走开了,燕燕就向小飞蛾说:"婶婶!我也给艾艾做个媒吧?"小飞蛾觉着她有点孩子气,笑着跟她说:"你怎么也能做媒?"燕燕也笑着说:"我怎么就不能做媒?"小飞蛾说:"你有人家东院五婶那张嘴?"燕燕说:"她那么会说,怎么还没有把你说得答应了她?"小飞蛾说:"不合适我就能答应她了?"燕燕说:"可见全看合适不合适,不在乎会说不会说!我提一个管保

---

① 赶天黑趁不到家:黑天前回不到家。

合适！"小飞蛾说："你冒说说！"燕燕说："我提小晚！"小飞蛾说："我早就知道你说的是他！快不要提他！你们这些闺女家，以后要放稳重点！外边闲话一大堆！"燕燕说："我也学东院五奶奶几句话：'不论说人，不论说家，都没有什么包弹的！'不过我的话比她的话实在得多，不像她那老糊涂，'有的说没的道！'婶婶！你想想我的话对不对？"小飞蛾说："你光说好的，不说坏的！外边的闲话你挡得住吗？"燕燕说："闲话也不过出在小晚身上，说闲话的人又都是些老脑筋，索性把艾艾嫁给小晚，看他们还有什么说的？"小飞蛾一想："这孩子不敢轻看！这么办了，管保以后不生闲气，挨打这件事也就再不用传给艾艾了！"她这么一想，觉得燕燕实在伶俐可爱，就伸手抚摩着燕燕的头发说："好孩子！你还当得了个媒人！"燕燕见她转过弯来，就紧赶着问她："婶婶！你算愿意了吧？"小飞蛾说："好孩子，不要急！还有你叔叔，等他回来跟他商量商量！"

燕燕说服了小飞蛾，就辞别过小飞蛾去给艾艾报喜信，不想一出门，艾艾就站在窗外。艾艾拉住她的手，叫她不要声张。两个人相跟着到了院门外，燕燕说："都听见了吧！"艾艾说："听见了！谢谢你！"燕燕说："且不要谢，还有一头哩！你先到街上看灯去，到合作社门口那个热闹地方等着我，我到小晚家试试看！"说了就走了。

燕燕到了小晚家，也走的是妇女路线，先和小晚他娘接头。这地方的普遍习惯，只要女家吐了口，男家的话好说，没有费多大工夫，就说妥了。

她跑到合作社门口，拉上艾艾走到个僻静处，把胜利的结果一报告，并且说："只要你妈今天晚上能跟你爹说通，明天就可以去登记。"艾艾听罢，自然是千恩万谢高高兴兴回去了，剩下她想想人家的，又想想自己的事，两下一对照，伤心得很，趁着这个僻静地方，悄悄哭了一大阵，直到街上人都散了她才回去，回去躺下之后，一直考虑："明天到区上还是牺牲自己呀，还是得罪妈妈？"一夜也不曾合上眼。

小飞蛾呢？自从燕燕和艾艾走出去，她把小晚这一家子细细研究了好几遍：日子也过得，家里也和气，大人们脾气都很平和，孩子又漂亮又正干，年纪也相当，挑来挑去挑不着毛病。这时候，她完全同意了，暗暗夸奖艾艾说："好孩子！你的眼力不错！说闲话的人真是老脑筋！"想到这里，她又想起头一天晚上那个罗汉钱。她又揭开箱子找出那个钱来，心想还了艾艾，又想不到该怎样还她。她正拿着这个在手里搓来搓去想法子，艾艾一股劲跑回来。艾艾看见她手里有个东西，就问："妈！你拿了个什么的？"小飞蛾用两根指头捏起来向她说："罗汉钱！""哪儿来的？""我拾的！""妈！那是我的！""你哪儿来的？""我……我也是拾的！"艾艾说着就笑了。小飞蛾看了看她的脸说："是你的还给了你！"艾艾接过来，还装在她的衣裳口袋里。

一会，张木匠玩罢龙灯回来了，艾艾回房去做她的好梦，张木匠和小飞蛾商量艾艾的婚事。

三　不准登记

当天晚上，艾艾回房以后，明知道她的爹妈要谈自己的婚事，自然睡不着觉，趴在窗上听了一会，因为隔着半个院子两重窗，也听不出道理来，只听见了两句话。听见两句什么话呢？当她爹妈谈了一阵争执起来之后，她妈说："你说这么办了有什么坏处？"她爹说："坏处是没有，不过挡不住村里人说闲话！"以后的声音又都低下去，艾艾就听不见了。

这一晚艾艾自然没有睡好，第二天早晨起来，本来想先去找燕燕，可是乡村姑娘们，要是家里没有个嫂嫂的话，扫地，抹灰尘，生火做饭，洗锅碗这几件事就成了自己照例的公事，非办不行。她只担心燕燕往区上走了，好容易等到吃过饭，把碗筷收拾起来泡到锅里，偷偷地用锅盖盖起来就跑到燕燕家里去。

她本来想请燕燕替她问一问她妈和她爹商量的结果如何，可是一到了燕燕家，就碰上了别的情况，这番话就不得不搁一搁。这时候，燕燕在床上躺着，她妈坐在那里央告她起来。五婶站在地上等候着。艾艾问："燕燕姊怎么样了？"燕燕她妈说："燕燕只怕怄不死我哩！"燕燕躺着说："都由了你了，还要说我是跟你怄气！"她妈说："不是怄气怎么不起来啊？好孩子！不要怄了！快起来让你五奶奶给你说说到区上的规矩！再到村公所要上一封介绍信，快走吧！天不早了！"燕燕说："我死也不去村公所！我还怕民事主任再要我检讨哩！"她妈说："小奶奶！你不去村公所我替你去！可是你也得起来让你五奶奶给你说说规矩呀！"燕燕赌着气坐起来说："分明是按老封建规矩办事，偏要叫人假眉三道①去出洋相！什么好规矩？说吧！"五婶见她的气色不好，就先劝她说："孩子！再不要别别扭扭的！要喜欢一点！这是恭喜事！"燕燕说："快说你们那假眉三道的规矩吧！什么恭喜事？你们喜的吧，我也喜的？"五婶说："算了算了，气话不要说了！到了区上，我把介绍信递给王助理员。王助理员看了信，问你多大了，你就说多大了；问你是自愿吗？你就说自愿……"燕燕说："这哪里能算自愿？"五婶说："傻孩子！你那么说就对了！问过自愿以后，他要不再问什么就算了；他要再问你为什么愿意，你就说'因为他能劳动'。"燕燕说："屁！我连人家个鬼影儿也没有见过，怎么知道人家劳动不劳动？"她妈说："我这闺女的主意可真哩！怄不死我总不能算拉倒！"燕燕说："妈！这怎么能算是我怄你？我真正是不知道呀！你也不要生气了！要我说什么我给你说什么好了！反正就是个我来！五奶奶！还有什么鬼路道，一股气说完了算！我都照着你的来！"五婶说："也再没有什么了！"

这时候，小晚来找艾艾，见燕燕母女俩闹得不可开交，也就站住来看结果。结果是燕燕答应到了区上照五婶的话说，她妈跟五婶替她到村公所去要介绍信。

燕燕她妈跟五婶出去之后，艾艾跟燕燕说："燕燕姊！你今

---

① 假眉三道：装模作样。

天不高兴,我也不知道该怎样劝劝你……"燕燕说:"我这辈子算现成了,还有什么高兴不高兴?我还没有问你:你爹同意不同意?"艾艾说:"我也不好问!你今天遇了事了,改日再说吧!"燕燕说:"不!我偏要马上管!要管管到底,不要叫都弄成我这样!能办成一件也叫我妈长长见识!你就在我这里等一等,让我去问一问你妈,要是答应了,咱们相跟到区上去!"

燕燕走了,剩下了小晚和艾艾。艾艾说:"听我爹那口气,好像也不反对,听说你家的大人们也愿意了,现在担心的只是民事主任的介绍信!"小晚说:"我也是这么想:咱庄上凡是他插过腿的事,不依了他就都出不了他的手。别看他口口声声说你声名不好,只要嫁给他的外甥,管保就没了!"艾艾说:"对!事情是明明白白的!他不给咱们写,咱们该怎么办?"两个人都愣了,谁也想不出办法来。停了一会,燕燕回来了,说是张木匠也愿意了,可以一同到区上去登记。艾艾跟她说到村公所写介绍信不容易,她也觉着是一件难事,后来想了想说:"你们去吧!趁着他给我写罢了你们就提出,他要是不愿意写的话,你们就问他:'别人来了可以替人写,亲自来了为什么不行?'看他说什么!"小晚说:"对!他要是再不给写,咱俩就不拿介绍信到区上去登记。区上问起介绍信,咱就说民事主任是封建脑筋,别人去了可以替人写,自己去了偏不给写!"艾艾说:"那样你不把燕燕姊的事给说漏了吗?"燕燕说:"说漏了自然更好了!你们给说漏了,我妈也怨不着我!"小晚说:"人家要问介绍人哩?"燕燕说："就说是我！"小晚说："写信时候，介绍人也得去呀！"燕燕想了一想说："可以！我跟你们去！"艾艾说："你不是不愿意到村公所去吗？"燕燕说："我是不去要我的介绍信，给别人办事还可以。咱们到村公所门口等着，等我妈一出门咱们就进去！"艾艾说："民事主任要说你声名不正不能当介绍人呢？"燕燕说："这回我可有话说！"三个人商量好了，就往村公所去。他们正走到村公所门口，她妈跟五婶就出来了。五婶说："不用来了！信写好了！"燕燕说："我也得问问是怎么写的，不要叫去了说不对！"她妈听着只当是燕燕真愿意了，就笑着跟她说："你要早是这样，不省得妈来跑一趟？快问问回来吃些饭走吧！"说着就分头走开。

他们三个走进村公所，民事主任才写过信，墨盒还没有盖上。民事主任看见他们这几个人在一块就没有好气，撇开艾艾和小晚，专对燕燕说："回去吧！信已经交给你妈了！"燕燕说："我知道！这回是给他们两个人写！"主任瞟了小晚和艾艾一眼说："你两个？""我两个！""自己也都不检讨一下？"小晚说："检讨过了！我两个都愿意。"主任说："怕你们不愿意哩！"艾艾说："你说怕谁不愿意？我爹我妈都愿意！"小晚说："我爹我妈也都愿意！"主任说："谁的介绍人？"燕燕说："我！""你怎么能当介绍人？""我怎么不能当介绍人？""趁你的好声名哩！""声名不好为什么还给我写介绍信？"主任答不上来就发了脾气："去你们的！都不是正经东西！"艾艾看见仍不行了，就又顶了他一句:"嫁给你的外甥就成了正经东西了,是不是?"

这一下更问得主任出不上气来。主任对艾艾确实有两种正相反的估价:有一次,他看见艾艾跟小晚拉手,他自言自语说:"坏透了!跟年轻时候的小飞蛾一个样!"又一次,他在他姐姐家里给他的外甥提亲提到了艾艾名下,他姊姊说:"不知道闺女怎么样?"他说:"好闺女!跟年轻时候的小飞蛾一个样!"这两种评价,在他自己看起来并不矛盾:说"好"是指她长得好,说"坏"是指她的行为坏——他以为世界上的男人接近女人就不是坏透了的行为。不过主任对于"身材"和"行为"还不是平均主义看法:他以为身材是天生的,是什么就是什么,行为是可以随着丈夫的意思改变的,只要痛痛打一顿,说叫她变个什么样就能变成个什么样。在这一点上,他和东院五婶的意见根本相同。可是这道理他向艾艾说不得,要是说出来,艾艾准会对他说:"这个民事主任用不着你来当,最好是让给东院五奶奶当吧!"

闲话少说,还是接着说吧:当艾艾问嫁给他的外甥算不算正经的时候,他半天接不上气来,就很蛮地把墨盒盖子一盖说:"任你们有天大的本事,这个介绍信我不写!"艾艾说:"不写我们也要去登记!区上问起来,我就请他们给评一评这个理!"主任说:"不服劲你就去试试!区上又不是不知道你们的好声名!"吵了半天,还是不给写,他们只得走出来。

燕燕回家去吃过饭,艾艾回家去洗过锅碗,五婶、燕燕、小晚和艾艾,四个人都往区上去。

三个青年人都觉着五婶讨厌，故意跑在前边不让五婶追上，累得五婶直喘气。走到区公所门口，门口站着五六个人，男女老少都有，只是一个也认不得。原来五婶约着人家西王庄那个孩子在区公所门口等，现在这五六个人，好像也都是等人，有两个大人似乎也是当介绍人的，其中有两个青年男子，一个有二十多岁，一个有十五六岁。燕燕他们三个人，都估量着那个十五六岁的就是给燕燕的那一个，因为五婶说过："实数是十五。"可是谁也认不得，不愿意随便打招呼。停了一会，五婶赶到了，五婶在区公所门边一看说："怎么西王庄那个孩子还没有来？"她这么一说，他们三个才知道是估量错了，原来哪一个也不是。就在这时候，收发室里跑出一个小孩子来向五婶嚷着说："老大娘！我早就来了！"嗓子比燕燕的嗓子还尖。燕燕一看，比自己低一头，黑光光的小头发，红红的小脸蛋，两只小眼睛睁得像小猫，伸直了他的小胖手，手背上还有五个小窝窝。燕燕想："这孩子倒也很俏皮，不过我看他还该吃奶，为什么他就要结婚？"五婶说："咱们进去吧！"他们先到收发处挂了号，四个人相跟着进去了。

正月天，亲戚们彼此来往得多，说成了的亲事也特别多，王助理员的办公室挤满了领结婚证的人，累得王助理员满头汗。屋子小，他们进去站在门边，只能挨着次序往桌边挤。看见别人办的手续跟五婶说的一样，很简单。助理员看了介绍信："你叫什么名？"叫什么。"多大了？"多大了。"自愿吗？"自愿！"为什么愿嫁他？"或者"为什么愿娶她？"因为他能劳动！这一套，听起来好像背书,可是谁也只好那么背着,背了就发给一张红纸片,叫男女双方和介绍人都盖指印。也有两件不准的,那就是有破绽:一件是假岁数报得太不相称,一件是从前有过纠纷。

快轮到他们了,燕燕把艾艾推到前边说:"先办你的!"艾艾便挤到桌边。这时候弄出个笑话来:助理员伸着手要介绍信,西王庄那个孩子也已经挤到桌边,信就在手里预备着,一下子就递上去!五婶看见着了急,拉了他一把说:"错了错了!"那孩子说:"不错,人家都是二人一封!"原来五婶在区门口没有把艾艾和燕燕向那孩子交代清楚,那孩子看见艾艾比燕燕小一点,以为一定是这个小的。王助理员接住他的信还没有赶上拆开,小晚就挤过去跟他说:"说你错了,你还不服哩!"回头指了指燕燕又向他说:"你是跟那一个!"经他一说破,满屋子弄了个哄堂大笑!王助理员又把信递给那个孩子说:"你怎么连你的对象也认不得?"小晚说:"我两个没有介绍信,能不能登记?"王助理员说:"为什么没有介绍信?"艾艾说:"民事主任不给写!燕燕她妈替她去还给写,我们亲自去了不给写!他要叫我嫁给他的外甥!""你们是哪个村?""张家庄!"问艾艾:"你叫什么?""张艾艾!"王助理员注意了她一下说:"你就是张艾艾呀?""是!"王助理员又看着小晚说:"那么你一定就是李小晚了?"小晚说:"是!"王助理员说:"谁的介绍人呢?"燕燕说:"我!""你叫什么?""马燕燕!"王助理员说:"你两个都来了?你怎么能当介绍人?""我怎么不能当介绍人?""村里有报告，说你的声名不正！"三个人同问："有什么证据？"王助理员说："说你们早就有来往！"小晚说："早有个来往有什么不好？没来往不是会把对象认错了吗？"这句话又说得大家笑起来。王助理员说："村里既然有报告，等调查调查再说吧！"燕燕说："助理员！你说叫他们两人结了婚有什么不好？为什么还要调查呢？他们两个人都没有结过婚，和谁也没有麻烦！两个人又是真正自愿，还要调查什么呢？"助理员说："反正还得调查调查！这件事就这样了。"又指着西王庄那个孩子说："拿你的信来吧！"小孩子递上了信，五婶一边把村公所给燕燕的介绍信也递上去。

王助理员问西王庄那个孩子："你叫什么？""王旦！""十几了？""十……二十了！"小王旦说了个"十"就觉着五婶教他的话不一样，赶快改了口，王助理员说："怎么叫个十二十呢？"小王旦没话说，王助理员又问："你们是自愿吗？""自愿。""为什么愿意跟她结婚？""因为她能劳动！"王助理员又看了看燕燕的介绍信说："马燕燕！你说他究竟多大了！"燕燕说："我不知道！"五婶急得向燕燕说："你怎么说不知道？"燕燕回答说："五奶奶！我真正不知道，你哪里跟我说过这个？"五婶不知道燕燕是有意叫弄不成事，还暗暗地埋怨燕燕说："这闺女心眼儿为什么这么死？就算我没有跟你说过，可是人家说二十，你就不会跟着说二十吗？"在这时候，小王旦偏要卖弄他的聪明。他说："人家是真正不知道！我住在西王庄，人家住在张家庄，我两个谁也没有见过谁,人家怎么知道我多大了呢?"王助理员说:"我早就知道你没有见过她!要是见过,怎么还能认错了呢?你没有见过人家,怎么知道人家能劳动?小孩子家尽说瞎话!不准你们两个登记!一来男方的岁数不实在,说不上什么自愿不自愿,二来见了面连认也不认得,根本不能算自由婚姻!都回去吧!"

五个人都出了区公所:小王旦回西王庄去了,五婶和他们三个年轻人仍回张家庄去。在路上,五婶怪燕燕说错了话,燕燕故意怪五婶教她说话的时候没有教全。艾艾跟小晚说王助理员的脑筋不清楚,燕燕说王助理员的脑筋还不错。

他们四个人相随了一段,还跟来的时候一样,三个青年走在前边商量自己的事,五婶在后边赶也赶不上。他们谈到以后该怎么样办,燕燕仍然帮着艾艾和小晚想办法,他们两个也愿意帮着燕燕,叫她重跟小进好起来。用外交上的字眼说,也可以叫作"订下了互助条约"。

四　谁该检讨

前边说过,张家庄的民事主任对妇女的看法是"身材第一,行为第二,行为是可以随着丈夫的意思改变的"。其实这种看法在张家庄是很普遍的一种看法,不只是民事主任一个人如此——要是他一个人,也不会给这两个大闺女造成坏的声名。张家庄只剩这么两个大闺女,这两个人又都各自结交了个男人。谁也说她们"坏透了",可是谁也只想给自己人介绍,介绍不成功就越说她们"坏",因此她们两个的声名就"越来越坏"。

自从她们到区上走了一趟,事情公开了,老年人都认为"更坏得不能提了",也就不提了;打算给自己人介绍的看见没有希望了,再加上公开了之后,谁当面说闲,她们就要当面质问:"我们结了婚有什么坏处?"这句话的力量很大,谁也回答不出道理来。有这么好原因,说闲话的人一天比一天少起来。她两个的声名也一天比一天好起来。

在这两对婚姻问题上,成问题的只有三个人:一个是燕燕她妈,说死说活嫌败兴,死不赞成;一个是民事主任,死不给写介绍信;再一个就是区上的王助理员,光说空话不办事,艾艾跟小晚去问过几次,仍是那一句话:"以后调查调查再说。"因为有这三个人,就把四个人的事情给拖延下来。

他们四个都是不当家的孩子,家里的大人,燕燕她妈还反对,其余的纵不反对也不给他们撑腰,有心到县里去告状去,在家里先请不准假。在这个情况下面,气得他们每天骂民事主任,骂王助理员。

一直骂了两个月,还是不长不短,仍然没有结果。种谷的时候,有一天晚上,小晚到合作社去,合作社掌柜笑着跟他说:"小晚!你们结婚的事情怎么样了?"小晚说:"人家区上还没有调查好哩!"掌柜说:"几时就调查好了?"小晚说:"还不得个十年二十年?"掌柜说:"你真会长期打算!现在不用等那么长时候了！婚姻法公布出来了！看了那上边的规定，你们两个完全合法！"小晚只当他是开玩笑，就说："看你这个掌柜多么不老实！"掌柜正经跟他说："真的！给你看看报！"说着递给他一张报。小晚先看见报上的大字觉着真有这回事，就拿到灯下各里各节往下念，掌柜说："让我念给你听！"说着接过来一口气念下去，等掌柜念完，大家都说："小晚这一下撞对了！明天再去登记去吧！完全合法！"

小晚有了这个底，从合作社出来就去找艾艾；因为他们和燕燕、小进有互助条约，艾艾又去找燕燕，小晚又去找小进。不大一会，四个人到了艾艾家开了个会，因为燕燕不愿意马上得罪她妈，决定第二天先让艾艾和小晚去登记。燕燕说："只要你们能领回结婚证来，我妈那里的话就好说一点。虽然你们说我妈不同意也可以，依我看能说通还是说通了好！"大家也就同意了她的话。

这天晚上散会之后，小晚和艾艾各自准备了半夜，计划着第二天到区上，王助理员要仍然不准，他们用什么话跟他说。不料第二天到了区上，王助理员什么也没有再问就给填上了结婚证。

隔了一天，区公所通知村公所，说小晚和艾艾的婚姻是模范婚姻，要村里把结婚的日期报一下，到那时候区里的干部还要来参加他们的结婚典礼。

因为区里说是模范婚姻，村里人除了太顽固的，差不多也都另换了一种看法；青年人们本来就赞成，有好多自动来给他们帮忙筹备，不几天就准备停当了。

结婚这一天，区上来了两个干部——一个区分委书记，一个王助理员。村上的干部差不多全体参加了——民事主任本来不想到场，区上说别的干部可以不参加，他非参加不可，他没法，也只得来。

因为区上说是模范婚姻，村上的群众自然也来得特别多，把小晚家一个院子全都挤满。

会开了，新人就了位，不知道哪个孩子从外边学来的新调皮，要新媳妇报告恋爱经过，还要叫从罗汉钱说起。艾艾说："那算什么稀奇？我送了他个戒指，他送了我个罗汉钱，一句话不就说完了吗？"

有个青年小伙子说："她这么说行不行？"大家说："不行！""不行怎么办？""叫她再说！"艾艾说："你们这么说我可不赞成！又不是斗争会！"有的说："我们好意来给你帮个忙，凑个热闹，你怎么撵起我们来了？"艾艾说："大家帮我的忙我很欢迎，不过可不愿意挨斗争！罗汉钱的事实在没有多少话说的，大家要我说，我可以说一些别的事！"大家说："可以！说什么都好！"艾艾说："大家不是都知道我的声名不正吗？你们知道这怨谁？"有的说："你说怨谁？"艾艾说："怨谁？谁不叫我们两个人结婚就怨谁！你们大家想想：要是早一年结了婚，不是就正了吗？大家讲起官话来，都会说：'男女婚姻要自主。'你们说，咱们村里谁自主过？说老实话，有没有一个不是父母主婚？"大家心里都觉着对，只是对着区干部不好意思那么说。艾艾又接着说："要说有的话，女的就只有我和燕燕两个，可是民事主任常常要叫我们检讨！我们检讨过了，要说有错的话，就是说我们不该自主！说到这里了，我也坦白坦白：为了这事，我整整骂了民事主任两个月了，现在让我来赔个情！"大家问："都骂了些什么话？"艾艾说："现在我们两人的事情已经成功了，前边的事就都不提它了……"大家一定要艾艾说，艾艾总不肯说，小晚站起来笑着说："我说了吧！我也骂过！主任可不要恼，我不过是当成故事来说的。我说：……我也愿意，她也愿意，就是你这个当主任的不愿意！我两个结了婚，能把你的什么事坏了？老顽固！死脑筋！外甥路线！嫁给你的外甥，管保就不用检讨了！"大家都看着民事主任笑，民事主任没有说话。区分委书记说："你也给王助理员提点意见！"小晚说："王助理员倒是个好人，可惜认不得真假！光听人家说个'自愿'，也不看说得有劲没劲，连我都能看出是假的来，他都给人家发了结婚证！问人家自愿的理由，更问得没道理：只要人家真是自愿，哪管得着人家什么理由？他既然要这样问，人家就跟背书一样给他背一句'因为他能劳动'。哪个庄稼人不能劳动？这也算个理由吗？轮上我们这真正自愿的了，他说村里有报告，说我们两个人早就有来往，还得调查调查。村里报告我们早就有来往，还不能证明我们是自愿吗？那还要调查什么？难道过去连一点来往也没有才叫自愿吗？"小晚说到这里，又咻咻咻笑着说："我再说句老实话，我们也骂过王助理员。我们说：'助理员，傻不傻，不要真，光要假！多少假的都准了，一对真的要调查！'王助理员你可不要恼我们！从你给我们发了结婚证那一天，我们就再也没有骂过你一句！"

区分委书记说："你骂得对！我保证谁也不恼你们！群众说你们声名不正，那是他们头脑里还有些封建思想，以后要大家慢慢去掉。村民事主任因为想给他外甥介绍，就不给你们写介绍信，那是他干涉婚姻。中央人民政府公布了婚姻法以后，谁再有这种行为，是要送到法院判罪的。王助理员迟迟不发结婚证，那叫官僚主义不肯用脑子！他自己这几天正在区上检讨。中央人民政府的婚姻法公布以后，我们共产党全党保证执行，我们分委会也正在讨论这事，今天就是为了搜集你们的意见来的！"区分委书记说着向全场看了一看说："党员同志们，你们说说人家骂得对不对呀？检查一下咱们区上村上这几年处理错了多少婚姻问题？想想有多少人天天骂咱们？要再不纠正，受了党内处分不算，群众也要把咱们骂死了！"

散会以后，大家都说这种婚姻结得很好，都说："两个人以后一定很和气，总不会像小飞蛾那时候叫张木匠打得个半死！"连一向说人家声名不正的老头子老太太，也有说好的了。

这天晚上，燕燕她妈的思想就打通了，亲自跟燕燕说叫她第二天跟小进到区上去登记。

求雨

/// 赵树理

"龙王"在中国的旧传说中是会降雨的神圣之一（传说中这一系列的神圣还有好多位），所以在经常遭受旱灾威胁的地方，往往都建有龙王庙。

金斗坪村的龙王庙，建筑在村北头河西边的高岸上。这岸的底部是村西边山脚下的崖石。据老人们说，要不是有这一段崖石，金斗坪早被大河冲得没有影了。

在解放以前，每逢天旱了的时候，金斗坪的人便集中在这庙里求雨。求雨的组织，是把全村一百来户人家每八人编成一班，轮流跪祷。第一班焚上香之后，跪在地上等一炷香着完了，然后第二班接着焚香跪守……该不着上班的人，随便在一旁敲钟打鼓，希望引起龙王注意。这样周而复始地轮流着，直到下了雨为止。

组织领导这事的人常是地主，在解放前不久是本村地主周伯元。周伯元怎样领导这事，只要引土地改革时候老贫农于天佑在斗争周伯元大会上说的一段话就可以明白。于天佑那段话是这样说的："在求雨时候，你把你的名字排在第一班第一名，可是跪香时候你可以打发长工替你跪。别人误了跪香，按你立的规矩是罚一斤灯油，你的长工误了替你跪香，连罚的灯油也得他替你出。大家饿着肚子跪香，你囤着粮食不出放，反而只用一斗米一亩地的价钱买我们好地，求了十来次雨，就把金斗坪一半土地都买成你的了。有一次你和你亲家说：'我这领导求雨不过是个样子，其实下不下都好——因为一半金斗坪都是我的，下了雨自然数我打的粮食多，不下雨我可以用一斗米一亩地的价钱慢慢把另一半也买过来。'你长的是什么心？要不是解放，那就只有你活得了……"

土地改革后，金斗坪的全部土地又都回到农民手里，可是这年夏天不幸就又遇上了旱灾。这时候，政府号召开渠、打井、担水保苗，想尽一切方法和旱灾作斗争。金斗坪就在河边，开渠有条件，党支部书记于长水和村政委员会商量了开渠的计划，又请人测量了地势，就召开动员大会，动员开渠。

因为这渠要经过龙王庙下边的石崖，估计至少得二十天。有人说："要是二十天不下雨的话，渠还没有开成，苗早就晒干了！"于长水说："只要把渠开成，苗干了还能再种晚粮；要是不开渠白等二十天，苗干了不是白干吗？只要我们大家有信心，我们就能克服灾荒。要是开成了这条渠，以后就再不会受旱灾的威胁了!"经过这一番加油打气,金斗坪的渠便开工了。

不幸在动工这一天,又出了点小事:大家正在画好了石灰线的地方挖土,忽然听见龙王庙里敲钟打鼓。一听这个,大家就议论开了:"谁还这么封建?""不要管他,咱们干咱们的!""去叫他们停止了!不要让他们咚咚当当扰乱人心!""叫人家求吧!能求得雨来不更好吗?""开渠的开渠,求雨的求雨,谁也妨碍不了谁!"……各有各的主张。村长和党支部书记都去计划石工去了,党员们虽有自己的主张可是也说不服大家,最后都同意派个人去看看是些什么人在庙里,一个青年接受了这个使命。

这青年跑到庙里一看,庙里有八个老头,最想不到的是土地改革时候的积极分子于天佑也在内。青年问于天佑:"你怎么也来了?""我怎么不能来?""你不是亲自说过龙王爷是被周伯元利用着发财的吗?""那是周伯元坏,不是龙王爷不好!""原来你也是个老封建!"说了个"老封建"就把老头们惹恼了。有个老头是这青年的本家爷爷。他骂青年说:"你给我滚!不是你们得罪了龙王爷爷的话,早下雨了!你们长的是什么心肝,天旱得跟火熬一样还不让别人求雨!"这青年没法,只好回到河边去报告。晌午,党员把这情况反映到支部,支部书记于长水想出的对付办法是一方面说服他们,一方面加紧开渠——只要渠开成了,自然就没人求雨了。

可是钟鼓不断地敲着,把一些心里还没有和龙王爷完全断绝关系的人又敲活动了:庙里又增加了好几个老头子,青壮年也有被家里老人们逼到庙里去的。庙里又定出轮班跪香制,参加开渠的人,凡是和龙王有点感情的,在上下工时候也绕到庙里磕个头。

于长水一边发动党团员加紧挖土搬石头,一边帮着石匠钻炮眼崩石崖。土渠开得快,给人们增加了信心;石头崩得响,压倒了庙里的钟鼓。跪香的青壮年在不值班的时候,也溜出庙来参加开渠;老头们说他们心不诚,妨碍了求雨的效果。

两天之后,开渠遇上了新困难:上半截土渠已经挖到庙下边的石崖边,可是石崖上的石头太硬,两天才崩了一排鸡窝窝。原来的估计不正确,光这一段五十尺长五尺深的石渠,一个月也开不过去。这时候退坡的、说闲话的慢慢多起来,也有装病的,也有说家里没吃的不能动的,也有不声不响走开不来的;剩下的人,有的说"一年也开不过去",有的说"现在旱得人心慌,还不如等到冬天再开"。原来在庙里跪香的仍回去跪香,原来只在上下工时候去磕个头的也正式编入跪香的班次。

河边人少了,崩开了的石头没人搬,炮声暂且停下来。于长水一边仍叫党团员们搬着石头支持场面不让冷了场,一边脱了鞋,卷起裤管,过到河的对岸,坐在一块石头上,对着这讨厌的石崖想主意。这时候,田里的苗白白地干着,河里的水白白地流着,庙里的钟鼓无用地响着,他觉着实在不是个好滋味。他下了个决心说:"要不能把这么现成的水引到地里去,就算金斗坪没有党!"在火海一样的太阳下,他坐在几乎能烫焦了裤子的石头上,攒着眉头,两眼死盯在这段石崖上,好像想用他的眼光把这段石崖烧化了一样，大约有点把钟没有转眼睛，新办法就被他想出来了。他想要是从石崖离顶五尺高的腰里，凿上一排窟窿，钉上橛子，架上木槽，就可以把水接过去。他这样想着，好像已经看见有好几段连在一起的木槽横在这石崖的腰里，水从木槽里平平地流过去，就泻在村北头的平地上。他的眉头展开了。他站起来向对岸搬石头的人们喊："同志们，不要搬了！有了好办法了！"说了就又过河来和大家商量。石匠对他的办法又加了点补充，说再把崖上钉了一排竖橛子，用铁绳把横橛子的外边那一头吊在竖橛子上管保成功。

午上又开过群众大会通过了这个办法，退了坡的人听见有门道又都回来参加工作，党团员自然更加了劲，找木匠的、搬木头的、搭架的、拉锯的……七手八脚忙起来。

庙里跪香的人又少了，气得于天佑拼命地敲钟。

一天过去了，河边的木槽已经成形，庙里跪香的人偷跑了三分之二。

两天过去了，木槽已经上了架，跪香的人，不但后来参加的全部退出，连原来的八个老头也少了三个。

石崖腰里架木槽是个新玩意，全村男女老少都来看新鲜，吵嚷得比赶集还热闹。这声音，在庙里的五个老头听起来心里很不安，连钟鼓也无心敲了。于天佑说："人们这样没有诚心，恐怕要惹得龙王爷一年也不给下雨！"其余四个老头撇了撇嘴，随后五个人商量了一下，一齐跪到地上祷告。于天佑说："龙王爷呀！

不论别人怎么样,我们几个的心是真诚的!求你老人家可怜可怜吧!"就在这时候,忽听得外边的人群像疯了一样齐声大喊起来,喊得比崩石崖的炮声还惊人。一个老头说:"这一定是出了什么事故了!"说了便爬起来跑出去,其余四个也都侧着耳朵听。

出去的那个老头跑回来喊:"快去看!接过水来了!大着哩!"地上跪着的四个老头,除了于天佑也都爬起来要出去。于天佑说:"难道我们也不能诚心到底吗?"一个老头说:"抢水救苗要紧!龙王爷会原谅!"说着便都走出去。

最后剩下于天佑。于天佑给龙王磕了个头说:"龙王爷!我也请你原谅!我房背后的二亩谷子也赶紧得浇一浇水了!"说罢,也爬起来跟着别的老头往外走。

锻炼锻炼

/// 赵树理

"争先"农业社,地多劳力少,
动员女劳力,做得不够好:
有些妇女们,光想讨点巧,
只要没便宜,请也请不到——
有说小腿疼,床也下不了,
要留儿媳妇,给她送屎尿;
有说四百二,她还吃不饱,
男人上了地,她却吃面条。
她们一上地,定是工分巧,
做完便宜活,老病就犯了;
割麦请不动,拾麦起得早,
敢偷又敢抢,脸面全不要;

开会常不到，也不上民校，
提起正经事，啥也不知道；
谁给提意见，马上跟谁闹，
没理占三分，吵得天塌了。
这些老毛病，赶紧得改造，
快请识字人，念念大字报！

——杨小四

这是一九五七年秋末"争先农业社"整风时候出的一张大字报。在一个吃午饭的时间，大家正端着碗到社办公室门外的墙上看大字报，杨小四就趁这个热闹时候把自己写的这张快板大字报贴出来，引得大家丢下别的不看，先抢着来看他这一张，看着看着就轰隆轰隆笑起来。倒不因为杨小四是副主任，也不是因为他编得顺溜写得整齐才引得大家这样注意，最引人注意的是他批评的两个主要对象是"争先社"的两个有名人物——一个外号叫"小腿疼"，那一个外号叫"吃不饱"。

小腿疼是五十来岁一个老太婆，家里有一个儿子、一个儿媳，还有个小孙孙。本来她瞧着孙孙做住饭，媳妇是可以上地的，可是她不，她一定要让媳妇照住她当日伺候婆婆那个样子伺候她——给她打洗脸水、送尿盆、扫地、抹灰尘、做饭、端饭……不过要是地里有点便宜活的话，也不放过机会。例如夏天拾麦子，在麦子没有割完的时候她可以去，一到割完了她就不去了。按她的说法是"拾东西全凭偷,光凭拾能有多大出息"。后来社里发现了这个秘密,又规定拾的麦子归社,按斤给她记工她就不干了。又如摘棉花,在棉桃盛开、每天摘的能超过定额一倍的时候,她也能出动好几天,不用说刚能做到定额她不去,就是只超过定额三分她也不去。她的小腿上,在年轻时候生过臁疮,不过早在二十多年前就治好了。在生疮的时候,她的丈夫伺候她;在治好之后,为了容易使唤丈夫,她说她留下了个腿疼根。"疼"是只有自己才能感觉到的。她说"疼",别人也无法证明真假,不过她这"疼"疼得有点特别:高兴时候不疼,不高兴了就疼;逛会、看戏、游门、串户时候不疼,一做活儿就疼;她的丈夫死后、儿子还小的时候,有好几年没有疼,一给孩子娶过媳妇就又疼起来;入社以后是活儿能大量超过定额时候不疼,超不过定额或者超过得少了就又要疼。乡里的医务站办得虽说还不错,可是对这种腿疼还是没有办法的。

吃不饱原名李宝珠,比小腿疼年轻得多——才三十来岁,论人才在"争先社"是数一数二的,可惜她这个优越条件,变成了她自己一个很大的包袱。她的丈夫叫张信,和她也算是自由结婚。张信这个人,生得也聪明伶俐,只是没有志气,在恋爱期间李宝珠跟他提出的条件,明明白白就说是结婚以后不上地劳动,这条件在解放后的农村是没有人能答应的,可是他答应了。在李宝珠看来,她这位丈夫也不能算最满意的人,只能说是比上不足比下有余——因为不是干部——所以只把他作为个"过渡时期"的丈夫，等什么时候找下了最理想的人再和他离婚。在结婚以后，李宝珠有一个时期还在给她写大字报的这位副主任杨小四身上打过主意，后来打听着她自己那个"吃不饱"的外号原来就是杨小四给她起的，这才打消了这个念头。她既然只把张信当成她"过渡时期"的丈夫，自然就不能完全按自己人来对待他，因此她安排了一套对待张信的"政策"。她这套"政策"：第一是要掌握经济全权，在社里张信名下的账要朝她算，家里一切开支要由她安排，张信有什么额外收入全部缴她，到花钱时候再由她批准、支付；第二是除做饭和针线活以外的一切劳动——包括担水、和煤、上碾、上磨、扫地、送灰渣一切杂事在内——都要由张信负担；第三是吃饭穿衣的标准要由她规定——在吃饭方面，她自己是想吃什么就做什么，对张信她做什么张信吃什么；同样，在穿衣方面，她自己是想穿什么买什么，对张信自然又是她买什么张信穿什么。她这一套"政策"是她暗自规定暗自执行的，全面执行之后，张信完全变成了她的长工。自从实行粮食统购以来，她是时常喊叫吃不饱的。她的吃法是张信上了地，她先把面条煮得吃了，再把汤里下几颗米熬两碗糊糊粥让张信回来吃，另外还做些火烧干饼锁在箱里，张信不在的时候几时想吃几时吃。队里动员她参加劳动时候，她却说"粮食不够吃，每顿只能等张信吃完了刮个空锅，实在劳动不了"。时常作假的人，没有不露马脚的。张信常发现床铺上有干饼星星（碎屑），也不断见着糊糊粥里有一两根没有捞尽的面条，只是因为一提就得生气，一生气她就先提"离婚"，所以不敢提，就那样睁只眼合只眼吃点亏忍忍饥算了。有一次，张信端着碗在门外和大家一起吃饭，第三队（他所属的队）的队长张太和发现他碗里有一根面条。这位队长是个比较爱说调皮话的青年。他问张信说："吃不饱大嫂在哪里学会这单做一根面条的本事哩？"从这以后，每逢张信端着糊糊粥到门外来吃的时候，爱和他开玩笑的人常好夺过他的筷子来在他碗里找面条，碰巧的是时常不落空，总能找到那么一星半点。张太和有一次跟他说："我看'吃不饱'这个外号给你加上还比较正确，因为你只能吃一根面条。"在参加生产方面，吃不饱和小腿疼的态度完全一样。她既掌握着经济全权，就想利用这种时机为她的"过渡"以后多弄一点积蓄，因此在生产上一有了取巧的机会她就参加，绝不受她自己所定的"政策"第二条的约束；当便宜活做完了，她就仍然喊她的"吃不饱不能参加劳动"。

杨小四的快板大字报贴出来一小会，吃不饱听见社房门口起了哄，就跑出来打听——她这几天心里一直跳，生怕有人给她贴大字报。张太和见她来了，就想给她当个义务读报员。张太和说："大家不要起哄，我来给大家从头念一遍！"大家看见吃不饱走过来，已经猜着了张太和的意思，就都静下来听张太和的。张太和说快板是很有功夫的。他用手打起拍子，有时候还带着表演，跟流水一样马上把这段快板说了一遍，只说得人人鼓掌、个个叫好。吃不饱就在大家鼓掌鼓得起劲的时候，悄悄溜走了。

不过吃不饱可没有回了家，她马上到小腿疼家里去了。她和小腿疼也不算太相好，只是有时候想借重一下小腿疼的硬牌子。小腿疼比她年纪大、闯荡得早，又是正主任王聚海、支书王镇海、第一队队长王盈海的本家嫂子，有理没理常常敢到社房去闹，所以比吃不饱的牌子硬。吃不饱听张太和念过大字报，气得直哆嗦，本想马上在当场骂起来，可是看见人那么多，又没有一个是会给自己说话的，所以没有敢张口，就悄悄溜到小腿疼家里。她一进门就说："大婶呀！有人贴着黑帖子骂咱们哩！"小腿疼听说有人敢骂她，好像还是第一次。她好像不相信地问："你听谁说的？""谁说的？多少人都在社房门口吵了半天了，还用听谁说？""谁写的？""杨小四那个小死材！""他这小死材都写了些什么？""写的多着哩：说你装腿疼，留下儿媳妇给你送屎尿；说你偷麦子；说你没理占三分，光跟人吵架……"她又加油加醋添了些大字报上没有写上去的话，一顿把个小腿疼说得腿也不疼了，腾腾腾腾就跑到社房里去找杨小四。

　　这时候，主任王聚海、副主任杨小四、支书王镇海三个人都正端着碗开碰头会，研究整风与当前生产怎样配合的问题，小腿疼一跑进去就把个小会给他们搅乱了。在门外看大字报的人们，见小腿疼的来头有点不平常，也有些人跟进去看。小腿疼一进门一句话也没有说，就伸开两条胳膊去扑杨小四，杨小四从座上跳起来闪过一边，主任王聚海趁势把小腿疼拦住。杨小四料定是大字报引起来的事，就向小腿疼说："你是不是想打架？政府有规定，不准打架。打架是犯法的。不怕罚款、不怕坐牢，你就打吧！只要你敢打一下，我就把你请得到法院！"又向王聚海说："不要拦她！放开叫她打吧！"小腿疼一听说要出罚款要坐牢，手就软下来，不过嘴还不软。她说："我不是要打你！我是要问问你政府规定过叫你骂人没有？""我什么时候骂过你？""白纸黑字贴在墙上你还昧得了？"王聚海说："这老嫂！人家提你的名来没有？"小腿疼马上顶回来说："只要不提名就该骂是不是？要可以骂，我可就天天骂哩！"杨小四说："问题不在提名不提名，要说清楚的是骂你来没有！我写的有哪一句不实，就算我是骂你！你举出来！我写的是有个缺点，那就是不该没有提你们的名字。我本来提着的，主任建议叫我去了。你要嫌我写得不全，我给你把名字加上好了！""你还嫌骂得不痛快呀？加吧！你又是副主任，你又会写，还有我这不识字的老百姓活的哩？"支书王镇海站起来说："老嫂，你是说理不说理？要说理，等到辩论会上找个人把大字报一句一句念给你听，你认为哪里写得不对，许你驳他！不能这样满脑一把抓来派人家的不是！谁不叫你活了？""你们都是官官相卫，我跟你们说什么理？我要骂！谁给我出大字报叫他死绝了根！叫狼吃得他不剩个血盘儿，叫……"支书认真地说："大字报是毛主席叫贴的！你实在要不说理要这样发疯，这么大个社也不是没有办法治你！"回头向大家说："来两个人把她送乡政府！"看的人们早有几个人忍不住了，听支书一说，马上跳出五六个人来把她围上，其中有两个人拉住她两条胳膊就要走。这时候，主任王聚海却拦住说："等一等！这么一点事，哪里值得去麻烦乡政府一趟？"大家早就想让小腿疼去受点教训，见王聚海一拦，都觉得泄气，不过他是主任，也只好听他的。小腿疼见真要送她走，已经有点胆怯，后来经主任这么一拦就放了心。她定了定神，看到局势稳定了，就强鼓着气说了几句似乎是光荣退兵的话："不要拦他们！让他们送吧！看乡政府能不能拔了我的舌头！"王聚海认为已经到了收场的时候，就拉长了调子向小腿疼说："老嫂！你且回去吧！没有到不了底的事！我们现在要布置明天的生产工作，等过两天再给你们解释解释！""什么解释解释？一定得说个过来过去！""好好好！就说个过来过去！"杨小四说："主任，你的话是怎么说着的？人家闹到咱的会场来了，还要给人家赔情是不是？"小腿疼怕杨小四和支书王镇海再把王聚海说倒了弄得自己不得退场，就赶紧抢了个空子和王聚海说："我可走了！事情是你承担着的！可不许平白白地拉倒啊！"说完了抽身就走，跑出门去才想起来没有装腿疼。

　　主任王聚海是个老中农出身，早在抗日战争以前就好给人和解个争端，人们常说他是个会和稀泥的人；在抗日战争中八路军来了以后，他当过村长，做各种动员工作都还有点办法；在土改时候，地主几次要收买他，都被他拒绝了，村支部见他对斗争地主还坚决，就吸收他入了党；"争先农业社"成立时候，又把他选为社主任，好几年来，因为照顾他这老资格，一直连选连任。他好研究每个人的"性格"，主张按"性格"用人，可惜不懂得有些坏"性格"一定得改造过来。他给人们平息争端，主张"和事不表理"，只求得"了事"就算。他以为凡是懂得他这一套的人就当得了干部，不能照他这一套来办事的人就都还得"锻炼锻炼"。例如在一九五五年，党内外都有人提出可以把杨小四选成副主任，他却说"不行不行，还得好好锻炼几年"，直到本年（一九五七年）改选时候他还坚持他的意见，可是大多数人都说杨小四要比他还强，结果选举的票数和他得了个平。小四当了副主任之后，他可是什么事也不靠小四做，并且常说："年轻人，随在管委会里'锻炼锻炼'再说吧！"又如社章上规定要有个妇女副主任，在他看来那也是多余的。他说："叫妇女们闹事可以，想叫她们办事呀，连门都找不着！"因为人家别的社里每社都有那么一个人，他也没法坚持他的主张，结果在选举时候还是选了第三队里的高秀兰来当女副主任。他对高秀兰和对杨小四还有区别，以为小四还可以"锻炼锻炼"，秀兰连"锻炼"也没法"锻炼"，因此除了在全体管委会议的时候按名单通知秀兰来参加以外，在其他主干碰头的会上就根本想不起来还有秀兰那么个人。不过高秀兰可没有忘了他。就在这次整风开始，高秀兰给他贴过这样一张大字报：

　　争先社，难争先，因为主任太主观；
　　只信自己有本事，常说别人欠锻炼；
　　大小事情都包揽，不肯交给别人干；

一天起来忙到晚,办的事情很有限。
遇上社员有争端,他在中间赔笑脸;
只求说个八面圆,谁是谁非不评断。
有的没理沾了光,感谢主任多照看;
有的有理受了屈,只把苦水往下咽。
正气碰了墙,邪气遮了天,
有力没处使,谁还肯争先?
希望王主任,来个大转变:
办事靠集体,说理分长短,
多听群众话,免得耍光杆!

——高秀兰写

他看了这张大字报,冷不防也吃了一惊,不过他的气派大,不像小腿疼那样马上叽叽喳喳乱吵,只是定了定神仍然摆出长辈的口气来说:"没想到秀兰这孩子还是个有出息的,以后好好'锻炼锻炼',还许能给社里办点事。"王聚海就是这样一个人。

杨小四给小腿疼和吃不饱出的那张大字报,在才写成稿子没有誊清以前,征求过王聚海的意见。王聚海坚决主张不要出。他说:"什么病要吃什么药,这两个人吃软不吃硬。你要给她们出上这么一张大字报,保证她们要跟你闹麻烦,实在想出的话,也应该把她们的名字去了。"杨小四又征求支书王镇海的意见,并且把主任的话告诉了支书,支书说:"怕麻烦就不要整风!至于名字写不写都行,一贴出去谁也知道指的是谁!"杨小四为了照顾王聚海的老面子,又改了两句,只把那两个人的名字去了,内容一点也没有变,就贴出去了。

当小腿疼一进社房来扑杨小四,王聚海一边拦着她,一边暗自埋怨杨小四:"看你惹下麻烦了没有?都只怨不听我的话!"等到大家要往乡政府送小腿疼,被他拦住用好话把小腿疼劝回去之后,他又暗自夸奖他自己的本领:"试试谁会办事?要不是我在,事情准闹大了!"可是他没有想到当小腿疼走出去、看热闹的也散了之后,支书批评他说:"聚海哥!人家给你提过那么多意见,你怎么还是这样无原则?要不把这样无法无天的人的气焰打下去,这整风工作还怎么往下做呀?"他听了这几句批评觉得很伤心。他想:"你们闯下了事自己没法了局,我给你们做了开解,倒反落下不是了?"不过他摸得着支书的"性格"是"认理不认人、不怕不了事"的,所以他没有把真心话说出来,只勉强承认说:"算了算了!都算我的错!咱们还是快点布置一下明天的生产工作吧!"

一谈起布置生产来,支书又说:"生产和整风是分不开的。现在快上冻了,妇女大半不上地,棉花摘不下来,花秆拔不了,牲口闲站着,地不能犁,要不整风,怎么能把这种情况变过来呢?"主任王聚海说:"整风是个慢工夫,一两天也不能转变个什么样子;最救急的办法,还是根据去年的经验,把定额减一减——把摘八斤籽棉顶一个工,改成六斤一个工,明天马上就能把大部分人动员起来！"支书说："事情就坏到去年那个经验上！现在一天摘十斤也摘得够，可是你去年改过那么一下，把那些自私自利的改得心高了，老在家里等那个便宜。这种落后思想照顾不得！去年改成六斤，今年她们会要求改成五斤，明年会要求改成四斤！"杨小四说："那样也就对不住人家进步的妇女！明天要减了定额，这几天的工分你怎么给人家算？一个多月以前定额是二十斤，实际能摘到四十斤，落后的抢着摘棉花，叫人家进步的去割谷，就已经亏了人家；如今摘三遍棉花，人家又按八斤定额摘了十来天了，你再把定额改小了让落后的来抢，那像话吗？"王聚海说："不改定额也行，那就得个别动员。会动员的话，不论哪一个都能动员出来，可惜大家在做动员工作方面都没有'锻炼'，我一个人又只有一张嘴，所以工作不好做……"接着，他就举出好多例子，说哪个媳妇爱听人夸她的手快，哪个老婆爱听人说她干净……只要摸得着人的"性格"，几句话就能说得她愿意听你的话。他正唠唠叨叨举着例子，支书打断他的话说："够了够了！只要克服了资本主义思想，什么'性格'的人都能动员出来！"

话才说到这里，乡政府来送通知，要主任和支书带两天给养马上到乡政府集合，然后到城关一个社里参观整风大辩论。两个人看了通知，主任说："怎么办？"支书说："去！""生产？""交给副主任！"主任看了看杨小四，带着讽刺的口气说："小四！生产交给你！支书说过，'生产和整风分不开'，怎样布置都由你！""还有人家高秀兰哩！""你和她商量去吧！"

主任和支书走后，杨小四去找高秀兰和副支书，三个人商量了一下，晚上召开了个社员大会。

人们快要集合齐了的时候，向来不参加会的小腿疼和吃不饱也来了。当她们走近人群的时候，吃不饱推着小腿疼的脊背说："快去快去！凑他们都还没有开口！"她把小腿疼推进了场，她自己却只坐在圈外。一队的队长王盈海看见她们两个来得不大正派，又见小腿疼被推进场去以后要直奔主席台，就趁了两步过来拦住她说："你又要干什么？""干什么？今天晌午的事你又不是不知道！先得把小四骂我的事说清楚，要不今天晚上的会开不好！"前边提过，王盈海也是小腿疼的一个本家小叔子，说话要比王聚海、王镇海都尖刻。王盈海当了队长，小腿疼虽然能借着个叔嫂关系跟他耍无赖，不过有时候还怕他三分。王盈海见小腿疼的话头来得十分无理，怕她再把个会场搅乱了，就用话顶住她说："你的兴就还没有败透？人家什么地方屈说了你？你的腿到底疼不疼？""疼不疼你管不着！""编在我队里我就要管你！说你腿疼哩，闹起事来你比谁跑得也快；说你不疼哩，你却连饭也不能做，把个媳妇拖得上不了地！人家给你写了张大字报，你就跟被蝎子蜇了一下一样，叽叽喳喳乱叫喊！叫吧！越叫越多！再要不改造，大字报会把你的大门上也贴满了！"这样一顶，果然有效，把个小腿疼顶得关上嗓门慢慢退出场外和吃不饱坐到一起去。杨小四看见小腿疼息了虎威，悄悄和高秀兰说："咱们主任对小腿疼的'性格'摸得还是不太透。他说小腿疼是'吃软不吃硬',我看一队长这'硬'的比他那'软'的更有效些。"

宣布开会了,副支书先讲了几句话说:"支书和主任今天走得很急促,没有顾上详细安排整风工作怎样继续进行。今天下午我和两位副主任商议了一下,决定今天晚上暂且不开整风会,先来布置明天的生产。明天晚上继续整风,开分组检讨会,谁来检讨、检讨什么,得等到明天另外决定。我不说什么了,请副主任谈生产吧!"副支书说了这么几句简单的话就坐下了。有个人提议说:"最好是先把检讨人和检讨什么宣布一下,好让大家准备准备!"副支书又站起来说:"我们还没有商量好,还是等明天再说吧!"

接着就是杨小四讲话。他说:"咱们现在的生产问题,大家都看得很清楚,棉花摘不下来,花秆拔不了,牲口闲站着,地不能犁,再过几天地一冻,秋杀地就算误了。摘完了的棉花秆,断不了还要丢下一星半点,拔花秆上熏了肥料,觉着很可惜;要让大家自由拾一拾吧,还有好多三遍花没有摘,说不定有些手不干净的人要偷偷摸摸的。我们下午商量了一下,决定明后两天,由各队妇女副队长带领各队妇女,有组织地自由拾花;各队队长带领男劳力,在拾过自由花的地里拔花秆,把这一部分地腾清以后,先让牲口犁着,然后再摘那没有摘过三遍的花。为了防止偷花的毛病,现在要宣布几条纪律:第一,明天早晨各队正副队长带领全队队员到村外南池边犁过的那块地里集合,听候分配地点;第二,各队妇女只准到指定地点拾花,不许乱跑;第三,谁要不到南池边集合,或者不往指定地点,拾的花就算偷的,还按社里原来的规定,见一斤扣除五个劳动日的工分,不愿叫扣除的送到法院去改造。完了!散会!"

大会没有开够十分钟就散了,会后大家纷纷议论。有的说:"青年人究竟没有经验!就定一百条纪律,该偷的还是要偷!"有的说:"队长有什么用?去年拾自由花,有些妇女队长也偷过!"有的说:"年轻人可有点火气,真要处罚几个人,也就没人敢偷了!"有的说:"他们不过替人家当两天家,不论说得多么认真,王聚海回来还不是平塌塌地又放下了!"准备偷花的妇女们,也互相交换着意见:"他想得倒周全,一分开队咱们就散开,看谁还管得住谁?""分给咱们个好地方咱们就去,要分到没出息的地方,干脆都不要跟上队长走!""他一只手拖一个,两只手拖两个,还能把咱们都拖住?""我们的队长也不那么实!"……

"新官上任,不摸秉性",议论尽管议论,第二天早晨都还得到村外南池边那块犁过的地里集合。

要来的人都来到犁耙得很平整的这块地里来坐下,村里再没有往这里走的人了,小四、秀兰和副支书一看,平常装病、装忙、装饿的那些妇女们这时候差不多也都到齐,可是小腿疼和吃不饱两个有名人物没有来。他们三个人互相看了看,秀兰说:"大概是一张大字报真把人家两个人惹恼了!"大家又稍微等了一下,小四说:"不等她们了,咱们就按咱们的计划来吧!"他走到面向群众那一边说:"各队先查点一下人数,看一共来了多少人!

男女分别计算!"各个队长查点了一遍,把数字报告上来。小四又说:"请各队长到前边来,咱们先商量一下!"各队长都集中到他们三个人跟前来。小四和各队长低声说了几句话,各个队长一听都大笑起来,笑过之后,依小四的吩咐坐在一边。

　　小四开始讲话了。小四说:"今天大家来得这样齐楚,我很高兴。这几天,队长每天去动员人摘花,可是说来说去,来的还是那几个人,不来的又都各有理由:有的说病了,有的说孩子病了,有的说家里忙得离不开……指东划西不出来,今天一听说自由拾花,大家就什么事也没有了!这不明明是自私自利思想作怪吗?摘头遍花能超过定额一倍的时候,大家也是这样来得整齐。你们想想:平常活叫别人做,有了便宜你们讨,人家长年在地里劳动的人吃你们多少亏?你们真是想'拾'花吗?一个人一天拾不到一斤籽棉,值上两三毛钱,五天也赚不够一个劳动日,谁有那么傻瓜?老实说:愿意拾花的根本就是想偷花!今年不能像去年,多数人种地让少数人偷!花秆上丢的那一点棉花不拾了,把花秆拔下来堆在地边,让小学生每天下午下了课来拾一拾,拾过了再熏肥。今天来了的人,一个也不许回去!妇女们各队到各队地里摘三遍花,定额不动,仍是八斤一个劳动日;男人们除了往麦地里担粪的还去担粪,其余到各队摘尽了花的地里拔花秆!我的话讲完了!副支书还要讲话!"有一个媳妇站起来说:"副主任!我不说瞎话!我今天不能去!我孩子的病还没有好!不信你去看看!"小四打断她的话说:"我不看!孩子病不好,你为什么能来?""本来就不能来,因为……""因为听说要自由拾花!本来不能来,你怎么来的?天天叫也叫不到地,今天没有人去叫你,你怎么就来了?副支书马上就要跟你们讲这些事!"这个媳妇再没有说的,还有几个也想找理由请假,见她受了碰,也都没有敢开口。她们也想到悄悄溜走,可是坐在村外一块犁过的地里,各个队长又都坐在通到村里去的路上,谁动一动都看得见,想跑也跑不了。

　　副支书站起来讲话了。他说:"我要说的话很简单:有人昨天晚上要我把今天的分组检讨会布置一下,把检讨人和检讨什么告大家说,让大家好准备。现在我可以告大家说了:检讨人就是每天不来今天来的人,检讨的事就是'为什么只顾自己不顾社'。现在先请各队的记工员把每天不来今天来的人开个名单。"

　　一会,名单也开完了。小四说:"谁也不准回村去!谁要是半路偷跑了,或者下午不来了,把大字报给她出到乡政府!"秀兰插话说:"我们三队的地在村北哩,不回村怎么过去?"小四向三队队长张太和说:"太和!你和你的副队长把人带过村去,到村北路上再查点一下,一个也不准回去!各队干各队的事!散会!"

　　在散会中间又有些小议论:"小四比聚海有办法!""想得出来干得出来!""这伙懒婆娘可叫小四给整住了!""也不止小四一个,他们三个人早就套好!""聚海只学过内科,这些年轻人能动手术!""聚海的内科也不行,根本治不了病!""可惜小腿疼和吃不饱没有来！"……说着就都走开了。

第三队通过了村，到了村北的路上，队长查点过人数，就往村北的杏树底地里来。这地方有两丈来高一个土岗，有一棵老杏树就长在这土岗上，围着这土岗南、东、北三面有二十来亩地在成立农业社以后连成了一块。这一年种的是棉花，东南两面向阳地方的棉花已经摘尽了，只有北面因为背阴一点，第三遍花还没有摘。他们走到这块地里，把男劳力和高秀兰那样强一点的女劳力留在南头拔花秆，让妇女队长带着软一点的女劳力上北头去摘花。

妇女们绕过了南边和东边快要往北边转弯了，看见有四个妇女早在这块地里摘花，其中有小腿疼和吃不饱两个人。大家停住了步，妇女队长正要喊叫，有个妇女向她摆手低声说："队长不要叫她们！你一叫她们不拾了！咱们也装成自由拾花的样子慢慢往那边去！到那里咱们摘咱们的，她们拾她们的！让她们多拾一点，处理起来也有个分量！"妇女队长说："我说她们怎么没有出来！原来早来了！"另一个不常下地的妇女说："吃不饱昨天夜里散会以后，就去跟我商量过不要到南池边去集合，早一点往地里去，我没有敢听她的话。"大家都想和小腿疼她们开开玩笑，就都装作拾花的样子，一边在摘过的空花秆上拾着零花，一边往北边走。

原来头天晚上开会时候，小腿疼没有闹起事来，不是就退出场外和吃不饱坐在一起了吗？她们一听到第二天叫自由拾花，吃不饱就对住小腿疼的耳朵说："大婶！咱明天可不要管他那什么纪律！咱们叫上几个人天不明就走，赶她们到地，咱们就能弄他好几斤！她们到南池边集合，咱们到村北杏树底去，谁也碰不上谁；赶她们也到杏树底来，咱们跟她们一块儿拾。拾东西谁也不能不偷，她们一偷，就不敢去告咱们的状了！"小腿疼说："我也是这么想！什么纪律？犯纪律的多哩！处理过谁？光咱们两人去多好！不要叫别人！""要叫几个人，犯了也有个垫背的；不过也不要叫得太多，太多了轮到一个人手里东西就不多了！"她们一共叫过五个人，不过有三个没有敢来，临出发只来了两个，就相跟着到杏树底来了。她们正在五六亩大的没有摘过三遍花的地里偷得起劲，听见有人说话，抬头一看，见三队的妇女都来了，就溜到摘过的这一边来；后来见三队的人也到没有摘过的那边去了，她们就又溜回去。三队的人都哈哈大笑起来。小腿疼说："笑什么？许你们偷不许我们偷？"有个人说："你们怎么拾了那么多？""谁不叫你们早点来？"三队的人都是挨着摘，小腿疼她们四个人可是满地跑着拣好的。三队有个人说："要偷也该挨住片偷呀？"小腿疼说："自由拾花你管我们怎么拾哩？要说是偷，你们不也是偷吗？"大家也不认真和她辩论，有些人隔一阵还忍不住要笑一次。

妇女队长悄悄和一个队员说："这样一直开玩笑也不大好。我离开怕她们闹起来，请你跑到南头去和队长、副主任说一声，叫他们看该怎么办！"那个队员就去了。

队长张太和更是个开玩笑大王。他一听说小腿疼和吃不饱那两个有名人物来了,好像有点幸灾乐祸的样子说:"来了才合理!我早就想到这些人物碰上这些机会不会不出马!你先回去摘花,我马上就到!"他又向高秀兰说:"副主任!你先不要出面,等我把她们整住了请你你再去!你把你的上级架子扎得硬硬的!"可是高秀兰不愿意那样做。高秀兰说:"咱们都是才学着办事,还是正正经经来吧!咱们一同去!"他们走到北头,队员们看见副主任和队长都来了,又都大笑起来。张太和依照高秀兰的意见,很正经地说:"大家不要笑了!你们那几位也不要满地跑了!"小腿疼又耍她的厉害:"自由拾花!你管不着!""就算自由拾花吧!你们来抢我三队的花,我就要管!都先把篮子缴给我!"吃不饱说:"我可是三队的!三队的花许别人偷就得许我偷!要缴大家都缴出来!"张太和说:"谁也得缴!"说着就先把她们四个人的篮子夺下来,然后就问她们说:"你们为什么不到南池边集合?"吃不饱说:"你且不要问这个!你不是说'谁也得缴'吗?为什么不缴她们的?""她们是给社里摘!""我们也是给社里摘!""谁叫你们摘的?""谁叫她们摘的?""对!现在就先要给你们讲明是谁叫她们摘的!"接着就把在南池边集合的时候那一段事给她们四个讲述了一遍,讲得她们都软下来。小腿疼说:"不叫拾不拾算了!谁叫你们不先告我们说?""不告说为什么还叫到南池边集合?告你说你不去听,别人有什么办法?"小腿疼说:"算我们白拾了一趟!你们把花倒下,给我们篮子我们走！"

　　这时候，高秀兰说话了。她说："事情不那么简单：事前宣布纪律，为的是让大家不犯，犯了可就不能随便了事！这棉花分明是偷的。太和同志！把这些棉花送回社里，过一过秤，让保管给她们每一个篮子上贴上个条子，写明她们的姓名和棉花的分量，连篮子一同保存起来，等以后开个社员大会，让大家商量一个处理办法来处理！"张太和把四个篮子拿起来走了，小腿疼说："秀兰呀！你可不能说我们是偷的！我们真正不知道你们今天早上变了卦！"秀兰说："我们一点也没有变卦！昨天晚上杨小四同志给大家说得明白：'谁要不到南池边集合，拾的花就都算偷的。'何况你们明明白白在没有摘过的地里来抢哩？这是妨害全社利益的事，我们不能自作主张，准备交给群众讨论个处理办法！你们有什么话到社员大会上说去吧！"

　　小腿疼和吃不饱偷了棉花的事，等到吃早饭的时候，就传遍了全村。上午，各队在做活的时候提起这事，差不多都要求把整风的分组检讨会推迟一天，先在本天晚上开个社员大会处理偷花问题——因为大多数人都想叫在王聚海回来之前处理了，免得他回来再来个"八面圆"把问题平放下来。两个副主任接受了大家的要求，和副支书商量把整风会推迟一天，晚上就召开了处理偷花问题的社员大会。

　　大会开了。会议的项目是先由高秀兰报告捉住四个偷花贼的经过，再要她们四个人坦白交代，然后讨论处理办法。

在她们四个人坦白交代的时候，因为篮子和偷的棉花都还在社里，爱"了事"的主任又不在家，所以除了小腿疼还想找一点巧辩的理由外，一般都还交代得老实。前头是那两个垫背的交代的。一个说是她头天晚上没有参加会，小腿疼约她去就去了，去到杏树底见地里没有人，根本没有到已经摘尽了的地里去拾，四个人一去，就跑到北头没摘过的地里去了。另一个说的和第一个大体相同，不过她自己是吃不饱约她的。这两个人交代过之后，群众中另有三个人插话说，小腿疼和吃不饱也约过她们，她们没有敢去。第三个就叫吃不饱交代。吃不饱见大风已经倒了，老老实实把她怎样和小腿疼商量，怎样去拉垫背的、计划几时出发、往哪块地去……详细谈了一遍。有人追问她拉垫背的有什么用处，她说根据主任处理问题的习惯，犯案的人越多了处理得越轻，有时候就不处理；不过人越多了，每个人能偷到的东西就太少了，所以最好是少拉几个，既不孤单又能落下东西。她可以算是摸着主任的"性格"了。

最后轮着小腿疼作交代了。主席杨小四所以把她排在最后，就是因为她好倚老卖老来巧辩，所以让别人先把事实摆一摆来减少她一些巧辩的机会。可是这个小老太婆真有两下子，有理没理总想争个盛气。她装作很受屈的样子说："说什么？算我偷了花还不行？"有人问她："怎么'算'你偷了？你究竟偷了没有？""偷了！偷也是副主任叫我偷的！"主席杨小四说："哪个副主任叫你偷的？""就是你！昨天晚上在大会上说叫大家拾花,过了一夜怎么就不算了?你是说话呀是放屁哩?"她一骂出来,没有等小四答话,群众就有一半以上的人哗地一下站起来:"你要造反!""叫你坦白呀叫你骂人?"……三队长张太和说:"我提议:想坦白也不让她坦白了!干脆送法院!"大家一齐喊"赞成"。小腿疼着了慌,头像货郎鼓一样转来转去四下看。她的孩子、媳妇见说要送她也都慌了。孩子劝她说:"娘你快交代呀!"小四向大家说:"请大家稍静一下!"然后又向小腿疼说:"最后问你一次:交代不交代?马上答应,不交代就送走!没有什么客气的!""交交交代什么呀?""随你的便!想骂你就再骂!""不不不,那是我一句话说错了!我交代!"小四问大家说:"怎么样?就让她交代交代看吧?""好吧!"大家答应着又都坐下了。小腿疼喘了几口气说:"我也不会说什么!反正自己做错了!事情和宝珠说的差不多:昨天晚上快散会的时候,宝珠跟我说:'咱明天可不要管他那什么纪律!咱们叫上几个人……'"

这时候忽然出了点小岔子:城关那个整风辩论会提前开了半天,支书和主任摸了几里黑路赶回来了。他们见场里有灯光,预料是开会,没有回家就先到会场上来。主任远远看见小腿疼先朝着小四说话然后又转向群众,以为还是争论那张大字报的问题,就赶了几步赶进场里,根本也没有听小腿疼正说什么,就拦住她说:"回去吧老嫂!一点点小事还值得追这么紧?过几天给你们解释解释就完了……"大家初看见他进到会场时候本来已经觉得有点泄气,赶听到他这几句话,才知道他还根本不了解情况,轰隆一声都笑了。有个年纪老一点的人说:"主任!你且坐下来歇歇吧!'没有调查就没有发言权'!"支书也拉住他说:"咱们打听打听再说话吧!离开一天多了,你知道人家的工作是怎样安排的?"主任觉得很没意思,就和支书一同坐下。

小腿疼见主任王聚海一回来,马上长了精神。她不接着往下交代了。她离开自己站的地方,走到王聚海面前说:"老弟呀!你走了一天,人家就快把你这没出息嫂嫂摆弄死了!"她来了这一下,群众马上又都站起来:"你不用装蒜!""你犯了法谁也替不了你!"……主任站起来走到小四旁边面向大家说:"大家请坐下!我先给大家谈谈!没有了不了的事……"有人说:"你请坐下!我们今天没有选你当主席!""这个事我们会'了'!"……支书急了,又把主任拉住说:"你为什么这么肯了事?先打听一下情况好不好?让人家开会,我们到社房休息休息!"又问副支书说:"你要抽得出身来的话,抽空子到社房给我们谈谈这两天的事!"副支书说:"可以!现在就行!"

他们三个离了会场到社房,副支书把他和杨小四、高秀兰怎样设计把那些光想讨巧不想劳动的妇女调到南池边,怎么批评了她们,怎么分配人力摘花、拔花秆,怎样碰上小腿疼她们偷花……详细谈了一遍,并且说:"棉花明天就可以摘完,今天下午犁地的牲口就全都出动了,花秆拔得赶得上犁,剩下的男劳力仍然往准备冬浇的小麦地里运粪。"他报告完了情况,就先赶回会场去。

副支书走了,支书想了一想说:"这些年轻人还是有办法!

做法虽说有点开玩笑，可是也解决了问题！"主任说："我看那种动员办法不可靠！不捉摸每个人的'性格'，勉强动员到地里去，能做多少活哩？""再不要相信你摸得着人的'性格'了！我看人家几个年轻同志非常摸得着人的'性格'。那些不好动员的妇女们有她们的共同'性格'，那就是'偷懒''取巧'。正因为摸透了她们这种性格，才把她们都调动出来。人家不只'摸得着'这种性格，还能'改变'这种性格。你想：开了那么一个'思想展览会'，把她们的坏思想抖出来了，她们还能原封收回去吗？你说人家动员的人不能做活，可是棉花是靠那些人摘下来的。用人家的办法两天就能摘完，要仍用你那'摸性格'的老办法，恐怕十天也摘不完——越摘人越少。在整风方面，人家一来就找着两个自私自利的头子，你除不帮忙，还要替人家'解释解释'。你就没有想到全社的妇女你连一半人数也没有领导起来，另一半就是咱那个小腿疼嫂嫂和李宝珠领导着的！我的老哥！我看你还是跟那几位年轻同志在一块'锻炼锻炼'吧！"主任无话可说了，支书拉住他说："咱们去看看人家怎样处理这偷花问题。"

他们又走到会场时候，小腿疼正向小四求情。小腿疼说："副主任！你就让我再交代交代吧！"原来自她说了大家"捉弄"了她以后，大家就不让她再交代，只讨论了对另外三个人的处分问题，留下她准备往法院送。有个人看见主任来了，就故意讽刺小腿疼说："不要要求交代了！那不是？主任又来了！"主任说："不要说我！我来不来你们该怎么办还怎么办！刚才怨我太主观,不了解情况先说话!"小腿疼也抢着说:"只要大家准我交代,不论谁来了我也交代!"小腿疼看了看群众,群众不说话,看了看副支书和两个副主任,这三个人也不说话。群众看了看主任,主任不说话;看了看支书,支书也不说话。全场冷了一下以后,小腿疼的孩子站起来说:"主席!我替我娘求个情!还是准她交代好不好?"小四看了看这青年,又看了看大家说:"怎么样?大家说!"有个老汉说:"我提议,看在孩子的面上还让她交代吧!"又有人接着说:"要不就让她说吧!"小四又问:"大家看怎么样?"有些人也答应:"就让她说吧!""叫她说说试试!"……小腿疼见大家放了话,因为怕进法院,恨不得把她那些对不起大家的事都说出来,所以坦白得很彻底。她说完了,大家决定也按一斤籽棉五个劳动日处理,不过也跟给吃不饱规定的条件一样,说这工一定得她做,不许用孩子的工分来顶。

　　散会以后,支书走在路上和主任说:"你说那两个人'吃软不吃硬',你可算没有摸透她们的'性格'吧?要不是你的认识给她们撑了腰,她们早就不敢那么猖狂了!所以我说你还是得'锻炼锻炼'!"

吴召儿

/// 孙犁

得胜回头

这二年生活好些,却常常想起那几年的艰苦。那几年,我们在山地里,常常接到母亲求人写来的信。她听见我们吃树叶黑豆,穿不上棉衣,很是担心焦急。其实她哪里知道,我们冬天打一捆白草铺在炕上,把腿舒在袄袖里,同志们挤在一块,是睡得多么暖和!她也不知道,我们在那山沟里沙地上,采摘杨柳的嫩叶,是多么热闹和快活!这一切,老年人想象不来,总以为我们像度荒年一样,整天愁眉苦脸哩!

那几年吃得坏,穿得薄,工作得很起劲。先说抽烟吧:要老乡点兰花烟和上些芝麻叶,大家分头卷好,再请一位有把握的同志去擦洋火。大伙围起来,遮住风,为的是这唯一的火种不要被风吹灭。然后先有一个人小心翼翼地抽着,大家就欢乐起来。要说是写文章，能找到一张白报纸，能找到一个墨水瓶，那就很满意了，可以坐在草堆上写，也可以坐在河边石头上写。那年月，有的同志曾经为一个不漏水的墨水瓶红过脸吗？有过。这不算什么，要是像今天，好墨水，车载斗量，就不再会为一个空瓶子争吵了。关于行军，就不用说从阜平到王快镇那一段讨厌的砂石路，叫人进一步退半步；不用说雁北那蹚不完的冷水小河，登不住的冰滑踏石，转不尽的阴山背后；就是两界峰的柿子，插箭岭的风雪，洪子店的豆腐，雁门关外的辣椒杂面，也使人留恋想念。还有会餐：半月以前就做精神准备，事到临头，还得拼着一场疟子，情愿吃得上吐下泻，也得弄他个碗净锅干；哪怕吃过饭再去爬山呢！是谁偷过老乡的辣椒下饭，是谁用手榴弹爆炸河潭的小鱼？哪个小组集资买了一头蒜，哪个小组煮了狗肉大设宴席？

留在记忆里的生活，今天就是财宝。下面写的是在阜平三将台小村庄我的一段亲身经历，其中都是真人真事。

民校

我们的机关搬到三将台，是个秋天，枣儿正红，芦苇正吐花。这是阜平东南一个小村庄，距离有名的大镇康家峪不过二里路。我们来了一群人，不管牛棚马圈全住上，当天就劈柴做饭，上山唱歌，一下就和老乡生活在一块了。

那时我们很注意民运工作。由我去组织民校识字班，有男子组，有妇女组。且说妇女组，组织得很顺利，第一天开学就全到齐，规规矩矩，直到散学才走。可是第二天就都抱了孩子来，第三天就在课堂上纳起鞋底，捻起线来。

识字班的课程第一是唱歌，歌唱会了，剩下的时间就碰球。山沟的青年妇女们，碰起球来，真是热烈，整个村子被欢笑声浮了起来。

我想得正规一下，不到九月，我就给她们上大课了。讲军民关系，讲抗日故事，写了点名册，发了篇子。可是因为座位不定，上了好几次课，我也没记清谁叫什么。有一天，我翻着点名册随便叫了一个名字：

"吴召儿！"

我听见咪的一声笑了。抬头一看，在人群末尾，靠着一根白杨木柱子，站起一个女孩。她正在背后掩藏一件什么东西，好像是个假手榴弹，坐在一处的女孩子们望着她笑。她红着脸转过身来，笑着问我：

"念书吗？"

"对！你念念头一段，声音大点。大家注意！"

她端正地立起来，两手捧着书，低下头去。我正要催她，她就念开了，书念得非常熟快动听。就是她这认真的念书态度和声音，不知怎样一下就印进了我的记忆。下课回来，走过那条小河，我听到了只有在阜平才能听见的那紧张激动的水流的声响，听到在这山草衰白柿叶霜红的山地，还没有飞走的一只黄鹂的叫唤。

向导

十一月,老乡们披上羊皮衣,我们反"扫荡"了。我当了一个小组长,村长给我们分配了向导,指示了打游击的地势。别的组都集合起来出发了,我们的向导老不来。我在沙滩上转来转去,看看太阳就要下山,很是着急。

听说敌人已经到了平阳,到这个时候,就是大声呼喊也不容许。我跑到村长家里去,找不见,回头又跑出来,才在山坡上一家门口遇见他。村长散披着黑羊皮袄,也是跑得呼哧呼哧,看见我就笑着说:

"男的分配完了,给你找了一个女的!"

"怎么搞的呀?村长!"我急了,"女的能办事吗?"

"能办事!"村长笑着,"一样能完成任务,是一个女自卫队的队员!"

"女的就女的吧,在哪里呀?"我说。

"就来,就来!"村长又跑进那大门里去。

一个女孩子跟着他跑出来。穿着一件红棉袄,一个新鲜的白色挂包,斜在她的腰里,装着三颗手榴弹。

"真是,"村长也在抱怨,"这是反'扫荡'呀,又不是到区里验操,也要换换衣裳!红的目标大呀!"

"尽是夜间活动,红不红怕什么呀,我没有别的衣服,就是这一件。"女孩子笑着,"走吧,同志!"说着就跑下坡去。

"路线记住了没有？"村长站在山坡上问。

"记下了，记下了！"女孩子嚷着。

"别这么大声怪叫嘛！"村长说。

我赶紧下去带队伍。

女孩子站在小河路口上还在整理她的挂包，望望我来了，她一跳两跳就过了河。

在路上，她走得很快，我跑上前去问她：

"我们先到哪里？"

"先到神仙山！"她回过头来一笑，这时我才认出她就是那个吴召儿。

神仙山

神仙山也叫大黑山，是阜平最高最险的山峰。前几天，我到山下打过白草；吴召儿领导的，却不是那条路，她领我们走的是东山坡一条小路。靠这一带山坡，沟里满是枣树，枣叶黄了，飘落着，树尖上还留着不少的枣儿，经过风霜，红得越发鲜艳。吴召儿问我：

"你带的什么干粮？"

"小米炒面！"

"我尝尝你的炒面。"

我一边走着，一边解开小米袋的头；她伸过手来接了一把，放到嘴里，另一只手从口袋里掏出一把红枣送给我。

"你吃枣儿!"她说,"你们跟着我,有个好处。"

"有什么好处?"我笑着问。

"保险不会叫你们挨饿。"

"你能够保这个险?"我也笑着问,"你口袋里能装多少红枣,二百斤吗?"

"我们走到哪里,吃到哪里。"她说。

"就怕找不到吃喝哩!"我说。

"到处是吃喝!"她说,"你看前头树上那颗枣儿多么大!"

我抬头一望,她飞起一块石头,那颗枣儿就落在前面地下了。

"到了神仙山,我有亲戚。"她捡起那颗枣儿,放到嘴里去,"我姑住在山上,她家的倭瓜又大又甜。今儿晚上,我们到了,我叫她给你们熬着吃个饱吧!"

在这个时候,一顿倭瓜,也是一种鼓励。这鼓励还包括:到了那里,我们就有个住处,有个地方躺一躺,有个老乡亲切地和我们说说话。

天黑的时候,我们才到了神仙山的脚下。一望这座山,我们的腿都软了,我们不知道它有多么高;它黑得怕人,高得怕人,危险得怕人,像一间房子那样大的石头,横一个竖一个,乱七八糟地躺着。一个顶一个,一个压一个,我们担心,一步登错,一个石头滚下来,整个山就会天崩地裂、房倒屋塌。她带领我们往上爬,我们攀着石头的棱角,身上出了汗,一个跟不上一个,落了很远。她爬得很快,走一截就坐在石头上望着我们笑,像是在这乱石山中，突然开出一朵红花，浮起一片彩云来。

我努力跟上去，肚里有些饿。等我爬到山半腰，实在走不动，找见一块平放的石头，就倒了下来，喘息了好一会，才能睁开眼：天大黑了，天上已经出了星星。她坐在我的身边，把红枣送到我嘴里说：

"吃点东西就有劲了。谁知道你们这样不行！"

"我们就在这里过一夜吧！"我说，"我的同志们恐怕都不行了。"

"不能。"她说，"就快到顶上了，只有顶上才保险。你看那上面点起灯来的，就是我姑家。"

我望到顶上去。那和天平齐的地方，有一点红红的摇动的光；那光不是她指出，几乎不能同星星分别开。望见这个光，我们都有了勇气，有了力量；它强烈地吸引着我们前进，到它那里去。

姑家

北斗星转下山去，我们才到了她的姑家。夜深了，这样高的山上，冷风吹着汗湿透的衣服，我们都打着牙噤。钻过了扁豆架、倭瓜棚，她尖声娇气叫醒了姑。老婆子费了好大工夫才穿好衣裳开开门。一开门，就有一股暖气，扑到我们身上来，没等到人家让，我们就挤到屋里去，那小小的屋里，简直站不开我们这一组人。人家刚一让我们上炕，有好几个已经爬上去躺下来。

"这都是我们的同志。"吴召儿大声对她姑说，"快给他们点火做饭吧！"

老婆子拿了一根麻秸，在灯上取着火，就往锅里添水，一边仰着头问：

"下边又'扫荡'了吗？"

"又'扫荡'了。"吴召儿笑着回答，她很高兴她姑能说新名词，"姑！我们给他们熬倭瓜吃吧！"她从炕头抱下一个大的来。

姑笑着说："好孩子，今年摘下来的顶数这个大，我说过几天叫你姑父给你送去哩！"

"不用送去，我来吃它了！"吴召儿抓过刀来把瓜剖开，"留着这瓜子炒着吃。"

吃过了香的、甜的、热的倭瓜，我们都有了精神，热炕一直热到我们的心里。吴召儿和她姑睡在锅台上，姑侄俩说不完的话。

"你爹给你买的新袄？"姑问。

"他哪里有钱，是我给军队上纳鞋底挣了钱换的。"

"念书了没有？"

"念了，炕上就是我的老师。"

截击

第二天，我们在这高山顶上休息了一天。我们从小屋里走出来，看了看吴召儿姑家的庄园。这个庄园，在高山的背后，只在太阳刚升上来，这里才能见到光亮，很快又阴暗下来。

东北角上一洼小小的泉水，冒着水花，没有声响；一条小小的溪流绕着山根流，也没有声响，水大部分渗透到沙土里去了。这里种着像炕那样大的一块玉蜀黍，像锅台那样大的一块土豆，周围是扁豆，十几棵倭瓜蔓，就奔着高山爬上去了！在这样高的黑石山上，找块能种庄稼的泥土是这样难，种地的人就小心整齐地用石块把地包镶起来，恐怕雨水把泥土冲下去。奇怪！在这样少见阳光、阴湿寒冷的地方，庄稼长得那样青翠，那样坚实。玉蜀黍很高，扁豆角又厚又大，绿得发黑，像说梅花调用的铁响板。

吴召儿出去了，不久，她抱回一捆湿木棍：

"我一个人送一把拐杖，黑夜里，它就是我们的眼睛！"

她用一把锋利明亮的小刀，给我们修着棍子。这是一种山桃木，包皮是紫红色，好像上了油漆；这木头硬得像铁一样，打在石头上，发出铜的声音。

这半天，我们过得很有趣，差不多忘记了反"扫荡"。

当我们正要做下午饭，一个披着破旧黑山羊长毛皮袄，手里提着一根粗铁棍的老汉进来了。吴召儿赶着他叫声姑父，老汉说：

"昨天，我就看见你们上山来了。"

"你在哪儿看见我们上来呀？"吴召儿笑着问。

"在羊圈里，我喊你来着，你没听见！"老汉望着内侄女笑，"我来给你们报信，山下有了鬼子，听说要搜山哩！"

吴召儿说："这么高山，鬼子敢上来吗？我们还有手榴弹呢！"

老汉说："这几年，这个地方目标大了，鬼子真要上来了，我们就不好走动。"

这样，每天黎明，吴召儿就把我唤醒，一同到那大黑山的顶上去放哨。山顶不好爬，又危险，她先爬到上面，再把我拉上去。

山顶上有一丈见方的一块平石，长年承受天上的雨水，给冲洗得光亮又滑润。我们坐在那平石上，月亮和星星都落到下面去，我们觉得飘忽不定，像活在天空里。从山顶可以看见山西的大川，河北的平原，十几里、几十里的大小村镇全可以看清楚。这一夜下起大雨来，雨下得那样暴，在这样高的山上，我们觉得不是在下雨，倒像是沉落在波浪滔天的海洋里，风狂吹着，那块大平石也像要被风吹走。

吴召儿紧拉着我爬到大石的下面，不知道是人还是野兽在那里铺好了一层软软的白草。我们紧挤着躺在下面，听到四下里山洪暴发的声音，雨水像瀑布一样，从平石上流下，我们像钻进了水帘洞。吴召儿说：

"这是暴雨，一会就晴的，你害怕吗？"

"要是我一个人我就怕了，"我说，"你害怕吧？"

"我一点也不害怕，我常在山上遇见这样的暴雨，今天更不会害怕。"吴召儿说。

"为什么？"

"领来你们这一群人，身上负着很大的责任呀，我也顾不得怕了。"

她的话，像她那天在识字班里念书一样认真，她的话同雷雨闪电一同响着，响在天空，落在地下，永远记在我的心里。

一清早我们就看见从邓家店起，一路的村庄，都在着火冒烟。我们看见敌人像一条虫，在山脊梁上往这里爬行。一路不断响枪，是各村伏在山沟里的游击组。吴召儿说：

"今年，敌人不敢走山沟了，怕游击队。可是走山梁，你就算保险了？兔崽子们！"

敌人的目标，显然是在这个山上。他们从吴召儿姑父的羊圈那里翻下，转到大黑山来。我们看见老汉仓皇地用大鞭把一群山羊打得四散奔跑，一个人登着乱石往山坡上逃。吴召儿把身上的手榴弹全拉开弦，跳起来说：

"你去集合人，叫姑父带你们转移，我去截兔崽子们一下。"她在那乱石堆中，跳上跳下奔着敌人的进路跑去。

我喊："红棉袄不行啊！"

"我要伪装起来！"吴召儿笑着，一转眼的工夫，她已经把棉袄翻过来。棉袄是白里子，这样一来，她就活像一只逃散的黑头的小白山羊了。一只聪明的、热情的、勇敢的小白山羊啊！

她登在乱石尖上跳跃着前进。那翻在里面的红棉袄，还不断被风吹卷，像从她的身上撒出的一朵朵的火花，落在她的身后。

当我们集合起来，从后山上跑下，来不及脱鞋袜，就跳入山下那条激荡的大河的时候，听到了吴召儿在山前连续投击的手榴弹爆炸的声音。

联想

  不知她现在怎样了。我能断定,她的生活和历史会在我们这一代生活里放光的。关于晋察冀,我们在那里生活了快要十年。那些在我们吃不下饭的时候,送来一碗烂酸菜;在我们病重行走不动的时候,替我们背上了行囊;在战斗的深冬的夜晚,给我们打开门,把热炕让给我们的大伯大娘们,我们都是忘记不了的。

山地回忆

/// 孙犁

从阜平乡下来了一位农民代表，参观天津的工业展览会。我们是老交情，已经快有十年不见面了。我陪他去参观展览，他对于中纺的织纺，对于那些改良的新农具特别感兴趣。临走的时候，我一定要送点东西给他，我想买几尺布。

为什么我偏偏想起买布来？因为他身上穿的还是那样一种浅蓝的土靛染的粗布裤褂。这种蓝的颜色，不知道该叫什么蓝，可是它使我想起很多事情，想起在阜平穷山恶水之间度过的三年战斗的岁月，使我记起很多人。这种颜色，我就叫它"阜平蓝"或是"山地蓝"吧。

他这身衣服的颜色，在天津很是显得突出，也觉得土气。但是在阜平，这样一身衣服，织染既是不容易，穿上也就觉得鲜亮好看了。阜平土地很少，山上都是黑石头，雨水很多很暴，有些泥土就冲到冀中平原上来了——冀中是我的家乡。阜平的农民没有见过大的地块，他们所有的，只是像炕台那样大，或是像锅台那样大的一块土地。在这小小的、不规整的、有时是尖形的，有时是半圆形的，有时是梯形的小块土地上，他们费尽心思，全力经营。他们用石块垒起，用泥土包住，在边沿栽上枣树，在中间种上玉黍。

阜平的天气冷，山地不容易见到太阳。那里不种棉花，我刚到那里的时候，老大娘们手里搓着线锤。很多活计用麻代线，连袜底也是用麻纳的。

就是因为袜子，我和这家人认识了，并且成了老交情。那是个冬天，该是一九四一年的冬天，我打游击打到了这个小村庄，情况缓和了，部队决定休息两天。

我每天到河边去洗脸，河里结了冰，我蹲在冰冻的石头上，把冰砸破，浸湿毛巾，等我擦完脸，毛巾也就冻挺了。有一天早晨，刮着冷风，只有一抹阳光，黄黄的落在河对面的山坡上。我又蹲在那块石头上去，砸开那个冰口，正要洗脸，听见在下水流有人喊：

"你看不见我在这里洗菜吗？洗脸到下边洗去！"

这声音是那么严厉，我听了很不高兴。这样冷天，我来砸冰洗脸，反倒妨碍了人，心里一时挂火，就也大声说：

"离着这么远，会弄脏你的菜！"

我站在上风头，狂风吹送着我的愤怒。我听见洗菜的人也恼

了,那人说:

"菜是下口的东西呀!你在上流洗脸洗屁股,为什么不脏?"

"你怎么骂人?"我站立起来转过身去,才看见洗菜的是个女孩子,也不过十六七岁。风吹红了她的脸,像带霜的柿叶,水冻肿了她的手,像上冻的红萝苊。她穿的衣服很单薄,就是那种蓝色的破袄裤。

十月严冬的河滩上,敌人往返烧毁过几次的村庄的边沿,寒风里,她抱着一篮子水沤的杨树叶,这该是早饭的食粮。

不知道为什么,我一时心平气和下来。我说:

"我错了,我不洗了,你在这块石头上来洗吧!"

她冷冷地望着我,过了一会才说:

"你刚在那石头上洗了脸,又叫我站上去洗菜!"

我笑着说:

"你看你这人,我在上水洗,你说下水脏,这么一条大河,哪里就能把我脸上的泥土冲到你的菜上去?现在叫你到上水来,我到下水去,你还说不行,那怎么办哩?"

"怎么办,我还得往上走!"

她说着,扭着身子逆着河流往上去了。蹬在一块尖石上,把菜篮浸进水里,把两手插在袄襟底下取暖,望着我笑了。

我哭不得,也笑不得,只好说:

"你真讲卫生呀!"

"我们是真卫生,你是装卫生!你们尽笑我们,说我们山沟里的人不讲卫生，住在我们家里，吃了我们的饭，还刷嘴刷牙，我们的菜饭再不干净，难道还会弄脏了你们的嘴？为什么不连肠子肚子都刷刷干净！"说着就笑得弯下腰去。

我觉得好笑。可也看见，在她笑着的时候，她的整齐的牙齿洁白得放光。

"对，你卫生，我们不卫生。"我说。

"那是假话吗？你们一个饭缸子，也盛饭，也盛菜，也洗脸，也洗脚，也喝水，也尿泡，那是讲卫生吗？"她笑着用两手在冷水里刨抓。

"这是物质条件不好，不是我们愿意不卫生。等我们打败了日本，占了北平，我们就可以吃饭有吃饭的家伙，喝水有喝水的家伙了，我们就可以一切齐备了。"

"什么时候，才能打败鬼子？"女孩子望着我，"我们的房，叫他们烧过两三回了！"

"也许三年，也许五年，也许十年八年。可是不管三年五年，十年八年，我们总是要打下去，我们不会悲观的。"我这样对她讲，当时觉得这样讲了以后，心里很高兴了。

"光着脚打下去？"女孩子转脸望了我脚上一下，就又低下头去洗菜了。

我一时没弄清是怎么回事，就问：

"你说什么？"

"说什么？"女孩子也装没有听见，"我问你为什么不穿袜子，脚不冷吗?也是卫生吗?"

"嗐!"我也笑了,"这是没有法子么,什么卫生!从九月里就反'扫荡',可是我们八路军,是非到十月底不发袜子的。这时候,正在打仗,哪里去找袜子穿呀?"

"不会买一双?"女孩子低声说。

"哪里去买呀,尽住小村,不过镇店。"我说。

"不会求人做一双?"

"哪里有布呀?就是有布,求谁做去呀?"

"我给你做。"女孩子洗好菜站起来,"我家就住在那个坡子上,"她用手一指,"你要没有布,我家里有点,还够做一双袜子。"

她端着菜走了,我在河边上洗了脸。我看了看我那只穿着一双"踢倒山"的鞋子,冻得发黑的脚,一时觉得我对于面前这山,这水,这沙滩,永远不能分离了。

我洗过脸,回到队上吃了饭,就到女孩子家去。她正在烧火,见了我就说:

"你这人倒实在,叫你来你就来了。"

我既然摸准了她的脾气,只是笑了笑,就走进屋里。屋里蒸气腾腾,等了一会,我才看见炕上有一个大娘和一个四十多岁的大伯,围着一盆火坐着。在大娘背后还有一位雪白头发的老大娘。一家人全笑着让我炕上坐。女孩子说:

"明儿别到河里洗脸去了,到我们这里洗吧,多添一瓢水就够了!"

大伯说：

"我们妞儿刚才还笑话你哩！"

白发老大娘瘪着嘴笑着说：

"她不会说话，同志，不要和她一样呀！"

"她很会说话！"我说，"要紧的是她心眼儿好，她看见我光着脚，就心疼我们八路军！"

大娘从炕角里扯出一块白粗布，说：

"这是我们妞儿纺了半年线赚的，给我做了一条棉裤，剩下的说给她爹做双袜子，现在先给你做了穿上吧。"

我连忙说：

"叫大伯穿吧！要不，我就给钱！"

"你又装假了，"女孩子烧着火抬起头来，"你有钱吗？"

大娘说：

"我们这家人，说了就不能改移。过后再叫她纺，给她爹赚袜子穿。早先，我们这里也不会纺线，是今年春天，家里住了一个女同志，教会了她。还说再过来了，还教她织布哩！你家里的人，会纺线吗？"

"会纺！"我说，"我们那里是穿洋布哩，是机器织纺的。大娘，等我们打败日本……"

"占了北平，我们就有洋布穿，就一切齐备！"女孩子接下去，笑了。

可巧，这几天情况没有变动，我们也不转移。每天早晨，我就到女孩子家里去洗脸。第二天去，袜子已经剪裁好，第三天她已经纳底子了，用的是细细的麻线。她说：

"你们那里是用麻用线？"

"用线。"我摸了摸袜底，"在我们那里，鞋底也没有这么厚！"

"这样坚实。"女孩子说，"保你穿三年，能打败日本不？"

"能够。"我说。

第五天，我穿上了新袜子。

和这一家人熟了，就又成了我新的家，这一家人身体都健壮，又好说笑，女孩子的母亲，看起来比女孩子的父亲还要健壮。女孩子的姥姥九十岁了，还那么结实，耳朵也不聋。我们说话的时候，她不插言，只是微微笑着，她说：她很喜欢听人们说闲话。

女孩子的父亲是个生产的好手，现在地里没活了，他正计划贩红枣到曲阳去卖，问我能不能帮他的忙。部队重视民运工作，上级允许我帮老乡去做运输，每天打早起，我同大伯背上一百多斤红枣，顺着河滩，爬山越岭，送到曲阳去。女孩子早起晚睡给我们做饭，饭食很好。一天，大伯说：

"同志，你知道我是沾你的光吗？"

"怎么沾了我的光？"

"往年，我一个人背枣，我们妞儿是不会给我吃这么好的！"

我笑了。女孩子说：

"沾他什么，他穿了我们的袜子，就该给我们做活了！"

又说：

"你们跑了快半月,赚了多少钱?"

"你看,她来查账了,"大伯说,"真是,我们也该计算计算了!"他打开放在被垛底下的一个小包袱,"我们这叫包袱账,赚了赔了,反正都在这里面。"

我们一同数了票子,一共赚了五千多块钱,女孩子说:

"够了。"

"够干什么了?"大伯问。

"够给我买张织布机子了!这一趟,你们在曲阳给我买架织布机子回来吧!"

无论姥姥、母亲、父亲和我,都没人反对女孩子这个正当的要求。我们到了曲阳,把枣卖了,就去买了一架机子。大伯不怕多花钱,一定要买一架好的,把全部盈余都用光了。我们分着背了回来,累得浑身流汗。

这一天,这一家人最高兴,也该是女孩子最满意的一天。这像要了几亩地,买回一头牛;这像制好了结婚前的陪送。

以后,女孩子就学习纺织的全套手艺了:纺,拐,浆,落,经,镶,织。

当她卸下第一匹布的那天,我出发了。从此以后,我走遍山南塞北,那双袜子,整整穿了三年也没有破绽。一九四五年,我们战胜了日本强盗,我从延安回来,在碛口地方,跳到黄河里去洗了一个澡,一时大意,奔腾的黄水,冲走了我的全部衣物,也冲走了那双袜子。黄河的波浪激荡着我关于敌后几年生活的回忆,激荡着我对于那女孩子的纪念。

开国典礼那天,我同大伯一同到百货公司去买布,送他和大娘一人一身蓝士林布,另外,送给女孩子一身红色的。大伯没见过这样鲜艳的红布,对我说:

"多买上几尺,再买点黄色的!"

"干什么用?"我问。

"这里家家门口挂着新旗,咱那山沟里准还没有哩!你给了我一张国旗的样子,一块带回去,叫妞儿给做一个,开会过年的时候,挂起来!"

他说妞儿已经有两个孩子了,还像小时那样,就是喜欢新鲜东西,说什么也要学会。

小胜儿

/// 孙犁

一

冀中有了个骑兵团。这是华北八路军的第一支骑兵，是新鲜队伍，立时成了部队的招牌幌子，不管什么军事检阅、纪念大会，头一项人们最爱看的，就是骑兵表演。

马是那样肥壮，个子毛色又整齐，人又是那样年轻，连那个热情的杨主任，也不过二十一岁。

农民们亲近自己的军队，也爱好马匹。每当骑兵团在早晨或是黄昏的雾露里从村边开过，农民们就放下饭碗，担起水管，帮助战士饮马。队伍不停下，他们就站在堤头上去观看：

"这马儿是怎么喂的，个个圆膘！庄稼牲口说什么也比不上。"

"骑黑马的是杨主任，在前面背三件家伙的是小金子！"

"这孩子！你看他像粘在马上一样。"

小金子十七岁上参加了军队，十九岁给杨主任当了警卫员，骑着一匹从日寇手里夺来的红洋马。

远近村庄都在观看这个骑兵团。这村正恋恋不舍地送走最后一匹，前村又在欢迎小金子的头马了。

今天，队伍不知开到哪里去，走得并不慌忙，很是严肃。从战士脸上的神情和马的脚步看来，也不像有什么情况。

"是出发打仗，还是平常行军？"一个青年农民问他身后一个青年妇女。

"我看是打仗去！"妇女说。

"你怎么看得出来，杨主任告诉你了？"

"我认识小金子。你看着，小金子噘着嘴，那就是平常行军，他常常舍不得离开房东大娘。脸上挂笑，可又不笑出来，那准是出发打仗。傻孩子！你记住这个就行了。"

二

这个妇女是猜着了。过了两天，这个队伍就打起仗来，打的是那有名的英勇壮烈的一仗。敌人"五一大扫荡"突然开始，骑兵团分散作战，两个连突到路西去，一个连作后卫陷入了敌人的包围，整整打了一天。在五月麦黄的日子，冀中平原上，打得天昏地暗，打得树木脱枝落叶，道沟里鲜血滴滴。杨主任在这一仗里牺牲了，炮弹炸翻的泥土，埋葬了他的马匹。小金子受了伤，用手刨着土掩盖了主任的尸体，带着一支打完子弹的短枪，夜晚突围出来，跑了几步就大口吐了血。

这是后话。现在小金子跑在队伍的前面，轻快地行军。他今天脸上挂笑，是因为在出发的时候，收到了一件心爱的东西。一路上，他不断抽出手来摸摸兜囊，这小小的礼品就藏在那里面。

太阳刚刚升出地面。太阳一升出地面，平原就在同一个时刻，承受了它的光辉。太阳光像流水一样，从麦田、道沟、村庄和树木的身上流过。这一村的雄鸡接着那一村的雄鸡歌唱。这一村的青年自卫队在大场院里跑步，那一村也听到清脆的口令。

一路上，大麻子刚开的紫色绒球一样的花，打着小金子的马肚皮，阵阵的露水扫湿了他的裤腿。他走得不慌不忙，信马由缰。主任催他：

"小金子同志，放快些吧，天黑的时候，我们要到石佛镇宿营哩！"

"报告主任，"小金子转过身来笑着说，"就这样走法，也用不着天黑！"

"这样热天，你愿意晒着呀？"主任说，"口渴得很哩！"

小金子说："过了树林，前面有个瓜园，我去买瓜！我和那个开瓜园的老头有交情，咱们要吃瓜，他不会要钱。可是，现在西瓜还不熟，只能将就着摘个小酥瓜儿吃！"

主任说："怎么能白吃老百姓的瓜呢？把水壶给我吧！"

递过水壶去，小金子说：

"到了石佛，我给主任去号一间房，管保凉快，清净，没有臭虫!"

他从兜囊扯出了那件东西,一扬手在马屁股上抽了一下,马就奔跑起来。

主任的小黑马追上去,主任说:

"小金子!那是件什么东西?"

"小马鞭儿!"小金子又在空中一扬。那是一支短短的,用各色绸布结成的小马鞭,像是儿童的玩具。

"你总是顽皮,哪里弄来的?我们是骑兵,还用马鞭子?"主任笑着。

"骑兵不用马鞭,谁用马鞭?戏台上的大将,还拿着马鞭打仗哩!"小金子说。

"那是唱戏,我们要腾开手来打仗,用不着这个。进村了,快收起来,人家要笑话哩!"主任说。

小金子又看了几看,才把心爱的物件插到兜囊里去,心里有些不高兴。他想人家好心好意给做了,不能在进村的时候施展施展,多么对不住人家!人家不知道费了多大工夫哩!

主任又问了:

"买的,还是求人做的?"

"是家里捎来的。"

"怎么单捎了这个来?"

"他们准是觉得我当了骑兵,缺少的就是马鞭子,心爱的也是这个。"

"怎么那样花花绿绿?"

"是个女孩子做的,她们喜欢这个颜色!"

"是你的什么人呀?"

"一家邻舍,从小儿一块长大的。"

主任没有往下问,在年岁上,他不过比小金子大两岁。在情感这个天地里,人们会是相同的。过了一刻,他说:

"回家或是路过,谢谢人家吧!"

三

五月里打过仗,小金子受伤回到家里,他饭也吃不下,觉也睡不着。主任和那些马匹,马匹的东奔西散,同志们趴在道沟里战斗牺牲……老在他眼前转,使他坐立不安。黑间白日,他尖着耳朵听着,好像那里又有集合的号音、练兵的口令、主任的命令、马蹄的奔腾,过了一会又什么也听不见。他的病一天一天重了。

小金子的爹,今年五十九岁了,只有这一个儿子,给他挖了一个洞,洞口就在小屋里破旧的迎门橱后面。出口在前邻小胜儿家。小胜儿,就是给小金子捎马鞭子的那个姑娘。

小胜儿的爹在山西挑货郎担儿,十几年不回家了。那年小金子的娘死了,没人做活,小金子的爹心里准备下了一堆好话,把布拿到前邻小胜儿的娘那里。小胜儿的娘一听就说:

"她大伯,你别说这个。咱们虽说不是一姓一家,住得这么近,就像一家似的,你有什么活,尽管拿过来。我过着穷日子,就知道没人的难处,说句浅话,求告你的时候正在后头哩。把布放下吧,我给你裁铰裁铰做上。"

从这以后,两家人就过得很亲密。

小金子从战场回来,小胜儿的娘把他抱在怀里,摸着那扯破的军装说:

"孩子,你们是怎么着,爬着滚着地打来呀,新布就撕成这个样子!小胜儿,快去给你哥哥找衣裳来换!"

小金子说:"不用换。"

"傻孩子,"小胜儿的娘说,"不换衣裳,也得养养病呀!看你的脸成了什么颜色!快脱下来,叫小胜儿给你缝缝。你看这血,这是你流的……"

"有我流的,也有同志们流的!"小金子说。

母女两个连夜帮着小金子的爹挖洞,劝说着小金子进去养病养伤。

四

敌人在田野拉网清剿,村里成了据点,正在清查户口。母女两个整天为小金子担心,焦愁得饭也吃不下去。她们不让小金子出来,每天早晨,小胜儿把饭食送进洞里去,又把便尿端出来。

那天,她用一块手巾把头发包好,两只手抱着饭罐,从洞口慢慢往里爬。爬到洞中间,洞里的小油灯忽地灭了,她小声说:"是我。"把饭罐轻轻放好,从身上掏出洋火,擦了好几根,才

把灯点着。洞里一片烟雾,她看见小金子靠在潮湿的泥土上,脸色苍白得怕人,一言不发。她问:

"你怎么了?"

"这样下去,我就死了。"小金子说。

"这有什么办法呀?"小胜儿坐在那像在水里泡过的褥子上,"鬼子像在这里住了老家,不打,他们自己会走吗?"她又说,"我问问你,杨主任牺牲了?"

"牺牲了。我老是想他。"小金子说,"跟了他两三年,年纪又差不多,老是觉着他还活着,一时想该给他打饭,一时想又该给他备马了。可是哪里去找他呀,想想罢了。"

"他的面目我记得很清楚,"小胜儿说,"那天,他跟着你到咱们家来,我觉着比什么都光荣。说话他就牺牲了,他是个南方人吧?"

"离我们有九千多里地,贵州地面哩。你看他学咱这里的话学得多像!"小金子说。

小胜儿说:"不知道家里知道他的死讯不?知道了,一家人要多难过!自然当兵打仗,说不上那些。"

小金子说:"先是他同我顶着打,叫同志们转移,后来我受了伤,敌人冲到我面前,他跳出了掩体和敌人拼了死命。打仗的时候,他自己勇敢得没对儿,总叫别人小心。平时体贴别人,自己很艰苦。那天行军,他渴了,我说给他摘个瓜吃,他也不允许。"

"为什么,吃个瓜也不允许?"小胜儿问。

"因为不只他一个人呀。我心里有什么事,他立时就能看出来。也是那天,我玩弄你捎给我的小马鞭儿,他批评了我。"

"那是闹着玩儿的,"小胜儿说,"他为什么批评你哩?"

"他说是花花绿绿,不像个战士样子,我就把马鞭子装起来了。可是,过了一会,他又叫我谢谢你。"

"有什么谢头,叫你受了批评还谢哩!"小胜儿笑了一下,"我们别忘了给他报仇就是了!你快着养壮实了吧!"

五

小胜儿从洞里出来,就和她娘说:

"我们该给小金子买些鸡蛋,称点挂面。"

娘说:"叫鬼子闹的,今年麦季没收,秋田没种,高粱小米都吃不起,这年头摘摘借借也困难。"

小胜儿说:"娘,我们赶着织个布卖了去吧!"

娘说:"整天价逃难,提不上鞋,哪里还能织布?你安上机子,知道那兔羔子们什么时候闯进来呀?"

"要不我们就变卖点东西?人家的病要紧哩!"小胜儿说。

"你这孩子!"娘说,"什么人家的病,这不像亲兄弟一样吗?可是,咱一个穷人家,有什么可变卖的哩,有什么值钱的物件哩!"

小胜儿也仰着脖子想,她说:"要不,把我那件袄卖了吧!"

"哪件袄?你那件花丝葛袄吗?"娘问着,"哪有还没过事,就变卖陪送的哩?"

小胜儿说:"整天藏藏躲躲的,反正一时也穿不着,不是埋坏了,就是叫他们抢走了,我看还是拿出去卖了它吧!"

"依我的心思呀,"娘笑着说,"这么兵荒马乱,有个对事的人家,我还想早些打发你出去,省得担惊受怕哩!那件衣裳不能卖,那是我心上的一件衣裳!"

"可是,晚上,他就没得吃,叫他吃红饼子?"小胜儿说,"今儿个是集日,快拿出去卖了吧!"

到底是女儿说服了娘,包起那件衣服,拿到集上去。集市变了,看不见年轻人和正经买卖人,没有了线子市,也没有了花布市。胜儿的娘抱着棉袄,在十字路口靠着墙站了半天,也没个买主。晌午错了,才过来个汉奸,领着一个浪荡女人,要给她买件衣裳。小胜儿的娘不敢争价,就把那件衣裳卖了。她心痛了一阵,好像卖了女儿身上的肉一样。称了一斤挂面,买了十个鸡蛋,拿回家来,交给小胜儿,就啼哭起来。天还不黑就盖上被子睡觉去了。

小胜儿没有说话,下炕给小金子做饭。现在天快黑了,她手里劈着干柳树枝,眼望着火,火在她脸上身上闪照,光亮发红。她好像看见杨主任的血,看见小金子苍白的脸,看见他的脸慢慢变得又胖又红润了。她小心地把饭做熟,早早地把大门上好,就爬到洞口去拉驼铃。一种微小的柔软的声音,在地下响了。不久,小金子就钻了出来。

这一顿饭,小金子吃得很多,两碗挂面四个鸡蛋全吃了,还有点不足心的样子。吃完了饭,一抹嘴说:

"有什么吃什么就行了,干什么又花钱?"

"哪里来的钱呀,孩子,是你妹子把陪送袄卖了,给你养病哩!卖了,是叫个好人穿呀!叫那么个烂货糟蹋去了,我真心疼!你可别忘了你妹子!"小胜儿的娘在被窝里说。

"我们这是优待八路军,用不着谢,也用不着报答!"小胜儿低着头笑了笑,收拾了碗筷。

小金子躺在炕上。小胜儿用棉被把窗子堵了个严又严,把屋门也上了。她点起一个小油灯,放在墙壁上凿好的一个小洞里,面对着墙做起针线来,不住尖着耳朵听外面的风声。

在冀中平原,有多少妇女孩子在担惊,在田野里听着枪声过夜!她回过头来说:

"我们这还算享福哩,坐在自己家里的炕上——怎么你们睡着了?"

"大娘睡着了,我没睡着。"小金子说,"今天吃得多些,精神也好些,白天在洞里又睡了一会,现在怎么也睡不着了。你做什么哩?"

"做我的鞋,"小胜儿低着头说,"整天东逃西跑,鞋也要多费几双。今年军队上的活,做得倒少了。"

"像我整天钻洞,不穿鞋也可以!"小金子说。

听着他的声音,小胜儿的鼻子也酸了,她说:

"你受了伤,又有病,这说不上。好好养些日子,等腿上有了力气能走长路了,就过铁道找队伍去。做上了我的,就该给你铰底子做鞋了！"

小胜儿放下活计，转过身来，她的眼睛在黑影里放光。在这样的夜晚，敌人正在附近村庄放火，在田野、村庄、树林、草垛里搜捕杀害冀中的人民……

正月

/// 孙犁

一

这个大娘，住在小官亭西头路北一处破院的小北屋里。这院里一共住着三家，都是贫农。

大娘生了三个女儿。她的小北屋一共是两间，在外间屋放着一架织布机，是从她母亲手里得来的。

机子从木匠手里出生到现在，整整一百年。在这一百年间，我们祖国的历史有过重大的变化，这机子却陪伴了三代的女人，陪伴她们痛苦，陪伴她们希望。它叫小锅台烟熏火燎，全身变成黑色的了。它眼望着大娘在生产以前，用一角破席堵住窗台的风口；在生产以后，拆毁了半个破鸡筐才煮熟一碗半饭汤。它看见大娘的两个女儿在出嫁的头一天晚上，才在机子上织成一条陪送的花裤。一百年来，它没有听见过歌声。

大娘小时是卖给这家的。卖给人家，并不是找到了什么富户。这一带有些外乡的单身汉，给地主家当长工，苦到四五十岁上，有些落项的就花钱娶个女人，名义上是制件衣裳，实际上就是女孩子的身价。丈夫四五十，女人十三四，那些汉子都苦得像浇干了的水畦一样，不上几年就死了，留下儿女，就又走母亲的路。

大姐是打十三岁上，卖给西张岗一个挑贷郎担的河南人，丈夫成天住村野小店，她也就跟着溜墙根蹲房檐。二姐十四上卖给东张岗拉宝局的大黑三，过门以后学得好吃懒做，打火抽烟，自从丈夫死了，男女关系也很乱。

两个女儿虽说嫁了人，大娘并没有得到依靠，还得时常牵挂着。好在小官亭离东西张岗全不远，大娘想念她们了，不管刮风下雨，就背上柴火筐，走在漫天野地里，一边捡着豆根谷茬，一边去看望女儿。

到了大女儿那里，女婿不在家，就帮她打整打整孩子们，拾掇拾掇零碎活；到了二姑娘那里，看见她缺吃的没烧的，责骂她几句，临走还得把拾的一筐谷茬，倒在她的灶火坑里。

二

大娘受苦，可是个结实人、快乐人，两只大脚板，走在路上，好像不着地，千斤的重担，并没有能把她压倒。快六十了，牙口很齐全，硬饼子小葱，一咬就两断，在人面前还好吃个炒豆什么的。

不管十冬腊月，只要有太阳，她就把纺车搬到院里纺线，和那些十几岁的女孩子们，很能说笑到一处。

她到底赶上了好年头，冀中区从打日本那天起，就举起了革命的红旗！

三姑娘——多儿的婚事，也不能和两个姐姐一样了！

打日本那年，多儿刚十岁。十岁上，她已经能够烧火做饭，拉磨推碾，下地拾柴火，上树撸榆钱，织布纺线，帮娘生产。

八路军来了，共产党来了，把人民的特别是妇女的旧道路铲平，把新道路在她们的眼前铺好。

她开始同孩子们一块到学校里去。"认识字儿好！"大娘说，给多儿缝了个书包，买了块石板，在红饼子上抹了香油，叫她吃了上学去。

十二上她当儿童团，十五上她当自卫队，那年全区的妇女自卫队验操，她投的手榴弹最远。

经过抗战胜利，经过平分土地，她今年十八岁了。

三

多儿正在发育，几年间，不断有人来给她说婆家。

姐姐常常是妹妹的媒人，她们对多儿的婚事都很关心。腊月里，大姐分了房子地，就和丈夫商量：

"从我过门，逢年过节，也没给娘送过一个大钱的东西，我们过的穷日子，自己的吃穿还愁不来，她自然不会怪罪咱。今年总算是宽绰些了,我想到集上买点东西,上娘家去一趟,顺便看看小三的婆家说停当了没有。"

丈夫是个老实热情的人,答应得很高兴,到集上买了一串麻糖,十个柿子,回来自己又摊上几个炉糕儿,拿个红包袱裹了,大姐就到小官亭来。

到了娘家,正赶上二姐也来了,她说村里正在改造她的懒婆懒汉。

多儿从冬学里回来,怀里抱着一本书,她的身子发育得匀称结实,眉眼里透着秀气。娘儿几个围坐在炕上说话,一下就转到她的婚事上去。开头,这是个小型的诉苦会,大姐说可不能再像她那时候,二姐说可不能再像她那样子;多儿把书摊在膝盖上,低着头,一句话也不说。

娘说,有人给多儿说着个富裕中农,家底厚,一辈子有吃的有做的就行了。大姐不赞成,嫌那一家人顽固,不进步。她说有一家新升的中农,二姐又不赞成,她说谁谁在大地方做买卖,很发财,寻了人家,可以带到外边,吃好的穿好的,还可以开眼。没等她说完,娘就说:"我的孩子不上敌占区!"

娘儿几个说不到一块,吵了起来。二姐说:

"这也不投你们的心思,那也不合你们的意!你们倒是打算怎么着呀?看看快二十了,别挑花了眼,老在炕头上!"

"别吵了!别吵了!别替我着急了!"多儿眯缝着眼,轻轻磕着鞋底儿说。

"我们不替你着急,替谁着急呀!"大姐说,"你说,你有对象了吗?"

多儿点点头。两个眼角里,像两朵小小的红云,飘来飘去。

"是谁?"

多儿把书合起,爬下炕去跑了。

二姐追出去把她拉了回来:"你说出来!大家品评品评!"

"这是叫你审官司呀!就是大官亭的刘德发!"多儿说完,就伏在炕上不动了。

四

"德发呀!"娘和两个姐姐全赞成。德发是大官亭新农会的副主席。二姐说:"你们想必是开会认识的。"

"区长给介绍的。"多儿低声说。

"人家定了日子没有!"

"就在今年正月里。"

"嗨!这么慌促了,你还装没事人,你这孩子!快合计合计吧!看该添什么东西,我去给你买去!"大姐嚷着说,"可不要像我那个时候,咱娘只给买了一个小梳头匣儿,就打发着走!"

二姐说:

"你还有个梳头匣,我连那个也没有,娶过去,应名是新媳妇,一见人就害臊。人家地主富农的闺女们,穿的什么,戴的什么,不敢和人家一块去赴席,心里多难过!眼下,我们翻了身,也得势派势派！三妹子，你说吧，要什么缎的，要什么花的，我们贫农团就要分果实了，我去挑几件，给你填填箱！"

娘说：

"这村也快分了，你该去挑对花瓶大镜子，再要个洋瓷洗脸盆，我就是稀罕那么个大花盆！"

多儿说：

"你们说的那些东西，我都不要，现在我们翻身了，生产第一要紧。我们这里有张机子，是从高阳那里兴过来的，一天能卸两个布，号价七十万，我想卖了咱这张旧机子，买了那张新机子，钱还是不够，你们要愿意帮助我，就一个人给我添十万块钱吧！"

两个姐姐说："回去就拿钱来。"

五

可是一提卖这张旧机子，娘不乐意。她说：

"这是我从你姥姥手里得来的家业过活，跟了我几十年，全凭它把你们养大成人，不能把它卖了，我舍不得它！"

"这就是娘的顽固落后，"多儿说，"旧的不去，新的不来呀！"

"新的，我就不待见那些新的，你会使吗？买来放着看样呀？还不如旧的办事哩！"娘说。

"不会使，学呀，"多儿笑着说，"我们什么学不会？从前，我们会打日本吗？会斗地主吗？不全是学会的？"

"你巧，你学得会，我老手老脚，又叫我像小孩子一样，去学新鲜,我不学!"

"娘就是这样保守。好像舍不得你这穷日子似的,什么也不愿意换,往后有了好房子住,你还舍不得离开我们这小破北屋哩!"多儿说着又笑了。

"他妈的!"娘说,"我这小破北屋怎么了?没有这小破北屋,还养不下你个小杂种来哩!"

"怎么样?"多儿拍着手,"说着你就来了,不是?"

什么时候娘也说不过女儿,到底是依了她。第二天,多儿叫来几个一头儿的小姑娘们,把旧机子抬到集上卖了,又去买了那张新机子,抬回家里来。她把里屋外间,好好打扫了一番,才把这心爱的东西,请进屋里去,把四条腿垫平,围着它转了有十来个遭儿。

小屋里放上这张新机子,就好像过去有两个不幸福的姐姐,现在有了幸福的妹妹。它使这小屋的空气改变了,小屋活泼起来,浮着欢笑。

多儿对娘说:

"什么也在这张机子上,头过门,我要织成二十一个白布。把布卖了,赚来的钱,就陪送我,娘什么也不用管。"

娘帮她浆线落线。她每天坐在机子上,连吃饭也不下来。她穿得干干净净,头发梳得光亮。在结婚以前,为什么一个女孩子的头发变得那样黑,脸为什么老是红着?她拉动机子,白布在她的胸前卷出来,像小山顶的瀑布。她的头微微歪着,身子上下颤动,嘴角上挂着猜不透的笑。"挺拍挺拍，挺拍挺拍"，机子的响动就是她那心的声音。

这真是幸福的劳动。她织到天黑，又挂上小小的油灯，油灯擦得很亮。在冀中平原，冬天实际上已经过去，现在，可以听到村边小河里的冰块融解破碎的声音。

她织成了二十一个布，随后，她剪裁了出嫁的衣服和鞋面。

她坐在小院里做活，只觉得太阳照得她浑身发热。她身后有一棵幼小时候在麦地锄回来的小桃树，和她一般高。冬天，她给它包上干草涂抹上泥，现在她把泥草解开，把小桃树扶了出来。

春天过早挑动了小桃树，小桃树的嫩皮已经发紫，有一层绿色的水浆，在枝脉里流动。

六

从腊月到正月，这一段日子过得特别快，明天就是正月十五，多儿的喜日了。

多儿把小院里打扫干净，就在屋里藏起来。

这天，赶上小区在这村里召开联席会，各村的代表全来了，问题讨论完了，区长问：

"各村里，还有事没有？"

大官亭的代表是个老头，说：

"小官亭的代表先别走，有个事和你商量一下。"

小官亭的代表是个女的，就说：

"同志,你有什么问题,就提出来大家讨论吧!"

"不碍别村的事,"大官亭的代表说,"光我们两个人商量一下,就能办事!"

人们刚爬下炕来,各人找寻各人的鞋,准备回去,一听他说得有趣,就哄的一声笑起来。

大官亭的代表说:

"你们别笑,我说的是正经事,你知道我们副主席刘德发吧?"

"知道啊!"小官亭的代表说,"他不是寻了我们妇女部长小多儿了吗?"

"对呀!"大官亭的老头说,"他们明天就过事,我们贫农团叫我代表,向你提出来,这件亲事,我们要热闹热闹!"

"你们怎么计划的呀?"小官亭的代表问。

"我们也没什么,我们是预备动员贫农团全体车辆,村剧团的鼓乐,高级班的秧歌。事先通知你们一声,别弄得你们措手不及!"

"哈!"小官亭的女代表说,"你别小看我们,我们村子小是情真,人可见过世面,你们来吧,我们拉不了趟!"

"那就好。"大官亭的代表说,"你们预备几辆大车送亲?"

"别觉着你们大官亭车马多!"女代表的脸红了一下。

区长说:

"过事么,是该热闹热闹,不过不能浪费。"

"一点也不浪费，"大官亭的代表说，"正月里没事，人马闲着也是闲着，再说，我们倒是有花轿官轿，我们不用那个，改用骑马，我们嫌那个封建！"

七

第二天，就是好日子。天空上只有两朵白云，它们飘过来，前后追赶着，并排浮动着；阳光照着它们，它们叠在一起，变得浓厚，变得沉重，要滴落下来的样子。

大官亭的礼炮一响，小官亭的人们就忙起来，女代表同鼓乐队赶紧到村口去迎接。大官亭的人马真多，头车来到了，尾车还留在大官亭街里。两个村的鼓乐队到了一处，就对敲起来，你一套我一套，没有个完。两个村的小学生混到一块跳起来，小花鞋尖踢起土来，小红脸蛋上流着汗。

多儿的两个姐姐，今天全打扮得很整齐，像护驾的官员，把穿着一身大红的多儿扶到马上去。多儿拉住缰绳，就叫她们闪开了。

区长登在高凳上讲话，他庆贺着新郎新妇和两个村庄的翻身农民。

吹吹打打，把多儿娶走了。

在路上，多儿骑的小红马追到前头去，她拉也拉不住。小红马用头一顶德发那匹大青马，大青马吃了一惊，尥了一个蹶子就跑起来。两匹马追着跑，并排着跑，德发身上披的红绸搅在多儿的腰里，扯也扯不开。

村歌

/// 孙犁

上篇　互助组

一

老邴区长和县妇救会王同志到张岗组织农民生产,住在妇女生产部长香菊家里。王同志整天去开会,老邴实际上只处理着村里的事务问题,整天忙得下不来炕。村里陈年烂芝麻的老账,都找他来解决,他觉得这也是自己分内的工作。另外,他自己是个工农干部,最害怕在群众面前讲话。他讲话准备了半天,三言两语就完了,又好发脾气,所以什么召集大会,组织识字班的事,他就乐得叫王同志去。

村生产委员会的妇女生产小组,已经组织了八组。今天又开会,王同志同香菊吃过早饭就走了,香菊临走告诉老邴给她看门。

老邴留在家里,一个人在台阶上坐着看文件。

香菊家院里什么东西也没有,只有一棵枣树。旱枣涝梨,今年枣儿挂得很密,树尖上的已经全红,有的裂纹了。窗台下疏疏拉拉种着几棵扁豆,没有多少花。

香菊是贫农,老邴觉得这和自己的家里,仿佛完全一样,他想起了还在冀南老家一个人过日子的母亲。他想香菊的爹娘早早死去,一个小姑娘,还养活着一个妹妹,过这样的日子,多么艰难。

他听见咪咪的笑声。转过脸来,看见一个姑娘抱着一个小孩,正用青秋秸打枣,逗着小孩笑。这姑娘细长身子,梳理得明亮乌黑的头发,披在肩上;红线、白线、紫花线合织的方格子上身,下身穿一条短裤,光脚穿着薄薄的新做的红鞋。

她仰着头望着树尖,像是寻找哪一个枣儿红得透,吃着可口,好动手去梆。

那姑娘准备好一个姿势,才回过脸来。她好像早就测量好了方位距离;一眼就望到区长的脸上,笑了笑,扔下青秋秸,和孩子哼哈说笑着转身走了。

老邴看准了她的脸,她的脸在太阳地里是那么白,眼睛是那么流动。老邴想:为什么不认识这个妇女?她为什么不去开会?

那姑娘走出院,往东去了,拐进一个白梢门,又回头望了望。

老邴觉着奇怪,跟到那里看看。一进白梢门,是三间土甓北房,新糊的洒油的窗纸,镶着小玻璃镜。那姑娘在屋里脸贴着镜子,望着老邴。

老邴站在院当中，问："你们在这里住呀？"

"嗯。"那姑娘笑了一下说。

"你家里尽有什么人呀？"

"他们全不在家。你有事吗，区长？"

"没有事。"老邴一时觉得不好意思，要转身出来。

那姑娘却爬下炕走出来，站在门台上，回身取过一个小板床，放在老邴面前，笑着说："区长，坐一坐吧，你轻易不到我们家里来。我有个问题，和你讨论讨论。"

"什么问题？"老邴坐下来。

姑娘没有说话。老邴看见这姑娘的脸上擦着粉，两道眉毛虽然那么弯弯的，左边的一道却只有一半，在眼睛上面，秃秃地断了。

老邴说："你家里的人，都到地里去了吗？"

"没有。"

"去开会了？"

姑娘的脸一红，她说："没有，我正要和你讨论这个问题。"

"你说吧！"老邴有些不耐烦，"你叫什么名字？"

"我叫双眉。"姑娘说。

"你们也姓李，和香菊是一家子？"

"不是，我们姓郭。"

"你们常在一处做活吧？"

"不在一处，"双眉说，"我正要和你讨论这个。我问区长，凭什么，她们不叫我参加？"

"参加什么？"老邴问。

"参加生产组。"双眉的嘴唇有点发白，"不是讲生产吗？我们可以比一比呀，她们一天卸一个半布，我一天卸三个，她们不叫我参加。你看看！"她一扯自己的花裆子："她们能织这样的布？一道街上，都到我这里来讨换布样子，可她们不叫我参加。"

"谁不叫你参加？"老邴问。

"她们！"双眉的眼里噙着泪。

"她们说什么？"

"说我参加过剧团，有男女问题。"双眉的声音放低了。

"有错误，纠正了就完了！"老邴站起来想走。

双眉又高声说："我没有问题。我问区长：什么叫流氓？"

老邴笑了笑。

"这里说得明白！"双眉跑到屋里，拿出一张报纸，交给老邴。在问事处栏里，有关于流氓的解释。

"我得叫她们看看报，她们为什么给我扣帽子！"没等老邴看完，双眉就把报纸扯了回去。

"我问区长：登台演戏算不算流氓？"

"那是宣传么，怎么能叫流氓？"老邴说。

"夜晚演戏算流氓吗？"

"那也不是。"

"出村演戏算流氓吗，出村体操算流氓？"

"不是那么个问题。"老邴说。

"什么问题？"双眉说，"她们就根据这个叫我流氓！我问区长：好说好笑，算不算流氓？赶集上庙算不算流氓？穿干净点算不算流氓？"

"报上说得明白，"老邴很郑重地说，"流氓主要是不生产。"

"却又来！"双眉扬眉一笑，"我一天能卸三个布。好说好笑是我的脾气，赶集上庙是我要买线卖布，穿的花布是我自己织纺的。我问问她们还能说出我什么来！"

"你家是什么成分？"老邴问。

双眉一转身就进屋里去了。走到外间，她回过头来叫："区长，你进来看看俺们的家。"

老邴跟了进去。外间屋一只木板床，上面放一垒大花碗，一块大案板，一条大擀杖，油瓶醋瓶盐罐，墙上挂一个大笊篱。双眉撩起西间的门帘，一条头打外的大炕一领新炕席，屋里是任什么也没有。双眉又把他领到东间，迎门就是一架顿机，机上还安着没织完的花格布，别的陈设也不多，可是拾掇打扫擦洗得明亮干净。

"你们家里有几口人？"老邴问。

"四口。"

"种多少地？"

"五亩半。"

"牲口？"

"和别人插着一个小驴，"双眉笑一笑，"区长你说我们叫什么农？"

"按地亩和人口说，你们该是贫农。可是你们生活不错吧，你家案板那样大，敢是常吃白面？"

"俺家开的是起火小店。"双眉笑了，"你没看见那头那大炕？吃的就从这里边赚出来；穿的就凭我这两只手，织织纺纺。"

"我回去和王同志谈谈。"老邴说着走出来。双眉把他送到大门外边，站了好久才进去。

二

老邴回到香菊家，王同志和香菊全开会回来了，正等着他吃饭。

在当屋放下白木桌，听姐姐支使，小二菊用水把桌面洗了一下，又拣那两个大的完整的黑碗，给王同志和老邴盛上饭。

王同志文化高，上过抗战学院，下乡来，饭量很小，可是好吃乡下的"鲜儿"。香菊特别给她预备的有：大青豆角，新刨的没长好的山药，嫩棒子——王同志叫它老玉米，小二菊一听就笑。有些东西是香菊自己地里种的，有的就是小二菊随手从别人家地里摘来。

王同志、老邴和小二菊在桌上吃，香菊端着碗坐在屋门限上吃。

老邴说："香菊，我今日个到一家开小店的家去了，那是谁家？"

"哪头呀？我们村里三家开小店的哩！"香菊仰着头问。

"东头路南那个白梢门里。"

"那是郭忠家。"香菊说。

"你不要到那里去吧,同志!"王同志剥着毛豆,"她家是破鞋哩!"

"我问问香菊,"老邴说,"他家那个姑娘,叫双眉的,到底怎么样?"

"很坏嘛,同志!"王同志啃着老玉米,"是个流氓!"

"香菊把她的历史谈谈。"老邴说。

"说起来,那话就远了。"香菊安稳地说。

"你从近处说。"老邴一看见香菊谈问题的时候那么老老实实,就笑了。

"双眉的姥姥家是拉大宝局的,双眉的娘从小就在那场儿里长大,听说小的时候就跟双眉一样,长得很好,有多少人想算着。她爹是街面一个光棍,却看准了开小店的郭忠,就把她嫁给郭忠了。郭忠是个有名的老实头,村里那些乱七八糟的人,就短不了往小店里跑,双眉的娘又是那么个不在乎的脾气,人们就说她的坏话,可是人家开的是店,那也不能比平常住家。"

"双眉哩?"老邴问。

"也有人说她的闲话,我看不准。"香菊说。

"毫无问题!"王同志说,"什么娘什么女,什么桌子什么腿!"

"过去,她当过女自卫队的队长,那时我们都怕她。可是哪一次我们也是考第一。她好胜。她也参加过剧团,剧团里黑间排戏,回来得晚,她又好说笑,好打闹,好打扮,闲话就来了。今年整组,把她撤了,那时王同志在这村里。"香菊又补充了一段。

"那是一点也不冤枉的,双眉横着哩!"王同志吃饱,站起来到里间屋歇晌去了。

"当时是谁提出来撤双眉的职?"老邴问。

"那是小组会上提的,听说是西头大器提的劲大。"香菊说。

"大器不是真破鞋么?"

"那倒是!"香菊笑了,"近来才听说她是叫郭环指使。郭环是大地主老太的侄子,他把家业糟了,年上没斗他。过去,他常往双眉家跑,在整组以前,听说双眉把他骂了出来!"

"啊,是这样一个人说双眉是流氓!为什么你们就听信?"老邴问。

"双眉也有她的缺点。她强迫命令,她瞧不起不如她的人,她说话刻薄,这样得罪的人就多了。有一个人一吹气,就刮起风来。"香菊笑了笑,站起来去拾掇桌子。

"你们为什么不叫她参加生产组?"老邴问。

"就为这个呗!她是撤过职的,人们不愿意和她成组,我们也怕影响不好,就没叫她参加。你的意见,叫她参加?"

"我的意见,叫她参加,也批评教育她。我们不能把真正坏蛋的话,当成金口玉言,把自己的人推在外边。"老邴也站起来,"你们再讨论讨论!"

"王同志!"香菊叫了一声,王同志在屋里睡着了,没有答声。

"恐怕王同志不叫她参加哩,双眉当场和她顶过嘴!"

"那不是重要问题,"老邴说,"明天,你把我的饭派到双眉家去,我了解她家一下。"

"嗯。"香菊笑着答应了。

三

第二天,双眉很早就来叫老邴吃饭去。桌子放在炕上,双眉的娘和双眉的小弟弟和老邴一块吃,双眉盛饭。双眉的爹不好说话,和区长笑着打个招呼,就端着碗街上吃去了。

在她家一连吃了三天饭,老邴知道了这家人家的风俗和历史。

原来这个张岗镇是河间府通保定府的大道,事变前,村里的地主们在街上开了五六家绸缎店和两家大钱庄,造成村里无数的穷人,吸收来很多流氓。

村里添了十几处赌局烟馆,在人民的生活上,也造成一种浮华和轻视正当劳动生产的风气。

那时张岗街上像唱着一台戏:街上热热闹闹,哄哄吵吵;种地的苦一年十二个月,除了直着送到地主家门的,还有拐个弯送到地主手里的,那就是经过各种摊派,经过当铺、钱庄、失盗、赌局……地主撒出粗的细的,弯的直的吸血管,扎进农民的生活,肥壮他自己。

事变以后,一场暴雨,把张岗街面上的乌烟瘴气打下去了。消灭剥削,就斩断了烟犯、赌徒、暗娼、偷盗的根基。绸缎庄不开了,钱庄关门,街上出现了广大的土布摊。游手好闲的人少了,大家知道劳动生产是光荣。

郭家这个小店,从郭忠的爷爷开起来。小店的历史这样长,祖父孙三代又保持着分量大佐料足的卖面方针,老主顾就特别多。店门口也不挂笊篱,也不写"招待客商草料俱全",可是每逢张岗三八大集,那些推车的小贩,担挑的匠人,就像奔回自己家里一样,来住他家的店。

郭忠是个老实人,客人也多是熟主顾。客人进了门,他有时也不打什么招呼。客人放好车子、担子,就帮着内掌柜去挑水,做饭。

四

为了叫双眉参加生产组,老邴和王同志争吵了好几次。王同志一口咬定这影响不好,批评老邴不了解情况,认识人不深刻;老邴批评她单凭印象,不从阶级关系上分析问题。最后王同志允许双眉她们单独成立一个组,这一组里,包括双眉,双眉的娘,东头说媒的大顺义,西头好抹牌的小黄梨。把她编到这么一个组里,双眉又找了老邴来,老邴对她说:"做工作么,不能挑拣同伴。她们落后,我们帮助她们,要紧的是做出成绩来。"

"是,我要叫她们看看!"

"也不能赌气做工作。"老邴笑着说。

"区长,不要光和我讲大道理。"双眉也笑了,"这几个人管保连个会也召集不成。"

"你怎么能管保？回去你就把她们叫到一块，我也参加。"

"啊，"双眉松了一口气，"区长要参加，她们不敢不来！"

"唔！"老邴说，"要好好和她们商量。你有一个缺点，就是强迫命令，不要再犯这个毛病。"

双眉回去了，晚上老邴去参加她们的会。

王同志说笑话："邴区长不是不好领导开会？怎么对这个模范组发生了兴趣？"

老邴说："唉！这是你们妇女的事，你还开玩笑！你说她们落后，难道我们的任务光是领导那些骨干积极分子？"他望望香菊："世界上要都是香菊，我们就吃不上一斤四两小米了。"

"区长又夸奖我！"香菊正点着灯纺线。

小组的会在大顺义家开，区长一到，那几个妇女早坐在炕上围成一圈等着了。双眉坐在炕沿上，看起来很是高兴。

老邴一进屋就笑着说："看，你们坐的，中间就缺一幢牌。"

"区长尽揭我们的老底！"大顺义笑着说。

老邴坐在迎门橱旁一个小木凳上，望着双眉说："你看，到得多齐，做工作不能主观。"

双眉笑了笑。大顺义说："人家把我们几个落后顽固编成一组，我们越得争气，不能叫俺们姑娘现眼，栽得她们手里！"

"栽得谁手里？"老邴说，"我们都是一家人，工作做好了，大家好，做坏了大家都有责任！不能把自己当外人看待！"

"区长说得对！"双眉的娘说，"我们欢迎区长给我们讲讲话！"

大家就啪啪地鼓起掌来。老邴的脸登时红了，他站起来说："我不会讲话，我讲一点。张岗街上的事，我也明白了一点。过去，在旧社会，张岗街上坏人很多。人家说：张岗街上从这头数过去，隔一个门一个破鞋；再从那头数回来，又是隔一个门一个！这都是胡说八道！坏人是地主封建阶级造成的，他们剥削穷人，他们逼着穷人做下贱，他们又有钱，又有的玩。这群王八蛋！现在是新社会，为什么没有那些坏地方、坏人了？劳动是光荣的，赌钱是可耻的，我看谁再敢赌钱，我把他抓起来！这些坏蛋，天这么早，他不到地里浇园，他赌钱……"

老邴喊叫着，头上流着汗，拉下头上包着的手巾来回擦，吓得几个妇女坐在炕上纹丝不敢动。讲着讲着，他想起来，又发脾气了，就坐下来，笑着说："我一讲就着急，你们自己谈一谈吧，双眉你领导开会吧！"

说完，他站起来，出去了。

大顺义说："区长好大脾气呀！"

"不，"双眉说，"他和人闲说话，慢言轲语，顺情顺理，可好脾气哩，他是一讲话就——"

"你看，"小黄梨说，"这才没有的事哩，叫他把我们骂了一顿！"

"各人的秉性，"大顺义说，"人家说的不都是实话吗？说咱们的吧,双眉你说吧,叫你娘们怎么着?"

"怎么着?"双眉立起身转过脸来,"就是组织起来呗!"

"咱这不是组织起来了吗?"大顺义直直地坐着笑着说,"咱这不是到了一块吗?组织起来就是叫我们这几个老婆围在炕上坐着吗——我想该还有下文。"她把嘴一撇。

"敢情要光叫这么坐着才好哩!"小黄梨也笑笑拍拍大腿说。小黄梨连牙都是黄的。

"组织起来就是叫咱们一块做活,大伙帮着,我给你做,他给我做呗!"双眉说。

"那就是插伙着做活呗,咱们这里叫攒忙。"双眉的娘说。

"要是攒忙,还用着这么大折腾,是长年的吧?"小黄梨说。

"长年的,"双眉说,"咱们谁也不能散劲!"

"不能散劲!"大顺义说,"咱们要和他们挑战哩!"她在炕上欠起身子来。

"对!"双眉低声轻轻地说,"大娘们,咱们可得要做出个样叫他们看看,争这口气!"

五

这个组算成立起来了,第二天互助组长联席会,香菊也通知双眉参加了。

王同志带着讽刺的口吻,称呼这个小组叫"模范组"。其实在村里,在当时王同志的出心用意上,这就是一个"流氓组"。

在村中小学里，有所谓"调皮组"，那是把调皮的孩子们编到一起，叫他们自相攻打，叫别的同学歧视他们，叫他们小小的心里感到孤单，有时还会自暴自弃。在村中还有落后组，那是把地主富农被斗户们组织在一起的。

双眉觉到了这一点，在会场上她那弯弯的眉毛一直簌簌地挑动。她在会上和全村认为顶棒的李三互助组挑了战，使全场的人都吃了一惊。

李三是大顺义的男人，这人是个木匠，可是除了木作活样样做得好，他还能盖房，烧窑，打磨，全梢，锯盆，锯碗，糊裱房子。他是全村最有用的人，并且脾气好，做活实落。

他这组的人包括：李大印，是长年打釉氅的小伙子；李小亮，有名的身大力不亏，做一天活回来，还要和人在场里比赛搬倒碡碌；只有一个小兴，是个高级班学生，参军以后，几天就跑了回来，光会唱歌演戏吹口琴，地里的活不通把，是生产委员会看着李三这个组太壮了，才给了他这个"饶头"。

双眉和李三挑了战，李三组里的兵马，感到有些侮辱了自己的威名。和你们挑战，就是赢了你们，还能增加多少光彩？可是李三老老实实答应了。

别人说："双眉那组里有大顺义，李三你可得小心点……"

李三在地下磕磕烟袋，笑了笑说："这是开会哩，别闹。"

他们挑战的条件是：订好计划，坚持全年，带动副业，争取模范。

李三的副业是：春天打毡盖房，冬天开木货厂。双眉她们是纺线，织花布。

六

两组的生产计划都叫小兴写。歇晌的时候，给自己组写好，兴儿就走到村西水坑旁边的大柳树下面，躺在那块大石板上。

这块大石板，是在下雨的时候，村里流过水来，从这里泻到大坑里去。

今年天旱短雨，坑里的水很浅很浑，有几只鸭子在里面搅。

这个小青年有点心事。原先他和双眉很好，两个人一块上高级班，一块参加剧团演戏，老是配角。两个人合演过《兄妹开荒》，也演过《夫妻俩》。两个人一上台，真是越唱嗓子越亮越高，演得越来越讨彩。兴儿参军那天，那时双眉正受了打击，还是跟在人群后面，一直把他送到村外。第二天，兴儿从城里回来看家，正赶得双眉在集上卖了一个布，就偷偷塞给他两万。

现在，兴儿想，一切都完了。自己跑回来，成了黑人，她也不愿意理他。

又挑的什么战，订的什么生产计划呀！

头吃晚饭，兴儿把头上的新白手巾箍了箍，把腰里的新皮带紧了紧。他估计在这个时候，双眉是常常站在门口的。他往东走，很远就望见双眉在那里往这边看，随着就转过身子去。兴儿慢慢走到她跟前说："双眉，你们不是订计划吗？"

"订吧！"双眉连头也没转过来。

"在哪里订？你们有纸没有？"

"什么也齐全。"双眉往东走。

"到哪去呀！"

"到大顺义那里去。"

兴儿跟在后面，心里有点火。大顺义家在村子外边，走出村去，双眉的脚步就慢了，她说：

"好好的，你跑回来干什么！"

兴儿没有答声。

"嘿嘿！"双眉在前边笑。

兴儿想转身回去，双眉并没回头，可是她说："走啊！"

兴儿又跟上去。双眉说："你为什么跑回来？你不怕丢人，你怕死！"

转过一个大苇坑，她又说："我要是你，我就扎在这水坑里死了！"

"你别激我！"兴儿喊。

"我激你什么，"双眉小声说，"你激得起来？你有脸箍着新手巾去，你还有脸箍着新手巾来？抽皮带，上前方打仗那才有用，那才好看；在家门口抽上那个给谁看，给谁看着生气呀！"

兴儿忍不住，他转身就往回走，他想找个地方去痛哭一场。双眉却跑过来把他抓住："你上哪去，和我去订计划。"

兴儿只好又跟她走。天大黑了，天上长了云彩，大顺义在喊叫她男人吃饭。

七

大顺义和李三吃着饭,双眉把她那一组人叫齐。吃过饭,李三擦擦他那连鬓胡子的嘴,往后一退,靠在被垛上抽烟。大顺义赶紧把吃饭桌子擦了擦,把灯往兴儿面前一推说:"给我们写着吧,先生。"

"纸!"兴儿丧丧地说。

从怀里掏出钢笔。钢笔不强,却装在一个非常华丽精致的钢笔套里,用一条红丝线系在身上。兴儿很快把笔套披到怀里,偷偷看了双眉一眼。双眉背着脸坐在炕沿上,也正在怀里掏什么;她掏出一张叠好的糊窗户纸,往桌子上一扔。

"怎么订法呀?"她转脸笑着问。

"我们是这么订的,"李三说,"那就像个章程一样。先把你们几个人的名字写上。"

兴儿已经开始在那里写,他一笔一画地先写上郭双眉,抬起头来问小黄梨:"你怎么写?"

"我怎么写,她们怎么写我就怎么写!"小黄梨说。

"你姓什么?"

"这里姓李,俺娘家姓黄。"

兴儿就写上了,笑了一笑。

"你给我写的什么?"小黄梨爬过去问。

"写的你的姓名呀!"

"你写的我叫什么?你娘的!你没有好事!"小黄梨退回去说。

"下边写上你们各人家里的地亩,牲口,农具。"李三说。

兴儿又挨个问着写好。

"你们要带动副业,"李三又说,"还得把机子、纺车、落车、落子、杼、缯,全写上。"

"纺车家家都有,"双眉说,"机子就俺们家有一张。"

"今年冬天,我再给你们组里打一张。"李三说。

"你家不是有棚缯?"双眉问小黄梨,"你怎么不报?"

"那是从俺娘家借来的,能入在这个伙里?"小黄梨说。

"什么你娘家借来的,不是你那年在集上买的?"双眉说。

"写上吧!"小黄梨说,"反正我也不还她们了,要不显着我多么自私似的!"

"还写什么?"双眉问。

李三说:"你们到地里做哪些活,到家里又做哪些活?"

"到地里,无非是锄个小苗儿,卡个棉花杈儿,薅个菜苗儿,摘个豆角儿。"小黄梨说。

"耕地拉耪子,我们也去!"双眉说。

"家里有男人的,重活还是叫男人们去做;没有男人的,就你们帮助去做,或是和男组换工。"李三说。

这些全写上。李三又说:"按上级说的,最好是计工清工,或是按季说,或是按这一畔活说,这样又清楚,又没有话说。可是俺们那组,都说大家既是合事,才组织到一块,不愿意分斤拨两的,显着薄气,又嫌麻烦。我看你们还是讨论讨论计工清工的办法,日子长了,一家子还有话说哩!"

"俺们也不那么小气,俺们也不弄那个!"小黄梨说。

"那你们就再写上几句话儿在后边,这计划就行了。"

"写什么话儿?"双眉说,"俺们就写上咱两组挑战的条件!"

她们决定明天先给大顺义家去打棉花杈。

八

夜里下了一场雨,虽说不大,农民们很高兴。第二天,人们起得很早,都到地里去了。互助组员们更起劲,都说这场雨是给他们助威。他们排队走着,背着大锄,光着肩膀。雨过天晴,庄稼精神起来了。大道小道,充满男男女女的说笑声音。

双眉天不亮就起来,把人叫齐,到大顺义地里去。她换上一件新裌子,地里露水很大,她卷着裤腿。走在路上,小黄梨赶上来说:"双眉,俺家那山药该翻蔓,要不先给俺们干一天吧!"

大顺义说:"可别,吃喝我都给你们预备下了。"

"下了这么场雨,山药不翻可不行!"小黄梨说。

"棉花不打杈,不也会疯?"大顺义出气都粗了。

"你要那么说,"小黄梨说,"不给俺解决困难?"

"谁说不给你解决困难?"大顺义说,"开会怎么讨论的?

你那时还假张支,推推让让哩!下了一场雨,就不认账了?日子长着哩,像这样说了不算,算了不说还行!"

"你别教训我!"小黄梨气得脸上像又糊上一层金纸,"你要这么说,就各干各的吧,我去翻俺的山药蔓!"说完,转身就走。

"你就去!"大顺义也喊起来,"没你,俺也不能不种地!"

双眉急了,她喊住小黄梨:"别走,你回来,这是干什么呀?给我脸上不搁呀!"

双眉的娘也劝说,才把小黄梨拽到大顺义地里去。

几个人在地里拿棉花杈,小黄梨很快就到地头了,在小柳树下去坐着。

大顺义满脸不高兴,一个劲拿眼斜楞小黄梨。到了地头,大顺义说:"给人家做活,心也得出个公平,得像给自己做活一样,不能糊弄人!"

"我怎么糊弄人了?"小黄梨顶上来。

"你给俺拿净了吗?"大顺义拍着巴掌问。她两步就跑到小黄梨把着的那几个垄里去,劈着棉花看,她说:"你们来看看,这是给俺做的活,这么些杈都没拿,成心叫俺再拿一回?这组成不上来了,散了吧!"

"谁离了谁过不了呀,不成组不也是过了半辈子吗?"小黄梨拍拍身上的土,走了,双眉再也叫不回来。

在近处地里做活的人们,都望这里笑。双眉的脸红到脖颈子上,她喊:"这不是耍猴给人家看!"她直直地望着小黄梨那后影。

小黄梨走得很快,到自己地里去翻山药蔓。双眉跑过去,她娘在后面喊她:"双眉,你可不许和人家闹!"

双眉在漫地里跑了两步站住了。她一下记起区长那句话:"你有个缺点!就是强迫命令,不要再犯。"

双眉心里很是难过,她想:"难道说,头一天就散了吗!"

她又叫了两声,小黄梨只装听不见,蹲在地里翻她的山药蔓。

"那就先不要叫她了,"双眉对组里人们说,"我们先把棉花打完!"

双眉做活又仔细又快。可是,半天她也没讲一句话,她在心里想事。

"做工作是一定要碰钉子的,"她想,"你得想想为什么碰了钉子!""想什么!还不都是自私自利!""可是,"她又想,"我们的任务就是要把自私自利的人组织起来,叫他慢慢变得不再自私,你得想法!""上哪去想法呀?"她抬抬头。"看报纸?我们的报纸就告诉我们做工作的办法。""有时候,那些办法在我们这个坏村子里用不上。"她皱皱眉。"还得领着去做!比如说,我们这个组,今天为什么闹意见?还不是为的下了这场雨,都愿意先把自己地里的活做完,多打粮食!那我就说服大家加油干,活要做得地道,又要出快,谁的地也耽误不了。"她在心里决定下来,和人们说笑着,她说:

"这点棉花,用不了一天工夫!"

几个妇女,看见双眉卖力,她们也就笑着加油!双眉说:

"咱们落后多着哩,人家苏联用机器摘棉花哩!人家那棉花,什么颜色的也有!"

"那就不用染布,"大顺义说,"这会颜色这么贵!"

"不是说,推碾子拉磨都是机器吗?"双眉的娘说,"到了那时,我就不用老围着磨转了,开着这么个小面铺,成天价得磨面。"

"什么时候才到人家那样呀?"大顺义说,"听说解板有机器哩!俺当家拉一天大锯,黑间就喊腰痛!"

"到那时候,才好哩,听说村里都有电影看!"双眉说,"我就是没见过电影!"

"咱这辈子,不知道赶得上不?"双眉的娘说。

"为什么赶不上?"双眉说,"那很快哩!我再考考你们:你们说毛主席号召的组织起来怎么讲?"

"组织起来,就是成组呗!"双眉的娘说,"组织起来,就是叫我们慢慢入大伙。"她高声笑了。

"对么!"双眉说,"娘说对了,学习毛主席的话,你不能光看字眼,你得往大处想,往远处看,那才是毛主席的意思。他一步一步领着我们往前走,我们的步得迈大点!我们加油!"

几个妇女快活地努力工作着,受着感动。她们渐渐忘记是在谁家的地里工作,她们觉得是为那毛主席指示的,大伙的幸福生活工作着。

不到响午,她们就把这一块棉花打完了,双眉说:"我们去帮小黄梨翻山药蔓吧！"

"她不帮人，帮她干什么！"大顺义说。

"她一个人翻不完那么一块山药蔓，我们去帮她。"

九

双眉的互助组没有垮台，晚上，她们开了一个检讨会。过了几天，组里又添了两家抗属，工作更热闹了。双眉工作得很起劲。她每天看报，学习各地方互助组的经验，又给大家讲。

老邴把双眉互助组当作一个经验，叫王同志给县里写个汇报。王同志说："介绍个好的组吧，她们这个组没有什么介绍头！"

"什么组算好组？"老邴问。

"你不了解情况，"王同志说，"昨天晚上，村里贴了一张黑帖。"

"什么黑帖？"

"黑帖上画着一个女的，打扮得很好看，站在梢门口。远处有一个青年小伙八路军，从队伍里跑回来。人们都说跑回来的就是兴儿，站在门口的是双眉，因为门口上面还挂着一个笊篱。"

"这都是无聊，叫他贴吧！我们不要光注意这个，他挡不住我们革命！"

"可是，"王同志说，"还有谣言哩，说双眉和你有问题哩！"

"有他娘的问题！"老邴骂着。他想了想又说："我们不管这些，晚上开会，还是介绍双眉她们的经验。同志，你记着，我们是来给穷人办事,那些人自然要反对破坏我们哩!"

这天晚上,张岗全村开生产大会,还请了邻村的剧团来演戏。

区长在大会上介绍了双眉的互助组。他要说的是互助结组,要出于自愿,要有骨干领导,要有教育批评;要计工清工;要发挥力量,提高农业技术,几个问题。可是第一个问题还没说完,他就对村里一些坏蛋,贴黑帖子,造谣破坏,发起脾气来。还是李三上去才把那几个问题讲完。

双眉站在台下。区长介绍她们这个组,她仰头听着,不断压下嘴角的笑纹。听到贴黑帖子的事,她紧紧皱着眉毛,低下头去。

晚上闷热。台上演着一出冬天的戏,一个演员穿得很厚,戴着大皮帽子,唱得又卖力气,唱着唱着满脸流汗,退到后台去了。剧团团长跑到前台来,俯着身子向观众喊:"老乡们,我们的演员穿得太厚了,太热了,他到后台凉快凉快,请大家唱个歌好不好?"他就鼓起掌来,台下也鼓掌。

双眉走了出来。今天晚上有月亮,她顺着村外那条小道回家去。当她走到那个大水坑的时候,她听见有个人叫她。

转回头一看,是兴儿。

兴儿紧跟上几步说:"双眉,我明天就回部队上去!"

"你有这个志气?"双眉站住脚。

"我下了决心。"

"你知道人家给我们造的什么谣?"双眉望着兴儿的脸。

"我知道。"兴儿说。

"那你就走吧！"

"我问问你，"兴儿说，"我们还好不好？"

"你还往家里跑不？"双眉问。

"我不了。到了部队上，我要好好学习，工作。"

"那我们还是好。你走吧。"

兴儿笑了笑就跑了，跑了两步又站住说："他们演的这是什么戏呀，不嫌丢人！我走了，你还是把咱们的剧团成立起来吧。我知道你就看不上他们这个戏。"

十

自从那天夜里下了一场雨，天就又旱起来。天暴晴，夜里连滴露水也没有。高粱叶子，下边几个已经黄了，上边几个一见太阳，就耷拉下来。谷，有的秀出半截穗子就卡住了，像难产的孩子，只从母亲身上，舒出一只手来。

人们的眼，盼雨盼得发蓝。李三每天半夜里，就叫起他那一组的人来，背上水斗子到井上去。

井在小亮家地里，是眼老土井。天不下雨，井里的水也不愿意涨，浇不到吃早饭，水就浅了，只好停下来，等着。就像那眼前的庄稼，等着，盼着，能有些雨水，浇在它们头上，流到它们脚下。庄稼不会说话，它们盼水盼得是多么焦急！

他们每天起来，就先看天，天上还是一丝云彩也没有。有时，他们浇着园，一抬头看见天角上，长起一块黑云彩，他们就盼望着那块云彩,快快飞到头上来。他们等待那一声雷响,等待那雨淋到他们的头上。

只有他们的汗流不完,那块黑云慢慢地消散了。浇园的人从辘轳上拉下那汗湿的手巾,擦擦涨红的脸,无力地坐在井台上。

十一

王同志还是每天晚上召集人们开会。人们浇了一天园,又累又没心花。在一个大场院里,王同志守着一盏大油灯讲着,人们却四散在墙角睡着了。王同志讲起话来,至少是三点钟。等到她讲完了,走了,人们才相互叫醒,看看天上的三星,说:"不早了,又该到地里去了!"

王同志回到家里和老邴发牢骚,有时还和香菊发脾气,说张岗的群众落后,疲沓。老邴说:"我看眼前还是少开些会吧,人家都忙着浇地。"

"那我们就完不成任务。"王同志说。

"什么任务?"老邴问。

"我们组织起来的还不到百分之五十。"王同志说,"就是已经组织起来的这些组,不好好教育,我看也不巩固。"

"这几天,我们要多给他们想点浇地的办法。"老邴说。

老邴看出来,这些天,就是香菊也常常愁眉不展。她吃得很少,可还是照样给王同志和区长蒸些好干粮,炒点熟菜,她和小二菊却一口也不肯吃。

这天吃饭的时候，老邴说："香菊，天旱了，年景不保，我们都省细着点，把这棒子干粮和熟菜免了吧！"

香菊笑笑说："不在乎你们吃，你两个可能吃多少？就是这个坏老天爷和我们穷人作对，它就是不下雨，我这两天浇着也没劲了！"

老邴没有说话。吃完饭他找李三去了。王同志刚要回到屋里歇响，大顺义赶来说："王同志，我和你讨论个事，人们想着求求雨，叫我问问你许可不？"

"求雨？"王同志说，"经过八九年的教育，你们这里还这么落后？我们那里连庙都早拆了！"

"我们这里也拆了！"大顺义说，"可是，老不下雨，人们实在急了！"

"急了也不能求！"王同志坚决地说，"我在这村里工作，你们求雨，嚷出去，那不是笑话吗？"

"附近的村子有求的哩！"

"他们求，求他们的，我们不求。"

"那我就去告诉他们一声。"大顺义又慌慌张张地出去了。

香菊也同小二菊浇地去了。王同志躺在炕上，刚一合眼，她听见街上"哇——哇""哇——哇"地叫着，像一群小青蛤蟆在街上路过。随着，她听见有一个人吆喝："小兔崽子们，你们还叫！王同志就住在香菊家里！"

哇哇的声音就一个个低下来，过去了。

王同志从炕上跳下来，走到街上。一群小孩子，头上围着柳枝圈，手里举着一根芦苇，拥挤着走过去了，前边的几个已经又哇哇哇哇地叫唤起来。

一群壮年老年的妇女跟在后面，小黄梨走在她们前边，托着香盘。

一看见王同志出来，跟在后边的几个妇女，就从大道上闪开，退到墙根去。小黄梨也站住了。

王同志问："你们这是干什么？"

"我们求求雨，天这么旱！"小黄梨说。后边几个上年纪的老大娘说："同志，不让求，我们就回去吧！"

王同志问："谁组织的？谁的头？"

小黄梨说："王同志，谁也没组织，这是群众的意见。"

"群众的意见？群众的意见也得先通过我！"王同志说。

"你看看哪，这里边尽是抗属！"忽然有一个男子的声音，王同志转脸一看，是地主郭老太的侄子郭环，穿着一件白背心，叉着腰站在高坡上。他向那些退到墙根的老大娘们说："你们这些人！求雨有什么罪过，也值得害怕？要是不下雨，丢了年景，还不是老百姓饿肚子！"说完，就愤愤地转身走了。

"你们不要受坏蛋分子的挑拨！"王同志喊，把小黄梨手里的香盘夺过来，扔在地下，"赶快散了回家去！我看谁敢求雨，我把他送到区里！"

"你就送我们到区里去吧！"一个白了头发的老大娘，从墙根那里颤动着腿走过来,"我的儿子在前方十年了,你把他娘送到区里去,你送送吧!"

"你抗属有什么脸!"王同志也急了。

"你说抗属没脸?这是你说的!"老大娘们全围上来,指着王同志,"我们没你的脸大!你白吃了八路军的公粮了!"

王同志觉到自己说错了话,脸涨得通红。她转身往香菊家里走,那些大娘们在她身后指点着,数说着:"你看你穿得干干净净的,你说的话正确吗?"

"我们还是求雨!看她能把我们怎么了!"

"不管她!"小黄梨拾起香盘,"求雨!求雨!"老大娘们拥着小黄梨往前走。那群小孩子们站在远处看热闹,看见奶奶们胜利了,就又排成队转过身去,哇哇地学起蛤蟆叫,往大水坑那里去了。

郭环牵着大黑驴从梢门里出来,紧紧跟在后面,对老大娘们说:"求,求定了,三天下了透雨,我们唱大戏!区里县里,一天一斤四两米,敢情他们不着急!"

"你这是干什么去呀?"一个老大娘问他。

"我去套水车,"郭环拉着牲口,噔噔从她们身旁过去了。

十二

大顺义气昂昂回到家里,看见李三正在外间屋里锛一块木头,就问:"你也不睡会觉?这又是做什么?"

李三抬起头来,脸上的汗在一条条深深的皱纹里横流,用手抹一把,笑着说:"我们组里只有一把小辘轳,一个人浇,一个人就得闲着。我们几个人又都闲不住,家里有这点材料,我做一个对浇的花辘轳!"

"你给我放着!"大顺义跑过去就把那块槐木拉过来,"我还留着打纺车哩,你又做辘轳!"

李三说:"你看你这人,天干火燎,是做纺车要紧,还是做辘轳要紧?"

"那你们还不叫求雨哩!"大顺义把木头丢在地下,一屁股坐在上面,"我看这个王同志主观劲就不小!"

"谁叫你们去求雨呀?"

"不叫求雨,你们就别叫地里旱。你们领导,你们可就领导得下雨呀!叫我说,光凭王同志这个领导,老天爷就不会下雨!老天爷看见她在这村里领导,有块下雨的云彩,也得隔着张岗村刮过去!"大顺义说。

"得自己想办法,不能干等着下雨!"李三过来拉那块木头。

"你就是不能做!"大顺义用劲坐了坐,推了李三一把,"你想往他们身上填多少东西呀?就是你这么着急,东西叫你一个人出,活叫你一个做,敢情他们便宜!"

"我填的什么东西呀!"李三问。

"什么东西?我气糊涂了,记不清了,你叫我想想。对!添了一把锄杠,是不?"

"锄杠安在你自己的锄上呀!"

"早晚不得入到伙里?"大顺义仰着头问,"那天修理辘轳架,叫你出工还不算,还使了咱五个大蘑菇头钉子,他们给过钱吗?修理水斗子,也是用的咱的材料,还有麻绳!"

"修理好了,你就不使?你家那地就不浇?"

"可是,"大顺义冷冷地说,"总是先浇别人家的,我们是做活抢在前头,沾光躲在后头!"

"我是干部呀!"李三喊起来。

"你模范!"大顺义也喊叫,"模范能当饭吃?我看今年冬天就够你过!"

"什么年月我也过来了。"李三坐在板凳上去抽烟。

"我不是不叫你做,"大顺义一下变得很和气,"我问你:天旱水浅,小辘轳还不够浇,你忙着做大辘轳干什么用?"

"那井该淘了,淘一淘,水不就旺了!"

"你该死了?我不叫你淘井!你一天价喊腰痛,激病了谁侍候你?"

"你侍候他呗!"后边有人说话。大顺义回头一看,区长来了,就笑着说:"我呀,我不侍候他。男女平权了,我也侍候他好几十年了,该换换班了!区长,吃过饭了?"说着斜了李三一眼,就到里间歇晌去了。

李三笑着让区长坐在板凳上,走过去,拉过那块木头,闭上一只眼睛照了照,放在脚底,举起了锛,说:"区长,当个干部真不容易呀！里外夹攻，又得受群众的气，又得受家里的气！"

老邴笑了笑。

李三说："老百姓看得近，光愿意六月里摘瓜，不愿意二月里种籽。什么事也不愿意下本钱。这几天，大伙浇着园，越来越劲小了，都说是白费力。我说换大辘轳，他们说没水；我说淘井，他们说胶泥底白淘；我说安管子，他们说安不起。我说托人到端村去买竹子，我自己学做，自己学安，可以省下很多钱。就是这样，组里人们还是不大乐意。"停了一会，他又笑着说："一步一步来呗，着急不行！可是天这样旱，不着急行吗！"

"等着你做好辘轳，淘好井，安好管子，地里的庄稼也就旱光了！"大顺义还没睡着，在里间插一句。

"就为的这一年？哪年不旱，哪年不红着眼盼雨？就算今年不见功，还有来年哩！"李三说。

"等到来年？"大顺义说，"一年得不到实惠，来年看谁还和你成组！"

李三没有说话。他低下头，手扶着锛，站在木头上。他想：内当家这句话说得对，得不到实惠，这互助组，就很难巩固。

"你不要灰心呀，老李！"老邴说。

"我不灰心。"李三抬头，又举起锛来，"我是怕别人灰心。"

"就按照你的计划一步一步做，我帮助你。"老邴说，"要紧的是我们不能泄气，越困难，我们越要猛干。什么时候淘井，你告诉我一声。"

十三

起了晌,李三和他那一组去淘井。双眉听说了,也把她那一组调过来帮着绞水绞泥。她对李三说:"三哥,我们帮你们淘,你也得给我们淘淘。你做好了大辘轳,把小辘轳给我们。"

男女八个人到了井上,李三头一个下井。他说:"这井我知道,年久了,我下去看看。要有危险,你们就不用下去。"

大顺义仰头望着他说:"你上点岁数了,又好腰痛,就叫他们年轻的下去吧。"

"怕什么?"李三笑一笑,坐在斗子上把着绳下去了。双眉和大顺义绞泥绞得满脸流汗,大顺义恨不得一下把井里的泥淘完。她对双眉说:"好侄女,我们卖点力气,快着绞,你叔好腰痛呢!"

"他不是刚和你吵过架,你还这么心疼他?"双眉笑着说。

"打了骂了,也是心疼他呀!"大顺义笑着,她不断地探着身子向着井里问:"有闪失没有?"

"没有,快绞!"李三在井里喊。

人们在井台上说着笑着,换班绞着。不到天黑,把井淘完,水涨得很好。李三提议:就着把小亮的地也浇了。大家全高兴地叫着"三哥"。

大顺义先回到家里,给李三煮了热汤面,叫他吃了早些睡觉。她躺在他的身边,用一把破蒲扇给他扇着蚊子。她说:"你累了吧!"

李三闭着眼没说话,她又说:"这样一淘,我看水长得很好。明天,你们再换上花辘轳对浇,我看咱那块小晚谷准长好了!"

"还要下上管子。"李三似睡不睡地说。

"还叫我们帮着下吧,我们也不少做活哩!"

"得叫你们,下管子很费力气!"

"我刚才听见说,别的组,看见我们淘了井,出水出得好,他们也张罗着要淘哩!他们说也要安管子,也求你帮着做哩,你有那么些工夫吗?"

"怎么没有!少歇会就有了。全村的生产弄好了,叫人们闯过这个灾年,比什么也好。"李三笑一笑说。

"过了这阵子,"大顺义说,"你得给我打个纺车!"

"给你打,谁说不给你打呀!"

"过了大秋,你还得给我们组里打张机子。双眉她们,都说叫我抽空求求你哩!"她笑着把头扎在李三的胳肢窝里。

李三在睡梦里喃喃地说:"快睡觉吧,明天还要早起。"

"你睡吧,我不麻烦你了!"大顺义拉过被单盖在李三的身上,自己也睡着了。

她睡着,大声打着呼噜。她做了一个梦,梦见李三从井里淘出很多东西,里面有李三使用的洋锯洋刨,有她使用的洋机子和洋纺车。她坐在井台上试一试,那纺车转得是那样快,出的线是那样匀,那样细,双眉她们围着她跳着笑着,夸奖着。纺车转着,变成了大水车,水像瀑泉一样涌出来,流到她家那块小晚谷地里去；小晚谷一喝水，立时抬起头来，在风里摇摆着，小晚谷变成一群小孩子，穿着花红柳绿的衣裳，打着花棍扭秧歌。孩子们也围着她跳，也围着李三跳；她抱起一个男的，李三抱起一个女的。她凑近李三说：我们都是四十开外的人了，还没有一个孩子，我们就要了这两个小孩吧！

她睡着，把一只胖胖的胳膊放在李三的胸膛上。

下篇　复查以后

一

土地改革的复查工作传达到张岗。经过诉苦，农民们行动起来，是阴历七月十五。高粱全晒红米了，漫地一片红。敲打着锣鼓，农民的队伍，从村里出来，绕过大水坑，先到郭老太的四十亩水车园子来。

这一套红漆牛皮大鼓，一直在家庙的西厢房里叫尘土漫封，农民不能随便动用。抗战以来十多年，还保留了这个习惯，村剧团只能敲那套小的。这一天，大会开过，一个农民提议：把家庙的门开开，把鼓拿出来，我们敲敲。

十几个人跑去了，怀锣抱鼓，把全套家伙拖出来，在太阳地晒晒，大鼓的声音是震天的焦响！人们喊："欢迎双眉来指挥！"

双眉从斗争大会上下来，通红的脸上流着汗，手里提着一根粗粗的青秫秸。她跑过来，就用青秫秸指挥。她说："一，二，将军令！"

大鼓敲起来，这是胜利鼓！

大鼓走在前面，双眉的花裎子，汗湿透了。两旁的艳红的高粱穗，一低一扬，拂着人们的脸。大鼓的声音，震得那珊瑚珠一样的高粱粒实，簌簌下落；落到地下，落到人们的头上、脖子上。

男人们把裎子脱下来，卷一卷，斜背在肩上。

复查从山地里一开始，消息很快就传来。那时天还很早，地主们把水车停下来，叫庄稼旱着。七月半，下了透雨，草也不除。现在，郭老太这块四十亩水浇支谷，野草齐到谷子的脖里。可是，谷子还是很好，沉甸甸地弯下来，在太阳里闪着金光。

一个农民在地头上插上一块牌子，上面写：贫农组没收谷地四十亩。他喊了一句："这地是我们的了！"人们一齐喊！大鼓更响了，好像是土地自己发出来的声音。

队伍奔东去，在每块应没收的土地上插上牌子。天晚了，太阳在一大块红云里滚动着。

大平原的田野，叫庄稼涨满，只有在大平原上才能见到的圆大鲜红的太阳，照着红的高粱、黄的谷、正在开放的棉花。一切都要成熟。红光从大地平铺过来，一直到远远的东方去。

双眉倒转着身子，指挥着大鼓，从村东的大道回村。在村口，大鼓的声音更激烈，农民们奔着地主的家门跑去，地主们仓皇从家里走出来。农民告诉他们：你们什么也不许动！

农民们激动、紧张地度过七、八两个月。李三当选了全村贫农总代表，双眉成了张岗妇女的领导人。从地主富农斗争出五顷地，全要收割，村里成立了秋收大队，双眉是妇女大队长。

二

每天，双眉摸黑集合妇女们下地，天很晚才收工。人们回到家里胡乱吃点东西，双眉又在月亮下尖声吹着哨子，集合人们开会了。

"选了这么一个大队长，连叫孩子吃口奶的工夫都没有了！"一个妇女扔下孩子，结着怀里的纽扣走出来，"她一个姑娘家，敢情干净利落，也不替别人想想！"

前边一个妇女答了腔："连撒尿的空都没有。到家里，脑袋放不到炕沿上，就睡着了。有两个月没和俺当家的说句话了。"

地主们开始破坏庄稼。他们销毁那还没有灌好粒实的高粱和谷子，偷窃成熟的，他们掘出还没长好的山药，拔走花生，踏倒棉花。

武委会的人们，夜晚背上枪，到地里看青。

双眉有一支小橛枪。这天晚上，她到没收的郭老太的地里去。她远远就放轻脚步，拨开两旁的庄稼，不叫它哗啦哗啦响。她看见有一个黑影，从谷地里站起，手里有一弯放光的东西，在空中一闪。她听到削倒谷子的声音。

她跑了过去，喊："谁呀！"

那黑影立时蹲了下去。当双眉跑到地头的时候,那黑影站了起来,是郭老太那老头子。老头子四处张望一下,说:"双眉吗?就你一个人?"

"就我一个又怎么样?"双眉说。

"我说就你一个,我就不害怕。"老头子阴森森地笑了。

"你为什么削我们的谷子?"双眉说。

"削你们的谷子?你们的谷子?"老头子狠狠地说,"这是我的谷子!我全把它削了!"

"我看你削削试试,你再削一棵!我把你送到代表会去!"

"不要吓唬我,双眉,不管怎样,我们还是一姓一家,我还是你的一个爷爷!"

"你是谁的爷爷?"双眉尖声问,"你是地主,我是贫农,我们不是一家子,你不要和我拉近乎。"

老头子无力地坐在地下,他说:"就算我们不是一家子。我也不敢高攀,我求求你们,叫我收了这一季谷子,不行吗?"

"你凭什么收割?这地是你剥削来的!"双眉说,"我长了十八岁,没见你捅过镰把锄柄,今儿个是头一摸!只在破坏我们的庄稼的时候,你才抓起镰来!"

"你们不要赶尽杀绝!"老头子忽地站起来,镰刀在他手里抖颤,像受伤的鱼,"我和你们拼了!"他转过身去,向谷子乱砍一阵!

"停下来!"双眉把背在后面的枪冲着老头子一扬,"你再砍,我放枪了!"

随着就往上一举,砰!

听见枪声,一大群农民跑了来,把老头子带到武委会去。

回来的路上,双眉和李三走在一块。月亮升上来,田里流着一股热气,通身躁热。

双眉说:"这一天过得真热闹,这么晚了,还有一出戏。"

李三说:"我们没有到战场上打过仗,今天算看见阵势了!你看人们从村里敲着鼓出来,那股劲!就有一座山挡在前面,也冲倒了!"

"要成年过这样的日子才快活!三哥,我今儿个心里像着了火一样。"

"到了这个时候,谁也沉不住气了!"李三也笑着说。

"三哥,我和你要求一件事!"双眉低声说。

"什么事?你说吧!"

"我要求入党,我要好好干一场,你介绍我吧!"双眉扬着手,好像要到天上摘下什么东西来。她唱着歌:

　　七月里来呀高粱红,
　　高粱红又红;
　　姐妹们呀集合齐了,
　　开大会呀来斗争。

姐妹们诉苦呀泪双流。

拾庄稼不敢走你家的地边头。

穷人们携儿抱女风吹日头晒，

你家的大小姐不用下炕头。

七月里来棉花开了花，

你家穿罗又穿纱；

拾你一朵棉花，

挨死棍打。

那时候你不认咱是当家……

三

好容易把庄稼弄到场上，就开始分果实。刚分了一部分红货和衣裳，县里就来了指示，停下来。老邴和王同志也回县去了。代表会把粮食红货衣裳，点清入库封存，成立了保管股，李三是负责人。

保管股设在大三班的宅院里，这是一所大庄院，紧靠村南。这里原先是并排三处宅子，都是五进卧板灌灰砖房。东边的两座日本鬼拆去修了炮楼，旁边的大场院、碾磨棚、长工屋，也倒塌了不少。

现在，只留下了这一座。前两进的正房和偏房，全盛满了果实。过厅里是账房和伙房。第二进是木料和农具。

在保管股睡觉的，有原先给地主管过账的侯先生，衣服布匹保管李双进，牲口车辆保管郭老改是扛了一辈子长工的老光棍，还有做饭的小黑，过去也侍候过地主家。

第一次分果实，双眉分了一个小红漆方凳，一件紫色丝绒旗袍。她对这两件果实，非常满意。她说：东西不多，是个提念。她把小凳擦得透亮。这件旗袍，只要她知道谁家的姑娘要娶，就自动去说："我借给你件衣裳，是胜利果实呀，颜色好，穿上也吉兴。"

她又要成立剧团。按照本村复查斗争的真人实事，她编了一个剧本，把自己编进去，当主角。每天晚上找了过去剧团里那些人，在保管股的大过厅里练习。

过厅里可以容二三百人开会，李三说，到了冬天，就在这里开识字班。

现在每天晚上，双眉拿一个大黑碗，叫小黑从大油缸里舀上半碗花生油，点着，和人们排戏。村里的人，吃了晚饭，也都凑到这里来。

小黑点上灯，顺便就对人们说："双眉就是行，能文能武。斗争地主，是好样的；你说文化娱乐吧，又能编能唱！"

双进也跟着说："就是男人，有多少比得上？你看戏词，你听唱腔，从小又没坐过科，真是天分！"

唱到夜深，碗里的油干了，灯花干爆，人们还不愿意散。有的说："小黑，去添油，大伙里的东西，斗争出来的，咱们不点小灯！"

李三从院里慢慢走进来，说："乡亲们，天不早了，散了吧！"

"可不是天不早了，该回去睡觉了，明天还有明天的工作哩！"人们说着走散了。

李三过去坐在方桌旁边，在油灯上抽着烟，看见双眉卷起剧本要走，就说："双眉，坐一会，我们谈谈！"

双眉远远站着，满脸不高兴，哑着嗓子说："我知道你对我有意见。"

"有意见。"李三笑一笑。

双眉走过来，把灯拨了拨，去添上点油，说："我就不明白，演演戏，唱唱歌，算什么毛病！"

李三说："我是说不该在这个时候，整宿隔夜地在这个地方演戏。眉，你知道这是个什么地方。屋子里，我们放着三百个包袱，足有三千件衣裳，这是全村农民斗争出来的东西。你知道，斗争并不容易。你听过人们诉苦，这些包袱里，不是地主们的衣裳，里面有我们的汗，也有我们的血。老一辈的苦处在里头，下一辈的好光景也在里头。你说地主富农甘心吗？每天夜里，我总捏着一把汗，在这宅子周围，不知道要转多少趟。这责任过重，人家扔进一根洋火来，就毁了我们。万一出了事，我们对不起全村的农民，更对不起上级。"

双眉望着灯花，她说："三哥，你看着我不行，那就算了。我觉得在斗争地主的时候，我还不赖！"

"你敢说敢做,这一点比我强十分。"李三说,"这是你的大长处。可是在后一个阶段,你又犯了过去的毛病!"

"什么毛病?斗争地富是毛病?走在前头,站在前面是毛病?"双眉盯着李三。

"就是妇女们对你有点意见。"

"群众对我这人总有意见,这我早想通了,那不怨我,那怨他们落后!"

"眉,我们说个笑话。就说那些日子你手里捉的青秫秸吧,捉着那个有什么用?"

"有什么用?你说有什么用?在斗争大会上,我拿它训教那些地主富农;在地里,训教那些落后顽固队!"

"可是,我看见你带领妇女大队,手里也是捉着那个家伙。"

"我没有打过农民!"

"我见过你把青秫秸指到小黄梨的鼻子上。"李三说,"一举一动都要分个里外码才行!"

"那是我一时性急。"双眉低头笑了。

李三说:"经过斗争,群众的认识提高了,多数的,并不比我们落后。我们再欺压他们,他们会找机会训教我们。"

"就是为这个,我和你提的事,不能解决吧?"双眉问。

"不全是为这个。这些日子事情多,支部还没讨论。"李三严肃地回答。

"说句实话,三哥,我觉得我在工作上,比起你们里面一些人,并不弱！"双眉扬扬眉毛。

"不能那么比。"李三说，"里面有些人，工作能力小，可也是在里面受了八九年的教育，经了考验。我们要常想到别人的长处。你就是净看着别人不如自己。"

"就凭这次复查，我自己觉着就够入党条件。"双眉说。

"不能抱着功劳来入党。党会注意到你这些功劳。最近我们要讨论一下你的问题。刚才我们谈的不要在这里演戏的事，怎么办？"

"不演就不演吧，我听三哥的。"双眉站起来，"可是我有时间自己练习练习，你可不要管我。"

"别引逗很多人来就行了。"李三说，"还有，把你们的互助组拾掇起来。"

"什么互助组？"双眉说。

"我们的互助组。我们不是挑过战，要坚持全年吗？"李三说。

"哎呀！"双眉笑着，"我们不是有了秋收大队，还要那个小互助组干什么使？"

"秋收大队是临时的。"李三说。

"拖拖拉拉干什么呀，赶紧入了大伙算了！"双眉说，"秋收大队多醒脾，一声哨子吹，人们就到齐，又好领导，又没意见。想起那个小互助组，就叫人头痛，满共不到四五个人，鸡一嘴，鸭一嘴，事情还是蛮多！"

李三说："秋收大队，为的是不叫庄稼烂在地里，秋耕耪上麦子,那些日子,我们正在斗争,力量组织得越整齐越大越好。以后,地要分,粮食也要分,明年春天,还得是互助组。"

双眉不耐烦地说:"不分就不行?我就不明白,为什么走一步又退一步!已经走出村去了,又退回炕头上去,有这样的理?以后反正是要集体吧,现在已经集起来了,东西在一块,人也在一块,大锣大鼓也敲过了,又要哼哼吱吱吹细乐了!油干了,三哥,我们明天再谈!"

四

她刚下台阶,就和一个提着雪亮的马灯的人撞了个满怀。

"谁呀?这个冒失鬼,撞洒油了!"提马灯的是牲口车辆保管郭老改。

"你这是干什么,慌里慌张?"双眉笑着说。

"双眉呀!我当是谁哩?咱们有了大喜事。"老改笑得合不上嘴,"咱那小紫牛要添小牲口了,咳!就是身子弱,不准好添。"他冲着过厅高声喊叫:"小黑!快起来!"

"我去帮着你!"双眉双脚跳着,"我们又多一个小牛了,我就待见小牲口。走!别叫他了!"

她拉着老改跑了出去,屋里的人们也听见了,跟着起来,明灯火仗跑到牲口棚里去。

直闹到天快亮,小牛才添下来。

第二天,支委会上,李三提出双眉入党的问题。七个支委有三个不同意,一个不表示意见。不同意的说:"咱村的党也成立九年了,她很早就参加了工作,人们也想把她吸收,就为她这个作风,实在没个分寸。群众对她有意见。"

李三说:"打春天受了批评,参加了互助组,也总算好多了。一个女孩子,咱们说的:从小呼吸着新民主主义空气长大的,也不能叫她像我们这些上点岁数的人一样。群众对她有意见,有时也是群众的老理。我们看一个人,要从她的立场上看,工作上看。按工作说,成立了互助组,双眉的工作不错。在立场上说,这次复查,她不顾情面,斗争积极,带动大伙。那些日子,我们都觉着少不得这样一个人,就好比出兵打仗,这是一员闯将。我觉着可以讨她的问题。"

副支书说:"不好办。这个人好反油。春天批评了一下,好些了;这些日子,一当秋收大队长,又闹起来了。"

李三说:"一个人总有一好,好唱歌唱戏也不是什么毛病。脱离群众的缺点,我给她指出来了,好好帮助,她可以改好。"

"有些地方实在不成话!一个十八九岁没出门的大闺女,黑更半夜,跑到牲口棚里,帮助老改去接小牛!这个作风,我怎么着也看不惯!"另一个支委气愤愤地说。

别的支委全笑了,李三说:"这不是原则问题。"

最后算拧拧支支地通过了:交小组讨论双眉的组织问题。

五

支委会散会出来，李三来到街上，看见大庙跟前围了一大群人，小黄梨在里面指手画脚大声喊着。

和她对吵的是牲口车辆保管老改。泥洼里翻倒一辆大车，一条牛卧倒在乱泥里。走近一看，是昨天晚上刚下了小牛的那条紫牛。

老改气得浑身乱动，追着小黄梨："走！走！咱们到区上去说。"

小黄梨一边躲闪，一边喊："你这个穷光棍，你拉扯我干什么！有话，你站远点说！"

老改喊叫："乡亲们！这不是乡亲们都在这里！你们看看这辆车，这是五班那辆头号大车，空车也要四套才拉得动，她把这小牛套上！这牛，这两个月，人们光使不喂，弱得不行，到了月，小牛都养不下来。我们忙了一宿，才保住了大牛小牛的命。你单把它套出来！你成心吃牛肉是不？"老改狠狠地指着小黄梨："你添了孩子也得在炕上坐个十天半月；牛，不会说话，它，就不是性命？"

"你放屁！你满嘴喷粪，你这个穷光棍！你一辈子娶不上媳妇，把牛当成至亲！"小黄梨拍手骂着。

"我是穷！"老改说，"眼下穷人并不下三烂，你是地主！"

"你是地主！"小黄梨喊，"你不要出口伤人！"

"还有这车！"老改指着掉下来的一个车脚说，"人们光使不拾掇,有俩月没抹过油,干磨,风吹雨洒,现在网也裂了,瓦也脱钉,我看你们使个蛋!"

"你不叫人们使,你放着它下小的呀!"小黄梨在做防御性的进攻。

人们说:"别吵了,这不是三哥来了!"

李三赶紧和人们把车辕抬起来,把牛卸下;叫人们把车脚安上,赶到院里去。他说:"再吵一会,就把牛压死了!乡亲们,这牛和车不是咱们的东西吗?"

老改拉了半天,才把紫牛拉起来,牛站了好几站才立定。老改二话不讲,怒气冲冲牵着牛走了。

他把牛拉到了保管股的牲口棚里,长长的槽口全空着,牲口都借出去了。只有那小牛躺在街角晒日头,不知谁给它脖里缠着一条长有四尺的红绫,有一头在地上曲卷着。

老改正在奇怪,他看见双眉在槽那头走过来,手里端着一个漂亮的小铜锅,没有看见老改。

"来!喝了这点米粥!谁知道老改把你娘弄到哪去了哇?"她对小牛说着,抱着小牛的脖子,叫它喝粥。

老改站着不动。双眉又说:"你还不喝?你这饭碗不错吧?这是二举人熬燕窝的家伙哩,咱没见过燕窝,咱拿它来叫你喝粥!"

老改偷偷笑着。老牛看见了小牛,叫着跑过去,老改牵不住,才暴露了目标。

双眉看见了老改。老改擦洗老牛身上沾着的污泥，指着小牛说："谁给它脖子里缠上那个？"

"我呀！"双眉笑着说，"不好看？"

"哪里找的绸子？"

"保管股要的。"

"好看是好看，就是可惜了儿的。"老改说。

"别那么小家子摆式了，"双眉说，"牛是我们的胜利果实，小牛添在保管股，又是一件大喜事哩！"

六

晚上，人们又来看排戏。一进保管股，看见过厅里黑洞洞，没有双眉，人们就回去了。大顺义和小黄梨也来了，出了保管股的大门，大顺义说："戏是看不成了，咱们去看老改吧！听说他那老牛添了一个小牛，老改像侍候坐月子的，把大人孩子全打扮得像新媳妇一样！"

小黄梨说："你去吧，我不去，白天我才和他吵了架，那么没昂气？"

"唉，"大顺义拉着她，"咱们多会不和他争争吵吵，记恨这些还有完吗？听说老改这些日子，分了点东西，手里很富裕，想寻个人儿，咱们去探探他的口气。这个年头，人们手里全有些尺头，说成了，比纺一集线子不赖！"

小黄梨就跟她去了。

一到老改住的小南屋，只点着一根熏蚊子的蒿绳，没有老改。大顺义给他把灯点着，两个人在屋里坐了一会，又端着灯出来，看见那老牛闭着眼卧着，小牛趴在怀里睡着了。小黄梨拉拉那小牛脖里的红绫子说："真糟年景！你看拿回去，过年给小孩子们做个帽子，多好看。"

正说着，老改提着一个马灯嗵嗵地回来了，后面还跟着一个人，不认识。

老改问："谁们？"一看见是小黄梨，他喊："啊！你干什么？你又来刨治它们！你想偷我的红绫子！"

大顺义站起来说："你这个兔子！狗咬吕洞宾，不识好歹人！我们给你解决困难来了！"

老改说："我有什么困难，叫你来解决？"

"我们来给你说媳妇来了，官还不打送礼的，你倒撵起媒人来了！"

"顾不上！牛病得快死了，"老改愤愤地说，"你死了到阎王爷那里去告一状，叫她来个眼前报！快走！快走！"他推着小黄梨，"再不走，我就叫武委会了！"

小黄梨和大顺义赶紧跑出去。

老牛回来就不吃草。老改到大官亭去请来一位兽医，这位兽医在这一带是很行通的。老改给三班扛活的时候，常套了轿车或是备了走马去请的。这天，老改去了，正赶得兽医有事，又见老改走着去请，就说没空不能来。老改说："我喂不起牲口，当真是我的牲口，死了就死了！这是贫农组的牲口，又有一个小牛，无论如何请你走一趟！"

兽医一听是贫农组的牲口，就说："那没说的！我有多么要紧的事，也得放下先去瞧牲口！"

老改又说："论说我们张岗贫农组的牲口可不少，车辆也多，全借给农民去秋耕地了，只好屈你走一趟！"

兽医说："天下农民是一家，现在不能像过去。过去是给地主财东做事，现在是给咱们穷哥们服务，再不能拿架子摆谱！"

来到槽上，兽医翻开紫牛的眼皮看了看，又摸了肚子，掏出舌头看了。

问了问情由，就摇了摇头。老改心里凉下来，就问："先生，你看还有治没治？"

兽医说："开个方试试吧，不准见功。"

老改领他到了账房，开了药方，也顾不得送先生，就到药铺去抓药。这里管账的侯先生原和兽医认识，叫小黑烧火沏茶。又问："大官亭那边的牲口怎样？"

"情形差不多！"兽医说，"因为牲口还没分，没确定所有权，人们只知道瞎使，不结记喂饮。其实牲口这玩意娇气着哩！它的生理和人一样，哪里照顾不到，也容易出毛病。再说医治牲口，比起人来还难。人会说话，饥思食，渴思饮，你不给他，他自己会说，会要会找。牲口不会说话，要全凭人去照顾，这就难了。可是人们不想这个！"喝了两口茶，又说："这还得教育，人们的自私自利劲还是不小。——这茶叶不错,这几年敌人封锁,很不容易喝到好叶子,这也是果实吧?"

又说了几句闲话,兽医才告辞走了。

老改到药铺抓好药,回来叫小黑熬好,帮着灌下去。他又守了一夜。

七

第二天早晨,犟牛才慢慢倒嚼了。老改还是气不忿儿,找了李三去,叫他开个会,批评小黄梨。

李三召集代表们商量一下,都主张晚上开个会。各个代表回去,分头分街通知了小组长,小组长又通知了各个户,说晚上在保管股过厅里开会。

吃过晚饭,李三先到会场,找好几个油灯,添上油点着。跟着进来一个老大娘,手里拄着拐杖,吧嗒吧嗒响。

李三笑着说:"这老娘娘倒积极!"

老大娘望着李三说:"我这积极是真积极,你该给我登登黑板报。从六月底,咱们就白天一个会,晚上一个会,你说我哪次晚到过?早退过?我纺着线,一听见说开会,放下就来,不打误阵。风雨无阻,不怕黑道。我净说:家里多么忙,也不如大伙的事情要紧。开会,听听章程,心里多么明白!我就不喜欢那样,开会不到,会开完,遇到要分东西了,才东打听,西打听,光怕自己吃亏!意见又多,会上吞吞吐吐不说,四下里张扬!像这样的人，你也该批评批评！"

说得李三笑了，老大娘又说："你说我说的这是真理不是？正确不正确？"

李三说："是真理，正确。"

慢慢人到齐了，坐着的站着的。姑娘们在一块，特别她们那里嚷嚷得欢，又欢迎双眉唱歌。双眉望着李三那里挤眼，姑娘们说："三哥呀？他老好了一辈子，怕他干么？"

李三站在一张桌子前面，旁边坐着贫农组的秘书。秘书翻开花名册挨名叫着，人们报着"到"。不到的，小组长赶紧派人去叫了。

李三说："现在开会，各组的人往一块凑凑吧，回头还要讨论哩！谁先说说？"

他回头望着代表们问。

"三哥念道念道吧！"代表们说。

"我就说说。"李三转过身来，"今天开会，是为咱们贫农组的牲口和车辆的事。这些东西，是咱们农民斗争出来的。这不是地主的东西，这是咱们祖祖辈辈给地主当牛马，拿血汗换来的。现在咱们从他们手里要回来自己使唤，以后是要确定所有权的，现在因为地还没分，先借给大家用着。可是有的人不知道爱惜它，都说：往后还不知道分得谁手里。牲口也不喂，狠死地使，咱们的牲口全弱了，车全坏了。这样下去，损失完了，还是咱农民吃亏，也叫地主们看咱的笑话，叫群众对我们不满意。我们都是辛辛苦苦的农民，我们都知道爱惜东西，就是有点落后。拿到手里，抱在炕上,才叫自己的东西。其实,现在什么不是我们的?代表会是我们的,区级县级是我们的,前方打仗的战士是我们的,我们都要爱惜他们。你们说对不对?"

"对!"人们喊着。最后是谁喊了一句:"对极了!"

李三接着说:"就拿小黄梨使牲口吧。不经过保管就牵牲口,单挑了那个紫牛,又不会使牲口,牛勾槽歪到牛脖子下面,差一点没把个紫牛送了命。车轴的辖掉了,也不看看,就套出车去,闹了个人仰马翻!也不只是她一个人,别的人也要检讨检讨。昨天晚上,我们内当家的,犯了老病,不在家里纺线,跑去给老改说媒。我在家里批评了她,我想了想,也该在这大会上提出来!"

人们哄地笑了,乱拿眼找大顺义。大顺义冷不防李三给她来这么一手,早臊得缩到桌子底下去了。接着各个代表补充,然后就分开小组围着灯讨论,各个代表分头掌握。

大家的意见说完了,各个代表小组长在一块凑了凑,就由李三做结论说:

"各组讨论的办法是:按地亩自由结组,把牲口车辆先分配下去,这算是个草稿,以后确定所有权,变动也不大了,大家安心喂养牲口,使用车辆。各组选个组长,牲口喂坏了,车损坏了,由他负责;谁坏的,就不确定给他所有权。各代表还要就近检查,分头竞赛。"

八

把牲口车辆分配下去，村里事情少些了，李三有时就去照看照看他那互助组开办起来的木货厂，和他们刨树，拉锯解板，垒炭窑。他和伙计们说："今年我们烧炭准赚。煤过不来，附近大官亭、茇刘庄都驻着伤兵医院，冬天炭总是要用的。"

大印说："听说要平分了，咱这厂子弄半天，还不准怎么着哩。"

"什么平分？"李三问。

"你还是头目人，消息还不如我灵通。区里发下报纸，上面说要平分，每人一份，一份三亩地儿！"

"那报哩？"

"又收回去了，我也没见。是秘书和我说的，他说不叫对外人讲。"

小亮蹲在架子上和全福拉着大锯，听见说就停下来，用手背擦着脸上的汗，问："什么也平分吗？"

大印说："平分嘛，可不就什么也分！上级准是知道几次分东西，人们都有意见，这回就爽利地来一个平分。"

小亮说："地亩好分，牲口车辆也好分，犁耙绳套，叉巴扫帚也好分，就连锅碗盆灶、桌椅板凳、箱匣橱柜也好分。你猜怎么样，就是一样物件不好分——衣裳。"

大印说："什么也好分。我觉得这回准做好了，谁也不会有意见，有反映。不管大人孩子，一人一份。衣裳也是一样，一人一件！"

小亮说："你说的那个不行，你知道有多少件衣裳？"

大印说："这都在账篇上哩，咱们一共是三百十二个包袱，单夹棉皮，一共是三千多件！"

小亮说："你说的是保管股的东西。我问你，既是平分，各人家里的东西算不算？"

大印说："你算人家家里的东西干什么？"

小亮说："不算家里的东西，那叫什么平分哩？那一辈子也分不平啊！比如拿咱两家来比：地亩不成问题，咱俩一样，牲口也一样。可是家具上，你比我多一个立柜，多两个箱。打着这都是摆在眼面前的东西，谁也瞒不了谁。衣裳布匹就难了，我不能到你家翻箱倒柜去一件一件数啊！就是数吧，件数一样，那好坏可就差得天上地下了！要不我说不好分哩！"

大印想了想说："可不是，这里面复杂着哩。要这么着，把一件件的东西都合成钱，一个人该分多少钱的东西就行了。"

小亮说："那也不好办，现摆着成物，怎么着分钱哩。我看准得归成那个理：把全村的东西，都搬出来，掺和了，再一个人一个人地分。"

大印说："那你三辈子也分不清——这倒叫人作难。算了吧，反正上级得有办法，怎么指示怎么做！"

小亮说："可不。咱们穷光蛋不怕，反正分不出去，多多少少得分他们点进来。"

九

坐在地上的老木匠全福,一直没有说话。他那光着的铁板一样的脊梁上浮着一层大汗珠,就像滴滴的黑油。他侧着耳朵听了半天,不断望望李三。

李三在那边用尺子排着一块木头,眉头皱得很紧。到了这时,全福才仰着头问小亮:"亮兄弟,我们中农怎么办?"

小亮没来得及说话,大印说:"这回是拉齐。省得一回一回分,又麻烦,又有意见。有人到山里卖布,人家那里已经开始分了。你家里有什么东西也得登记上,是个针头线脑也得算上!"

小亮说:"中农不准有事,来,我们干吧!"

说着就扶正了锯,望着全福。全福低着头,随后抹了一把脸上的汗,站起来说:"我不干了,还干着有什么劲?咱伙计四个,你三个都知道:我三辈子木匠,三辈子受苦,三辈子弄不上吃穿。我又拉了快一辈子大锯,我大伯下了十八年关东,死在关外,我承了他那一股,才扒上了个碗边,现在成了中农。分地主的,那理当,他们吃过喝过,糟过耍过,欺压过人。我哩?我算是个富户吗?人家地主的月炕里的孩子都使绸缎尿布,我哩?一辈子了,你们谁见过我穿一件囫囵衣裳?"

李三立时回过身来,说:"全哥,不能动中农,你放心。别说没有人要动你的东西,就是有那个说法,我头一个就反对!"

说着他望着大印："报上有这个指示吗？什么东西也平分？"

大印低着头说："报上准是光说分地，什么也平分，不过是我的个估计儿！"

李三说："闹不清楚，不要瞎说。上级绝不会叫那么乱分一气。分是分地主的东西，我们——连上全福哥，满共可有多少东西，也要拿出去分？我们别听闲杂，还是好好生产要紧。我觉得咱们这个小木货厂，望头很大。今年冬天，把地主的地分了。人们添了地，过日子有心花，谁也得添置点农具，这就是咱们的买卖。咱村一共是三千四百多口人，地是一人合三亩挂零。满打着把地主的牲口农具全分下去，还是差很多。四家合一个牲口，五家一辆车，这车和牲口要挡着七十亩地。三家合不到一张犁，五家合不到一张耙，二十家才有一架种式，八十家才有一架扇车。这是那些大家什，那些小家具：三五个人也不准合到一张镰，一张小板镐！再算一下，几家一张木铲？几家一柄铁耙？我们分到了地，就要种啊，就要耕耩锄耪，就要收割打场。那农具哩？我们买下的这些材料，就做这些东西。你们看着：明年一开春，到咱们这里来买农具的，要挤破了这梢门哩！"

十

每天晚上，李三就睡在保管股院里一张石条桌上。他从家里拿来一条破褥子，枕着一截小木头。

他先到武委会去转了转，分派了岗哨，才回来睡。天上有一块黑云，慢慢渡过天河去。他想江猪拱河了，正在种麦子，下场透雨也好。又起去，把院里怕淋的东西拾掇起来。

衣服保管双进睡在西屋门口，挂了一个花蚊帐。双进说："三哥，今晚上冷，我到屋里给你拿条被子吧。丝棉绸缎，有的是被子，放着也是放着！"

李三说："不用。"

正说着，外边嘡嘡敲门。双进起来去开，李三说："问清楚了，再开！"

进来的是老王、老郝两个荣军，四条拐杖在地上响着，来势不善。李三赶紧坐起来："两个同志，一定有事？"

"有点事，事情也不大！"老郝把拐在两边一放，坐在条桌上，"咱们村里照顾荣军有点不够！"

"什么地方不够？"李三笑着问。

"你自己想想呀！"老王喊，"有人到肃宁去来，人家那里照顾得好！"

"我们在保管股要了些家具，怎么还给我们落账？干么？还想拿回？"老郝接着。

"那都是没有分的东西，记记账也好。"李三说。

"要记就记！"老郝举起拐来在地上一拍，"我们再要一个骡子、一辆车！他妈的！老子都是折胳膊断腿的人，走动不便，要辆车坐坐！"

李三说："要是同志们生产，就借给你们一个骡子一辆车。

同志，你们替我们效过力，流血受伤，又离家在外，我可是从心里想多照顾你们。从你们来了，住房吃饭，使用家具，都是尽量给你们想法。群众有时说闲话，我给他们解释。现在咱村里的事，你们不了解。地主富农到处破坏我们，恨不得把我打死，不敢明出明入，他们就进行挑拨，想叫穷人打穷人，我们乱了营，他们才快意。同志们在前方，经过多少年锻炼，比我们知道得多，这个情况，该比我看得明白。咱们是一家人，你们的血是给穷人流了的。比方说：今天，你们打了我，谁快活哩？是穷人哩，还是那些地主富农？"

一番话说得两个荣军全低下了头。老郝说：

"主席，我们态度不好，你批评得对！可是，主席，你也不要怕那些地主富农捣乱，蒋介石的大兵都叫我们消灭了，这小小的张岗镇上，几个地主还捣得了什么蛋！"

李三笑着说："希望同志们帮助村里的工作！"

老郝说："主席，前天我托你的事情办妥了没有？"

"什么事？"李三问。

"给我找个做饭的！"

"说媳妇的事呀？"李三笑着，"我已经叫妇女部给介绍了，这事不能着急，找好了对象，得先和人家谈谈。"

"这一个困难，无论如何你得给我解决！"老郝说，把那受伤的胳膊动了动，"咱们自己做不了饭，长期叫老百姓帮忙，也不落意呀！"

说着走了。双进送出去把门上好,回来说:"顶属荣军难办,说话就想打人。那天来要蚊帐,三句话没交代完,就冲着我的脑袋双拐齐下!"

李三说:"他们都是受了伤的,你看那伤有多重?是在战场上和敌人拼过命的,有时发发脾气,难怪他们。你记着,再催催香菊,给老郝对付个人!"

"老郝有三十老几了吧?不好办。"双进说。

"是个老红军,"李三说,"经过长征的。十七岁上参加了红军,一离家,一家大小都叫蒋介石给杀了。打日本的时候,受了重伤才退伍。这样一个同志,我们要给他安个家,叫他在张岗街上住下来,村子也有光彩。"

刚刚倒下,外边又敲门,这回是轻轻的,进来的是东头一家烈属,老婆子进门就说:"三兄弟,我知道你早了没空,这么晚了才来。我有个困难,你得给我解决。"

李三让她坐下,说:"地,我叫优属队给你耕去了。"

"不是地的事,是房的事。"老婆子说,"我那一间房老朽得不行了,下雨老是个漏,我一个老婆子家,自己又不能修。"

"等两天,闲空了,我去给你拾掇拾掇,保险不能再漏!"李三说。

老婆子笑了笑,说:"我今年春天,不是纺了点线,赚了点钱,叫你给买了些坯?我是想再把它支架一下,里面的木料全不行了。咱们贫农组,有的是木料,我是说,把那细小的,哪怕先借给我几根哩。我和你商量商量，看行不行。要有你侄子，我就不叫你操这个心了。"老婆子说着流下泪来，用衣襟擦了擦。

李三想了一会，说："嫂子！咱这东西还都没有分，怎么个分法，也还没个准章程。我想反正得多照顾烈属。侄子在前方牺牲了，是有功的人，咱家里又实在贫寒，就是多照顾你一些，人们也不会有什么反映。开会的时候，我和代表们讨论讨论，就先借给你几根木头，把屋子支架上。以后，老婆子坐在炕上纺个线，打个盹的，也就不用担惊受怕了！"

"三兄弟费心吧！"老婆子很高兴，站起来走了。李三去关门，门洞里有个黑影一闪，李三一抓腰里的枪问："谁？"

"是我！"那个黑影往前走了两步，是个青年妇女的声音。李三听不出是谁来，老婆子说："你不认识她，她们过去大门不出，二门不迈的，你怎么见得着？她是俺们那头七班的大少奶奶。"说过，笑了笑走了。

"你偷偷摸摸地来干什么？"李三问。

"主席，我来求求你。"那个女人小声说。

"有什么事，明天再来吧，你家的男人们哩？"李三问。

"是我自己的事，"女人说，"就在这儿说吗？主席。"

"就在这说吧，"李三站在门口，"院里很黑，这里明快些！"

"你们斗争了俺婆家，我没意见。我从过门来，就受俺婆婆的气、小姑的气，没好过一天。我又年轻，也不记得剥削过人。这回，就是拿的我的东西多。主席，冤有头，债有主，谁做的谁受么！我也和他们反对，我的东西，你们不该拿走啊！"

李三说："你是七班的大房，我想起来，你娘家是苌刘庄四班。两头都是地主，你的东西不会是自己劳动来的。你们，从小老妈子抱着，丫鬟搀扶着。你们娶聘，骑马坐轿，绫罗绸缎，跟房跟班，你们享过福。怎么说是你的东西？穷人的东西，血汗换来，才是自己的，你们都是吃闲饭的人！你想想：给你们种地的是谁？给你们赶车的又是谁？小时，抱你们的是谁？大了，扶你们的是谁？谁把饭做好，又给你们送到手里？谁把衣裳做好，又给你们披在身上？都是穷人！你们的福享得过分了。你还说没享过福！你受气不受气，提说不着，我们是按成分办事！"

女人啼哭起来。李三说："今天，你啼哭了，以前在你家地头地边，在你家墙角门口，有多少人啼哭过，你知道吗？你们心疼过这些人吗？有多少人叫地主逼得寻死上吊，跳井投河，卖儿卖女？你顶好想想这些事，想想你们家的东西是怎样来的。你们还年轻，也给你们留着吃的穿的、种地的家具，回去好好生产吧，不要净想歪的了！"

女人走了，李三把门上好，回来睡觉。刚一合眼，鸡就叫了。

十一

大顺义一早就来叫门，一开门，两个人就吵起来。

大顺义说："你这个老家伙，家你算是不要了，你算是卖给这里面了！"

李三说:"你这么早跑来干什么?"

大顺义说:"你说我跑来干什么?我来请你吃饭去!"

"今儿个饭这么早?"李三笑了笑。

"吃过饭,你给我耕地去!"大顺义说,"人家的麦子都快出齐了,你那么二亩半地高粱茬还没有刨!小高粱都快秀穗了,你成心叫地荒了吗?"

"我得有了空呀!"李三说。

"你是无事忙,天生的自找罪受!"大顺义说,"这么多大骡子大马,这么多代耕队,你替群众服务,群众就不该给你解决困难?你支一支嘴,一顿饭的工夫用不了,就给咱耕了!你懒得说话!"

"嘻!"李三说,"叫你这么一说,我成了大总统了!"

"你不是大总统,人家可叫你土皇上!你工作工作,弄得猪八戒照镜子了,里外不够人,穷的富的都不说你好,人叫你得罪完了,你还工作!"

大顺义一屁股坐在双进的床头起,双进还在睡觉,一下叫她坐醒了,赶紧起来劝架。

大顺义在院里转转悠悠,李三跟在后面。大顺义扭回头来说:"你没见过我?这么紧跟着干什么!"

李三不说话。大顺义转到西夹道,那里堆放着乱七八糟的东西,什么破字画、枕头、小匣子、不成对的瓷器铜器……大顺义在一个破箱子里翻了翻,看见有一串大铜钱,拿起来,望着双进说:"我要了这串大钱,去给我那干儿配个锁!"

"你赶快放下!"李三吆喝着,"一个线头,你也不能从这院里拿出去!"

"你把我当贼提防,"大顺义扔下铜钱走出来,"你别小看人,这么点道理我不明白?能叫你跟着我背黑锅!逗逗你,就当真的了!"

大顺义回家去。李三一时觉得又累又烦。他忽然想起毛主席。他想,他领导革命,指挥千军万马,教育着这么些个党员群众,他是怎么着工作哩?他会不会累?会不会烦?李三在心里笑了,他自己有点羞惭,勇气和力量也在这时振作了。他到木货厂里去。

十二

大官亭的野战医院里,新来了一批伤兵。是在大清河北作战受伤的,里面有几个饶阳县今年春天参军的战士。战士们给家里写了信,母亲和妻子们都去看望了。张岗贫农组也买了一筐鸭梨,募了一篮鸡蛋,送去慰劳,李三同双眉是代表。

在伤兵里,双眉看见了兴儿,挂着一只胳膊。兴儿和李三说是参加机枪班冲锋受了伤。双眉一句话也说不出,红着脸笑了。兴儿用那只好手轻轻拍着受伤的胳膊,好像是叫双眉看。双眉明白,这意思是说:你看我怎么样,我受伤了。

第二天,区里送来一封信说:野战医院的伤兵同志们要求张岗剧团给他们演演戏,叫李三加紧准备。

李三拿着信找了双眉去，笑着说："你的工作来了！"

双眉接过信来看了看，抬头问："伤兵同志们为什么单到咱村？"

李三说："周围几十里，谁不知道张岗剧团？在冀中区，除了'火线'，恐怕就属咱们了，人家军队上能没有听说过？"

双眉说："那可演什么节目哩？咱不演俗戏，新编又一下排不出来。全怨三哥，那两天还批评我哩！"说完把嘴一噘。

李三说："这怨三哥没远见。双眉，这事全交给你，你用什么东西，使唤哪些人，告诉我，我给跑腿！反正，人家既然指名请咱们，咱们就得露一手，不能丢人！"

双眉想了想说："我看还是演《比武从军》。这个戏别的剧团演不了，咱们又是熟戏，稍微拉拉场，吊吊嗓就行。三哥，你看怎么样？"

李三说："对，就演这出。给军队演，又符题。我就喜欢这出戏，末了那一大段唱，别的剧团，就是没法演，两个人接着也唱不下来。你唱起来，可是从从容容，越到后来越有劲。不过那个武委会主任叫谁演哩？兴儿不在家。"

双眉说："就叫小三成替他，排的时候，小三成一块学会了。"

"好。"李三说，"带着咱们那汽灯、好帐子、好幕去。演的时候，还得叫我干那个！"

"什么那个？"双眉问。

"拿着大喇叭站台！"李三比画一下，笑着走了。

演戏的那天是十月革命节。会场就在大官亭街当中那大场院里。吃过晚饭，周围几十里，道路上满是人，紧走紧说："今晚上是张岗的《比武从军》！"

"喂！那个女角叫什么？"

"你这人！双眉呗！"

"对。真好嗓门，好长相，好走相，真，真比不了！"

"有一年不唱了。听说为唱戏受过批评哩！"

"咳！不批评别的，单批评唱戏！"

汽灯还没挂起来，会场里就挤满了人，卖糖的，烙馅饼的，老豆腐挑子也赶来了。

伤兵同志们坐在场子当中，汽灯点着了，张岗剧团的人马在台上忙着。

打鼓的老头子郭老珍，架着腿，把雪白的手巾搭在膝盖上，嘴里叼着一支只有在这个当口才肯抽的好烟卷。

兴儿挂着胳膊，走到后台来和人们说话。在一个大油灯下边，双眉坐着她那小红凳，正对着镜子化装。见兴儿来了，就问："你在哪看？"

兴儿说："在台下边呗！"

"有座物没有？"

"没有。"

"我给你带来了一个。"双眉说着站起来，往后一推那小红凳。

"咱们这剧团，越来越阔了，还置了家具？"兴儿说。

"这是我分的果实。"

"你参加斗争了啊？"兴儿笑着。

"你参加战争，我参加斗争！"双眉低声说，在镜子里轻轻一笑。

"入党了没有？"兴儿庄重地问。

"快批准了。"双眉的脸一红，"你哩？"

"我今天满了候补期。"

"我来演戏给你道喜！"双眉笑着说。

"先唱的时候，嗓子不要太高，这个地方是街心，容易收音。"兴儿关照了双眉几句，就下去了。

同志们看见兴儿提着个小凳下来，有两个人跑过来说："王小兴，哪来的小凳？"

兴儿说："借的剧团的。"

"还是你们本地人好啊！"

"来！咱们三个挤着坐。"兴儿说，"快开戏了，听着吧！"今晚上没有月亮，是个好晴天。星星像有喜事的人们的眼睛。一声锣响，开幕了。

台下的人挤着跟前去，说："《比武从军》！"

"不要挤，不要碰着伤员同志们！"李三拿着个大喇叭，在台上猫着腰喊叫。

"双眉！"台下看见双眉一上场，挤得更欢。前边的人用死力顶着，像钉木桩，不让挤过去。

双眉一出来,是在梨树底下,里面有这么几段:

风吹枝儿树猫腰,
今年梨儿挂得好。

上好的梨儿谁先尝哪,
我提着篮儿上前方呀。

送梨的人儿回去吧,
前方的战斗正紧张啊。

双眉唱着,眼睛望着台下面。台下的人,不挤也不动,整个大广场叫她的眼睛照亮了。

她用全部的精神唱。她觉得:台上台下都归她,天上地下都是她的东西。

赖大嫂

/// 西戎

立柱妈卖给食品公司一口大肥猪。这件事，一下子就成了轰动全村妇女的重要新闻。那口猪，喂得确实不错，连毛挂重，三百斤还出头。单单这一项，已经叫妇女们啧啧惊叹了，加上立柱妈领了卖猪款，在供销社买了那么些好东西，什么洋瓷洗脸盆啦，红绒衣啦，花格格灯芯绒啦，印花头巾啦……计划给立柱娶媳妇置办的零碎东西，卖了一口猪，一下子就应有尽有得置办齐了。这怎么能叫妇女们不眼馋呢！这几天村子里，有些已经养了猪的人家，对小猪的喂养格外经心起来；一些还没有养猪的人家，也跃跃欲试地四处打听着，想很快抓到一头小猪喂喂。

住在大榆树院的赖大嫂，本来算是村子里头一个消息灵通的人，不管谁家有什么新鲜事，别人还不知道的时候，她已经在到处传播了。可是这一次，表现有些反常，立柱妈卖猪的新闻已经轰动了全村，却听不见她那石鸡子滚坡似的高嗓门在传播消息。难道说这新闻赖大嫂还不知道吗？不对。当天下午，她还亲眼看见立柱妈抱着买来的东西，从供销社走出来。为什么她能对这件事不感兴趣了呢？这里面有些说不出口的情由。

从去年开春算起，赖大嫂也有两次养猪的历史。头一次是去年春三月，队里和食品公司订了养猪合同，规定社员养一头猪，供应一百斤饲料。她领了猪饲料以后，只过了三个月，便通知队里说她的猪突然生病死了。猪因病而死，这是天灾，谁也把她没有办法，队里动员她再喂养一头，她说不能喂了，因为运气不好。队里叫她退出剩余的饲料，她说猪已经吃完了，到底是吃完了没有吃完，到现在都还是一笔糊涂账。

她第二次喂猪，是去年九月。当时，队里的老母猪下了一窝小猪娃。为了发动户户养猪，大搞家庭副业生产，队干部们开会，研究出来一个新的喂猪办法。办法是：队里不供应饲料，自喂自养，收入归己。赖大嫂听了这个新规定以后，三心二意的，怎么也拿不定个主意。她觉得不喂吧，怕将来真的收入归己，自己吃了亏；喂吧，又怕办法变了，来个收入归公怎么办？她用不信任的口气对队长说："鬼才信你们说的话，到时候猪喂肥了，卖了钱要交公，还不是白白操劳一场！"嘴里虽是这么说，小猪还是抓了回来，她的主意是走了一步说一步，哪里黑了哪里宿。小猪抓回来后，不圈，不喂，整天不是在场里拱麦秸垛，便是在秋庄稼地里啃庄稼。村里人看不过眼去，纷纷给队长提意见，队长又找家庭副业组长立柱妈,要她想法子教育赖大嫂。

立柱妈是个知情知理的好心肠老太太,就是胆子小,情面重,处处怕得罪人,遇有难为事,宁愿自己吃点哑巴亏,也不愿和人争嘴斗舌。对于赖大嫂,立柱妈把这些办法都用了,效果还是不大。村里人提意见提得实在忍不住了,她便召开了养猪会议。会上,她并没有敢指明赖大嫂有什么不对,赖大嫂当场就跺着脚骂起来:"立柱妈,你说话说清楚,不要指冬瓜骂葫芦,你看见我的猪吃了哪里的庄稼?你们抓住了?是我的不是?嗐呀?这真是墙倒众人推,鼓破乱人捶,看见我脑袋软,好欺侮是不是?你们这么血口喷人不行!"

立柱妈原是一番好意,却招来一肚子的气。照她的处世哲学,当然是忍了这口气,没有进行争辩。可是参加养猪会议的民兵队长张立柱,看见他妈被赖大嫂叫骂了一场,心里着实气恼,要不是开会,真想跑上去,狠狠给她两巴掌,可是又一想,对这种不讲理的人,不抓住把柄,是没有办法降住她的,心里说:"磨道里等驴蹄,总有等住你的时候!"

正好,开过会还没有出三天,有一天下午,立柱从地里回来,看见赖大嫂的小白猪,又在场边山药地里用鼻子拱着吃山药蛋。立柱慢慢走过去,猛地一下拽住了小猪的后腿,连拉带提地把小猪弄回来,关在了自己家的猪圈里。

立柱妈看见这情景,吓了一大跳,忙对儿子说:"柱子,你怎敢把她的猪抓回来,叫那老婆知道了,你还想活不想?"

"妈,这事你不要管,看庄稼,这是我们民兵的任务,我看她这回还敢嘴硬!"

立柱妈担心地说:"队长说她,她都敢顶嘴骂人,你可不是她的对手,听我说,快把猪放了!"

立柱不同意,用责备的口气说:"妈,你当的是副业组长,这样的事,你都胆小怕事不出头处理,村里人又该怎么办?依我说,你和她到队里去讲理,村里家家都喂着猪,都按照她这样,村边的庄稼还能种不能?"

立柱妈为难了,她本来想负起自己当组长的责任,瞅空给赖大嫂一点教育,叫她认识自己的行为不对。可是她不是这种通情达理的人呀!儿子讲的道理虽然无法反驳,但她还是主张忍一口气,把猪先放了。这种人,惹不起,怕得起。她坚持这样做,并不是想在这件事的处理上推卸责任,教育赖大嫂的任务,她时刻都记在心上,可是有什么好办法呢?轻不得,重不得,要慢慢来哪!

立柱妈催着叫儿子先放了猪再说,立柱不放,决心要和赖大嫂见个高低。他的想法和他妈不一样。他认为,越是怕她,她就越要耍无赖;要是给她拉拉硬弓,也许能把她降住。母子俩正在争执不下,忽然听见赖大嫂那石鸡子滚坡似的高嗓门,远远地喊叫着来了。

立柱妈着了慌,抱怨儿子道:"看,你不听妈的话,招风惹事,寻上门来了,看你怎和她说!"

"妈,你走开,叫我对付她!"立柱双手叉腰,气汹汹地站在门口,准备应战。

赖大嫂号叫着进来了。双脚刚在院里站稳,伸手指着立柱便嚷:"你们欺侮得我还能活不能!"

立柱妈本来已经躲进屋里,见赖大嫂的来势不善,忙返身出来,不等立柱张嘴,先笑脸迎上去说:"你大婶,你是寻猪的吧!我家柱子给你圈住了,他看见它在社里的地里,怕……"一语未了,赖大嫂把镰刀似的脚,连连跺了几跺,说:"谁说我的猪到了庄稼地里?到了哪块地里?为啥不把我叫出来让我看?我的猪压根儿就不会到地里!我把它喂得饱饱的,整天卧在圈,鞭子打都打不起来,它怎就能到了地里?你们母子打牌定计,一回一回地欺侮我,我和你家祖宗三代有了什么仇?"说罢,仰起脖颈,瞪着眼,呜呜哇哇地放声干号起来。

立柱听得火透顶了,冲上去把他妈拉到一边,直挺挺地往赖大嫂面前一站,大声喝道:"你嘴里干净一点,你说理不说理?"

赖大嫂突然停止了干号,定睛看看,站在面前的这个后生,结结实实,高高大大,好似一座小山,心里先有几分怯阵。立柱妈担心儿子闯祸,见他脸上变颜变色的,怕他感情用事,真的伸开手打赖大嫂两下,那可不得了。她一面用手拉立柱,一面对赖大嫂赔话说:"你大婶,他年轻不懂事,你比他大几岁,让他几分,别吵了,先回屋里坐坐!"

赖大嫂见有人说好话,气焰又高起来,镰刀似的脚,跺得噔噔响,连声叫骂道:"他年纪小不懂事,怎么不爬到粪坑里吃屎去!"

一句话,把立柱又招引到了身边。立柱伸开手,正准备给她两巴掌,幸亏旁边看热闹的人拽住了胳膊,没有打上去,不然赖大嫂挨打是一定的了。

"娃娃,你还想打人?"

"今天我就豁着进司法科哩!"

"你打,你打!反正我三十七的阳寿也活够了!"赖大嫂一面凶神恶煞地叫嚷,一面直往后退,她心里也有个主意:要真的把这个后生的火性逗起来,挨他两巴掌,够自己受的。

这时,院子里已经来了不少人,男男女女,围了个大圆圈,除了立柱妈和几个上了年纪的妇女在认真劝解而外,其他年轻人,都站在一旁,咧着嘴,很有兴致地看着,仿佛觉得张立柱没有真的给赖大嫂点厉害瞧瞧,心里怪不舒服。有人说开了调皮话:

"赖大嫂的猪成了仙了!怎么好端端在她圈里卧着,一下子就跑到立柱圈里去啦!"

"赖大嫂的猪是孙猴儿变的,有七十二变哩!"

"种庄稼就为的吃,猪吃、人吃都一样!人家有啥错误!"

赖大嫂听着人们的嬉笑戏谑,觉得在这里恋战下去,对自己无益,又虚张声势地往立柱面前冲了几下,扭身便走,一面走,一面嚷:"村里不是死得没了人,还有领导,我要找他们说理去,他们要不给我解决,我就到县里、省里,有说理的地方,不能受你们这欺侮！"说罢，回头狠狠地向围在身边的人们扫了一眼，拐着镰刀脚，噔噔地走了。

立柱妈怕把事情闹大，不顾儿子和众人的反对，亲自去开了猪栅栏，把赖大嫂的小白猪放了出来。那小畜生仿佛知道自己给主人闯下大祸，卷起小尾巴，惊惊慌慌地窜回去了。

也不知赖大嫂找到队长之后是个什么结果，反正她再没有回来找立柱母子的麻烦。天快黑的时候，听见她站在自己大门口，那石鸡子滚坡似的高嗓门，又在"啰啰啰"地唤猪。一面唤，一面还数数画画地在骂："把你这挨刀子的，又跑到哪里去了？你跑得碰上你那小祖爷爷，要了你孙子的命！"

小白猪听见了主人的唤声，哼哼着回来了。赖大嫂数落的声调低了一些："不知道吃了他几颗山药蛋，好像掏了他们的心肝，把我的猪圈住，有本事杀了！啰啰啰……"

过不多几天，赖大嫂自己突然把那头小白猪杀吃了。她告诉队里，杀猪的原因有二：第一，没有了饲料；第二，养猪受村里人的欺侮。既然把已经喂养了三四个月的猪下决心杀了，那么从此以后，赖大嫂当然不会再考虑喂猪的事了。偏偏事隔半年，村子里又出现了立柱妈卖肥猪这件叫赖大嫂吃后悔药的事情。因为猪吃庄稼的事，她和立柱母子有了成见，没有替她到处传播这件新闻，可是当妇女们兴致勃勃地谈论着的时候，不由得心里便懊悔起来，她想起了她那头喂了三四个月的小猪，要是让它活到现在的话有多好，保险也有立柱妈的猪那样肥，也不会比她的猪少卖钱……吃了几苗庄稼，害得把猪杀了……想着想着，她把一切过错，都加在了别人的身上，好像她自己真正是一个被侮辱、受损害的。她怀着对立柱母子的憎恶和嫉妒心情，也参加了妇女们的议论："……你们该记得吧，我喂的那头小白猪娃，圆嘴头，短尾巴，是头多好看的猪娃，肯吃，肯睡，倒上一桶食，'嗵嗵嗵'，一会就吃得笤帚扫了似的，可是咱没有喂猪的命，遇了个逼命鬼立柱，当他娘个什么民兵队长，就整天管天管地，说我的猪吃了社里的庄稼，你们知道我跟上猪受了多少气！唉！咱不喂了，叫人家喂着。这阵人家卖了猪，发了财，咱倒了灶，这就打到人家手背上了，叫人家常走红运吧！"

怨恨、嫉妒，并不能使她就此甘心。她，平心静气地想了一阵之后，发现自己当初喂猪，脚蹬两只船，已经是错打了算盘；但是千不该万不该，不该杀了那头已经喂养了三四个月的小白猪。她真的后悔起来。她决心要再喂一头猪，而且要比立柱妈喂的猪还要肥。可是小猪到哪里抓去呢？听妇女们说，队里的另一头老母猪，半个月以前又下了一窝猪娃。这两天，人们争着要买，有的人已经和养猪姑娘春桃挂了号；有的妇女怕落空，还把买猪的现款存到会计账上，等小猪过了满月，马上就来抱的。人们养猪的兴致这样好，使得赖大嫂更加心神不安了，她能不能也分到一头呢？有了过去的行为，队里还给不给她分配呢？她暗自估计分析情况：队长的人性很绵善，说上两句承认错误的话，或许可以通融。立柱母子怎么办？一个是家庭副业组组长，专管养猪的事，一个是民兵队长,曾经是她的主要斗争对手,再加上养猪姑娘春桃,是立柱未过门的媳妇,他们要是串通了,商量好不给她,能有个什么办法啊?难题来了。

晚上,赖大嫂的丈夫赖永福从地里回来,赖大嫂第一次和自己的丈夫堆起笑脸,宣传立柱妈养猪得来的好处:"看人家多走运气,一口猪卖了那么多钱,买了那么些东西——绒衣、灯芯绒、洗脸盆……"她滔滔不绝地说着,同时还捎带着诉说了自己家庭生活中的困难,企图打动丈夫,也为买小猪的事积极行动起来。

赖永福平时是很怕赖大嫂的。两个人的性情,完全相反,赖大嫂一天说了的话,赖永福说十天也用不完。他不爱多说话,并不是遇事没有主见。赖大嫂平日的一些作为,村里人有意见,他自己也看不惯。看不惯有什么办法?打架,赖永福不动火,打不起来;吵嘴,不管有理没理,赖大嫂张口就骂,没有他回嘴辩解的余地。因为处理家庭事务,只有赖大嫂说了算数;就连村里有关会议,光叫赖永福点头不算,还得赖大嫂说了话,这才真正合法化了。

今天赖大嫂确实是好心好意地和他商量办法,因此不但脸上挂着笑意,连说话的音调,也降低了好几度。赖永福想起了前几次喂猪生气吵嘴的事,似乎觉得今天是可以对她提出一些批评的好时机,便没好气地说:"你是吊死鬼擦粉——快别败死兴了!你要喂猪,当初就好好喂;要不喂,就别打那些主意,人家别人得了金元宝,自家也别眼红!"

一句话触到了赖大嫂的痛处,立时声调提高了几度,脸上的笑纹绷展了,用手指住赖永福,放连珠炮似的质问道:

"从前喂猪,你操了多少心?你熬过几桶食?你关过几回圈?全村人欺侮咱,你放过个响屁没有?你活了四十几,比死人多有一口气,有啥能耐!不喂就不喂,不喂猪不生气,我早想清清静静活几天哩!"

赖永福破例质问道:"谁叫你生气来?自己老做那些不能见人的事,还说张三李四欺侮你,村里喂猪的人多着哩,为啥要专欺侮你?你把猪饲料领上,不好好喂,把猪饿死;社里订了养猪公约,你不遵守,叫人家整天操咱的心,你养猪不是挣钱,是给咱挣气哩!"

"我没生下好命,"赖大嫂见丈夫并不示弱,气得脸都白了,冤枉地诉说着,"儿子媳妇不孝顺,和我分开家;遭了你这死老汉,也是整天气我。好,你们把我气死,你们就高兴了!"

赖永福长长地叹口气,说:"唉!着实是年岁大了,要是年轻二十年,我也得和你离婚。跟上你,整天没三顿饱饭,有三顿饱气!"

"好,好,离婚!现时就离!"赖大嫂一把揪住赖永福的领口,"谁又不是十七的、十八的,一辈子没男人也不稀奇你这号东西!离了你这活死人,倒没人气我了!"

两口子争吵了一场,最后还是赖永福让了步,由赖大嫂那石鸡子滚坡似的高嗓门,高一阵、低一阵地叫骂了足足有吃一顿饭的时辰，屋子里才算安静下来。

　　一连有好几天，赖大嫂再没有提起养猪的事情。不过她嘴里不讲，心里仍不能平静。外面那些有关养猪的新消息，总是不断地传到耳边来。听说队里的这窝小猪，个个长得都十分好，村里关心小猪成长的妇女们，天天都要趴在猪圈的短墙上去看。还听说有些心眼灵动的妇女，早已悄悄跳到猪圈里，在挑选好了的小猪腿上，拴上了红布条。这许许多多消息，着实叫赖大嫂心焦起来，她也很想走去看看这些小猪，到底好到个什么样子。有一天，她实在忍不住，便鼓起了勇气看队里的小猪去了。

　　当她趴在了猪圈的短墙上，看见了那一群胖乎乎的小东西，趴在躺着的母猪身边吃奶的时候，她的心动了。她真想马上跳进去抱起一头，抱回自己家里喂起来。她觉得自己从来还没有像今天这样喜爱这些小东西，她是从心里喜欢它们哪！如果队里真能分给她一头，她决心要好好喂养，不能让它再出来乱跑，要叫它吃了睡、睡了吃，好好地长肉，长得比立柱妈卖给食品公司的那一头还要肥。到那时，全村子的妇女，也像现在这样谈论她、羡慕她……

　　她想得入迷了，正在一个人望着小猪出神，忽然听见有人问道：“大婶嘛！好稀客！”

　　赖大嫂回头一看，是养猪姑娘春桃走过来，一只手提着一桶猪食，另一只手拿着一把木勺，喂猪来了，便搭讪着问：

　　"闺女，一天喂几回？"

"三回。"春桃说着,打开了猪栅栏,把食倒在猪槽里,看看赖大嫂,问道:"看这猪娃好不好?"

"好。"赖大嫂羡慕地应着。她很想趁机问问春桃分配小猪的事,可是又有点不好意思开口,沉吟了半晌,才试探着问:"春桃,咱这小猪,队里计划怎处理?"

春桃看出来了赖大嫂的意思,故意摇摇头,笑着说:"不知道!"

"我不信,听说早都有了主儿了!"赖大嫂提醒着。

春桃用奇异的眼光看看赖大嫂,又故意反问道:"你问这干什么?反正你又不想喂它!"

赖大嫂装模作样地长叹一声,说:"闺女,你是不知道我家的事。依我说,我是不想再喂了。喂一回,生几场气,图了什么?可是你大叔这几天老寻我的麻烦,生气拌嘴地叫我给他抓头小猪。唉!我可真不愿意再生这份气了!"

"你还怕他吗?"春桃嘴里这么问,心里直是想笑。

赖大嫂用力在墙头拍了一把,沉下脸,认真地说:"你大叔如今学得厉害了,动不动也寻我的不是。上一次我没把猪喂好,在他手里有了短处,这回不给他抓个小猪娃,在他手里就活不出去!"

谈话中断了。

赖大嫂想用话打动春桃,想叫这姑娘主动提出来给她分一头小猪。春桃呢,因为猜透了赖大嫂的心事,故意不提小猪的事,弄得好大一会,两个人谁也无话可说。春桃看着猪吃完了食,提起桶来正要走,赖大嫂一把拉住春桃,说:"闺女,我问你一下,队里的这小猪能不能再给我留下一头?"

春桃说:"你问队长吧!我光管喂,别的事我不管!"

"队长说了,小猪由副业组长和你分配。"赖大嫂赶紧撒了个谎,想叫春桃有个肯定答复,其实她连队长的面都没见过。

春桃说:"那你就去找副业组长去吧,我担不了我婆婆的事!"

"你婆婆呢?"

"在场里打场!"春桃说着,怕赖大嫂再纠缠,很快走了。

赖大嫂独自在猪圈旁愣怔了一会,便往场里找立柱妈去了。

立柱妈丢下手里的活,把赖大嫂引到场边麦秸垛边坐下。拉了几句家常之后,赖大嫂便带着乞求的神态小声说:"大婶,咱队里那窝猪娃,我看见了,长得真叫人喜欢,说什么也得给我留下一头,你喂猪享了利,光叫别人眼馋不行哪!"

立柱妈见她开门见山地说明了来意,便半开玩笑半认真地说:"你还敢喂猪!不怕再吃亏?"

"哎哟!"赖大嫂不好意思地笑了笑,说,"享利就得受些害,吃亏人常在嘛!"赖大嫂说得那么干脆,好似思想真的通了。

立柱妈听她这么一说,心里倒有几分高兴起来,紧接着便说:"对嘛!搞生产,有利没利都得干,只要国家需要,没利也要干。这一条你能办到办不到?"

赖大嫂犹豫了。沉吟了半晌，还是没有敢正面回答，她拍拍立柱妈的肩，笑着说："大婶，你真会说笑，喂猪还会没利！没利，你那一口猪卖的是啥？"

"卖的是钱呀！"

"是呀，能卖钱就行！钱就是利！"

"要是卖不了那么多钱，你喂不喂？"立柱妈故意反问。

赖大嫂不说话了，手在地上无目的地抓着，两眼奇怪地盯着立柱妈，好似要从她的脸上，看出来她内心里在想什么。

立柱妈见她回答不上来，觉得她想喂猪的想法，和自己的想法，距离还很大，便又解释说："搞生产建设，不能光说钱，世上能挣钱的路儿多着哪！有的能干，有的就不能干。那年你卖统购粮，为了多卖一块钱，叫奸商骗了你几千斤粮食，你说那钱赚得合算不合算？"

赖大嫂突然红了脸。她不想再叫人谈论这件丢丑事，赶忙岔开话题，站起来显出要走的样子说："大婶，闲话不多说了，给我留一头猪娃，说定了啊！"

立柱妈也站起来说："我还要和队长商量一下。公共的财产，不能由我一人做主。"

赖大嫂说："千锤打锣，一锤定音；商量不商量，你是组长，主要由你哩！"

立柱妈摆摆手说："可不能这么说。前一回由我做主，给你分配了一头猪娃，结果你喂得好好的就杀了。你还想叫我跟上你作检讨！"

赖大嫂本来已经走出去几步，马上又返转来，赔情似的笑着说："大婶，旧账不要算了，前头的勾了，后头的抹了，重打锣鼓重开戏。这回呀，走不了我也跑不了你，你是组长，你看着就是啦！保证不会往你脸上抹黑了！"

立柱妈望着赖大嫂走远了的背影，心里有种说不出的高兴，她觉得赖大嫂是有些不一样了。

赖大嫂为小猪的事奔走，虽然没有被拒绝，但是也并没有得到肯定的答复。她回到家里，心情仍然不十分好。晚上，丈夫从地里回来，赖大嫂说起了这件事，照例又在丈夫身上发泄了一阵，好似这一切的过错，都是因为他不帮忙。她开始叨叨着："你天天夸口你比我强，队里说你是好社员。你把队里的猪娃给我抓回一头来。能抓回来，就算你有能耐；要是抓不回来，你，比我还不如！"

赖永福不高兴地说："你是骡子卖了驴价钱，贱就贱到你那嘴上了！你早把门市坏了！"

赖大嫂不服气地说："我臭了有你这香的也行，有能耐出去试一试，看你这香包包是啥行情！"

吃罢晚饭，赖永福真的到队里交涉抓小猪的事去了。他去的意思，并不是要表示自己有能耐，也不是和赖大嫂争高低，他心里也有喂头小猪、增加点家庭收入的想法。

他走到队办公室的时候，正好碰上队长、立柱妈、立柱、春桃都在那里,像是开会,又不像开会。他刚进门,春桃就笑着问:"是不是抓猪娃来了?"

队长也打趣说:"佘太君不行,老令公亲自出马了!"

赖永福没有答话,憨厚地笑着。

立柱妈走过来说:"永福,我们刚才研究了,小猪可以再分配给你们一头。可是你一定要保证喂好,不发生问题,遵守养猪公约。"

"对,"立柱接上威胁地说,"要是再叫民兵抓住了,可要往死打哩!"

赖永福点着头说,说:"不怕!这回有我,你们信不过她,可要信得过我。我保证就是!"他打住话,停了一下,伤心地说:"你们是不知道,她办的那些气肚子事,几天几夜也说不完!以后大家好好教育她吧!"

"你怎不教育她?"春桃有意要难一下这个老实人。

赖永福叹口气,摇了几下头,说:"不算!我说十句,不如外人说她一句。不过这一回,你们放心吧,在哪里摔了跤,知道了哪里路滑,事实教育了她了。"他接着问春桃:"给我留的小猪呢?"

春桃提过来一只荆条篮子,说:"早给你留下了,你要不来,我妈还叫我给你家送去哩!"

"好好好。"赖永福满意地把篮子接过来,一面往出走,一面还想说点什么,可是他动了几下嘴唇,什么也没有说,便开门走出来。他觉得社里的每一个人，从社长到社员，都能关心别人、关心集体，都是好人，唯有自己那死老婆，事事只顾自己，除了自己，仿佛世界上再没有可以叫她关心的事情了。就是不能大公无私地关心别人，起码也不要再干那些损人利己的事情才好呀！

赖永福走到了家门口，他今天也好像比往常聪明起来，他没有立刻提着篮子进屋，他把装小猪的篮子放在门外，一声不吭地空手走了进去。

赖大嫂看见丈夫的神色不好，吃惊地问："小猪没有啦？"

赖永福说："去了那么多人，都不赞成给你！"

"为啥？"

"这还用说，蛇掏窟窿蛇知道！"

"唉！唉！你就没有长着嘴，不能和他们讲道理？你那能耐在哪里？"赖大嫂动了怒，正准备在丈夫身上狠狠出这口冤气，忽然耳边传来了小猪的吱叫声，赖大嫂的脸神，一下子转怒为喜，惊问，"猪娃？"

赖永福到门外把装小猪的篮子提进来，放在地上，揭开篮盖，肥墩墩、肉乎乎的一头小猪娃，欢溜溜地跳出篮外。赖大嫂伸手把猪娃抱起来，搂在怀里，眉开眼笑地说："这下可好了！老汉，你看着，这口猪我一定要喂它三百斤，和立柱妈争口气。到那时，叫全村人都说我！"

"又说你不守公约，批评你！"

赖大嫂不服气地把嘴一撇说："说我好，说我的猪喂得肥、喂得大！全村头一名！"

"哼！"赖永福叭了一口烟，轻蔑地斜视了老婆一眼，说，"快别逞能了，你早就是全村倒数头一名了！叫我说，你以后就给咱老老实实，别人干啥咱干啥，越能越倒灶、还是少耍些小心眼吧！"

赖大嫂这一次，没有回嘴，听着丈夫说完了，只惭愧地笑了一笑，便忙着喂小猪去了。

麦收

/// 西戎

六月天，天气热得厉害，扇子都扇不出点凉风了。到中午，太阳像一盆火，烤得地上一缕一缕冒热烟。农业社里的二百来亩麦子，前几天还是绿汪汪一片，这么猛晒了三两天，一下就连一个青穗也找不到了，金闪闪一片，长得又高又壮，穗子又长，重甸甸的，吹阵小风，就东摇西摆地打颤。

"六月天龙口夺食。"社员们正在起早摸黑，紧张抢收。

孙老汉的儿子孙宝生，当的是生产队的小队长，他比谁都忙，白天领着小队的人收割一天，黑夜，他还要赶着铁轮车，往场上拉麦捆。他曾对社长张云山建议，要各小队尽量争取时间，免得下一场雹雨，把吃到嘴上的白面馍馍白丢了。这个建议，他在自己的小队里，首先执行起来。孙宝生年轻力壮，干劲真大，好像是个铁打的人，不知饿，不觉累，每天队员们割完了麦子，都回家吃黑夜饭了，他还要赶着那辆他经常赶的大车，把当天割下的麦子都拉完了，才卸了牲口，回家去吃饭。

媳妇见他回来得晚，有时就抱怨几句。其实她并不是嫌宝生给社里干活太卖力，而是担心爹的那五亩自留地麦子，究竟到哪天割，好像宝生早已忘记有这么回事了。爹的脾气，他是知道的，整天绷着脸，动不动就发脾气，父子俩因为这块地，真不知吵过多少场了。这几天，亏得孙老汉在闺女家住着，要不，早和宝生闹开了。

这天黑夜，宝生拉完了麦子回来吃饭，媳妇坐在小桌旁边，又提起了爹那五亩自留麦地的事，焦急地说："不管有多忙，总得想法把它先割回来！"

"你看哪天有空？"宝生停住吃饭，责难地白了媳妇一眼，"社里四五百亩麦子，刚割开个头，爹那几亩麦子倒那么当先？要是天有个变，你说，哪个损失大？你就连这理也不懂！"

媳妇显出被误解的着急神色，解释说："我不是说社里的麦子不当紧，是说爹回来，看见麦子还没给他收割，又闹个四邻不安！"

"闹叫他闹，"宝生不高兴地说，"反正这一年跟着他，把一辈子的气都生了！"

媳妇也不高兴地接着说："你不怕生气，我可怕了！你就不记得去年留地时候生那场气啦？"

一句话，提醒了宝生。宝生两眼瞅着媳妇，媳妇两眼也瞅着宝生，双方都不说话了，好像都在回忆着那次争吵的情景。

那还是去年秋天，当时，农业社里讨论麦地入社。按照宝生的意思，既然春天把秋地都入了社，剩下这块麦地，也都入了算了，省得家里一下，社里一下，两头牵心。爹要真嫌闲在家里没事做，劝他到社里去做些零星活，他硬不愿入社，就自留上亩二八分小块地，让他种些瓜果菜蔬也行。宝生的这个计划，不能说不是一个好主意。他忍着性，认真地给爹说了半顿饭工夫，爹只轻蔑地摇头，坚持要自留这五亩麦地。

怎么办呢？宝生心里真着急，也揣摩不住爹到底为啥一定要留这块地。眼看社里就要开始种麦，自己的麦地入不入社，都还拿不了主意。媳妇见丈夫说着说着，嗓音高起来，眉毛也立起来，爹的脸，也绷得更紧了，经验告诉她：这是争吵的征兆，便赶忙把宝生支到一边，坐到爹跟前，也想帮着宝生来说几句。怎奈老汉一听三摇头，根本不同意。媳妇说到后来，也无话可说了，宝生从旁站起来，气呼呼地说道：

"不要和他说了！他不愿入，咱分家，这五亩地，该给我们分多少，我们入多少，留下的叫他种！"

孙老汉本来是低着头吃饭，一听分家二字，猛一抬头，两眼盯住宝生，把端着的饭碗"咣当"一声撂在炕桌上，指着宝生，严厉地说：

"娃娃，这家是我的，我还活着，由不了你！你要嫌这家不好，哪里好，你往哪里走，要是你敢把老子这块地入了社，娃娃，老子就一天都不活了！"

"你也真把人气够数了！"宝山不管媳妇的制止，只顾回顶着。心想：跟着这样个糊涂老人，大事小事烦神，不能痛痛快快地干一件事。有他真不如没有他了。

孙老汉被儿子顶得毛火更冒起来，吵着跳下炕来，向宝生扑过去，问道：

"怎啦，累着你啦？不用怕，就是老得爬不动了，也累不着你，有我这几亩地，给亲戚送邻居，他也叫我吃口饭！"老头讲得气呼呼的，媳妇拉他坐在炕沿上，不住口地叫爹。老汉也不听，见宝生蹲到院里去了，继续向门外嚷道："娃娃，不用怕，你走你的阳关道，我过我的独木桥！"

媳妇轻声说："爹，爹，你别嚷了，快先吃饭吧！"说着把碗端上来。老汉一掌推开，差点把碗打翻，溜下炕来，伸手从墙上拉下件衣裳，往肩膀上一搭，气呼呼地冲出大门去。媳妇怕出什么意外，赶紧后面追去，追到大门外，连声喊："爹，爹，你上哪里去？"

一连喊了五六声，老汉才回过头来，气势汹汹地说：

"我找社长去，看他们这农业社，是要人活，还是要人死！"

媳妇返身回来，告诉了宝生，宝生狠狠在地上跺了一脚，开腿也要走。媳妇沉下脸来说道："去吧，父子俩到了一堆，又吵，家里还没吵够，再跑到社里吵，叫大家听着多不好！"

宝生站住了，无可奈何地往门槛上一蹲，两手抱住头，唉唉地出长气。媳妇走过来,继续指责道:"你呀,整天就是寻事,爹那么老了,说话也让让他,想起啥来说啥,说分家,看,能分了吗?尽是瞎说!那块地,爹不愿入,就留下叫爹种算了,五六十岁的人了,还能种几天,等他动不了的时候,叫他种他也不种了!"

宝生皱着眉头,有点委屈地对媳妇说:"你就会说便宜话,你在社里,就听不见社员们反映啥?知道的说是爹不叫入,不知道的,还要说我宝生思想落后,不相信社会主义,想留条后路,脚踩两只船呢。我不愿意叫人说我!"

"可是你看呀,"媳妇继续责难地说,"在爹手里能办成吗?好歹那是个老人,又不是个三岁两岁的小娃娃,不听话打他一顿!"

宝生也感到,难就难在这里,不管是干啥事,他想好的主意,爹这一关总是难过。可是麦地入社的事,还不同别的呀,自己是小队的队长,如果自己的麦地都不能全部入社,还怎么去动员别人呢?不用人家说,自己也觉得没嘴说了。想到这里,他猛地站起来,对媳妇说:"我得到社里去一下!"扭头便走。

媳妇不放心,嘱咐道:"千万可别再吵啦,好好歹歹由他!"

孙老汉早已在农业社办公的东房里,高喉大嗓地嚷开了,宝生到了社里,没有马上进房去,先站在院里窗台下边听。

老汉一声一声地喊着说:

"好,社里能养了我老,我就啥也不问了,明天我把锅背了来,被子扛了来，有人养我老还不好哇！"

听见社长张云山笑着说："大叔，你听我把话说完再吵，你的地入不入社，这是自愿，谁也不强迫，我是说麦地入到社里，用新方法耕种，比你自己种能多打粮食！"

"能多打粮食？"老汉轻蔑地继续嚷道，"一䦆头刨个金娃娃，我也不爱！"

社长嘿嘿笑两声说："要是这样，咱们就没法说了！"

宝生听到这里，掀开帘子跑进去，压抑着愤怒，用恳求的声调，对孙老汉说："爹，你好歹给我回家！"随即转向社长说："云山哥，别听我爹的，和他说不清，麦地他不入我入！"

"你入？"云山正要问什么话，孙老汉远远朝宝生呸了一口，扑过去。云山忙在中间架住，老汉在云山怀里挣扎着，指着宝生嚷道：

"你反了，啥也由了你了，我是你的老子！"说着，脸都苍白了，胡子不住地颤抖着。社长把他推到一条长板凳上坐下，安慰了几句，便问他："为啥别的地都入了社，一定要留这块地？"孙老汉本来可以直截了当把他的想法说出来，可是他又觉得他的想法，讲不出口，告不得人，于是便拉扯些旧事，向云山说道："你可知道我这几亩麦地，是怎么来的呀！真是背日头熬星星，我和他妈，风里雨里给'三盛堂'受了一辈子苦，该吃稠的吃稀的，该穿新的穿破的，就这么苦熬苦挣……"

云山听孙老汉说着，虽然这些都是实情，但觉得这并不是他坚持留地的真正意思,便打断他,解劝道:"大叔,别说那些陈话了,过去你受的苦,谁也知道,以后,保险你不会再受苦了!"

"那可说不定!"孙老汉瞪宝生一眼,"照他们这样,以后拉讨吃棍都是有的!"

云山摇着头说:"世事不一样了,土地改革消灭了'三盛堂',现在又办了农业社,以后的日子,只有一年比一年好。给你说你不信,你看咱社里,去年还有几户缺口粮,今年就一户也没有啦,以后还要比这好!你的这块麦地不入社,还归你种,不要说这一块,就是春起宝生入到社里的秋地,你要不愿意入,收了秋还可以抽回去哩!"

孙老汉安了心,收敛了愤怒,坐在板凳上,叹息着说:"入了的地,咱不管了,你大叔老啦,没有年轻时候担一百二十斤的那本领啦,全抽回来谁种呢?年轻人愿意入,入吧,我只留这块麦地就对啦!"

"好吧!"社长虽然还没有完全猜透他留地的意思,但还是答应了,笑着拍着孙老汉的肩膀说,"回去吧,再不要和宝生吵啦!"

老汉站起来,又叮咛道:"好,这可是你社长亲口许可的,以后出了事,我可还得麻烦你!"

社长点着头,正送老汉出门,宝生走过来挡住说:"爹,你把地留下了,我也有句话当着社长说清楚,这块地留下可得你一个人种,我们可不管!"

老汉刚息了怒,听宝生一句话,又把眼睛瞪亮了,嚷道:"娃娃,你爹活了六十几,养活你们大小五六口,也没叫人抱过扶过,不用怕,胳膊腿能爬的时候,累不着你!"

社长走过来,用手捅捅宝生,扬了扬眉毛,意思叫他少说两句,回头对孙老汉说:"大叔,不要听宝生说,他要有闲时,谁肯信他能在家里睡觉。"

老汉临出门,还不住嘴地嚷嚷:"干不干在他,人家这阵是啥人,我还敢动用!"

父子俩闹了一场,结果还是依了他爹,把五亩麦地自留下了。依媳妇的想法,以为留了这块地,大概往后就不至于再争吵了,岂不知这块地,才算留成了惹事根。爹终归是上了年纪的人,三天腰痛,两天头昏,五亩地,应名是他种,实际耕呀锄呀的,还是得宝生和媳妇动手。宝生因为没有把麦地入到社里,已经觉得好似矮人一头了,如今又要他下地种这五亩地,干着干着就来气,每次下地都得吵。今年春起,宝生因为忙着领导锄社里的麦地,把爹的麦地迟锄了两天,爹把宝生叨叨了个够,说年轻轻的坏了心,端自己的碗,吃自家的饭,操心外头不管家。说得宝生真有点受不住,硬硬顶了他几句,老汉就气得饭也不吃了,挟起被子跑到大闺女家,一住几个月,前几天过端阳节,都还没有回来。

这一年,宝生的处境也真难,要不听爹的话,事情来了就先吵,一次一次的争闹,确实也有些心怯了,不是早有人在背地说他糊涂,不孝敬老人么;要处处听爹的话,在社里落个啥名声呢?

不是早有人背地里猜疑,说他爹闹着留地,是他背地使主意么。眼下社里那么多麦子收不回来,就先抢着去收割爹那五亩自留地麦子,人们又会说:"哼!大公无私,说得挺漂亮,总是看见自己的东西比大伙的值钱!"宝生愈想,愈觉得不能先去收割爹这块麦子。这时,媳妇又提出个办法,让宝生去找社长请假,因为云山从头至尾,了解这件事,请半天假,他不会不准。

宝生站起来,狠狠拐了媳妇一头,说:"你去,我不敢去,社里的事,社长一个人做得了主吗?"

"这样说,那几亩麦子是没法割了?"媳妇仍在不安地问。

宝生没吭声,推开西房,进去睡了。割麦的事,两口子没有谈出个长短。

第二天,宝生和媳妇又都上社里的地里割麦去了。当天上午,宝生爹从闺女家回来了。

孙老汉走进村,一眼就看见场上堆着小山似的麦垛。他想着自己那五亩麦地,家也没顾回,便先跑到地里看了一遍。回来时,脸色大变,一路走,一路叨叨,先骂儿子不听话,后骂媳妇不孝顺,随后,连自己也骂起来,一直从地里叨叨到家里。

天黑了,宝生和媳妇都还没有回来。房里,只有刚从托儿组抱回来的小孙女在炕上睡觉。

孙老汉骂了一阵,兴致也不大了,想起往日一次一次给儿子说的话,宝生没有认真听他一句,不禁伤心起来,颓然坐在门口台阶上,满腹的不满和伤感,好似夜色一样,一会比一会浓起来。他觉得，在这个家庭里，只有他，才是真正关心一切的人。儿子和媳妇，好像全不把这个家放在心上，全不知道成家立业的艰难，把地入到社里以后，还要把自己的牲口也牵到社里，积的羊粪也担到社里，张口社里，闭口大家，心里全没有这个家了。他也曾处处暗示儿子，做事要多一个心眼，不要那么憨，出头的椽子总是先烂。地入了社，牲口不必抢着入，因为入社的人，也并不是家家都养牲口，可是宝生不听他的，嫌他管得太多，不管不说行吗？他总是一心一意想着这个家呀！他的这种关怀，并不能被儿子所理解，就说留这五亩麦地吧，他的一番心思，都还是为了儿子打算，他觉得农业社办得虽好，总是公众的事，去年收成好，哪里是用啥新方法耕种，依他看，那完全是碰上了好年景，俗话说：种在人，收在天，万一碰上个天高缺雨，收成不好，自己不留个后手，光靠社里打下来的几颗粮食，全社几十户人家，几百口子人，够谁吃？还不是跟上饿肚子？因此，他主张土地虽然入社，但必须自留一两块顶硬地，以防不测。可是宝生不省事，全不往这里想，口口声声抱怨他留错了，不该留，到底错在哪里呢？老汉在心里生气地说："我五六十的人了，还能再活五六十？还怕把我饿死？我一颗心，也还是操在你们身上，也还是为了你们好呀！"

他正想得伤心，大门外，一阵铃铛乱响，羊回来了。满院子乱跑乱撞，有几只闯进了房里，有几只爬上窗台，孙老汉提了根棍子，一边赶羊，一边叨叨："看，我今天要不回来，羊回来都没人管,还不得闹翻天!"他叹息着,刚刚把羊赶进圈里,小孙女在房里哭了起来,他又发了毛,骂道,"都死心了,这阵都不回来,就不知道家里有娃娃!"

他又走到大门口去照料,小孙女在房里越哭越凶了。他心焦地跑回来,进房里把孙女抱在怀里,一面摇着说:"呵,心肝,饿啦?"一面又气狠狠地朝门外骂:"一个一个都不长心!"

正在这时,门口有个人影一晃,是媳妇回来了。

孙老汉带着很大的气,说着反话问道:"呵哟,你们还知道回来?"

媳妇看见是爹,先吃一惊,赶忙问候了几句,便接过孩子来,坐在地上喂奶。

孙老汉跟着问:"宝生呢?"

媳妇不敢说宝生正往回拉社里的麦子,拐了个弯说有点事,一阵就回来。就这样,老汉的毛火还是冒开了,大声嚷着:"一年三百六十天,没有一天他不忙,我问你们,你们到底忙的是啥?自家一共种了五亩麦,到如今没收回来一根,我真不知道你们操的啥心!"

媳妇不敢回嘴,心想:知道迟早有这么一场嚷,嚷够了也就不嚷了。低着头,不作声,只顾给孩子拭鼻涕。

孙老汉嚷了一阵,刚住了嘴,宝生回来了。父子俩见面,说了没有三五句话,孙老汉便狠声狠气地问道:"那几亩麦子,你们还打算要不要?"

宝生说："谁说不要？"

"要，就把它拾掇回来，叫长到啥时候哩？"

宝生带点受委屈的声气，解释说："你看我们是闲着耍，不给你割，要有空呀！"

"没空就不收割啦？"老汉冷笑两声，讥讽道，"哼哼，入农业社好，自己的几亩麦子都没空收，这就是那好处！"

宝生回道："还说哩，这还不是你留下的害！"

"这是我留下害啦？打下粮食光我吃哇？"老汉气得连连拍着炕皮，"对，明天放把火烧了，不用要了！"

媳妇见父子俩声音都提高了，担心又会吵得下不来台，赶忙跑过来，给宝生使个眼色，轻声抱怨几句，制止他再说下去。然后坐到爹跟前解劝说："爹，你别急，我们腾出手来，就收割！"

老汉猛回过头来，大声对媳妇道："我还不急？等下场雹子打了，急也迟啦，知道你们这阵是腰粗啦，入了社，发了财，还能看起那两颗粮食！"

媳妇正笑着赔话，门外有人叫宝生。

孙老汉接声向门外喊道："是云山吗？请进来吧，我正要找你有话说！"

果然社长云山进来了。满脸堆着笑，探身坐在炕沿上，便问候老汉哪阵回来的，在闺女家住了几天。

孙老汉也不回答，劈头就问："云山，你们年轻人，真会办事，你们社里的麦子哪天才割得完，到底叫他们哪天给我拾掇那几根庄稼？真是要等着叫雹子打了看好看？"

"看你大叔说到哪去了！"云山笑着，带些责备的意味说，"当初我劝你不要留这块地，就怕忙时候里里外外顾不来，你不听我说。既是种上了，当然得收，还能叫丢了？不怕，社里的丢不了一颗，你的也丢不了一颗！"

"别说那些好听的，"老汉摇着头，厌恶地打断了云山的话，盯住问道，"你说叫他们哪天给我收割？"

"你说哪天就哪天，由你！"云山来了个碗大汤宽的回答。

"明天就割！"老汉决定着。

宝生插进来，拒绝道："明天不行！我们队上刚头一天实行包工，我不能不去！"

云山对宝生使了个制止的眼色，转向孙老汉，肯定地说："大叔，我说能行就能行，社里再忙，抽一两个人，误一天半天的，不在乎！"

老汉见云山说话的神态，并不是随便说笑，回答了一句："好吧！"便溜下炕来，到院里不知干啥去了。

宝生蹲在地上，好似有满腹委屈说不出口，叹着气，恼恨地拍着膝盖，向云山表白道："云山哥，我这算干啥？社里决议了啥，轮到我名下就出事，因为留这块地，听了大家多少话柄。这回，队上刚包了工，明天我先不能下地，我这做的啥工作，连自己的门槛都迈不过！算啦，算啦！"宝生连连摇着头，眼泪花花地说道："我干脆退了社算啦，叫众人也少说些闲话！光自己积极，家里人不给你使劲，也是跑不到前头去！"

云山也深深叹口气，同情地解释道："老人都是一样，有啥法子呢？只有慢慢教育，把农业社搞好，让社里多打了粮食，大家一心朝前走，他就心服了！"

宝生痛苦地叹息着："唉！我没有遇上个好老人！"

云山摇着头："事在人为，你以后遇事，也不能太着急，该忍让处，还得忍让才行！"

两人说着话，不知啥时候，孩子在炕上厮下了屎，宝生不小心坐上去，弄脏了自己的布衫。宝生正没好气，伸手在孩子屁股上给了两下，孩子哇的一声哭起来。媳妇走过来，生气地说："哪里生的气，往孩子身上使！"

孙老汉从门外进来，也接着骂宝生道："你会打，来，把我打上几下，气出不来，不要欺侮不会说话的哑巴！"

宝生拿过腐脏了的衣裳，狠狠往地上一摔，说："跟上你们，倒了一辈子霉啦！"

"你说啥来？娃？"爹又严声厉色地问。

云山赶忙扯着宝生的手，说："有啥吵的，刚才我说你啥来？走，到社里去，我还有话和你说！"

社长扯着宝生走了以后，到吃饭时都没回来。爹因为生了气，早早就跑到东房里睡了，饭也没吃。媳妇因为等宝生回来，到西房里照顾孩子睡了觉，便取出她的日记本本，在灯下算着她的工账。

等了一会，宝生回来了，媳妇忙问社长和他说啥来，明天给爹割麦的事，是否有更改。宝生一面脱鞋上炕，一面高兴地告诉媳妇说，明天社里要打头场麦，云山说家里那五亩麦，三个人割也用不了一天，让咱俩明天早晨早起来一会，把场上的麦子都摊开来，晒一前响，中午下地的人回来，不误打场。

媳妇笑着点头，表示赞成这个决定，随后好似卸去一副重担似的感慨说："罢罢罢，只要把爹这几亩麦割回来，大家就都歇心了，不然爹整天生气，我们还得跟着挨骂，社里的工作也做不好！"

宝生也随着大声说："这一年可把人烦透了！"

媳妇推宝生一下，往窗外努努嘴，意思要他小声说话，免得东房里爹听见，又惹麻烦。

宝生刚住了嘴，东房里便传来了两声干咳，老汉喊着问："是宝生回来啦？"

媳妇用手把宝生戳两下，恨了一眼，忙回答说："是哇，爹，有啥事？"

老汉又问："云山叫他去，说啥来？"

媳妇小声对宝生说："快给说说，就说是叫明天割那五亩麦子！"

宝生有意不开腔。爹在东房里又连喊着问了几声，宝生才不耐烦地，重重回道："有啥问的，叫给你割麦子！"

老汉的声调提高了，显然是又发了毛，说道："啥是我的麦子，割不割由你们，用不着这么求爷爷拜奶奶地叫你们为难，从今往后，你们说怎就怎，我不管了！"

东房里，突然静了下来，接着传来几声长叹。媳妇小声抱怨着宝生，说："你尽是生事，今黑夜不想睡觉了是不是？"

宝生没再说话，躺下去睡了。媳妇坐着听听东房里，也没有什么响动了，才吹熄了灯睡下。刚好这时，院里羊圈门哗啦响了一声，爹在东房里又喊着说道："宝生，睡下了没有？看看是不是羊把圈门顶开了！"媳妇笑着推推宝生说："听，刚说不管了，又叫喊。你快起来出去看看，不然你这觉睡不成！"

宝生扭了下身子，不去，媳妇只好点着灯穿了衣裳出来，走到羊圈门上看了看，向着东房里说："爹，关得好好的！"正要往回走，老汉又说："你找根棍子，把门给顶牢些，不然半夜会跑出来！"媳妇一边找木棍，一边心里说："关得好好的，硬要叫拿棍顶住，怨不得人家嫌你整天闲事太多！"

第二天，孙老汉因为生了儿子的气，破例多睡了一个时辰。等他起来时，太阳已经一竿子高了，宝生和媳妇，也已经把社里的麦子，全都摊晒在场上。幸好这件事孙老汉没看见，否则又得叨叨一早晨。

吃毕饭，三口人都下自留地割麦去了。

满天没有一丝云彩，太阳好似瞪起眼睛地在晒，大地上，风尘不动，蒸笼里似的闷热，割不了几把，就热得通头到脚地淌汗了。

孙老汉割了一阵子，耐不住太阳的毒晒，坐到地边树荫凉里歇腿去了，地里只留下宝生和媳妇。媳妇三把两把割到宝生跟前说："因为这么几亩麦，父子们闹一场又一场，你看能打多少？"

宝生揩一把汗水，展展腰，说："一亩打五斗，足啦！"

媳妇说："比社里的少打一半！"

宝生笑笑说："不是这样，还算啥农业社！"说着，又拭一把汗，抬头看看天，担心地说，"今天热成这样，我看免不了有一场雨！"

媳妇也担心地说："下猛雨倒不怕，就怕老天下雹子！"宝生又看了看天色，说："今天盼它连猛雨也别下，场上那麦子好好晒一前晌，下午就好打好装了！"

快到晌午的时候，突然，天色变了，从西南山头上，涌起来一块带雨的乌云，眼看越来越大，霎时，漫遍了半个天空。强烈的阳光，被乌云掩住了，地上阴暗起来，跟着起了狂风，天空的云层被赶得马似的跑，麦田里扬起了灰尘，割下的麦子被狂风掀开了，满地飞舞，树木猛烈地摇摆着，发出嗬嗬嗬的响声。

宝生看着天色的变化，心里早已非常不安了。他无心再弯下腰，一把一把地割麦，他想着场上晒着社里的满场麦子，不时地停住手，呆呆地看着天色。

孙老汉见大雨要来了，忙催宝生说："快别割了，先把割下的往一块捆！"他见儿子呆呆地在大风中站着，跑过去推了一把，骂道："瞎眼啦，看不见雨来啦！"

宝生勉强捆了两捆，眼看雨云越来越重，西山那边，已经灰蒙蒙起来，便跑到媳妇跟前，着急地说："场上的麦子要淋雨，我得先回去！你照顾爹！"说罢，还没等媳妇回话，早已飞开大步，跑了。

孙老汉在后面喊："宝生，宝生！"一阵卷着尘沙的狂风吹过来，宝生已不见影子了。

狂风呼喊着，刮得人睁不开眼，站不稳脚，大地越来越阴暗，带雨的云层，随着风势，向前推进着，电光在天空闪着，一声震耳的炸雷，带来了铜钱大的雨点。眼前的山影、树木、麦田，越来越模糊，一霎时，一切都被雨幕遮盖了，变成了灰蒙蒙一片，一片哗啦啦的风雨声。

媳妇把爹拉到一棵大树下，两人的衣裳都淋得水湿了，孙老汉一面拭脸上的水，一面骂："老天都要人的好看，迟不下，早不下，偏偏今天浇这一场！"

雨越下越大了。忽听见大路那边，有一大群人吵嚷着，飞跑过来。先头跑过来的，是社长张云山，通身淋成个落水鸡样。宝生媳妇在树下喊道："云山，云山，快来，避避再走！"

云山站在雨地里，回头定睛看了一看，见是宝生媳妇在树下喊，便挥着手，慌慌忙忙地回道："场上晒的麦子，我得快回去看看！"

媳妇大声说："宝生早回去看了！"

云山三步并两步跳到树下来，缓了缓气，说："他回去就对了，要是把这一场麦子浇坏，社员们就有意见了！"

雨渐渐小了。云层迅速掠过麦田，涌向东北方山那边去了。西天上，又露出来蓝天。这时，社里装着麦捆的大车，从泥泞的路上滚了过来，后面一群人推拥着。云山对孙老汉说："大叔，把你那几捆麦也放到车上捎回去吧，回去摊开晾一下，放到地里会生芽！"说着，脱鞋跳到地里，把麦子捆好，帮忙装到大车上。

大车前面走了，云山又向孙老汉打趣说："大叔，回吧，今天是割不成了，这是老天不让割，可不是我不叫给你割哇！"

孙老汉叹口气，无可奈何地站起来，和云山相随着往回走。

云山故意问道："大叔，你看咱社里的麦子，今年长得好不好？"

孙老汉往车上瞅几眼，麦子确实长得不错，他那几捆麦子捆在上面，无论从颜色上、穗子大小上、长得高低上，都比不过社里的麦子，他曾经估计自己的麦子能打到六斗，根据这个估计一比较，社里的打一石还要挑头。他不愿意评论，因为这样，会证明自己留地，完全是一种自找苦吃的不高明打算。于是他含含糊糊地说："如今的事，我也说不清了，一切都不依老规矩来了！"

云山看出了他的心意，故意问道："大叔，你到底为啥要留这几亩地？"

孙老汉不言语。

云山来了个开门见山："大叔，你留地的意思，我猜着八九成了！你放心，就是不留地，农业社也叫你饿不了肚子！"

一句话，说得老汉真窘。他还想为自己这被人识破的秘密辩解几句，忽然前面走着的大车，陷在稀泥里了。云山丢开孙老汉，几步跑到前面，帮忙往出推车。孙老汉踌躇了一下，也急忙跑了上去。因为满地泥泞，跑了没几步，就"扑通"跌了一跤，差一点跌在路边的泥沼里。

大车从泥坑里被推出来，又平稳地前进了。这时，太阳出来了，东边天空上，印出了一条光彩夺目的长虹。

宋老大进城

/// 西戎

一

大清早，赶车的宋老大，把骡子牵出来，把铁轮车套好，见老伴还没有来，便跑进农业社办公的东屋里，找张会计拿买牲口的款子去了。

张会计把一捆包扎得四棱四整的票子，递到宋老大手上，打趣说："老大，带上钱，路上操心些，要碰上坏人把你拾掇了，咱社里的两匹骡子，可就连根骡毛也见不上了！"

"哈哈……"宋老大满不在乎地摇摇脑袋，笑道，"拾掇了算啦，我也活得有几岁啦！"

"不到社会主义啦？"有人在旁边故意逗乐。

"怎么不到！"宋老大反驳着，"只要死不了，总得到社会主义过活几天。后生们，你们别看我老汉老了，到了那时候，嘿，我宋老大说不定就不赶这倒霉大车啦，还要学学开汽车哩！就比如今天进这趟城，我开上汽车，叫我老伴坐上，呜嘟嘟一溜烟，看那有多带劲……哈哈……"

有个女人的声音在窗外喊："爹，爹，我妈来啦！"

宋老大向屋里人挤了挤眼："没工夫和你们闲磨牙啦，不然老东西又要生我的气哩！"说着，提上鞭子，装上票子，忙慌慌地走了出来。

老伴早已坐在车上。见宋老大连说带笑地走过来，沉了沉脸，低声埋怨着："好神神哩！穷说，穷说，整天就说不够，多亏嘴是肉的，不然早叫你说烂了！"

宋老大早已习惯了这种指责，依旧笑着解释说："你看我话多，可没有一句多余的，就说你今天进城吧，要是能听我的话，不就节约十块钱！"

"说的比唱的都好听！"老伴有些毛了，提高了嗓门说道，"你也不想一想，我们娘儿俩，一年挣二三百劳动日，穿件新衣裳，你都心痛，等村里过会的时候，光着屁股在街上跑，你脸上就光彩了！"

"和你说不成！"宋老大无可奈何地摆着手，说，"你这思想呀，离社会主义还差十万八千里哩！"

这时，张会计从门里跑出来，打断他们："快走吧，早些进城，今天要办的事可不少哇！我还想起一件事来，记住到农业技术训练班，看看咱们副社长张方奎，告他说，咱们社里的丰产棉花，有四五十亩起了虫，问问他，看有办法治没有！不然，今秋里一百二十斤的目标，可就难达到了！"

宋老大说："早知道这么多要办的事，你给我开个单单就好了。"

张会计往坐在车上的小秀看了一眼，说："不怕，你记不住，还有你们小秀哩！"

小秀坐在她妈身边，不好意思地小声说："别靠我，我不管！"

张会计意味深长地向小秀努了努嘴，正要说什么，宋老大接上来问小秀道："你进城去干啥？"

"有事！"

"社里的活儿那么忙，有事我还给你捎办不了？"

"嗯！"小秀回答着，看了她妈一眼，脸突然红了，往后甩了甩头发。

"走吧，走吧！"老伴催着宋老大，"啥事你都要问一问，要问那么清楚干啥？"

宋老大从老伴的眼色里，好似窥察到了点什么东西，但又说不出来是什么。他仔细看看闺女，闺女这时也瞅了他一眼，嘟起个嘴巴，样子很不高兴。他没敢再往下问，扬起鞭子来，重重抽了辕骡一鞭，心里说："误上两个劳动日，看你们进城能干点什么！"

车子出了村，上了大路。大路两旁的秋庄稼，长得真叫宋老大心里喜欢。多少年来从未有过的丰收,就要在宋老大他们的社里出现了。宋老大心里笑着,两只眼不住地四处看着。刚才的一点不愉快,早已烟消云散了。这时,每块庄稼地里,都是成群结伙的人在干活,只有单干户王发祥的棉花地里,发祥老婆领着两个露屁股孩子,在打整棉苗。宋老大"噼啪"响了一鞭,大声喊道:"喂,老婆儿,怎么你一个人单干哩?老汉干啥去了?"

发祥老婆直起腰来,见是宋老大,回道:"背了二斗麦子,进城粜去了!"

"为啥不早说话,"宋老大笑着说,"有一石也能给你捎进城里!怕我贪了污哇?"

发祥老婆叹口气,说:"那人的脾气,你又不是不知道,人家说:既不入社,就不沾社的光!"

"这怎么是沾光,这叫互助嘛!"接着宋老大又大声问,"你还有捎的没有?今天我可是给农业社置办家当去呀!"

发祥老婆说:"捎的倒有,就是缺票票!"

"没票票不怕,"宋老大故意挑逗着,"把麦子再装上两布袋也行!"

发祥老婆有点伤心地说:"看你个死老汉,说话多腰粗,你还不知道我家的麦子打得不好!"

宋老大还要说什么,小秀赶忙提醒他:"爹,快走吧,你看太阳多高了!"

宋老大看了看太阳,轻轻给了辕骡一鞭,车走动时他还继续喊着:"老婆儿,你别难过,等我有了空,好好把发祥哥那老脑筋通一通!"

老伴不耐烦地推他一掌:"好神神哩!走吧,走吧!真爱管闲事,你还不知道能活几百年!"

宋老大向老伴笑了笑,没有说什么,随手抖了抖缰绳,鞭子又清又脆地在骡子头上响了两声,铁轮车拖着一溜尘烟,隆隆咚咚地向城里去了。

二

宋老大的铁轮车上,今天拉的是一车麦子。这是社里公积金的一部分。按照供销合同,宋老大今天把麦子送到供销社,再把添置的各种生产资料拉回来。大凡社里的这种跑外办交涉的事,都是委托给他来办的。除了公事,社员们有些私事,他也挺热心管一管,诸如到银行存钱啦,到卫生院问病啦,等等,因此,大家给他安了个新头衔,喊他"外交官"。宋老大也真像那么回事,嘴爱说,肚里知道的事也很不少,不论碰见什么样的人,他都能和人家说得很投脾胃。特别是和年轻人在一块干活,只要他一开言,管叫你干一天活都不觉累。老伴经常嫌他胡儿八杈五六十的人,说话没老没少,宋老大却不以为然,按他自己的说法,这才叫越活越年轻了。

宋老大在社内的职责,是光管赶车跑外,照料牲口。可是他对这一点并不满足,按他自己的说法,他也算是社里的"急进分子"，每次社干们开会，不管需要不需要他，他都自动跑去参加，而且每次在会上，都是积极发表意见。社内有些事，别的社员怕得罪人，不敢反映，通过他，社内的领导干部们，倒是了解、掌握了不少情况。因为这样，宋老大虽然不是社干，但是每次参加社干会议，也从没有人提出来反对。

宋老大受到这样一种特殊待遇以后，他的劲头更大了，分内的事，当然管；与他关系不大的事，他也得要过问一番。譬如有一次，副业组的人一时疏忽，叫老母猪压死两条刚出生的小猪儿，宋老大整整嚷了一天，回到家里，还把闺女小秀训得哭了半夜。又一次，有个社员搞坏一张木锨，宋老大直嚷得那个社员在会上检讨了两三遍。诸如此类的事，说也说不完。他这样多管闲事，社员们并不讨厌，反而觉得社里经常有这样一个敢说敢叫的人，反倒提醒着大家对公共财物的爱惜。

可是宋老大自己也犯过过失。那是今年春起，他赶着大车往地里送粪。车子上了路，他趴在车顶上睡着了。过桥时候，车子没人看，车轮碰在桥沿的石条上，碰断了车轴，还差点把他从车顶上摔下来。这件事，用不着社员们说话，宋老大已经觉得没脸见人了，自动包赔了损失，会上会后，见人就唉声叹气地检讨。按宋老大的想法说：虽然我老大做下错误了，但是对待错误的态度，也得够个"急进分子"。

三

大车进了城。

因为逢集，今天的人比往日多，街道两旁，早已撑满了布棚，摆满了瓜果摊子。宋老大拢着牲口，响着鞭子，不住地吆喊，好像钻高粱地似的，费了好大劲，大车才从拥挤的人群里，滚到了供销社的门口。

宋老大刚拢住牲口，耳边听见有人说："嘿，这老汉赶车，真有两手哇！"

宋老大看了那人一眼，摸摸小胡子，自信地说："没有这么两手，我们社里几十户人家，也不会推举我赶车。"他向那人伸着三根指头："不是吹，赶车三十年啦！"

"拉的啥？"旁边又有人在问。

"麦子！"

"都是你自己的？"

"有我的一份！"宋老大傲然地回答着，爬到车上去解捆绳。

"打的真不少呀！"旁边的几个人，同时赞叹着。

"这没有几颗，"宋老大一边解着捆绳，一边自豪地说，"我们社里今年卖的余粮，比这多十几倍哩！你们那里统购任务完成了没有？"

"完成了统购还有些长余，"一个中年人说，"我还以为今年可算增了产了，可是比起你们来，还差得远哩！"

"还是农业社打粮食厉害！"旁边的人称赞着，都用羡慕的眼色望着车上的麦口袋。

此刻，供销社还没有开门，来买东西的农民，都挤在门口嚷叫着，抱怨着。宋老大解完了捆绳，从车上跳下来，从人堆里挤过去，嘴里嚷着："真官僚哇！怎么这时辰还不开门！"上前照着门扇，"空咚空咚"踢了几脚，大声喊道："开门！"

"谁？"里面有个声音传出来。

宋老大把嘴对住门缝，大声说："五星农——业——社，快开门！"他把"农业社"三个字，说得格外有力，然后回过头来，用夸耀的眼色看看周围的人们，仿佛要给大家这样一种感觉：农业社这块牌子，走遍天下也是挺硬！

不一会，果然门开了条缝，从里面探出半个脑袋来，不满地说："等一等，还没到钟点！"

宋老大紧接着回道："没到钟点也得开，今天是逢集呀，为啥不把钟点提得早些？你们住在城里看钟点，我们乡里可是看太阳。瞧，太阳都多高了？我们老远跑了来，你以为是没事干，进城闲逛啦？我们也是有工作要办呀！就拿我来说吧：交了麦子，还要到牲口市上，瞅两匹头等骡子，还要到训练班看我们副社长，七弄八弄，天就黑了。我们农业社，就再拿我说吧：从早忙到天黑，到黑夜你能说不是睡觉的钟点吗？可是我不能睡，一黑夜总得爬起来三次喂牲口，'马要好，吃夜草'，看看，要不是我夜夜不睡，我们社里的牲口，能吃得滚瓜溜圆吗？你们到这阵还不开门，是为人民服务吗？……"

门缝里那颗脑袋，晃了几下，突然缩了回去。门外的人，哄的一声都笑了起来。

宋老大得意地摸着小胡子，说："群众的意见，没错！"

不知是到了时间，还是宋老大的批评发生了效力，不多一会，柜上的门打开了，人们吵嚷着拥了进去。宋老大动手从车上往下搬口袋，这才想起闺女和老伴来，他四面瞅瞅，小秀不见了，只有老伴坐在街沿上，东瞅西转看新鲜。

宋老大问："小秀呢？"

老伴很不高兴地回道："我又不拴着她！"

宋老大指指车上的口袋："这叫我一个人怎么往下搬？"

老伴并不同情，讥讽地说："你会说嘛！还愁搬不下口袋来！"

宋老大吃了个软话头，再没多话，进柜台里面叫来两个售货员，把麦子口袋从大车上扛下来，放在门口，排成一行，等着过磅。

从四乡来的买东西的卖粮的农民，越来越多了，等着过磅的行列，越排越长，宋老大本来是排在最后，不多一会，他后面又排了一长条。他向后看看，有的担着，有的背着，谁都没有他们农业社这么大气派。顺次排在后面的人，用惊奇的眼色，望着宋老大屁股下面小山似的麦口袋，不安地说："看那人的麦子，等他一个人过完磅，准得一天！"

又一个年轻一点的人，无可奈何地接着说："倒霉，来迟了一步，前头排了这么大个主儿！"

宋老大听着，站起来，招呼着说："老乡，别发愁，我可以让你们先过磅，多让少，才叫好！"

"你是哪村的？"那位年轻人问，感激地望着宋老大。

"哪村的？"宋老大故意不马上回答，反问道，"看不出来吗？谁能打这么多的麦子？"他见年轻人笑着，摸着脑袋，好像是猜不出这个谜来，才认真回道："张家庄五星农业社！"

人们一听说农业社的，都好像看见了早就盼望着的东西，后面的人，都拥上前来，围在宋老大身边，七嘴八舌地询问社里的情形。有的问今年共打了多少麦子，有的问社里有多少户数，还有个老汉，居然提出个叫宋老大发笑的问题，他问：入了社，是不是要在一块吃大锅饭？

宋老大本来爱说，经大家这么一问，立时精神全来了，他把烟袋往裤腰带上一插，站在麦口袋上，像个演说家似的，指手画脚地开了讲。老伴跟宋老大过活了一辈子，最使她头痛的，就是说起话来，把什么也忘记了。这时，她不时地用眼色制止他。可是宋老大哪里还顾得了那么许多，嘴早收不住了。他讲他们如何建社，如何评产、评工，如何春耕播种，使用新式农具，如何打井种棉，如何麦子复播密植，合理施肥，讲求技术；又讲社长张方奎如何能干，并且也把他自己碰坏了车轴的事，从头讲了一遍。老伴远远地用嘴撇他，意思好似说："不嫌害臊，还有嘴往出说！"宋老大也瞪了老伴两眼，意思也好似说："这都是经验，叫他们听听有啥不好！"

宋老大讲完了社里今年麦子丰收，大家要求看看麦子，究竟长得好不好。他打开一条口袋，伸手进去抓了一把麦子出来，摊在手里，转着身子，好让围在他身边的每一个人，都能清清楚楚地看一看。

滚圆的麦粒，在宋老大的手心里滚动着。听见大家连声啧啧地叫好，宋老大心上，真比六月天吃冰都舒服，他继续给大家讲述麦子丰产的情形说："这是我们副社长张方奎的功劳，他号召大家小麦密植，我们把早先的两条腿耧，改装成三条腿，这一来，行行距离窄了，苗苗就加多了。光这还不算，春起，麦子刚炸垄，上面来了报，说是什么寒流来啦，那几天，没眉眼的黄风，整整刮了几天，天气阴沉沉的，一阵赶一阵冷，到了后半夜，那股子冷劲哇，鼻子尖都能冻溜了。方奎下午传了锣，叫社员们黑夜不要睡，全体出动防冻。你们听过吗？冻还能防住，可真是就给防住了。共产党员、青年团员们带头，往麦地里背了半夜柴草，天快透明的时候，广播筒一喊，方圆四五里，一下都冒起烟来，铺天盖地的烟，把麦地罩得什么也看不见了。到太阳出来以后，烟散了，麦苗仍然绿挺挺的，一苗也没冻死。我们的麦子到抽穗的时候，我们副社长又研究出来个新办法，说要试验麦子受粉。方奎真是个能人，整天就是看书翻报地想事儿。你们不懂受粉的意思吧？就好比男人要和女人结婚，才能生娃娃。我们听他这一讲，就懂了道理，找了几十条绳子，两个人牵一条，搭住麦穗，从这头拉到那头，穗头碰穗头，这就是受粉。我们村王发祥那些单干户，不信我们的新办法，产量就很低。不信你们明年试试。不管怎么着吧，麦子总算收得不错，比往年，一亩多收了一百二十斤。瞧，这颗粒，多饱满，多大，一斗麦子，就拿出面来说，也比别人家的多出三四斤，蒸下的馒头，咬到嘴里也特别有味。这都是我们试验了的。老人们说：工夫没有白费的，这阵，光会死干活，不用新方法，也是有钢使不到刃上去……"

宋老大正说得起劲，猛不防，背后有人推了一掌，回头一看，是老伴。

老伴生气地说："好神神哩，嘴也说干了，快过秤吧！"宋老大看看前面，前面的人早都过完了磅，正轮到他名下，赶忙摆着手说："不说了，你们有空，请到我们农业社来参观，我们社的事，怕三天也说不完。"

麦子过了磅，验收员拍着宋老大的肩膀，把大拇指竖起来说："老汉，今天收这么多麦子，你这可算头份货啦！"

宋老大没有马上表示什么，习惯地又去用手摸着小胡子，用眼睛扫视着周围的人，好似说："怎么样，我给你们讲的不是吹牛吧！"

宋老大在柜上算了账，柜上有位同志交给他一张单子，嘱咐他说："这都是你们社订购的农具，你进后院去点货吧！"宋老大接过单子来，正要往后院去，老伴上来挡住说："你给我先把布扯下！"

宋老大说:"咱的钱还在银行存着,我腾不出手来,要不你自己去取!"

老伴说:"我可干不了!"

宋老大讥笑着:"干不了你就坐下等一会,办事情总得先公后私嘛!"正说着,听见有人喊他点货。

"来了!"宋老大大声应着,也不管老伴高兴不高兴,只管走了。

过了不多一会,宋老大把货点完,从后院出来,刚准备到银行给老伴取扯布的钱,忽然听见磅秤那面,有人大声吵嚷着。只听见验收员大声地说:"老乡,你这麦子,打二等是最公道的价格,你看看人家农业社这麦子!"

农业社三个字,又把宋老大的心抓住了,他想看看是怎么回子事,走到磅秤跟前,见有个老汉,弯腰从磅秤上提下一个口袋来,连连摇头说:"这个价,我不桨!"

"老乡,不怕不识货,单怕货比货,"验收员耐心地解释着,把手里捏着的一撮麦子,摊在那人面前,"你细细看看,人家社里这是啥麦子?你的要打头等,人家的该打几等?"

宋老大直往里面挤,很想叫那个卖粮的人看一看,他就是卖好麦子的那个农业社的。好容易挤进去一看,叹了一声说:"呵!原来是发祥哥呀!这有啥可争的,公家说多少,就卖多少,咱公家买麦子,等级、价格,订得公公道道,绝不会像商人坑人。你这麦子打二等,依我说就打足了,你先算算这账,我们社里,每亩麦子，光底肥上了多少？药剂拌种，两次追肥，地都是耕三遍耙两遍，种子，都是年时在地里选好的纯一色'和尚头'，一颗杂子也没有，说个黄，连一穗青的也没有了。老哥，你的麦子下过多少本钱？"

"我不敩行吧？"王发祥气恼了。

"买卖不成东西在，"宋老大并不生气，"如今咱们供销社，又不是粮贩子，说实在话，不挣咱的钱！"他给王发祥解释着，其实王发祥不肯听他这些道理，他也清楚，不过该说的，还是得说，王发祥不听，也该叫旁边看热闹的人听听，看看入了农业社的人的思想，到底是和单干户不一样。

王发祥呢，不管宋老大说不说，背起粮口袋来，吭哧吭哧地走了。宋老大在后面打招呼："发祥哥，外头敩不了好价，可以再背回来，不要流了汗背了来，憋住股牛劲又背回去，那可就赔了来回脚啦，你老婆子还等着你买东西哩！"

旁边的人都笑着，老伴跑过来扯住宋老大的胳膊："快走你的吧，你不是还要买牲口，好神神哩！"

宋老大一边走一边继续朝王发祥的背影说："要不是还有别的事，今天就非把你这思想说服说服不行！"

宋老大还要往下说，看老伴等得不耐烦了，这才伸手压了压装钱的口袋，往牲口市上去了。

四

宋老大在牲口市上逛了一趟，见来的牲口还不多，瞅了几圈，也瞅不下一匹入眼货。这时，他想起给老伴取钱扯布的事，便走到银行里取出来十块钱的存款。刚打算给老伴送去，忽然看见街旁边一个大门上，挂着块长条牌子：农业技术训练班。宋老大猛地想起了张会计临走嘱托的事：到农业技术训练班，看看张方奎，问棉花起了虫的事。他把脑袋一拍，高兴地说："要不看见这牌子，差点忘了大事。"于是便决定别的事都缓办，先去训练班找张方奎。

碰巧张方奎不在。训练班门上有位同志告诉他，说方奎的对象今天来看方奎，两人相跟着，刚出去不大一会。

这件事，真把宋老大搞糊涂了。他想了想：方奎没有听说找下对象呀！前些天，方奎的妈还和宋老大逗笑说："你大叔，方奎给大家伙把社办好了，大家伙可得多关心，给俺方奎瞅上个好对象啊！"如果说找下了对象，他妈能不知道吗？他想再细问问，门上那位同志已经走了。他心里说：管他哩，先把治棉虫的问题解决了再说。

宋老大返身出来，在街上找了两个来回，也没有找见张方奎，他心想：找不到他不找了，到农林科去问问段科长，他常下乡，治虫的方法他准知道。

到了县政府农林科的办公室，段科长也不在。房里有一位他不认识的工作员,告他说:段科长正在西房里,和两个干部谈话,叫他坐下等一会。

宋老大坐在椅子上,一袋烟没抽透,段科长推门进来了,看见宋老大,亲热地上来握手,问:"来干啥?"

"无事不登三宝殿,找你有件大事!"宋老大抽着段科长递给他的纸烟说,"我们的丰产棉花起了虫,社里张会计叫我来问问方奎,找了一趟没有找到……"

"你找方奎?"段科长笑着打断他,"他们在西房里,我们刚才正研究治虫的事哩!你去吧,我来给供销社打个电话,看他们还有多少'六六六'药粉,要是不够,还得连夜到省里去要!"

宋老大往西房里来了。本来治棉虫的事,他已经可以不必再去告诉方奎了,不过他很想看看西房里还有一个干部是谁,他猜想那"干部"准是方奎的对象,是哪个村的,一看就知道了。他走到了西房门口,果然里面有个女人的声音在说话。他正准备推门进去,猛地一下,他愣住了,里面那说话的声音,原来是闺女小秀。

小秀说:"我今天来,我爹都不知道是来干啥!"

"你真会捣鬼,"方奎的声音笑着说,"你爹那么爱管闲事,咱俩这件事,可算把他给瞒住了!"

听见闺女咻咻地笑了起来。

宋老大站在门外,感到说不出来的别扭。他愣住了,也不知道是该往里走,还是该往外退。正在左右为难,听见里面方奎又问:"社里这几天活儿紧不紧?"

小秀说:"秋苗按计划正锄三遍,你订的压三万斤绿肥的计划,也动了手,样样都顺利,眼下的大事,就是赶快想法子治棉虫!"

方奎说:"不怕,'六六六'一打就治了。"

小秀说:"我们不会配药,还得你回去一趟!"

方奎说:"好,我请个假!你渴不渴?"

小秀说:"你想买西瓜?"

方奎说:"今年节约了吧,等明年请你吃我种的米丘林西瓜!"

听见房里茶壶茶杯在响,宋老大赶忙返身往外走。刚走到大门口,段科长打完电话出来,喊着问:"老大,怎么走啦?"

宋老大又是摇头,又是摆手。三步并两步出得大门来,这才放慢了脚步。想着刚才的事,心里又高兴,又生气。高兴的是闺女悄悄找到了这么个好女婿,二十六七岁,肚里有文化,又懂新技术,青年团员,人才相貌,要哪头有哪头。不过使他生气的事,就是闺女不该长期地把这件事瞒住不告诉他。他认为闺女这样做,是把他看得太落后了,心里质问着:"我能干涉你们吗?你爹是那种封建脑瓜吗?"不过他又替闺女着想,年轻人,闹这种事,也许是不好意思当着父母讲,自己年轻时候,更不如他们哩!这样翻来转去想了一阵,觉得闺女倒是可以原谅的,反倒觉得自己今天早上逼着问闺女进城干啥,有点不应该,伸手把脑袋一拍:

"唉！看我有多糊涂啊！"

走到大街上，宋老大看了看天色，用手压了压装钱的口袋，直往牲口市上去了。

五

太阳偏了西，半后晌了。赶集的人，已经陆陆续续往回走。宋老大的老伴，这时孤单单地坐在供销社柜台前面的长凳上，把各色各样的花花布，挑选了一大堆，等着闺女来决定要哪一种，老汉把钱一付，撕下来就往家走。可是等一阵，又一阵，街上一群一伙的人，从面前走了过去，就是不见闺女和老汉的影子。她心里开始发躁了，想起老汉那张说不烂的嘴，又爱多管闲事，准是又在牲口市上坐住了。她生了气，便往牲口市上来找宋老大。

果然不出所料，牲口市上人虽然很多，但是宋老大在什么地方，不用眼睛瞅，只用耳朵听，就听见他又在高喉大嗓地开了讲。

东墙角上围着一大堆人，只听见宋老大在说："你这人，如今新社会，做买卖还能不老实吗？干啥也得实事求是，货真价实，你的牲口，有毛病，你就该早些给人家说清楚。叫人家拉回去，再拉了来，误了时间，还影响人家的生产，你这思想，离社会主义还差十万八千里哩！"

老伴好容易挤进人堆里，打断宋老大的话，生气地说："我的神神，说得啥也不顾了，看天色啥时分了？牲口还没有买成，数你办事情啰唆哩！"

"咱的早买好啦！"宋老大伸手指了指拴在旁边木桩上的两头骡子，笑着解释说，"这是给人家调解问题。"

人堆里一个戴草帽的人，对着一个光脑袋的人，着急地说："你看，人家老汉要走，这牲口是退给你呢，还是把价下一下，我们再拉回去？咱们快说成一句话！"

"拉回来我也是卖，"那人伸手在光脑袋上，不痛快地摸了又摸，说，"反正我做错了，下价吧！"

"好吧，"宋老大觉得把一件问题解决了，满意地说，"你们双方商量吧，只要实事求是就好办，我还有很多事情，我走啦！"到桩子上解下两头大红骡子，牵着从牲口市走出来，老伴跟在后面，不住声地抱怨，宋老大并不生气，习惯地解劝着："别着急，咱的车快，不用天黑就回去啦！"

老两口走到街上，顶头又碰上了王发祥，背上还背着他那一口袋要粜的麦子。

"还没粜了吗？"宋老大关心地问。

"不粜啦，背回去磨了吃！"王发祥生气地说。

"那你的东西不买啦？"

王发祥没有答话，混在人堆里往前走了。宋老大很想追上去劝劝让他粜了，被老伴一把挡住："走吧！走吧！人家的事用你操心！"瞪了他两眼，随即又抱怨起来："叫我等了整整一天，你走了见不上面，小秀也不知道回来一下！哼！"

老伴一提小秀，宋老大忽然把头凑过去，小声问："咱们小秀和方奎是——"

老伴故意顶他一句："你啥也知道，我不知道！"

"不用瞒我啦，今天我可是把锅盖揭开了！什么都看见了！"

宋老大正想把他看见的事告诉老伴，老伴突然用手把他捅了两下。他抬头一看，见方奎和小秀两个，说笑着迎面走过来。宋老大不好意思地偏了偏脸，有意不去看他们俩，小秀的脸红了，方奎赶忙搭讪着问："大叔，这骡子买得不错啊！"

宋老大笑着点了点头，不知还该说什么。从来不缺话说的人，这时也闹得挺别扭。多亏老伴开始抱怨闺女，嫌她走了就忘了扯布的事，这才把大家闹舒服了一点。

"走了整整一天，东西挑下一大堆……"老伴仍在不住嘴地抱怨。

小秀说："我有事哇！"说着把头发一甩，看看方奎，又转向她爹说："爹，我们有桩事要和你商量！"

宋老大瞅瞅闺女，再转眼瞅瞅方奎，心里说：真是难得的一对呵！连长的个子都差不多，这回可瞒不住我了吧？讲吧！你爹没意见！可是听听小秀说的事，并不是和方奎恋爱的事。

老伴等得着了急，说："你们父女们，办事真啰唆，我先前头走，你们快些来！"

小秀答应着，见她妈走了，便对宋老大说："爹，还有钱没有？"

宋老大说："要干啥？"

小秀说："我们要配一服药！"

宋老大吃一惊，忙问："是谁病啦？"

小秀笑了一笑，方奎解释说："不是有人病，是我在训练班里，又研究出一种治蝼蛄的法子，想配一服药试一试，如果成功了，就把咱们社的大问题解决了。你忘了，去年咱们社的谷子，叫蝼蛄咬断多少！"

宋老大虽然年纪大，但他对方奎的科学试验，一直是热心的拥护者与支持者。他说："钱都花完了，你们要早说，我好想办法呀！"

小秀说："现在还有办法没有？"

宋老大问："要用多少钱？"

方奎说："有个十来元就行！"

宋老大迟疑了一下，摸了摸口袋，说："身上还有我在银行取的十元钱，你妈要扯布，我看你们先用了吧！"

方奎担心地问："大婶生气怎么办？"

宋老大说："不怕，有我！"把钱从腰里掏出来，递给方奎。方奎去配药，小秀和她爹，一路往供销社来。

老伴先叹了一声："好神神吧，可算来了！"忙把小秀喊到身边，指着摊在柜台上的花花布："看，这样花好，还是那样花好？你挑一样！"

小秀说："妈，没钱了，买不成了！"

老伴惊得瞪着眼，以为是宋老大在牲口市上把钱丢了，急道：

"你把钱丢了,是不是?"

"看这老主观,"宋老大笑着指着老伴,"还没调查清楚,就给人下结论!"

小秀赶忙说:"妈,是咱社里借了用了!"

老伴气恼得一屁股坐在板凳上说:"村里过会只要你们能不穿,我死老婆子啦,还怕人笑吗!"

小秀安慰着:"妈,下回来再买也不迟!"

老伴瞪了闺女一眼,冲着宋老大说:"下回买,早知道这样,我误上一个劳动日白跑这趟干啥?"

宋老大说:"这可不能怨我,今清早我就有言在先,说不叫你来,你不听我的话嘛!"

六

太阳落了坡。西天边上的云彩,变成一片美丽的红色的时候,宋老大的大车回来了。车上装着解放式水车、新式步犁、圆盘耙、喷雾器……七股八杈,装了一大车。宋老大坐在辕杆上,高兴地唱着"干梆子",老伴靠在他的身边,沉着个脸,仿佛还在生气。

大车走到村边王发祥的棉花地边,王发祥的老婆带着两个孩子,仍在地里做活。东头一块谷子地里,互助组的六七个人也正在锄地。宋老大故意把鞭子"啪"地连响三声,嘴里"呵嗬!呵嗬!吁——"掉过头来,拉长嗓子喊道:"都干上劲啦,来,歇一歇吧!"其实,他是想叫众人来,看看他买回来的这么些新鲜东西。

互助组的人，都跑到大路上来了。

"嘿！买这么些东西，社里真发啦！"

宋老大有意不看大家，神气地摆摆头，摸摸小胡子："也算不了什么，小意思，四百来块钱的东西！今年社里，光小麦就丰产了两万多斤哩！"

"听老大这口气，有股子腰粗劲啦！"有个互助组员说。

"粗的还在后头哩！"宋老大向身后努努嘴巴，"我们副社长张方奎和小秀，还骑着两头大红骡子哩，一头不多，这个价！"他伸了四个指头。

人们嚷着："喏喏，四百块？咱互助组把今年的麦子全卖了，也不够两头骡子的价！"

这时，王发祥老婆也跑到大路上来了。她问："见我家那死老汉没有？"

宋老大叹口气说："要回来还早哩！看！来啦！"

众人向前一看，原来是方奎和小秀，一人骑一头光身骡子，骑兵似的跑过来。大家招呼了几句，都围上去参观骡子，评论好坏。方奎从骡子身上跳下来，跑到王发祥的棉花地里，看了一下，跑出来说："都起了蚜虫，赶快治！"

"那样多，怎治得了？"发祥老婆焦愁地问。

"我们买回家具了，你们看，"宋老大边说，边从车上把喷雾器提下来。"嘶——嘶"地打了几下给大家看。

"打气筒？"

"不，这叫喷雾器，专治虫的家具，把药配好，装进这铁桶里，一压就喷出去了。"方奎给大家讲解着。

有个老汉，不信服地发着感慨："这样说来，咱做了四十年庄稼，反倒成了外行啦？"

"不是是啥！"宋老大接住说，"老哥，没有见过的事，多着哩，到了社会主义，干啥也得用机器，那你才真成了外行啦！"

大家正说笑着，听见王发祥老婆生气地骂道："老不死的东西，才回来了！"

众人扭转头来往前看，远远地，王发祥背着条空口袋，慢慢腾腾地走过来。

宋老大喊着问："麦子粜到哪里了？"

王发祥不好意思地低声呐呐说："供销社！"

宋老大哈哈哈地边笑边说："看看，我早给你算好了，别的路走不通，绕来跳去，还是得走这条路！哈哈……"

一架弹花机

/// 马烽

一

张家庄有个耍手艺的,名字叫有有,弹得一手好棉花。村里人对耍手艺的人有个习惯称呼:不管你是泥、木、铁、石哪一行道的匠人,姓甚就称甚师傅。有有姓宋,人们自然都称宋师傅。

宋师傅是个五十来岁的老头,他老伴死得早,如今家里只有他和一个十八岁的闺女。闺女名字叫小娥,家里地里营生都会做,长得也像模像样,和宋师傅的徒弟张宝宝很相好,两个正在闹自由恋爱。这事虽然没和宋师傅公开讲过,但是宋师傅也看出点苗头来了,他亲疼小娥,也喜欢宝宝,因此对这事满心愿意,有时还故意腾个空空,让他们去谈谈说说。

宋师傅是个顶喜欢耍笑的人,爱和人们开个玩笑逗个趣,村里不管大人小孩都很喜欢他。不管甚地方,只要有了宋师傅,就特别显得热闹了。因为他经常沾着满身棉花毛,人们就给起了许多外号:什么"老棉花"啦,"棉花姑娘"啦的一大堆。但不管你叫他个甚,宋师傅也应承。有时遇到年轻姑娘们叫他"棉花姑娘",他就一手叉着腰,一手托着腮巴,咴声咴气地说道:"小妹妹今年十八岁,要自由找个好对象!"一面说着,一面就往她们跟前扭,总要逗得姑娘们笑得喘不过气来,他才满意地走开。

顶有意思的一次是去年(一九四九年)五月间。那时太原解放了,村里开完庆祝大会以后,人们正在戏场里围成一圈看村剧团扭秧歌,忽然跑来个穿着大红袄的怪物,原来就是宋师傅。只见他胡子剃得光溜光,涂着一脸白面,耳朵上吊着两个红辣椒,一手抱着卷白棉花,一手拿着个弹花锤,不管三七二十一,挤进场子里就嗷嗷作唱道:

　　打下太原人人欢,
　　好像肚里抽去根椽。
　　弹花锤,忙又忙,
　　弹花弓,嘣嘣响,
　　哎哟,哟哟哟,
　　小妹妹努力闹生产!

这歌子是他自己临时编的。他一面唱,一面就插进秧歌队里穿来穿去乱扭,并且摇头摆尾出洋相。这下可把看热闹的人笑坏了，有的笑得前仰后合，有的笑得鼻涕眼泪糊下满脸，连秧歌队的演员们，也都笑得蹲在地上直不起腰来了。

那时，他女儿小娥也在秧歌队里，笑得倒在别的女演员身上，喘粗气说道："爹，你不要缺德啦！"宋师傅也笑着对小娥道："当女子的管起爹来啦！许你们年轻人高兴，不许俺老汉高兴！"说着又扭开了……

太原一解放，整个山西成了太平世界。张家庄的人们用不着抬担架、服军勤了，也不要空室消野、站岗放哨了，埋在地里的粮食也刨出来了。有的合伙买牲口，有的变工开伏荒，都一心一意闹生产。村外沿河边平地里的几百亩棉花，往年只锄两三遍，今年人有了空，都是六七遍地锄，下的辛苦大，棉花比哪一年也长得好。

刚开始摘头遍花，好多人家就来找宋师傅。这家说："宋师傅，今年要先给我家弹！"那家说："宋师傅，咱们可一言为定了，早些给我家弹！"宋师傅对谁家也应承，反正这村里弹花的只有他和张宝宝两个，左来右去是他师徒二人。

连着几天，宋师傅一家人忙着把东房空屋打扫干净，把弹花弓的弦上起，就准备要动手了。

一天，二蛋娘来找宋师傅，这人也是个爱说爱笑的老太婆，一进门就嘻嘻笑笑地说道："老棉花，你今年要不先给老娘弹，老娘可不答应你！"宋师傅道："顾不上给你弹，俺要上太原去啦！"二蛋娘道："真的？你上太原做甚去？"宋师傅道："去给你买几朵大红花,让你这老娘们也戴上风流风流。"二蛋娘笑着骂道:"你这个死鬼!你这个死鬼!"

小娥见二蛋娘一进门,就红着脸躲到院里去了。二蛋娘说笑了一阵,便一本正经地说道:"我是给你家说媒来了!"宋师傅道:"给你说,还是给俺说?"二蛋娘道:"不要胡扯了。给你家小娥说。他们俩也都商量好了,拉我出来向你这老丈人打通关节,这喜酒是喝定了!"宋师傅一听这话,早知道是指宝宝和小娥的事,但他故意问道:"你说的是谁家小子?"二蛋娘道:"你不要装糊涂了!难道你还没有看出平素他们的形容举动来?就是你的大弟子宝宝呀!"宋师傅又故意摇了摇头说:"这门亲事我不愿意。"二蛋娘急得道:"看你这老顽固!如今时兴自由婚姻,人家小两口已经愿意了,你还要挑三拣四。宝宝那可是打上灯笼也找不到的好女婿,又老实又忠厚,以前当民兵分队长多积极!村里人谁不说是好后生。再说师傅当丈人,亲上又加亲,你把手艺都舍得传给他,闺女就舍不得嫁给他了?"二蛋娘把宝宝的好处数了一大片,宋师傅只是故意摇头,最后看着二蛋娘急得生气了,这才说道:"俺早八辈子就愿意了。早就筹划今冬天要成全这件喜事,用你来多这些嘴!"二蛋娘笑着骂道:"把你个老棉花,害得老娘把嘴也说干了!"

小娥和宝宝订婚的事,很快就传遍了全村,人们都说这可是一对好夫妻。小娥和宝宝俩喜欢得更不用说了。宋师傅本来就是个快活人,如今办妥了闺女的终身大事,再加上预约弹花的主顾一天比一天多,因此更加爱说爱笑了,有时遇到老太婆们也要撩逗撩逗。人们一提小娥的亲事,他就咧开嘴笑着说:"俺就这么个闺女,今冬天弹完花,热热闹闹办场喜事!"

可是谁也没有想到,过了不久,正当开始弹棉花的时候,宋师傅的脾气忽然变了,简直成了另外一个宋师傅,见了人不要说开玩笑,轻易连话也不说了。瞪眼经常恼得怕人,谁再敢喊他的外号,他就狠狠瞪几眼,并说道:"老子可不是好欺侮的!"特别有人提到小娥的亲事的时候,宋师傅更加生气了,总是凶声凶气地说道:"俺根本就不认可这门亲!"

二

说起宋师傅性情的改变,不是三言两语能说清楚的,必须起根由头讲一讲。这村里有一座供销合作社,就在宋师傅家前院里。这座院子当初是一家地主的,土地改革以后,里院分给了宋师傅和另外一户没房的人家,前院就由合作社占了。合作社开办已经有几年了,除了贩卖日用品,推销土产外,还有一架轧花机。每年村里人家收下棉花以后,都是先送到合作社轧了籽,便交给宋师傅和宝宝去弹。

太原一解放,合作社也随着扩大业务,捎带还跑运销。七月底,合作社主任张老大去太原办货,因为怕一个人照顾不过来,就约张宝宝一块去。张宝宝和宋师傅商议,宋师傅说:"去就去吧,年轻人们也出去闯闯码头,见见世面。答应下弹的花,我先赶着弹吧！"

张宝宝和张老大，赶着两头牲口，驮着土产，走了有半个多月，就从太原把货办回来了。

那天，合作社院里真像唱戏赶会一样热闹，全村男女老少进进出出，都来看从省城里办回来的货物。有的问洋火多少钱一盒，有的问颜料多少钱一钱，还有的问省城里怎个热闹，火车汽车是个甚样子……

最惹人注意的，是新买回来的一架机器。好多人把这架机器包围起来了，有的摸摸这，有的看看那，谁也弄不清这是件什么怪物。各种各样的问题又来了，张老大被问得答复不过来了，最后干脆站到台阶上讲演开了。

他告诉大家说，这是一架弹棉花的机器，一天就能弹二三百斤花，比弹花弓要快十来倍，有了这架机器，弹花可不要发愁了。并且最后说道："这弹花机是贸易公司贷给咱的，以后只要交他们些猪鬃啦、鸡蛋啦，就成了。这可就是区上同志们讲的那话：这就叫城乡互助嘛！"好多人又都急得问开了，有的道："机器能弹花？这是真事假事？"有的道："这机器谁会使用？"张老大道："这还能假了，我们在太原亲眼见人家弹来着，要不也不买。咱们宝宝已经学会弹了！"

好多人又把宝宝包围起来了，有的数机器上有多少螺丝钉，有的问怎样弹法……

这天，宋师傅也到前院里来了，看了看弹花机，便蹲在一旁抽烟。好多老年人都围着宋师傅，他们知道宋师傅弹花是老行家，问他机器能不能弹。宋师傅摇了摇头说："弹花，弹花，从老辈子手里传下来就是用弓弹。你们谁见过机器弹花？"二蛋娘接上说道："听也没听说过，张老大说得天好我也不凭信。老棉花，反正我的花是包给你弹了！"另外一些人也议论道："就算机器能弹，谁知弹成个甚样子！""等着看吧，看他们闹个甚下场！"

这天晚上，人们散了以后，张老大和宝宝到里院来看宋师傅。宝宝还给宋师傅从太原捎回一斤点心来。大家先谈说了一些太原的情形，便谈到了弹棉花的事情上，张老大道："宋师傅，我看你也学着用机器吧，还是你师徒俩合伙。"宋师傅笑了笑，摇了摇头说："我不凭信那些玩意，咱凭的是手艺！"张老大道："你那弹花弓可是背时了。"接着便讲了许多弹花机的好处，宝宝也劝宋师傅学使用机器。说了半天，宋师傅直摇头。特别是听了宝宝的话，心里老大不高兴；他觉得宝宝有点忘本，把自己苦心教给的手艺丢开不管，硬要去弄什么机器，走那些邪门。当时真想数说他几句，但碍着张老大的面，不好讲什么，最后只是说道："这样说你是不和俺合伙弹了？好吧！你就用你那机器，俺还用俺的弹花弓！"这天晚上，就这样散了。

合作社买来弹花机以后，整个村子都不安了。连着几天，村里到处都在谈论这件事，人多口杂，说什么话的人也有。

这时，合作社的轧花机早已经开始轧花了，张老大整天忙着向各家揽弹花生意，讲机器弹花怎样怎样快，怎样怎样好，如何如何少花工钱。但是不管说得天花乱坠，还是没人把花送到合作社去弹，大家都相信宋师傅，谁知道机器把花弹成个甚样子？谁也不愿意去做这件冒险买卖。

后来，张老大把他家的棉花拿合作社去了。宝宝开始试验机器弹的那几天，合作社院里又像唱戏赶会一样了：有来看热闹的，有来看稀奇的，还有的拿着宋师傅弹下的花，和机器弹下的比较，看究竟哪个弹得匀，哪个弹得好。这样乱了几天，慢慢也有人把棉花送到合作社弹来了。

开始，虽然村里有了一架弹花机，但宋师傅的生意并没有因此减少。他是有名的老把式，弹得花均均匀匀，蓬蓬松松，没有一点夹生的。而且从来也没喷过水，偷过花，他是凭手艺凭信用拿人。以前是他和徒弟宝宝两个人弹，如今留下了一个人，所以更加忙了。地下堆满了各家送来的棉花包，炕上摆开了弹花的阵势。整天一手拿着弹花弓，一手握着弹花锤，站在炕沿前工作。棉花的细毛满空中飞舞，弹花弓"嘣嘣——当""嘣嘣——当"响着。

小娥自合作社安起弹花机以后，经常往前院里跑。宝宝从太原给她捎回好几样东西：一个红红的化学梳子、一个圆圆的小镜子，还有一本蓝色的硬皮日记本。宝宝从太原回来的那天晚上，就悄悄地把这些东西给了小娥。这以后，小娥每天总要把这些东西拿出来偷偷看三五遍，心里经常是热乎乎的，说不来是怎股劲，有事没事总想跑到宝宝弹花的房里去，就是趴在窗口上看看，心里也觉得痛快。

宝宝整天坐在弹花机旁,两脚不停地踏,两手不停地往机器里添生花。小娥也只管站在旁边看,有时也帮他卷卷弹花的花卷,递递没弹的生花。两个人虽然不讲什么话,四只眼却不住地传来传去。

小娥每次从前院里回来,总要告宋师傅说:"爹,人家那机器弹得快极了!工钱算起来才有咱们的一半!""爹,你也学一学机器吧,听说合作社还要买一架哩!"宋师傅听到这些话,总是说道:"咱是凭手艺拿人,不走那些邪门!"并且常对小娥说:"你也帮我把这些花收拾收拾,不要光往前院跑!"小娥也只好帮爹收拾棉花,但心却安不下来,不由得就想到前院去看看。

宋师傅以往弹花都是弹两遍,如今弹成三遍了,弹得更匀更细,弹花锤用力地敲,弓上的弦也跳得更高更快了。经常累得满头大汗,但他也咬着牙不休息,每天夜里还要点着灯弹一阵。他要凭手艺赢人。听到前院弹花机的声音,就更鼓起了他的勇气,心里常想:"俺弹花弹了半辈子了,难道还能败到徒弟手里去!"

但是不管宋师傅怎样努力,没出十天工夫,生意却比以前大大减少了。开始是以前约定下要宋师傅弹花的人家不把棉花送来了,后来有些人家把送来没弹的棉花也取走了。但他们不好意思说要往合作社送,更不好意思说宋师傅弹得慢工钱高,只是借口说弹好一下也卖不了,等明年再弹吧。这样,宋师傅地下堆积如山的棉花包,一天比一天减少。最后只留下二蛋娘的一包花。但第二天,二蛋娘把这包花也取走了。二蛋娘来取花时候,也是说今年不弹了。可是宋师傅留了一下意,他亲眼看着二蛋娘把那包花背到前院合作社上了。这下,宋师傅才完全明白了,他才知道他的生意完全被合作社夺去了。

这时,恰好小娥从前院回来,粘着满身棉花毛,一进门又说机器弹花怎好怎快。宋师傅正一肚子气没处出,便对着小娥骂道:"十八大九的闺女了,整天乱跑甚?!自己家的事不管,给人家帮闲打杂!你再往合作社跑,小心老子抽了你的筋!"随后又发现了小娥有梳子镜子,更生气了,其实,这些东西前几天宋师傅也见过,他知道是宝宝给买的,也没说甚,今天看到这些东西却特别刺眼,骂得更凶了:"把那些不要脸的东西趁早扔了!你再敢和那个没良心的鬼在一块混,不要叫我爹!"

小娥从来也没听过爹的一句重话,今天受了这样大的委屈,不由得哭了起来。宋师傅又骂道:"俺还没死!等俺死了你再哭!"

这天,宋师傅整整一天连门也没出,钻在家里生闷气,把弹花弓弹花锤也挂在墙上了,又是骂小娥,又是摔烟袋。晚间,独自喝了二两闷酒,蹲在炕头上乱骂人:"好你个忘恩负义的张宝宝,老子把手艺都传给你,如今诚心拆我的台!"随后又骂张老大平白无故买回架倒运机器来,骂村里人看不起他的手艺……甚至抱怨打下太原城。他觉得革命革到自己头上了!为了打太原城,服军勤,出公粮,甚差事也没使过奸耍过懒,并且为了修筑攻太原的地道,他还自动捐过两块门板,一心一意盼望消灭了阎匪军过太平日月。谁知道太原城打下了，别的好处没见过，却买回那样架倒运机器来，把自己的饭碗也砸了……宋师傅乱骂了一阵，忽然从墙上摘下那张弹花弓，抱着弓大哭了，哭得十分伤心。

三

宋师傅的伤心，不单单是为合作社撑了他的行，更重要的是另外的一些原因：

一九四〇年新政权建立以后，提倡自力更生，发展种棉，发展纺织。张家庄虽然有那么一块大好平地，但过去从来没种过棉花。当时政府发放了种棉贷款，借给棉籽，左动员右说服，结果还是没人种。有的是不会作务，有的是怕比种庄稼吃亏。那时人们到处都议论纷纷，和最近买来弹花机所引起的骚动一样。后来幸亏有个宋师傅，才打开这个僵局。

宋师傅老家是河南，家乡遭了灾荒，老婆病饿死了，看看没法生活，便带着女儿逃来张家庄。政府对难民很关心，借给他口粮，给他调剂了土地，便在张家庄安了家。

宋师傅从小就会种棉花，当时听说政府号召种棉，他就自动向村里人讲种棉的好处，如何作务，如何利大。但不管他怎样说得好，村里人还是不相信，都说："明年再看吧！"

这一年只有宋师傅租了二亩平地，种了棉花。当秋天到来的时候，宋师傅家地里开满了雪白的棉花，这把全村人又轰动了，每天有一群一伙男女跑来看稀奇。……这年宋师傅二亩棉花收了一百八十斤，按市价算起来，比种庄稼利大三倍。

第二年，种棉花的人家就多起来了，人们都请教宋师傅，后来村公所就把宋师傅聘为种棉指导员，成天起来东家出西家进，告诉人们如何泡棉籽、如何种、如何整枝。到棉花长出来的时候，宋师傅的工作更忙了，一家一家把着手教怎样打胎叶，怎样搬角芽，哪一根是游条，哪一根是果条。宋师傅整天忙得屁股不挨地，这家棉花地里人喊道："宋师傅快来，这是甚条？"那家棉花地里人又叫道："宋师傅教一教我们！"宋师傅对谁家也一律看待，东跑西跑，耐心地告诉指点，没有一点厌烦。越忙他越感到快活，和人们也常开玩笑、逗趣，人们也越和宋师傅亲热了。

这年棉花收得很好，合作社向政府借贷买了一架轧花机，花轧好了没人弹。宋师傅是弹棉花的老把式，当时便置办下弹花弓锤，开始弹花了。以后种棉的人家一年比一年多，宋师傅一个人弹不过来了。当时张宝宝想学弹花，宋师傅便带他当徒弟，把所有的手艺都传给他。张宝宝也很用心学，不上几年，把宋师傅的手艺都学会了。

宋师傅不仅对张家庄种棉有功劳，对开展纺织运动，打破敌人的经济封锁，也有一定贡献。因此在一九四四年被全村人选成了劳动英雄，参加了全县的群英会。受过奖，登过报，县长还亲手给他敬过酒。这以后宋师傅的名声更大了，周围村里都知道张家庄有个种棉英雄，又是弹花老把式。他的事情也更忙了，附近机关学校请他去做报告，各村派人来向他学经验，自己又要生产，又要帮助别人。因为他弹花弹得特别好,生意也就特别多。有的人家棉籽刚入土,就约定棉花要宋师傅弹了。后来外村的人也来找宋师傅弹花,连公家的被服厂,都把宋师傅请去弹了几个月。

张家庄种棉,宋师傅下过这样大的辛苦,得到过群众的热烈拥护,受到过政府的重视和表扬。但是现在的宋师傅却过时了。一架弹花机,把宋师傅所有的荣耀都夺走了,把宋师傅的饭碗也砸碎了。而且夺走这些荣耀的人,就是他一手培养起来的徒弟张宝宝。想起过去那许多盛况,再看看今天的情景,宋师傅如何能不伤心痛苦呢?

几天来,宋师傅完全成了另外一个人,心情变得很坏,脸上没有一点笑容。经常拿着小娥出气,不让小娥到合作社乱跑,听到前院弹花机的响声,和许多男男女女的说笑声,再看看自己冷清清的家,和挂在墙上的弹花弓,越使他伤心、嫉妒,恨不得冲到前院里,一斧头把这架倒运机器砍碎。

一天夜里,宋师傅刚睡下,忽听得一阵锣声。他连忙穿上衣服跑到街上,只见全村人都往村公所里跑,他也跟着到了村公所院里。原来是区长来了,召开群众大会。区长站到台阶上讲道:"听说你们村里买了架弹花机?这简直胡闹,弹下的棉花毛都断了。你们是增加生产,还是破坏生产!"随即又质问张老大道:"你买弹花机谁批准了?把这许多棉花弹坏谁负责任?!"一气把张老大训哭了,又见张宝宝红着脸站在一旁只是搓手。宋师傅想跳到台阶上去说几句,但他还没挤过去,后边有人拉他,一回头,原来是二蛋娘,哭丧着脸低声说:"宋师傅,我家的花还是你弹吧,为了省几个工钱,让合作社把几十斤花弹坏了!"接着又有好几个人拉住宋师傅,也是要宋师傅给弹花。宋师傅都答应了。开完会,区长特意找宋师傅谈了谈,区长说:"老宋,你还是好好弹吧,不要计较过去的事!"宋师傅连连点头。随后,区长就派人把那架弹花机拆卸开带上走了。接着,村里人把没弹的花又都送到宋师傅家里,宋师傅地下的棉花包又堆成了山。他的弹花弓又"嘣嘣——当""嘣嘣——当"地响起来了。正弹得上劲,忽然一阵杂乱的声音,忙睁眼一看,天已经明了,原来是一场梦。这时,前院的弹花机正在不停地响。回想起梦里的事,宋师傅更加懊恼。

上午,二蛋娘来宋师傅家串门子,见宋师傅的弹花弓挂在墙上,笑着说道:"怎,老棉花,吃不开啦,我看你也学机器吧!"宋师傅想起二蛋娘把花送到合作社,又听了这几句不冷不热的话,气得脸都红了,恨不得一脚把她踢出去。但宋师傅还是忍下去了,并且连忙说道:"我不想弹了,这几天有病,手也不想抬,有好几个村子找我去弹,我也没应承!"他不愿意在二蛋娘面前认输,不愿意公开承认自己的失败,所以编了几句假话作遮羞牌。可是二蛋娘却把这话信真了。

四

宋师傅病了的消息,很快全村人都知道了。人们都记得宋师傅的好处，如今听说病了，当天就有好多人来看望。宋师傅家里，三三两两的男人女人进进出出，有的还送来些鸡蛋和各样菜蔬。大家都关心地问是什么病，要紧不要紧。宋师傅只好随口说是受了点暑热，不怎么要紧，人们都嘱咐宋师傅好好养病，又让小娥好好侍候。

当天晚上，张老大和宝宝也抽空来看宋师傅，宝宝还送来几把挂面。张老大张罗要去刘家山给宋师傅请医生，宝宝说："我去吧，你上年岁了，走黑路不方便。"张老大说："不要紧，你已经累了一天啦，明天还要上机器，还是我去吧！"这时宋师傅急得说："别麻烦你们了，一点小病，过几天就会好的！"但张老大却劝道："小病就是大病的苗头，还是趁早让先生看看吧！"说着和张宝宝走了。

这时宋师傅急得没有法，忙对小娥说："快去告诉他们，不要去请先生！"小娥偷偷笑了笑，赶紧追到前院里。

一进合作社的门，只见张宝宝正要起身去，张老大说："你告诉刘先生，明天早晨来也行！"小娥连连摆手，看了看没有外人，便笑着说："别瞎张罗了，我爹没有病。"张老大和宝宝都惊问道："什么？没有病？"小娥说："他有的是心病！"接着把他爹这几天的苦恼详细谈了一遍，最后说道："合作社弹花机把我爹的生意都夺了，你想他心里能好过？"张老大忽然拍着自己的脑袋道："唉！这都怨我！这几天光顾忙了揽生意，把动员宋师傅学弹花机的事也忘了！"回头又抱怨小娥道："你为甚不早和我们说一声!"小娥道:"你别抱怨了,我这几天受的委屈也不少,他心里不痛快,哪天不骂我几回,连合作社也不让我来。再说这里经常有好多人,这事也不好到处宣传。"宝宝道:"怪不得我去了你家几回,你爹连理也不理我,原来是恨了我啦!"张老大道:"我看还是想法让宋师傅学机器,他也不是那号老顽固,可能是一时想不开,咱们也照顾不周到。咱们要分工动员他。"三个人又商议了一阵,小娥便回去了。

宋师傅本来没有病,可是村里人都以为他生病了。第二天,村里又有好多人来看望他,问他病情如何,劝他找先生看看。村里人这样关心和同情,使宋师傅感到很难过,同时心里也觉得热乎乎的,说不出是种什么味道。这样一来,心里的气也就慢慢平下去了。

下午,张老大又来看他,一见面就问道:"老宋今天好些啦!"宋师傅说:"好多了!没甚要紧,咳!"

张老大坐在炕上,一面点着火抽烟,一面谈闲话。张老大先谈了一些太原城的情形,随后就谈到了张家庄开始种棉花的事。张老大道:"咱村发展种棉,多亏你帮助,要不,如今连一苗棉花也没。初开始的时候,连我也不信服种棉花能得利,好多人都是疑疑惑惑,觉得咱这地方,几辈子也没种过棉花,哪还能弄成?后来你引开头,种棉得了利,我们才向你学习种开。"这时小娥插嘴道:"这就是人常说的,活到老学到老嘛!"张老大道:"这话对!前年来咱村做罢土改的老刘、老田,这阵都到太原了,我们在太原街上碰到了，他们说这阵下工厂了，向工人学习。老刘说：'不学习这些新的东西，就没法建设国家！'"

在张老大闲谈的时候，宋师傅也少不了插几句。最后，张老大说到买弹花机的事情上，劝宋师傅也学弹花机，并说道："咱们这一带的十来个村子，今年种了有上万亩棉花，要不买机器，光靠手工弹可弹不完啊！其实学机器弹也不难，宝宝在太原才学了五六天工夫！"宋师傅说："这些事以后再说吧！"张老大也没再多劝，就走了。临走又说道："没事到前院闲坐来吧！"

弹花机撑了宋师傅的行，可是宋师傅还没细看过弹花机到底怎个弹法，弹得究竟好坏。这天下午，听到前院里说笑得热闹，不由得也踱到前院里。只见放弹花机的西房门口，围着好多人，还有好多附近村里送棉花来的人，大家见宋师傅出来了，都亲切地问道："宋师傅好些了？"宋师傅也点点头说："不怎了！"二蛋娘拉了宋师傅一把说："老棉花，老娘真担心你病死！你来看看这机器！"

宋师傅挤到了门口，只见张宝宝坐在弹花机后边的板凳上，两脚一踢一踏，机器轮子飞快地转，两手不断地把生花填进去，弹好的花很快便从前边吐出来了，而且自动铺在前边的木板上。

张老大撕了一块弹好的花给宋师傅看，宋师傅见弹得又匀又松，他真没想到弹花机会弹得比他弹的好。张老大见他呆呆地看，便说道："宝宝还是初学手弹，要是老把式的话，弹得比这也快比这也好！"这时周围的人们说道："宋师傅病好了也用机器弹吧！""咱宋师傅弹花是老手，要再用上机器，弹出来一定更好！"宋师傅说："那可不一定！那可不一定！"

宋师傅回到家里，对小娥说："唉！机器弹就是快！"小娥见爹心眼活动了，便劝道："爹，我看你也学机器吧，让宝宝教给你！"宋师傅半天没言语，忽然说道："说成甚，我也不能去向徒弟学手艺！"

小娥听出她爹口气比以前软了，只是怕向徒弟学习丢面子，于是又劝道："爹，你这话我可不赞成。以前开始发动种棉的时候，人家区长还来向你学呢！"宋师傅被女儿说住了，只好岔开话头说："你该做甚做吧！别管这些事！"

宋师傅毕竟是快乐人，虽然因为合作社撑了他的行苦恼了几天，装几天病，但过了那股劲，憎恨的情绪慢慢也就淡了，对小娥也不管得那样紧了。

小娥抽空又去前院合作社走了几回，把她爹说的话都和张宝宝讲了，最后道："看样子他也不是不愿意学，就是放不下当师傅的架子！"宝宝笑了笑说："我也知道师傅这脾气，我想咱俩这样……"说着凑到小娥耳朵上低声说了一阵，说得两个人都笑了。

又过了两日，张老大又来找宋师傅，说合作社地方小，一个屋里放上弹花机、轧花机两部机器工作不开，想把弹花机搬到宋师傅家东房里来。宋师傅说可以。当天，就把弹花机拆卸开搬了进来，放在院子里，由张宝宝往起装置，小娥和宋师傅也到院子里来看。

小娥故意向张宝宝提出好多问题,又是这个齿牙轮盘有甚用啦,又是这个地方管甚事啦……差点把机器上的零件都问遍了。张宝宝也故意详细解释,样子是对小娥说,实际上是在告诉宋师傅。宋师傅也看出他们的意思来了,但只装不知道,蹲在一旁抽烟,眼却盯着他们指的那些零件,把他们讲的话,也悄悄记在了心里。

这一天,宋师傅心情比以前更好了一些。张宝宝把机器装置起,便抬到东房里开始弹了。宋师傅也站在门口看了一阵,张宝宝道:"师傅,你来弹一下怎样?"宋师傅说:"我不学那玩意!"嘴里虽然这样讲,心里却也很想坐上去试一试,但他实在不乐意去向徒弟学手艺。

这天,张宝宝弹到上灯时分,便停了工回家睡觉去了。临走,在院子里碰到了小娥,宝宝在黑暗里拉着小娥的手说:"小娥,咱们今上午演的戏,不知你爹听到心里了没?"小娥说:"好像是他没注意听。"宝宝说:"动员你爹学弹花机这任务,合作社主任交代给咱俩了,完成不了你也有责任。那咱俩就……"小娥推了他一把说:"去你的吧!"

宝宝走了以后,小娥关了二门回到家里,只见她爹蹲在炕头上抽烟,好像在想什么心事。小娥故意和他谈弹花机的事,宋师傅却没搭理。过了一阵,便盖着被子睡了。小娥也只好吹熄灯上炕睡觉。

小娥睡到半夜的时候，忽然被一阵"圪嚓圪嚓"的声音惊醒，她心里不由一动，忙伸手去她爹睡的地方一摸，却没有人，忙点着灯，她爹不在了。

小娥穿上衣服，轻轻走到院里，只见东房里点着灯，她屏着气过去趴在窗户上看，原来她爹正坐在机子上弹花，一面自言自语地说："这玩意，究竟是比弹花弓快得多！"

三年早知道

/// 马烽

在去甄家庄的路上,我脑子里不断地胡猜乱想:离开这村里已经有四年了,这些年来村里有没有什么新的变化?那些熟人们是否还认识我?饲养员赵大叔如今还健在吗?……

秋收已近尾声,田野里一片深秋的景色。我也顾不得欣赏沿途的风景,只是飞快地蹬着自行车赶路,恨不得一下子能飞到甄家庄。

过了红豆庄,只见前边出现了一条新修的大水渠,远远看见渠堰旁有三四个人,忙忙碌碌不知在干什么。等走近了才看清,原来他们在堵堰上的窟窿。我推着自行车刚要上桥,忽然有个人向我高声叫道:"哦!你是老马吧?好几年没见了。"说着朝我跑了过来,我也忙停住了脚步。

这人有四十来岁,细长个子,薄嘴唇,尖下颌,戴着一副铜腿子古式茶镜，鞋袜裤腿上溅满了泥浆。看起来有点面熟，好像在哪里见过，可是一下子怎么也想不起来了。他三两步就跑到我跟前，热情地和我握手。我随口问道："这条渠是新修的吗？"

"是啊，今天这是第一天放水。"他说，"你是到我们村里去吗？好，晚上谈。"

我一面和他握手应酬，一面脑子里仍在苦苦思索：听说话的口气像是甄家庄的，可他是谁？叫什么名字？却怎么也想不起来了。当我下了桥，跨上自行车的时候，忽听他向其余的人说道：

"走，咱们再到东边去检查一下。我早就知道新渠不……"

下半句话没听见，可是一听"早就知道"这四个字，我猛然想起这个人来了，他是甄家庄农业社的赵满囤嘛，怪不得这么面熟呢！提起赵满囤，我想起了关于他的好多故事，这人可真算得上是个人物！

赵满囤绰号叫"三年早知道"。"三年早知道"是早年间腊月里卖的一种木板印的春牛图，因为上边附带印着三年的农历，俗称"三年早知道"。至于赵满囤为什么得了这么个绰号，其中有个缘故：

这人有点小聪明，很会理家过日子。什么事都比别人盘算得周到，干什么都吃不了亏。春天种地，他能看出今年谷子丰收还是高粱丰收；农闲做小买卖，他能看出今年贩水果能赚钱还是卖菜有利……这些估计虽然不是绝对保险，但也八九不离十。这人脑筋灵活，交游广，知道的事情也比一般老实农民多，因此常常爱在人前头卖弄卖弄。不管人们谈说什么——牛经马经也罢，国家大事也罢，甚至连相面看风水这类事，他也能插上嘴，一说一大套，好像什么事他都知道。其实也不一定，有时候是故意冒充内行，胡诌乱扯蒙人，有时候也免不了露马脚闹笑话。有一年他和一些年轻小伙子们，从离村五里的红豆庄看完夜戏回来，一路上谈论《明公断》那出戏，大家都赞叹包公如何公正，如何铁面无私，他为了表示自己见多识广，忙插嘴道："那还用说，包公要没有这两下子，唐明皇还能封他做宰相？"谁知这话被跟在后边的赵大叔听见了，赵大叔是有名的戏迷，也可以说是甄家庄的历史学家。虽然他没读过纲鉴，可是对什么三国、水浒、包公案、五女兴唐、杨家将这类历史故事，背得滚瓜烂熟。当时听了赵满囤的议论，笑着说："呵，真有本事，把宋朝的人弄到唐朝去做宰相啦？"赵满囤一听露了馅子，忙自我解嘲道："反正唐朝离宋朝也没有多远。"

赵满囤不只是遇事爱发表"高论"，而且好像他有先见之明，一切变化都在他意料之内。一件事情办好了，他总是说："我早就知道能弄成！"一件事情办糟了，他又说："我早就知道闹不好！"慢慢地，"早就知道"这句话，变成他的口头语了，因此人们就送给了他那么个绰号。

"三年早知道"是甄家庄农业社最老的社员。一九五一年春天农业社刚成立时候就有赵满囤。他入社谁也没动员过，完全是自动报的名，当时村里人都觉得奇怪，谁都没想到他会报名入社。

因为当时入社的八户人家，都是贫农和土改后的新中农，而他却是老中农。而且当村里酝酿成立农业社的时候，他到处说坏话，直到八户人家开成立会的前一天，他还在街上人群里说："亲弟兄还分家离户咧，七家八户合在一起，我看他们是找倒霉哩！"可是第二天晚上，农业社开成立会的时候他报名入社了。开头人们以为他是开玩笑，随后见他在入社申请书上按上了指印，并且把一头骡子、一头驴也拉到了公槽上，大家才相信他是真的入社了。这件事在村里议论了很久，谁也弄不清他葫芦里卖的什么药。后来从他老婆嘴里才弄清了这个秘密，原来他入社虽然是自报的，可不是自愿的。在农业社成立的那天上午，他接到他兄弟的一封信。他兄弟参加解放军已经好几年了。前些时就连着给他写过几封信，劝他入社。这封信的口气更硬了，信上最后写道："如果你不入社，咱们俩分家，把我那份财产入到社里。"赵满囤接到这封信，整整苦恼了一下午，思前想后，觉得分家更不合算，他老婆和女儿也劝说他，于是咬了咬牙狠了狠心：入！

赵满囤入了社，也给社里带来了不少麻烦。他是老社员，也是全社最落后的社员，耍奸取巧的手腕比谁都高，那些事情听起来，真叫人哭笑不得。

一开头社里分配他当饲养员，因为他对喂牲口还有点经验。抗战胜利那一年，他用三斗小米买了一头小驴驹，刚买来时还没牛犊大，瘦得像副骨头架子。村里人都说活不了，可是他喂了不到三年，驴长得又高又壮，并且还生了一头驴驹子。后来每逢人们提起这件事,他总是得意地说:"我早就知道有这个结果。喂牲口嘛,全凭人下辛苦咧!"他确实在这两头牲口身上下了不少辛苦,比对他小孩都耐心周到。让这样的人来当饲养员,当时大家都认为很合适,可是谁知他一上任问题就来了。社里的黑板上,曾经登过这样一首快板:

> 牛马驴骡同诉苦,饲养员白赚六分五。骁骡马混槽喂,你踢他咬乱动武。草不筛,料不煮,半槽干草半槽土。圈里从来不打扫,套包破了也不补。牲口瘦得皮包骨,走路得把拐棍拄。他的驴骡另槽喂,住的地方像王府。精草精料小灶饭,又肥又壮赛如虎。一样牲畜两样待,甜的甜来苦的苦。就照这样受折磨,不如趁早散了伙。

他喂了不到半年,社员们的意见可多了。后来社里开会把他好好批评了一顿,撤了他的职,另换了别人,把他调去赶大车,并且把他的两头牲口换去拉车。当时人们想这下可就把他制住了。谁知这样反而对他更有利了,他趁着赶车送公粮、跑运输的机会,捎带做起小买卖来了。今天从城里带回几斤酒来,明天又从城里捎回几条烟来。路上遇到个把客人带带脚,块儿八毛也就装到腰包里了。这年冬天有一回去拉炭,半路上路过个镇子,他见集上猪娃仔很便宜,他早就想买个母猪喂养,可巧这天自己没带钱,当时他竟然用社里的拉炭的钱买了口小母猪,赶着空车回来了。

回来后，他告社长说："李家岔村外的桥塌了，过不去，我早就知道今天要白跑一趟。"不久这些事就给查清了。社里开了斗争会，他受了记过、撤职处分。从这以后，赵满囤就参加了田间劳动。从这以后，也就给生产队长们添了不少麻烦。关于他这方面的事，社员们曾给他编了一首快板：

赵满囤，思想坏，劳动态度实在赖。碰到重活装肚疼，自留地里去种菜。专门挑着做轻活，不管质量只图快。撒粪三锹撒一堆，锄过的地里草还在。割麦丢的比收的多，你说奇怪不奇怪。社里庄稼种不好，大家跟上你受害！

赵满囤挑肥拣瘦、耍奸取巧的事，说也说不完。队里也经常开会对他进行批评，可是一点事也不济。赵满囤对批评有两套办法，一套是用开玩笑顶回去，譬如大家批评他每天上地迟到，他不检讨，也不反驳，而是嬉皮笑脸地说："嗨！可见你们都没看过戏，从来好把式都是最后才出台哩！"另外一套办法是全部包下来，不管别人说什么，他不辩解，也不生气，总是说："咱完全接受。"可是散了会一出门，他的话就多了："哼！我抢工分！谁不想多赚几个劳动日？你们口口声声以社为家，为啥不白给社里劳动？！""就是地里长金子，赚不下劳动日，还不是干瞪眼分不上！"他在全社三个生产队里都待过，哪个队也不想要他，队长们谁对他也没办法，大家叫他"头痛社员"。人们也给他编了一首快板：

"头痛社员"光说嘴，受批评好像喝凉水。会上满口说"接受"，会后从来不改悔。

一九五三年秋天，我来这里还没住了三天，就听人们讲了赵满囤的好多这一类的材料。特别是饲养员赵大叔，一提起赵满囤，总是生气地说："幸亏社里就这么个奸猾鬼，要多有几个，非把江山搅乱不可。"后来我和赵满囤渐渐熟悉了以后，觉得这人并不像人们传说的那样坏，我曾经同他一块上地割过玉茭秆，打过土块，他劳动起来劲头还是蛮大的，碰到玉茭秆上有一半穗小玉茭，他都要掰下来放在一起，比其他一些青年小伙子们细致得多。另外这人还有个特点：爱说爱闹。将近四十岁的人了，还常常和小伙子们斗嘴开玩笑。同他一块劳动一点也不觉累，经常逗得大家嘻嘻哈哈，每天总是不知不觉就到收工时候了。我心里很纳闷：这究竟是他故意在我面前装样子呢，还是赵大叔的话不可靠？有天晚上，我和社长甄明山谈起了赵满囤，甄明山说："这人过去是很落后，大家说他的那些话，一点也不夸大。刚入社那二年，恨不得社快点垮了呢。不过近半年，有不小进步。好坏总是三年的老社员了。就是块石头，怀里抱了三年也温热了。"赵满囤的老婆胡凤英也说满囤近年来变了。

有次给我派饭派到了他家里。他家院子不大,可是什么都齐全,住人的房、马棚、猪圈、羊栏、茅房样样不缺,家里收拾得整整齐齐。他老婆和他岁数差不多,又高又胖,也是个爱说爱笑的人。有一个儿子在镇上完小里念书,另外还有一个没出嫁的女儿。

那天我因为社里有事去得晚点,满囤已经吃完饭上地去了。我一面吃饭,一面和她闲谈。后来不知怎么就谈起了她丈夫,她说:"你大概也听人们说了,他是社里有名的落后分子,是不是?"

我笑着点了点头,她接着说:"刚入社那年,比现在更落后,一回到家就骂合作社:'不知道什么人兴下这么个鬼办法,咱老二也跟上着迷了,逼着咱上望乡台。'夜里说梦话也是这一套,有次大声说:'你俭省点过日子,明年咱再买二亩地。'我把他推醒问他讲什么,他叹了口气说:'唉!买个屌!'那时候,他人入社了心可没入。后来社里经常开会批评他,会上受了批评回家就和我生气。"她停了一下又说:"如今好多了。连着好几年,每年分红下来并不比单干吃亏,他这才放心了。如今只不过是隔几天回来算算赚了多少工分。好久没挨批评了。"

这次我听了他老婆的话,才知道赵满囤现在真的是进步了。谁知不久——就在我离开这里的前几天,赵满囤又发生问题了。

这时秋收早已结束,社里正在开展一个打井运动,计划在地冻以前要打五眼井。赵满囤对打井多少有点经验,入社前他家地里的井就是他亲自领导打的,那眼井水又好又旺。因而这回担任了社里的打井技术指导。这人也真有两下子,看地势,开井口,一切准备工作都是他负责,工作安排得头头是道。开始打井的第三天,社里的黑板报正打算要表扬他,这时打井遇到了流沙,派人回村来找赵满囤,全村都没找到,问他老婆胡凤英,她也不知道,只是说天不明就急急忙忙走了。社务委员们很生气,打井正需要他,可他偏偏扔下工作走了。直到第二天天黑他才回到村里来,一回来就跑到办公室来认错。当时办公室里正有好多人在讨论治流沙的事,见他进来,都追问他上哪里去了。赵满囤支吾了半天,才说出是到西山上贩枣子去来。这下可把人们气坏了。大家都批评他,你一言我一语,谁也听不清谁在说什么,赵满囤低着头蹲在地上只顾吸烟,等大家安静下来之后,他站起来说:

"我知道我错了,犯这个错也是一时鬼迷心了。那天晚上收工回来,一进村碰上太平庄一个朋友,刚从西山上贩枣子回来,听他说五六分钱一斤。我想到腊八总得涨到一毛多,弄回百把斤来,不费事就能赚五六块。过年的花销尽够了,我想反正打井的事已经安排好了,忙里偷闲……"

这时饲养员赵大叔正提着马灯进来添油,没等他说完就抢着说道:"你的算盘打得实在周到,你的脑筋也真活动,可是你就不会替社里打算打算!"

社长甄明山接着说道:"社里派你当技术员,这就说明社里对你很信任,大家对你抱着很大希望。可你扔下工作做小买卖去了,你自己当然很合算,两天就能赚五六块钱,可是要知道打井停了两天，耽误多少人工？损失有多大？你想过这个问题没有？算过这笔账没有？你可以丢开工作去赚现钱，别人也照你这样，井还打不打？甄二明是新社员，为了怕耽误打井，老丈人做六十大寿都没去，而你是老社员，是打井的负责人，竟会做出这样的事来！"

甄明山讲得很激动，脸都涨红了。屋子里一点响动也没有。赵满囤蹲在桌子旁边，低着头一句话也不说。手指间夹着根纸烟，带着很长一截烟灰，他也不吸，也不灭掉，就那样让它慢慢燃着。甄明山停了停，接着又说道："你入社是硬着头皮入进来的，你入了社吃亏了没有？比你自己单干时候强还是差？你自己心里也明白。今夏天下雹子，偏偏把你入社的那十亩好地打了，要在往年间，遭了这么重的灾，你能不能分到这么多粮？你七月间得了急病，社员们连夜淋着雨给你请来医生，又连夜淋着雨把你抬到医院里，没赚你一个钱，没吃你一口饭。这事你记得不记得？再说你吃药打针花下一百多，你没现钱，社里替你垫上了，要在旧社会，不要说地里遭了灾，就算好年景，你能不能马上拿出这么一大笔现款来？就算你是理家过日子的能手，你不卖房，也得卖地。大家为啥要这样关心你？社里为啥要这样照顾你？因为你是农业社社员，是这个大家庭里的人。可是你替这个大家庭出了多少力量？你脑子里有没有这个大家庭？"

甄明山说完，赵满囤抬起头来，用湿润的眼睛向众人望了望，低声说道：

"我知道我错了，我没有忘了农业社对我的好处，我也想把农业社搞好，可就是私心还在，一听说贩枣能赚钱，就光想自己家里的事了……我愿意受处分。"

赵满囤说得很诚恳，大家也就再没讲什么。这时他闺女来叫他吃饭，社长让他先回去，问题以后再说，他应了一声走出去了。

赵大叔忙在我耳旁低声说："你听着，出门就要骂了。"

他的话引起了我的好奇心，我悄悄跟在赵满囤身后走出来。院子里很黑，他迈着沉重的脚步走着，烟头上的火光一明一灭。我一直跟到大门外，只听他闺女不满地说道："爹，看你办的这些事，真够丢人的了！"赵满囤没回嘴，长叹了口气走了，不知是怨恨自己，还是怨恨别人。

第二天我就离开了甄家庄，赵满囤以后究竟变得怎么样，我就不知道了。

我一路上想着赵满囤的那些事，不知不觉来到了甄家庄，只见村外新栽了许多柳树，村子包围在柳树丛中，只能从树枝间看到一些房顶屋角。我记得这里曾经是一片不能种庄稼的下湿地，没想到四年工夫变成这个样子。我骑着车子从柳林中穿过，一进村就看到路两旁出现了好多新的房屋，打麦场上柴草堆积如山，路上也满是茅草树叶，村子里安安静静，在街上没碰到一个人。

农业社管理委员会还在老地方，门口挂着一块"三联高级农业合作社"的牌子。我推着自行车走进院子里，只见西屋台阶上坐着一个老头，戴着副老花镜，低着头在缝补口袋。听到车子响，他抬起了头来，我一看，原来是赵大叔，我高兴地叫道："赵大叔，你好哇！"

他望了我一眼，忽然惊喜地说道："呵，是你呀！真没想到你会来。"他忙扔下手里的活，一拐一拐地跑过来和我握手，我问他腿怎么了，他说："人在家中坐，祸从天上来，今年春天社里买来匹种马，犒劳了一蹄子，不想一蹄子就踢成了保管员。"他见我用疑问的眼光望着他，忙解释道："咱社长甄明山见我腿拐了，说：'当饲养员算没你的份了，当保管员吧。'我说：'保管就保管，反正咱已经不能跑跳了，秃子当和尚，正好将就了材料，只要有活干，总比坐下白吃饭强。'"他边帮我解行李，边说道："如今咱们的家务可闹大了。你来的那年，全社只有五十二户人家，是吧？"他没等我回答，接着又说道："现在是五百多户人家的高级社，红豆庄、太平庄和咱们村都联到一起了……快回屋里去坐吧。"

我抱着行李跟他走进了办公室，办公室里还是那个老样子，只是墙上多了一些图表和锦旗，安装了一部电话。有一个我不认识的小伙子，正坐在靠窗户的桌子旁整理各种表格。赵大叔给我们互相介绍了一下，说这是练习会计刘斌。我问他原来的会计秀英现在做什么。他说："现在是社里的总会计，今天到城里棉花收购站结算账目去了。你知道，今年光棉花就卖给国家十二万斤。"

我问他秋收完了没有，他说："如今地里正忙得马踩车哩，割玉茭杆，摘残花，拾粮食，浇地……几样工作一齐来，男女老少总动员，社干部们都下地了。家里只留下我们一老一小两个人守城了。"接着他用沙哑的嗓子唱道："你看我城里城外，上上下下,左左右右,前前后后,只有我们两个人,嗯嗯嗯……怎么样?像不像个丁果仙?"

小会计刘斌说:"丁果仙听见一定拜你为师。"

赵大叔说:"不好?我又不卖票。"他给我倒了一杯水,就出去了。刘斌对我说:"赵大叔这人真有意思。"忽然又问道:"《饲养员赵大叔》那篇文章是你写的吧?我在学校里读过。"我点了点头,问他读过什么学校。他说是初中,去年才毕业,并告诉我说他家是太平庄的,原来在队里劳动,今夏天才调到管理委员会来。我们正说话,赵大叔抱着那些破口袋进来了,对我说:"你就住在办公室吧,吃饭在供销社,刚才我已经告诉他们了。供销社就在赵满囤家隔壁,新盖的五间门面。"我忙问道:"赵满囤现在怎么样?"

"赵满囤?七字两点,抖(斗)出弯来了,如今是社里的水利委员,干得蛮不错。你没想到吧?我也没想到。从前我最讨厌赵满囤,我提过几回意见开除他出社,可是社长老是说要好好帮助他改造,我总是说'江山易改,本性难移',赵满囤要能改造好,除非太阳从西边出来。不想咱这一宝押到黑心上了。"

我说:"那回因为上西山贩枣的事,后来怎么样了?"

他偏着头想了半天,忽然两手一拍说:"呵,你的记性真不错。对,有这么回事。那天晚上批评他以后,第二天天不明就到井上去了。这家伙,真有两下子,很快就把流沙治住了。后来打第五眼井缺砖,窑上又烧不出来,大家都发愁得不行,他又出了个绝招：有天晚上，人们正在办公室里发愁，有的要拆房，有的要刨墓，他说：'咱们村东的地，为啥地名叫洞子桥北、洞子桥南？早年间那里一定有个砖卷的桥洞，后来年长日久被沙土埋了，要把那些砖刨出来，不要说一眼井，两眼也够用。'人们都不相信。第二天，社长去问太平庄一个九十六岁的老汉，那老汉说他小时候好像记得那里有座桥。后来经过这老汉的指点，果然在那里刨出个砖卷的桥洞。这家伙真是个'三年早知道'，连我这六十多岁的人记不得的事，不晓得他怎么能记得，你说怪不？"

我听了很高兴，忙问道："以后就再没发生别的问题？"

赵大叔一面补他的口袋，一面说道："你想，能不发生问题？前年秋天因为母猪配种，还闹了点事！"接着他便把这件事的经过给我讲了一遍。

原来事情是这样的：前年秋收以后，饲养猪的甄兰英提出要改良猪的品种，大量繁殖巴克夏猪，社务委员会也很赞成。可是当时巴克夏公种很缺，只有城关农业社有一头，配一次种要两块钱，就这还是轮不上。因为人家早已和好多农业社订下合同了。要等把这些社的母猪配完，至少还得两个月。甄兰英整天催社长，可社长也没办法。这事只好搁了起来。

有天上午，城关农业社的配种手李二贵赶着那头巴克夏，到太平庄去配种，半路上经过甄家庄，当时赵满囤正在农业社门口蹲着，一见李二贵赶着巴克夏过来，他就连忙跑过去亲热地打招呼，并且再三请人家到社里来歇歇。李二贵说："我们不能先给你们社里的猪配,再过一个多月才能轮到你们社里!"赵满囤说:"那还用说,今天你就是要给我们的猪配我们也不要,没有发情的母猪啊!走吧,到我们社里歇歇吧,人不累猪也走累了。"这天天气很冷,刮着很大的黄风,李二贵又听他说得有道理,也就放放心心跟着赵满囤到了农业社。把巴克夏公猪关到了一间空房子里,两个人一块到了办公室。一进屋,赵满囤就忙把自己口袋里的纸烟掏出来招待客人……

说起赵满囤请人抽纸烟,其中也有些故事,他的纸烟不是随便什么人都能抽的,他平常怕别人揩油,口袋里经常装着两个烟盒,一个空的,一个实的。每逢他在人堆里抽烟的时候,总是把手伸到口袋里慢慢摸出一根来,如果当场有人问他要烟的话,他就把空盒拿出来一拍说:"空的,就留下这一根了。"后来这个秘密叫人发觉了。有回打麦子,休息下抽烟的时候,他又来了这么一手,有几个年轻小伙子闹着要掏他的口袋,赵满囤说:"这个盒也是空的。"说着掏出那个盒来"啪嚓"就扔了。人们见他扔掉,以为真是空盒,其实这只不过是使了个计,他想等人们不注意时候再捡起来,可巧当时有个小孩在场边上玩,忙跑过去捡起那个烟盒,说道:"里边还有五六根哩!怎么就扔了?"一句话把赵满囤的"法术"破了。他只好笑着分给大伙。每逢赵满囤主动请别人抽烟的时候,不是想问你借点什么东西,就是求你帮点什么忙,他的烟绝不会随便"浪费"的。

这天,赵满囤给李二贵点着烟,又忙着张罗烧水泡茶,趁出去抱柴火的工夫，偷偷把巴克夏公猪赶到隔壁母猪圈里去了。抱回柴来之后，一面忙着烧水，一面和李二贵天南地北闲扯。他们谈得很亲热，当时办公室里有好几个人，大家以为这是他的朋友，其实他根本不认识李二贵。火着得不旺，水老烧不开，原来他是故意抱回些湿柴来磨时间。李二贵等得简直有点不耐烦了，可是看到他那么热情也不好走开。等茶泡好，已经一个多钟头过去了。赵满囤估计三口发情母猪都已交配过了，于是装着出去小便，把巴克夏又赶回原来的地方。李二贵一点也没发觉，临走还说了好多感谢的话哩！

　　赵大叔讲到这里，我和小会计刘斌不由得都笑了。赵大叔也笑着说："你看这家伙计谋多大！当时社员们听了这件事，都高兴地说赵满囤可算替社里办了一件好事，特别是喂猪的甄兰英，喜得嘴都合不住了。赵满囤也得意地说：'我早知道他昨天在红豆庄配罢种，今天要去太平庄。过卡子不上税还行？'那几天，社长到城里开会去了，回来听到这事，非常生气，把赵满囤批评了一顿，说他这事做得不对，说他这是投机取巧，说他破坏农业社的威信。当时好多人都想不通，我也想不通。赵满囤受屈地说：'我贴上纸烟，误上半个劳动日，为我自己吗？这还不是为了社。'可是社长说：'为了咱们的社，害了别的兄弟社，也对？咱先不说占了城关社六块钱便宜的事。我问你：一头公猪一天能配多少种？李二贵不知道半路上巴克夏出了三次力，到太平庄再给母猪配，能不能受胎？万一受不了胎，这不把人家太平庄农业社坑了！'这样一讲，大家才觉得事情不妙，都不知道该怎么办好了。社长提出要补给城关农业社配了三口母猪的钱，并要赵满囤去太平庄农业社向人家赔情道歉。按说这样处理也很好，可是赵满囤死也不去，他说：'给城关社钱还说得过去，给太平庄去赔情？没那回事！我又没用他们社的猪配种。'后来因为忙着转高级社，又忙着和太平庄、红豆庄办联村社，这事也就搁下了。"我问道："后来怎么样？太平庄的猪配上了没有？"

赵大叔正要回答，忽听院里传来一阵杂乱的脚步声和说笑声，我向窗户外看了，原来是去地里摘棉花、拾粮食的妇女娃娃们回来了，冷清清的院子里顿时热闹起来。赵大叔忙把他补好的那些口袋抱上，边往外走，边笑着向我说道："母猪生仔的事，你问赵满囤去吧，他比我清楚。"走到门口又回头对我说："该吃晚饭了，你自己去吧，省得人家来叫你一趟。"

听了赵大叔的话，我很想去看看赵满囤，吃完晚饭从供销社出来，便到了他家。一推门，只见他老婆胡凤英正在洗涮碗筷，一见我，忙笑着说："哈，是老马呀，刚才我就听街上人们说你来了。什么风把你吹来的？快上炕坐罢。"她边说，边忙着倒水拿烟招待我。我以为满囤已经吃完饭出去了，一问才知道还没有回来。她说："这几天正忙着浇地，丰收渠今天第一次放水——就是你从城里来路上看到的那条渠——还不知道什么时候才能回来哩。唉！下午出去也没带点干粮。"

我开玩笑道："水利委员嘛，饿了喝水就行了。"

胡凤英故意用一种抱怨的口气说道:"还说水哩!自当了水利委员,地里倒是有水了,家里吃水可困难啦!水瓮里经常是干的。他忙得顾不上担,我又吊着个吃奶孩子出不去。"

　　这时我才注意到炕角里睡着个小孩。我说:"你家又添人进口了。"

　　她笑着说:"去年嫁了闺女,今年又生了个儿子,不赔不赚刚够本。"

　　我问她大儿子现在干什么。她说在城里中学念书,已经读高中一年级了。

　　我一面等着满囤回来,一面和她闲谈。她告诉我说,如今满囤和以前可大不一样了,脑子里经常盘算的是社里的问题,有时候为了水利上的事,半夜半夜睡不着。去年他兄弟从部队上请假回来看家,看到哥哥这样热爱自己的工作,也很高兴。回去以后给他寄来好多有关水利的书,还捐给社里一架水平仪。

　　胡凤英用一种夸耀的口气说道:"你知道,他想争取入党哩!我有时候嫌他不管家里的事,他就批评我落后,我说:'你进步了才几天!'他说:'我早知道你要说这句话!'"胡凤英说完大声笑起来了,我也笑了……

　　等了有一个多钟头,赵满囤还没有回来,我便离开了他家。一出大门,迎面射来一道手电的亮光,晃得人睁不开眼,同时有个熟悉的声音热情地向我问候,我听出是社长甄明山的声音,忙跑过去和他握手招呼。我问他做什么去,他说刚才拖拉机站打来电话说，红星社能机耕的地已经耕完了，今晚来耕他们社里的地，他要去照管一下。我要求和他一块去看看，他答应了，于是我们便相随着走出了村。

路上，我和甄明山谈起了赵满囤。他也说满囤这几年比以前进步多了，最重要的是脑子里有了个"社"。遇事能从这个"社"的利益来考虑问题，而不是像过去那样，只要自己家里能沾光，大伙儿倒霉也不在乎。甄明山接着说道："其实满囤过去那样自私自利，也不是啥奇怪事。不要说他是中农，又是被逼到社里的，就是自愿入社的贫农，也不是个个一入社马上就能变得大公无私。农民嘛，祖祖辈辈一家一户过活惯了，从古至今都是各家打各家的算盘。农业社比单干再强，乍入社总不是一下就能转过弯来。就像咱们村里人乍到了城里一样，生活再方便，也感到别扭。至于像满囤这种人，不经过长期教育是变不过来的。"

我随口说道："你在教育赵满囤身上，可花了不少力量啊！"

甄明山说："你这可说了句外行话，单靠一个人还能把另一个人教育过来？要不是集体的力量，赵满囤还是赵满囤。"停了一下又说道："有回我到地委去开会，地委刘书记讲话说：'个体生产转为集体生产，经济基础变了，人们的思想意识也要逐渐起变化的。'初一听也不觉得怎样，细细一想，实在有道理。"

前次来甄家庄的时候，在和甄明山接触当中，我就感到他不是那种只管生产的社长。听了他的这些议论，我更感到他是个有"思想"的人。

一路上我们边走边谈，不知不觉已经离开村子很远了。天黑得伸手不见指，地里到处是闪闪烁烁的灯火，在前方灯亮的地方传来"突突突"的响声，我以为是拖拉机，甄明山笑着说："那是锅驼机。如今咱们社有四部锅驼机，这几天都集中到井上用了。"我们走到洞子桥北的时候，只见生产队长甄二明和社里派来的两个农具手已经等在那里。一个是曾经喂过俩月牲口的张正万，另一个不认识，据介绍说是个中学生。我们到了不多一会儿，拖拉机就开来了。两部拖拉机，四个驾驶员，其中还有一个是女的。甄明山向驾驶员们说了些感谢的话，告诉了他们要耕的地段，又和他们研究了一下耕的深度。然后我们便顺水渠走了回来。

过了赵家坟，远远就看见前边好几盏马灯晃来晃去，隐隐传来吵嚷的人声，我们以为是渠堰开口子了，连忙就往那里跑。等走近了，才看清原来这里是水渠的分水闸，有几个人不知为什么正在那里争吵。灯光里只见赵满囤站在闸口旁大声说："不行，赶快弄开，我早就知道你们要捣鬼。"一个老汉说："黑天半夜怕什么！红星社不会有人来。"另一个年轻小伙子也不满地说："真是又要马儿好，又要马儿不吃草，你又要我们多浇地，又不多给水！"赵满囤说："咱们忙着浇地，人家红星社还不一样？打个颠倒你乐意不？"

我们跑过去一问，才知道是那两个社员为了多浇地，偷偷把红星社的水闸堵了一半。赵满囤看到我们也顾不得和我打招呼，忙向社长说："这不是社长来了，让社长说吧。"甄明山批评了那两个社员,他们只好把红星社的水闸全拔开了。

社长回头对赵满囤说:"你快回去休息吃饭吧,今夜可别出来了。"赵满囤说:"我也正打算要回哩。再不回肚子也不答应了。"他说着把锹上的泥在水里洗干净,又用胸前吊着的一块红绸子揩了揩红肿的眼睛。怪不得白天他戴着副茶镜,原来是害眼了。我说:"你应当到医疗站看一下。"他说:"已经看过了,不要紧,就是上点火。"

我们等他收拾完,便相随着回村里来。看到刚才所发生的事情,我忽然想起了赵大叔没讲完的那件事,于是便问起了那次母猪配种以后,下猪娃的情形。赵满囤笑着说:"是赵大叔告诉你的吧?我早就知道这老汉要在你跟前抖我的箱底哩!你打听这事想怎?又要在报上'表扬'咱的缺点啦?"我也笑着说:"那可说不定。"他说:"好吧,我就给你坦白一下。"停了一下说道:"那次配种以后没多久,就和红豆庄、太平庄合并成高级社了。社里决定巴克夏配过的母猪集中到甄家庄来饲养,因为我们村里有粉房,饲料好。第二年春天母猪快生产的时候,社长派我去帮助甄兰英照护几天,我答应了。不想社长是故意将我军哩!红豆庄的四头母猪,每头都是生了十来个猪娃,我们村的每头也生了七八个。只有太平庄的两头,咳!不能提了。一头生了三个,另一头只生了两个,有一个一落地就死了,活着的也小得可怜,比白老鼠也大不了多点。我一看这阵势,不由得脸就红了。当时旁边还有好多看热闹的人,有的说开风凉话了:'呵,看满囤给咱社里出的好主意！'别人不说，我心里也够难受了。这可真是自己搬起石头，把自己的脚砸了一家伙。"

赵满囤讲完这事，便和甄明山谈起了丰收渠的扩建计划。他打算明年再修两条支渠，这样全社百分之七十的土地就都能浇上水了。另外还计划在渠堰上植两行乌柳，既巩固了堤堰，每年又能收割大批编筐子的柳条。他说："乌柳好栽好活，长不高也胁不住两旁的庄稼。我估计了一下，光咱社境内的这条干渠上，一年至少能收割三万五千斤柳条，一斤就按二分五算吧，二三得六，三五一五，这就是七百五十元，再加五千斤——二五一十，五五二五，总共就是八百七十多元，能顶两千多斤粗粮啊！"

他讲得很兴奋，很流畅，好像脑子里有架算盘，好像已经亲眼看到这项收入了。这个理家过日子的能手，如今处处都为大家庭打算了。甄明山同意他的这个计划，说过几天可以提到社务委员会去研究。

这是个秋末冬初的夜晚，夜已经深了，但野外一点也不安静，到处闪烁着灯火。"突突突"的锅驼机声，"哗哗哗"的流水声，夹着拖拉机马达的吼声，好像是雄壮的交响曲。赵满囤忽然回过头来问我道："老马，你看咱们这里变了吧？"我道："大变了。"我觉得不只是生活变了，最重要的是人变了。

他说："我早就知道要变的。你再过三年再来看。"

我说："我早就知道你是个'三年早知道'！"

他和社长都笑了。

饲养员赵大叔

/// 马烽

我去到甄家庄农业社,正是秋收快要结束的时候。那天上午,社员们都到场里地里工作去了,办公室里只有社长甄明山和一个年轻女会计,在忙着核对账目。

甄明山是个四十来岁的农民,短粗个子,圆盘大脸,长着一双明亮的眼睛,看样子是个能干的角色。他一面烧开水,一面向我介绍社里的情况,一面还要回答女会计提出的一些问题……

正在这时,从门外撞进一个老汉来,看起来有六十多岁了,但胡子却刮得光溜光,头上戴着顶呢子鸭舌帽,脚上穿着对旧皮鞋,身上却是老庄户人家的打扮——蓝布袄,蓝布裤,腰里扎着条白布腰带。他一进门就对着社长直嚷嚷:

"我不干了,要到太原另找工作去!辞职,准不准?说话!"

"不准!"甄明山满不在乎地说。

这老汉马上把帽子脱下来，举在手上，唱道：

"听他言不由人怒发冲冠，好一似烈火上又把油添，好恼，呀，呀，呀……"他一面唱，一面还学着须生的架势：又吹胡子，又甩袖子，引得我们都大笑了。女会计用手绢擦着笑出来的眼泪，说道：

"赵大叔，你每天要来捣一阵乱，把人的头都吵昏了！"

"怎么？秀英，昏了！"赵大叔连忙坐到椅子上，闭起眼睛，学着旦角的腔调，呶声呶气地唱道："我昏昏沉沉一梦中，耳风里忽听有人声。"

没等他唱完，秀英和甄明山已经笑得东倒西歪了。我也笑得差点把开水碗打了。赵大叔搓了搓手，又用指头在两只眼上摸了一下，继续唱道：

"……我强抖精神睁开眼……得啦切，咣咣咣……啊！这是哪里来的客人？"他忽然看到了我，问社长。

甄明山忍着笑对我说："这是赵大叔，哦，哦……赵吉成老汉，人们都称他赵大叔。我们社里的饲养员。"又回头对赵大叔说："这是县上来的，老马同志。"

赵大叔听了，连忙和我打了打招呼，扭头又冲着甄明山说："不干了，何必在这里受人的气！非到太原去不可，听见了没有？我马上就卷铺盖走啦！"

甄明山笑着说："随便，那是你的自由权。"

"好！得令。马来。"赵大叔拱了拱手，口里响着锣鼓乐器，迈着台步向外走去。刚走到门口，又返回来，正正经经地向甄明山道：

"我是来问你：这几天有人进城没有？有好几个套包子破了，赶快要扯几尺布回来补一补咧！"

"明天有人进城去。"甄明山说，"要几尺布？"

"有五尺就差不多了，要结实一些的。"他说完，这才走了。

我问甄明山道："这老汉工作怎么样？"

"再好也不能了。"甄明山说，"你别听他嘴上说不干了，要到太原什么的，其实，真让他走，他也舍不得离开那些牲口！"甄明山接着告诉我说：赵大叔今年（一九五三年）春天，曾经去过一次太原，是他大儿派人来接他去的。他大儿抗日战争开始就当了八路军，南征北战打了十来年。去年夏天才离开部队，调到太原一个工厂里当了副厂长。好多年没有回家了，想回来看看老人们，可是工作忙得顾不上，后来就派人把他接去了。赵大叔到了太原，心里老惦记着牲口，住了没三天，闹着非走不可。后来收拾了他儿的一些破旧衣服就回来了。当时村里有些人问他说："好不容易到了大地方，为甚不多游玩几天？"他说："儿子媳妇整天三更不睡、五更早起忙工作，人家工人们整天在红炉大火跟前忙生产，咱摇来摆去没事干，心里可不好过哩！"

这时秀英接上说：

"赵大叔在太原还闹了个笑话：他住在三层高的洋楼上，半夜三更睡得好好的，他忽然爬起来，穿上衣服满屋里乱摸索，把他儿惊醒了,问他找什么。他说:找草筛,给牲口添些草!"

"这老汉对牲口真是关心到家了!"甄明山用赞叹的口气说,"全社现在也找不出第二个人来!"

我问道:"刚才他为什么要说那些话!"

秀英不好意思地笑了笑说:"他那是学我咧!今夏天因为算劳动日账,我和赵满囤吵了一架,当时我说过那些气话,谁想就给他留下话柄了!"

赵大叔引起我很大的兴趣,当时我就想去找他谈一谈。甄明山要领我去。我说:"你们算账吧,我能找到!"

他们告我说:喂牲口的地方在东院里,出了大门往东拐。我按着他们的话走到东院里。院子很宽大,打扫得干干净净。靠东墙整整齐齐地垛着两大堆谷草。北边是一排新盖起来的马棚。牲口都上地去了,马棚里空空荡荡,院子显得很安静。只见赵大叔坐在西房门前编草筛,一面编,一面唱。旁边一个二十来岁的瞎子帮他削柳条。我站了老半天,他们也没有发觉。后来我说:"赵大叔,唱什么啦?"

他头也没抬地说:"《打金枝》《骂金殿》《三娘教子》《牧羊圈》。怎么?你不高兴听?滚蛋!"

旁边那个瞎子推了他一把说:"赵大叔,刚才说话的可不像咱村的人!"

赵大叔忙抬起头来,一看是我,笑着说:"哈,是老马呀,我还以为是赵满囤咧!"

我开玩笑问道:"你刚才不是说要卷铺盖走?怎么还编草筛哩?"

他"嗨嗨嗨"地笑着说:"不说不笑不热闹,那两个年轻人整天忙工作,让他们也歇一歇,喘一喘。老马,坐下,抽烟!"他说着,把烟袋掏出来递给我。我坐下来,边抽烟,边和他们闲谈。

赵大叔告我说:那位瞎子是他的助手,名字叫王根锁。别看他眼看不见,干活可有两下子,锄草、垫圈、担水……都能干得了,是他的个好帮手。当初喂牲口的只有他一个人,后来牲口多了,才加上王根锁。现在他们两个人一共喂着十三头牲口,有四头骡子、六头驴、两条牛,另外还有一匹马。提起马来,赵大叔眉飞色舞地说:

"哈,真是匹好马!买来二年多,去年春天已经生了一头骡驹,今年秋天又要生了,又要生了!"

正说到这里,只见从大门外,慌慌急急跑进一个老太婆来,一进门就对赵大叔喊:

"赵大叔,请你快去给看一看,这不知得了什么病啦!天爷!这可该怎呀!"

"什么病了?"

"牛啊!我家的那头牛,一天多都没倒嚼,肚子胀得像鼓一样。"那女人急得满脸汗珠,跌舌拌嘴地说,"这是多好的条牛!去年八石粮食买的。"

赵大叔没听那女人说完,急忙就跑回了西房里。过了一阵,拿着个小白布包包出来，嘱咐王根锁说：

"牲口回来以后，先让歇一歇，再往槽上拴！"

说完，匆匆忙忙相随那女人走了。

我回到办公室的时候，他们已经把账算完了。甄明山问我道：

"怎么回来了，没有找见赵大叔？"

我把赵大叔被一个老太婆请去的事说了说。他们想了半天，猜想是郭二保家娘，那是家单干户，今夏天牛就病过一回，也是请赵大叔给治好的（后来知道果然是郭二保家的牛，这回赵大叔又给治好了）。我问他们道："赵大叔还懂兽医？"

秀英笑着说："那是我们社里的牲口专家，周围村里都有名。"

甄明山说："以前也是个外行，这二年才学会的。"

我说："找这么个饲养员可不容易啊！有的社因为牲口喂不好，生产都受了很大影响！"

"是啊！我们社开始为这事也伤了不少脑筋。"

甄明山接着就给我讲述这件伤脑筋的事：

甄家庄农业社成立起来快三年了，前后换过三个饲养员。初开始是赵满囤，那时牲口不多，只有两头骡子四头驴。赵满囤喂牲口蛮有经验，就是爱耍奸取巧，不好好工作。他喂养了不到半年，牲口都瘦得不像样子了。社员们非常不满，意见纷纷，有的甚至提出要退社。后来社务委员会撤了赵满囤的职，换了张正万。

张正万是个年轻小伙子，工作倒是蛮积极，喂了两个月，牲口也有了点起色，可是后来死活不干了，坚决要求调换工作。他说:"每天铡草,垫圈,担水,煮料……这些零七碎八的事咱倒不在乎,唯有夜夜起来添草料这事,咱受不了。一夜起来三四趟,这还睡个什么觉?万一到时候醒不来,牲口只好饿着。再干下去,不是我累病,就是牲口饿死!"张正万辞了职,谁也不愿意干这事。后来党内研究了一下,有人提议让赵大叔干。赵大叔说:"党分配我干,我就干!反正这工作总得有人做,还能因为没人喂牲口让农业社散了!"

赵大叔是个老庄户人,从小就喜爱牲口,可是他自己并没有专门喂养过。那时穷得不要说买牲口,连张皮子也买不起。老实说,赵大叔对喂牲口并不怎么内行。他初担任饲养员的时候,连他二儿赵树义都担心他喂不了。赵大叔说:"谁也不是天生就会,俗话说:天下无难事,只怕不用心。"

赵大叔自当了饲养员,全部精力都集中到这一工作上了。他经常去向喂养过牲口的人们请教,社里也特意为他召开了几次老农座谈会,专门座谈喂牲口的经验。有时县上"兽疫防治站"的刘大夫来检查牲口,赵大叔就跟在人家后边,问这问那,刘大夫也耐心地告诉他。他每次碰到刘大夫,总是用双手敬礼,用唱戏道白的声调说:"刘老师在上,弟子有礼!"其实刘大夫顶多不过三十岁。后来刘大夫送了他几本《怎样把牲口喂好》《牲口疾病常识》等小册子。赵大叔像得了宝贝一样,每天一有空闲,就拿上这些书本,去找识字的人读给他听。去年冬季,他又参加了村里的"速成识字班",学了三个月,认下一千多生字。这以后,他就不再找别人读了。每天把杂务事情处理完,就戴上老花眼镜,拿着书本,一字一句地读给王根锁听。遇到"拦路虎"就去问别人,学到一点好的办法,马上就试验。

赵大叔不断地学习,不断地改进饲养方法。现在真算是甄家庄农业社的饲养专家了。

甄明山讲到这里,好像做总结似的说道:

"赵大叔真够得上个学习模范。工作上那就更不要说了。从来也没有向我提过什么困难,一有困难,他自己就想法克服了。"

"我来给你说件事。"秀英说,"赵大叔开始喂牲口,夜里不敢睡觉,怕到添草的时候醒不来,可是夜夜不睡觉谁也受不了啊!后来他就想了个好办法:每天临睡觉的时候,一连喝好几大碗白开水,睡上一阵尿憋醒了,赶忙起来小便,给牲口添草。再后来,又有更好的办法了。你猜怎?"秀英望了我一眼,没等我回答,继续又说:"今年春天,他不是去过一次太原?当时,他儿和媳妇又要给他买这东西,又要送给他那物件,赵大叔什么也不要,只要他儿床头上摆的那只闹钟。因为他看见这玩意怪有意思,要它什么时候响动,就什么时候响动。赵大叔自从带回闹钟来,晚上就用不着喝那么多开水了。据赵大叔说:机械化了!"

我笑着随口说:

"这老汉倒挺有意思!"

"有意思的事可多啦!"甄明山说,"你还没见他喂牲口哩,以后你可以看一看,那才真有意思咧!"

赵大叔喂牲口，真是有意思极了。我第一次看他喂牲口，是来到这里的第三天晌午。

那天，我一进大门，远远见他从西房里端着一簸箕料往槽跟前走。牲口看见他，都"吱吱唔唔"叫喊，他对着牲口说：

"大家都静一点，守点规矩嘛！反正是一个一份，叫喊也不多给你！"

我忍着笑，轻轻走了过去。

赵大叔顺着槽挨个给牲口添料，继续和它们说话。他走到一头大犍牛跟前，这条牛又高又大，左边的角断掉了。他拍了拍牛头说：

"累不累，'独角龙'？一上午耕了三亩地，真是好样的！大家都像你就好了！"他只顾和牛说话，猛不防旁边一头驴伸过嘴来抢着吃簸箕里的料。赵大叔推开它，用一个指头指着驴的脑门心说：

"你呀！就爱占便宜，批评你多少次了，一点也不改，再不改……"

我听着忍不住笑出声来。赵大叔回过头来看了看我，一本正经地对我说：

"这家伙是个'二流子'，今年夏天才买来，思想可落后哩！你别看它样子长得不错，可奸猾啦！耕地拉车不出力，推磨尽偷吃。拴到槽上，缰绳也要挽得短点，要不，吃完它自己的，就要抢着吃旁边邻居的了！"

赵大叔添完料，拿着空簸箕跑回西房去了。这时，我才注意到每头牲口槽前都贴着张小纸条，上边写着什么"二捣蛋""老秀才""独角龙"……我正看着，赵大叔又端来了一簸箕料，我指着这些纸条问他道：

"这是你给牲口起的名字？"

"是啊！牲口多了，没个名不好认。"他继续给牲口添着料，继续说道，"牲口有些方面和人也差不多，也是各有各的性情，各有各的脾胃。你就说'老好人'吧！"他指了指一头黑骡子说："性情老实极了，抱住后腿它也不踢，驾辕拉套都行，女人小孩也能使用了。'火神爷'可就完全两样——就是最边上那头灰骡子，干活倒挺起劲，力气也大，可就是脾气太坏，又踢又咬，一不小心，咬断缰绳就奔了……"

正说到这里，那头灰骡子叫了几声。赵大叔笑着对我说：

"看！它不高兴了，嫌我说它的缺点哩！"他回头又朝着那头灰骡子大声喊道，"怕在客人面前丢脸，以后就少犯点错误，好好改正缺点！"

赵大叔向我讲述着每头牲口的性格，每头牲口的特点，讲得津津有味，好像它们不是牲口，而是一群不会讲话的顽皮小孩子。

我住在农业社的客房里，和赵大叔是紧隔壁。每天没有事的时候，我很喜欢找赵大叔去聊天，看他喂牲口，有时也帮他筛筛草，簸簸料。他每次喂牲口都是这样，对这头牲口夸奖几句，对另一头批评一顿。偶尔牲口点点头，或叫喊几声，碰巧和他的话吻合了，他就高兴地赞美道:"听懂了,多聪明啊!多聪明啊!"有时他添完草料,遇到特别高兴的时候,就让王根锁拉起胡琴,他对着槽头给牲口唱起戏来。

有次,秀英开玩笑说:"赵大叔被牲口精迷住了!"这话也并不算太夸张。他时时刻刻都忘不了牲口,不管开什么会,他一发言总是说牲口的事,你和他聊天,说不上十句话他就说到牲口身上了。他整年累月和牲口打交道,每天只跑回家去吃两顿饭,一放下碗就往这里跑。他说他的家是他的"食堂",这里才是他的家。他对这群牲口有着深厚的感情,对每一头牲口都很关心,细心地喂饮它们,但他最关心的是那匹母马"金皇后"。

"金皇后"吃得又肥又壮,全身的毛一片金黄,亮得像一匹黄缎子。赵大叔对"金皇后"特别优待,单独在一个槽上喂着。因为"金皇后"的肚子一天比一天大了,他怕和别的牲口拴在一起出乱子。他不让"金皇后"干重活,每次上地,他都要嘱咐赶牲口的人小心在意。每次"金皇后"从地里回来,他都要给它把全身扫净,用梳子把马鬃梳好。

听说今年夏天,还发生过这样一件事情:有天下午,"金皇后"耕麦茬地去了,忽然刮来一阵东南风,霎时天上铺满了黑云,雷声紧跟着闪电,震得窗户都发抖,大雨像从天上倒下来一样。当时,赵大叔正在办公室里,让别人给他剃头。刚刚剃了半个脑袋,他一看见暴风雨,什么也不顾了,赶忙跑回他屋里,从炕上揭了块毯子,拔腿就往地里奔跑,他怕大雨把"金皇后"淋坏。

一气跑到地里,把毯子给"金皇后"搭在身上,他才拉着它回来。回到家里时,他自己完全像刚从水里捞出来的一样了。

赵大叔是个愉快的老头,看起来无忧无愁。不管和谁见了面,都是嘻嘻哈哈,说说笑笑。但是有时候,赵大叔也和人吵架,而且他发起脾气来,相当可怕。不过这样的事并不多见,我在这里住了两个多月,只碰到过这么一次。

那是秋耕快要结束的时候。有天傍晚,我正在办公室里,和甄明山研究全社一年的总结,忽听得东院里吵起架来了,吵得昏天黑地,一声比一声高。甄明山说:

"听!赵大叔。这又不知谁闯下乱子了。"他说着就往外跑。我跟在他后面,一直跑进东院里。只见赵大叔站在院当中,拉着"独角龙"跺着脚大声吼道:

"……你是想要它的命咧?牲口也是肉长的,不是生铁铸的!打个颠倒,我来这样打你,你疼不疼?"赵大叔气得脸红脖子粗,头上的青筋都暴了出来。他二儿赵树义蹲在一旁,闷声闷气地说:

"要杀要剐由你!"

赵大叔更火了,气汹汹地指着树义道:

"怎么?做下有理的了?你往死打牲口就对?应该?大家都照你这样,农业社该垮台了!咱们找社长去!"他一回头,看到了甄明山和我,忙拉了拉"独角龙",对我们说:

"你们都来看看,看打成什么样子了!"

我们跑过去看时，只见"独角龙"满身的毛都湿了，背上有几条鞭印还未消散。这牛也真乖，它用舌头舔着赵大叔的手背，好像诉冤屈似的，两眼望着赵大叔，"哞哞"地叫唤。赵大叔摸着它的头，伤心地说：

"打得多狠！打得多狠！"

我们问了老半天，才把这件事弄清楚：今天下午树义赶着"独角龙"去耕高粱茬地，到太阳快落山时候，一段地耕得只留下半亩了。他想突击一下耕完，省得明天再来一趟，于是就拼命赶牛。结果地算耕完了，牛却变成了这样子。回来一进院就被赵大叔看见，父子俩就吵了起来。

这时，赵大叔又冲着甄明山说："这事要处理，非处理不可！"

赵树义闷声闷气地接上说："处理吧！要怎就怎，打量也送不到司法科！"

这后生平时不声不响，只是蒙着头工作。可是火起来也有股子牛脾气，不会转弯，说的话能冲倒墙。他这一说，更把赵大叔激怒了，冲着他吼道：

"犯下住司法科的罪，不去也不行！……"

这时，院子里已经挤下好多看热闹的人，大家有的劝解赵大叔，有的批评赵树义，后来人们把赵树义拉走了，这才算平息下来。但赵大叔一口咬住："非处理不可！"

甄明山说："你放心吧！当然要处理，也教育教育大家！"

恰巧当天晚上开社员大会。会上赵大叔坐在一旁，板着脸一句话也不说。大家把树义批评了一顿，最后，树义又做了检讨，承认了错误，这事才算彻底解决了。

散会的时候，赵大叔又有说有笑了。我悄悄和他说："你发起脾气来好厉害，好像另换了一个人。"

赵大叔"嗨嗨嗨"地笑着说："到那时候好像喝醉了酒，身不由主了！"

赵大叔就是这号脾气，喜怒哀乐都是挂在脸上的。遇到他心里不痛快的时候，一句话也不说了。

在我离开这里的前两天，还发生了一件事：

这天下午，我听人们说"金皇后"要下驹子了。我赶紧跑到东院里，只见"金皇后"的槽跟前围了很多人，圈里铺着一层新干草。"金皇后"站在那里纹丝不动，奶头已经垂下来了，隔一阵就往下滴一滴奶水。赵大叔出着一头汗水，忙得跑来跑去，一时拿来了剪刀，一时又去取扎脐带的布，一时又吩咐王根锁熬米汤……

各个人都是喜气洋洋，抽着烟，愉快地说笑着，看样子"金皇后"很快就要生产了。可是这样一直等到上灯时候，还没有动静。人们都显得有些焦急。赵大叔一句话也不说了，皱着眉头，不时去摸摸"金皇后"的肚子，"金皇后"站在那里全身不住抖动，喂什么也不吃。

又等了有两三个钟头，还是没有动静。时候已不早，人们都逐渐走散了。牲口圈前面只留下赵大叔和甄明山几个人。大家谁也不讲话,都盯着"金皇后"。每个人都捏着一把汗。我知道赵大叔这时比别人更着急。他那两只眼里好像要急出火来了,"金皇后"每一抖动,他的身子也不由得要随着动一下。

按当地一般农民的习惯,马配种都是在春天,"金皇后"却是去年秋天配的,这事是赵大叔办的。当时他听说韩家山出了个配种能手,秋天也能配种。他来回跑了六十里地,亲自去打问了一回,果然有这么回事。他坚持要让"金皇后"也试验一下,万一能怀住驹子,社里又能增加一大笔收入。当时也有些社员反对过,社务委员会支持了赵大叔的意见。后来倒也怀住了。可是临到要生产的时候,不由得不担心事,而且等了这样长的时间还没生下来。

人越着急,越觉得时间长。又等了有两个钟头,还是没有动静。后来我就回去睡了。

半夜里,我忽然醒来了,起来又到东院里看了看。只见"金皇后"卧下了,赵大叔把着盏风雨灯蹲在跟前。我问道:

"还没有生下来?"

赵大叔愁眉不展地抬起头来看了看我,什么话也没有说。我也不知道再说什么好,站了一阵,就又回来睡了。

天明的时候,我正睡得很甜,忽听有人推开门闯了进来,"呼"一下就揭开我的被子。我睁眼一看,原来是赵大叔,他高兴得像疯了一样,大声嚷道:

"老马,快起来,快起来,生下了!……"

他的话没说完就跑出去了。我急忙穿好衣服跑到东院里。院子里已经站下好多人，正围着牲口圈兴高采烈地谈论。"金皇后"安闲地喝着米汤。旁边卧着一匹红色的小马驹，身上搭着赵大叔的棉袄，瞪着两只黑色的大眼望着众人……

赵大叔像个小孩子一样，嘴里唱着，满院乱跳，喜欢得满脸放出红光。

当我要离开甄家庄农业社的那天清早，我特地去找赵大叔告别。我到了他屋里，只见他正对着一片破镜子，用剃头刀刮胡子。赵大叔的胡子隔不了十天就要刮一次。我笑道：

"赵大叔，你越活越年轻了！"

他"嗨嗨嗨"地笑着说："不把门面收拾干净，怕老伴和咱闹离婚咧！"

他刮完脸，把家具收拾起来，忽然问我说：

"老马，有那种药没有？就是那种……比方说：老人吃上，就能变成年轻人。"

我一下被他问住了，我也不知道有没有那种药，当时我说：

"你现在也不算老，你比年轻人生活得还要年轻！"

"可是要再年轻二十岁，那该有多好啊！老马，你说我能活到社会主义活不到？"

我不假思索地说："没有问题，你一定能活到！"

"我想也差不多。"他停了停，又像对我说，又像自言自语地说道，"我觉得建设社会主义，就好比盖一座大楼。咱们全国各行各业的每一个人,都用心把自己的工作做好,该三天做完的事,抓紧点,两天做完。大家齐了心摽住劲干,这座大楼就能早点完工。你说对不对?"

"你说得完全正确!"我说,"每个人都像你这样就好了!"

"咱的工作还差得远咧!"他沉思了一下,接着又说,"我常这样想:如果盖楼的时候,你不和泥,也不搬砖,等楼盖成了,你搬进去住的时候,要是有人问:'盖这座楼你做工来没有?'那该说甚呢?多脸红!"

我激动地说:"将来你到这座楼里住的时候,你不会脸红!"

赵大叔两眼望着我,意味深长地说:"我很盼望能住几天。万一住不成也没甚要紧,反正这座大楼是盖起来了。后辈儿孙们说起来,总知道赵某人搬过几块砖,掘过几锹土,不是躲在树荫下歇凉的人!"

我深深被赵大叔的话所感动,他的话说得多么深刻啊!说出了他全部的思想,全部的情感。这时,我才理解到他为什么对工作那样奋不顾身。

孙老大单干

/// 马烽

一

端午节前一天,孙老大赶着头空毛驴,垂头丧气地从西山上回来了。他是到西路贩枣子回来的,没赚到钱,反把驴身上的鞍架都赔得卖了。

"真他娘的倒霉!人不走运,喝凉水都嵌牙缝!"

孙老大一路上不住声地抱怨,有时用拳头狠狠地打驴,粗声粗气地咒骂。驴走得快了他嫌快,驴走得慢了又嫌慢,怎么也不合他的心思,好像做买卖赔了钱,完全是驴的过错。

孙老大今年有五十来岁,自认为是个会当家过日子的能手。自从土地改革以后这几年来,干什么事情都是一帆风顺,光景一年比一年有起色。可是今年,唉!真是个倒霉的年头!从开春到现在,没有遇到一件顺心事,走一步闪一跤,一连栽了好几个跟头。

说起孙老大栽跟头,话就长了:

今年正月里,他们的互助组转办成了农业社,连好些过去的单干户都入了社,孙老大没入。他认定农业社闹不好。他觉得:"农业社连互助组也不如。众人的老子没人亲,地都混到一起了,谁还好好干活?!"那时,老互助组长贺万山,隔壁邻居田二虎,还有一些办社的积极分子们,整天到他家来劝说,劝得他老婆心眼也有点活动了,想着入社试一年看看。可是孙老大始终抱定老主意:就是不入。他是那号倔脾气咬死理的人,他要往东走,九牛也拉他朝不了西。开头,人们劝他入社的时候,他只是用一些话推托说:"着急什么?过几天也来得及!""商量商量再说吧!"后来劝得他火了,把脖子一扭说:"政府又没下命令,说非入社不可!单干也不犯法!"还说什么:"没入社的人多咧!什么时候全国留下两家单干户我再入,也落不到最后!"从这以后,人们也就不再来劝他了。

孙老大不入社,不光是信不过农业社的好处,更重要的是他自己肚里另有打算。这几年他在互助组里养胖了。坏地改良成了好地,买了一头毛驴,去年秋天驴怀上了驹子,家里又存下了几缸粮食,真算得上丰衣足食了。但孙老大对自己的光景并不十分满意,老觉得发展得太慢,两眼老看着对门贺成贵。贺成贵在土改时候也不过是个平平常常的中农,可是看看人家这二年:又置房又买地,喂着门样高的两头骡子,拴起一辆胶皮轮大车,又跑买卖又放账……光景像长了翅膀,一天比一天飞得高。孙老大一看到贺成贵,不由得就眼红,心里常想:"我就不信赶不上他!"

去年他就想着要退出互助组另起炉灶,他认定自己单枪匹马也能打出个江山来。这二年不同那二年了,自家有牲口,又有底子,一家三口,除了小孩子,没吃闲饭的人,老婆过日子很俭省,自己种地又是老行家。地里忙完了,还可出外跑跑贩贩赚点活钱,而且眼看秋后一头驴就要变成两头了。今年再多种上二亩棉花,只要是个好年景,明年就可添置二亩地。再过几年看看:赶不上贺成贵,也差不远了。就算摘不下月亮来,至少还不抓住个星星?孙老大越盘算,越觉得自己这步棋是走对了。因此今年劳动得更加起劲,还没过完正月,就和老婆一块掏茅送粪动弹开了。每天三更不睡,五更早起,一心要发财。

可是事情偏偏不如人意,一开春就碰了两件倒霉事:他老婆本来身子就不壮实,以前在互助组里虽说也参加劳动,可那只不过是锄小苗摘棉花,做些轻省活计。如今跟上他什么重活也干,没干了半个月,就累得病倒了。老婆一病,孙老大的马蹄也乱了,两个人的营生压到了一个人身上,又要忙地里的活,又要照管家里的事。给老婆请大夫,给小孩做饭……什么事也得自己动手,而且眼看地里营生一天比一天当紧了。孙老大急着要抢墒,只好月亮底下赶上牲口去耕地。可是越着急越出漏子,老婆病还没好,毛驴又累得把驹子小产了。牲口不能再动弹,地又没种完,逼得没了办法,只好咬咬牙拿上缸里的存粮,雇了对门贺成贵的牲口来解围。花上大价钱,还领了人家的情。不过总算把地种完了,老婆的病慢慢也养好了。

孙老大摔了这么两跤，并没有灰心，只怪老婆不争气。老婆也断不了抱怨他没入社，可是他总说："别光看眼前，秋后见高低吧！"

春耕一结束，他就拿定主意要到西路贩枣子，一心要在这宗买卖上，把春天的损失赚回来。当时手里没现钱，存着的几缸粮食又给老婆看病吃药、雇人耕种、买油盐、做单衣……都花光了。想来想去没办法，最后只好把一口五十来斤重的猪卖掉做本钱。为这事老婆还和他吵了一架。孙老大认定这是十拿九稳的买卖，前几年他吃过这个甜头，消消闲闲就赚了对半利。可是谁知去年的日历今年使不上，西路产枣子的地方都有了供销社，贵贱买不到货。孙老大沿着黄河边跑了三个县，处处碰壁，心里又急又气，看看没办法，只好灰溜溜地返回来，白误了二十多天工夫不说，把鞍架都卖掉做盘缠花了。

"唉！他娘的，这一宝又压到黑心上了！"

孙老大走到村边的时候，已经到起响时分，听得村里响起了钟声，他知道这是农业社集合下地了。他不想从大街上走，怕碰到农业社的人，心里说："要让人家看见赶着头空驴回来，多他娘的丢人！"

孙老大赶着驴绕到村子北面，这里一进村就到他家门口了。可是谁知刚到家门口，可巧和隔壁田二虎的女人李玉梅碰了个面对面，李玉梅一手抱着小孩，一手拿着个小锄正往农忙托儿组去，看见孙老大，忙问道：

"啊！孙大叔，你不是去贩枣子？怎么空牲口回来了？"

孙老大心里骂道："真他娘的多管闲事！"一面支支吾吾地说："嗯，是，都卖了……"一面忙赶着牲口进了大门。

回到家里，老婆一听说赔空了，气得抱怨道：

"早就知道要落这个下场！早就知道……"

孙老大道："你倒是个'三年早知道'！你早知道要赔钱，为什么不早拦我？"孙老大把过错往老婆身上推："我翻山越岭东跑西颠，为了什么？我愿意赔？！"

他老婆道："你好，你做得对，都是你的理！"

正说着，他那个六岁的小孩跑回来了，一进门就问道："人家都包粽子，咱家还不包？"

孙老大没吭声，他老婆没好气地说：

"还想吃粽子！等着喝西北风吧！"

小孩一看爹娘脸色都不对，一扭身赶快跑了。

老婆一面忙着做饭，一面又不住嘴地唠叨开了：抱怨孙老大不入社，抱怨卖了猪贩枣，抱怨自己命不好……孙老大听得不耐烦，把烟袋一甩说：

"我滚油浇心哩！你还要添柴扇火！"停了一下又说："就算他娘的买卖赔了，还有地里咧！光那五亩棉花也能捞回来！"

"棉花，棉花，你一路上眼瞎了！就不看地里旱成了什么样子？咱的棉花都快旱死了！"

老婆这一说，孙老大才想起这一个多月来，每天只刮黄风，根本没落过一滴雨，不由得着了急，好像迎头挨了一棒，脑子里嗡嗡乱响……

二

孙老大胡乱吃了两碗饭，扛了锄头，匆匆忙忙就往地里跑，急着要看看庄稼究竟旱成什么样子了。他先到"金盆窑"看了看那四亩高粱，这里是下湿地，庄稼旱得不算厉害，再有半个月不下雨也扛得住。这使他放心了一点，随即又跑到"夹沙畛"去看那五亩棉花，他希望老婆说的是气话。可是等走到地头上一看，不由得全身冷了半截。棉花确实旱得厉害，叶子都快卷起来了。他试着锄了两锄，一锄下去冒一股尘土。孙老大气得把锄头一扔，蹲到地头上，两手抱着脑袋，差点哭出来。

这五亩棉花，他花了多少本钱、费了多大的力气啊！地耕了两犁，差不多全部粪土都上到了这里，种子都是他和老婆孩子一粒一粒选出来的，而且种的时候还用防虫药剂拌过。他最大的希望放在了这五亩棉花上，下种以前他就计算好了：一亩就按六十斤皮棉算，五六就是三百斤，三百斤皮棉能顶多少粮食啊？贩枣子赔了钱，他没完全泄气，因为想到还有五亩棉花撑腰。如今看看这棉花，唉！再有几天不下雨，都会旱死！

他抬头望了望别的地段，两旁都是社里的棉田，地湿润，棉苗都长得很好，红茎绿叶，一苗赛一苗。社里春天打了几眼井，显然棉花是都浇过了。春天时候，他也不是没想过打井的事，可是自己力量小，胳膊短，打不起。那时，他抱了这样个想法："今年不见得就旱！"谁知偏偏就又碰到了钉子上。

孙老大朝地北头望了望，那里是对门贺成贵的地，种的也是棉花，远远看见贺成贵和他儿媳妇，正在井台上摇着辘轳浇地。再远处是一群一伙的男女社员们正在锄苗子，随风飘来一阵阵的说笑声。孙老大这时不由得想起了互助组，想起以前他和那些人们在一块劳动的情形：前年，他在这里种了二亩棉花，也是碰了个旱天，比今年旱得还凶。那时全组男女老少都动员起来抗旱，连夜从河里挑上水一亩一亩浇，终于把快旱死的棉苗救活了，而且那年的收成还算不错，二亩地采了一百多斤皮棉。

孙老大低头看看自己地里的那些棉苗，觉得怪可怜的，好像一大群饿坏了的小孩子，都瞪着眼望着他，求他给点救命的水。孙老大心里难过极了。他又朝农业社的地里望了一眼，他看见了那眼新打的井，井台上架着一辆新式水车。他心里忽然有了一线希望，想道："要不借社里的井用用吧，反正他们的地也浇完了！"可是自己又立刻把这个念头打消了，自言自语地说道："那不是老虎吃蚊子，枉张空口！"他知道自己和农业社的关系弄得很不好，人家劝他入社他不但不入，还讲过很多难听的话，而且后来还嘲笑过农业社的一些缺点。农业社刚开办，工作没有头绪，乱了几天，劳动力支派不开，有时单干户已经收工回来了，社员们还拥在农业社门口等着分派工作。有次孙老大在大街上，当着好多人说:"这就是你们那'优越性'吧?多好的'优越性'啊!"再后来,又发生了一件事:农业社的锄草刀坏了,要借用一下他的。他不借给,还冷言冷语地说:"你们那么大的家务,还借咱们单干户的东西?"……孙老大想起这些事来,心里有点后悔。拍着自己的脑袋,叹了口气,暗暗说道:"唉!他娘的,一步棋走错,全盘都输了!"

正在这时,他无意之间扭了一下头,忽然看见农业社社长贺万山,从通镇里的那条路上回来了。他一看到贺万山不由得红了脸。他想起正月里贺万山劝他入社时,最后说过这样的话:"你一定不入,咱们也不能强迫你,不过依我看,你要离开大伙独自飞,恐怕飞不高!"现在怎么样?不要说没飞高,跌到地上爬也爬不起来了。这不正好让人家笑话?他真怕贺万山走过来,可是贺万山偏偏朝他跟前走过来了。

贺万山是刚从镇上开会回来的。他在区上汇报完农业社顺利完成了抗旱任务以后,区委书记老宋问他村里单干户的情形,还问社里帮助单干户没有。贺万山一句也答不上来,不要说帮助单干户,究竟单干户有什么困难他也不知道。这半年来他只顾了农业社,村里别的事情一概都没管。区委书记老宋和他谈了老半天,贺万山也认识到了这个大缺点,一路上都在责怪自己。自己还是支部书记哩!怎么没有早想到这事?

贺万山走到孙老大跟前,看了看受旱的棉苗说道:

"老大,你这棉花要赶快浇啦!再不浇要旱死哩!"

孙老大以为贺万山故意嘲笑他,因此低着头没吭气,心里说:"他娘的,知道要来这一手!"他看着贺万山走到农业社的地里查看了半天,又走过来了,说道:

"我们的地已经都浇完了,就用社里那口井浇吧!"

孙老大听得愣住了,他只当自己的耳朵出了毛病,可是贺万山又接着说道:

"那不是,水车还没卸哩!把你的驴拉来套上就现成。等雨可靠不住哇!"贺万山说完,急急忙忙回村里去了。

孙老大好像跌到火坑里被人救出来一样,心里说不出有多么感激。他真没想到农业社会这样对待他,立时浑身都有了气力,忙站起来,拿起锄头就去拨弄水渠。把水渠拨好,也顾不得拉驴去了,跑到井台上,把套杆插到水车架子上,独自就推着水车转起来了。孙老大看到清清的井水,顺着小渠流到他那片干旱的棉田里时,心里都觉得凉爽爽的。他只顾蒙着头干活,太阳什么时候落了他都不知道。这时忽听得有人粗声粗气地说道:

"我们社里的井是给你打的?"

孙老大一抬头,看见农业社的生产小组长田二虎站在他面前,后边还有社里的一伙年轻后生们,都拿着锄头,显然是收工回去的。只听他们乱纷纷地说:

"你们这号单干户真讨厌,光会占我们社里的便宜!"

"要浇地自己打上眼井!"

"你用我们的井问谁啦?"

孙老大听了这些不入耳的话,气极了,大声说:

"找你们社长问去!"

年轻后生们更火,七嘴八舌地说:

"偷用我们的水还有理啦?"

"棉花旱死活该,谁教他不入社!"

"快请吧,我们要卸水车啦!"

孙老大也不想分辩,甩脱套杆,随手拿上锄头,又恼又气地走了。

三

孙老大从地里回来,本想去找贺万山。可是他又想:已经弄成这样子了,还再低声下气求他们去?再说这阵讲民主,众人不同意,光贺万山答应也不顶事。

回到家里,老婆一听说浇地的这件事,又抱怨开了:抱怨他不入社,抱怨他春天得罪了社里的人……一面哭,一面做晚饭,一面唠叨。她是个顶爱唠唠叨叨的女人,一张嘴就没个完。

孙老大本来窝着一肚子火,听着老婆唠叨,更加火了,一脚踢翻桌子,拿着烟袋就跑到大门外。一个人蹲在大门洞里生闷气,心里急得油煎火燎,好像热锅上的蚂蚁,简直走投无路了。待了有半顿饭工夫,忽然脑子里亮了一下,想起个主意来,站起来就地跺了一脚,说了声:"他娘的!离了你农业社我就不活啦!"一直就走到了对门贺成贵家。

贺成贵一家人正在院里吃晚饭。贺成贵是村里精明不过的人，一眼就能看透别人的心事。孙老大在地里浇水的事他都看到了。这时一见孙老大进来，心里就猜中了八九分，知道他是来借井用的。他忙对儿媳妇说：

"快给你孙大叔搬个坐的。"回头又对孙老大说："还没吃晚饭吧？就在咱家吃吧！"

孙老大也不吃也不坐，蹲在台阶上拼命抽烟。还没等他说话，贺成贵早开腔了：

"社里的东西是好使的？那不是找窝囊气受？我知道万山那号人性。借给你井卖人情，回头又让田二虎来拆台，两头落好。不是我当叔叔的说他的坏话！"

贺万山是贺成贵的本家侄儿，一说起贺万山，贺成贵气就粗了。他总觉得贺万山故意要和他作对，老阻他的道。贺成贵土地多，又养着车马，父子俩忙不过来，想雇长工，又怕人家说他是富农。他有个远房堂兄弟，是个五十来岁的光棍老汉。前年贺成贵就把这个光棍老汉收留到他家里来了。这样一来，又增加了土地，又增加了劳动力，又落个救助孤寡的名声。可是贺万山看穿了他的法术，一口咬定这就是变相剥削，还向县上汇报了。而且今年正月里，左说右劝，把这个老汉劝得入了社。贺成贵想起这些事来，恨透了贺万山。

孙老大没心情听他说贺万山的长短，趁空就提出了借他水井浇地的事。贺成贵没说借给，也没说不借给，只是同情地说道：

"是啊！你那棉花旱得厉害，再不浇可真要旱死啦！把棉花旱死，这损失可就大了！"他喝了几口稀饭，接着又说道："遇上这种年月，水比油还贵，真是比油还贵，听说有的地方，二斗麦子浇一亩地，有井的人家还不乐意哩！嘿嘿。"

孙老大并不是傻瓜，一听他这话，忙说：

"我知道打井你也是花过钱，我也不能白用你的！"

"是啊！去年打这眼井，连置办辘轳井绳，花了七八石粮，七八石呀！"停了停又说，"我本来准备那七亩棉花还要浇一遍，眼看你等着用水，就先让你使好了。街邻街坊的，一出门就见面，我还能看到你有困难不帮助？"贺成贵根本没打算浇两遍棉花，可是为了强调他的舍己为人，故意这样说了。接着又说："我和人共事，喜欢先小人后君子，把话先说到前头，你愿意还工也行，出粮也行，随你挑！"

说来说去，贺成贵提出个办法：用井浇五亩地，还他十五个人工，要不就是秋后给他一石高粱！

孙老大听着，心里直骂娘，只要有三分办法，也不会来找这一刀挨。他低着头想了半天，觉得还工是不行，因为浇完地自己的庄稼也该锄了。一横心："去他娘的，泼出这一石高粱来了。"

谈完，孙老大问明天可不可开始浇。贺成贵说：

"你看我的地还有二亩多没浇完哩，大小子又赶着车走了，只有我和媳妇动弹。就靠我两个，这二亩多地总得两三天。你要等不及，明天你先帮我一天。赶紧点浇完，后天你就能用井了。"

孙老大明知这是额外的负担，可也没办法推掉。棉花多旱一天是一天，为了早浇水只好一口就答应下。站起身来，没说别的话，转身就走。他只觉得头昏脑涨，深一步浅一步地走回家去了。

四

这天下午，贺万山粗粗在村里调查了一下，就发现好几家单干户生产上和生活上有困难。晚上，社里召开了个社务委员和生产小组长联席会，专门讨论帮助这些单干户的问题。开头，大家对这事并不怎么热心，甚至有的人说："劝他们入社不入，这阵有了困难活该！""他们有困难又没向咱社里提，咱还端上饭碗往他们嘴上喂？"

贺万山等人们静下来以后，说道："这些人春天没入社，是因为他们思想还没通，没有亲眼看到农业社的好处。咱们把社办好了，他们自然会跟上来的。今年他们是单干户，说不定明年就会变成积极的社员。"又说："从自己起头，平素对这些单干户们就不关心，甚至看不起他们，这样他们有了困难就不好意思向社里提，怕羊肉吃不上，空落一身骚气。主动帮助他们解决困难，对他们就是个具体教育，更显示了农业社的优越性。如果看到他们跌倒不扶一把，他们生产搞不好，国家也要受损失……"

经贺万山这样一讲解，大家都没意见了，都同意扶他们一把。接着就一家一家讨论：有的单干户生了病，地没人锄，大家决定帮他几个工，等他好了以后再给社里补；有的缺口粮，眼下就揭不开锅,有人当时就自报把自己的余粮借给他们,等秋后再还……

当讨论到把水井借给孙老大浇地的事,会场上突然静了下来,都"吧嗒吧嗒"抽烟,满屋子弄得烟雾腾腾,你看看我,我看看你,谁也不说话。僵了有一袋烟工夫,坐在炕沿上的田二虎说道:

"帮助别的单干户,我没意见。说到帮孙老大,尿他也没空!"

田二虎反对帮助孙老大,并不是他和孙老大私人有什么过不去,他主要是气不过孙老大对农业社的那种态度。他觉得说农业社的坏话,比打自己的脸还难过。因此今天收工回来,碰到孙老大用社里的井浇地,他就带头拦阻了。回来以后,虽然知道了是社长答应借给他的,可是田二虎从心里不赞成这件事,他觉得就是把井里的水挑了倒在河里,也不让这号落后分子用!

田二虎一说完,好多人都接着说开了:

"让他受一年困难吧,跌上一跤就知道痛了!"

"反正旱死他那五亩棉花,国家也受不了多大损失!"

"不能那样说,不管多少总是损失!"

"按他对农业社那样子,就不应当管他;要说到生产受损失,也可以帮他一把!"

"你这是怎么说的?那号落后分子,你帮了他,他也不领情!"

"他再落后,总不是敌人。咱慢慢教育他!"

"要他先向咱检讨,检讨好了就帮助他。"

"检讨?他是鸭子转生,肉煮烂,嘴也是硬的!"

"依我看,他嘴上不认错,心里也有点后悔!"

人们齐声说话,互相争论,满屋子乱乱哄哄吵成了一锅粥:有赞成帮助的,有主张不管的,也有摇来摆去拿不定主意的,吵了半天,也没说出个七长八短。

正在这时候,田二虎的媳妇李玉梅推门进来了,一进门就冲着田二虎说:

"人家社长把井借给孙老大使,你为什么拦住不让?你知道这一下闹成什么了?"

屋子里马上静了下来,人们都望着李玉梅,听她说下文。李玉梅说:"孙老大急得没办法,就去借贺成贵的井,贺成贵要一石粮食,还要先帮他把地浇完。"

贺万山忙问道:

"你听谁说的?"

"他婆姨刚才去我家借火钵子,亲口对我说的。还说孙老大气病了,头疼,毛驴也上了火,她急得直哭!"

李玉梅说完,贺万山接上说道:

"大家都听见了吧?单干户跌倒了,咱们不去拉一把,富农就要动手拿刀子杀剥了!人家盼的就是这机会!"

他望了众人一眼,见大家都很注意听,接着又说道:"孙老大一心要想发横财,结果碰得头破血流,落到了这步田地。他思想落后,对农业社态度不好,这些都是实情,可不管怎么说,他总是咱们农民弟兄,咱们不能看着他又变成土改以前的老样子。

帮助单干户解决生产上的困难，不只是为了国家增加收入，这也就是和资本主义做斗争！"最后一句话他说得特别有力，这个意思是他刚才听了李玉梅的话，才意识到的。

这时会场上又吵嚷开了，有的说贺成贵太狠心；有的说早就应当对单干户们关照一些；有的说过去只是和单干户们赌气，就没有想到这么多的事……最后大家一致同意把井借给孙老大，并且可以用社里的人工牲口先帮他把地浇了，别的问题以后再说。

田二虎本来是坚决反对帮孙老大的，半天也没说话，这时忽然站起来说：

"我给他连夜浇去！不能让富农杀剥他！"说完，匆匆忙忙跑出会场，在马棚里拉了头驴，就到地里去了。

五

第二天，天刚闪亮，贺成贵就吆喝孙老大去帮他浇地。孙老大头昏脑涨半夜没有睡着，浑身少气没力不想动弹，可是一想到那五亩棉花，就什么也顾不得了，只好挣扎着起来。一出大门，只见贺成贵正在门口等他。贺成贵说：

"早上凉快好干活，早浇完我的，就能浇你的了！"停了一下又说："老大，你先扛上辘轳前头走吧！我回去拿张铁锹就来！"

孙老大扛起辘轳，迈着沉重的步子往地里走，一路上心里很难过，他觉得好像又和八年前的日子差不多了。

"唉，他娘的……"

孙老大走到贺成贵地边上，不由得扭头朝自己地里望了望。这一望使他大吃一惊，只见全片地都已经浇过了，最后一条垄沟里还满是水，有的地方不断冒泡，棉苗的叶子全都舒展开了，油光锃亮。孙老大正在惊奇，忽然看见田二虎拉着社里的毛驴，从井台上走过来了，说道：

"昨天下午我们态度不好！"

这一来孙老大什么都明白了，心里说不出是什么滋味，又感激，又高兴，又惭愧……不知为了什么，不由得眼里涌出了泪水，愣了半天才说道：

"唉，我……他娘的……"

正在这时，贺成贵扛着铁锹来了。孙老大一见贺成贵，才想起肩上还压着个耧铲，怪不得觉得很沉。他把耧铲往地上一搁说道：

"咱们各走各的路吧，他娘的！"

贺成贵看了看这个阵势，什么话也没说，扛起耧铲边朝自己地里走，心里边骂道：

"好你个贺万山，又堵死老子的道！"

韩梅梅

/// 马烽

去年十一月间,我离开甄家庄农业社,回县上去汇报工作。半路上路过双河镇,我想顺便到完小里去看看。因为春天我在这个镇子上工作的时候,常去完小里翻阅书报,认识了几位老师和一些同学。

我一进校门,就碰上了语文教员吕萍。吕萍是我们县里的模范教员,又是人民代表。前几年,她在城里上中学的时候,我们就认识。这是一个热情的青年,我记得她毕业的那年,正好县里新建立起两座完小,缺少教员。教育科动员毕业的同学们做教育工作,大家都不愿意干,嫌这工作没前途,当时吕萍第一个报了名。后来别的同学有的上了大学,有的当了机关干部……一些当了教员的也后悔了,想着另找事。可是吕萍还是安安心心地做她的教育工作,除了教课,还负责学校里青年团的工作。这几年来她工作得很有成绩，成为我们县里教育界受尊敬的人物了。

这天，她见了我，没说了三句话，就问我说："老马，最近写什么新东西没有？"没等我回答，她接着又说："我供给你点材料好不好？"

我笑着说："这有什么不好？"

她也笑了，忙把我引到屋子里，就让座，就倒水，随后就从抽屉里拿出几封信来，对我说：

"这是我们学校今年暑期毕业的一个同学写给我的。你也认识她，叫韩梅梅。"

我边思索，边说："名字好像挺熟，记不起是哪一个来了。"

"怎么忘了？你不是还称赞过她的作文吗？"

这一说我想起来了。韩梅梅是一个十七岁的女孩子，瘦高个子，梳着两条长长的辫子，平素不爱多说多道，心里却很有点主见。她别的功课都平平常常，只有作文很出色。我看过几篇，文字很通顺，内容也很好。我记得有一篇是写她们村子这几年的变化，全篇充满了对今天农村的热爱。她是小贤庄的，以前我去过那里，她爹我也认识，是个犟脾气老汉，没有儿子，就这么一个闺女，看得像宝贝一样贵重，常和村里人说："我讨吃也要供我梅梅多念几天书。如今男女平等，有了本领，女的也一样办大事。"我想起这些事来，不由得问吕萍："梅梅现在做什么？"

吕萍笑了笑说："信上都写着哩！"她把信整理了一下递给我。这时正好打了上课铃，她说："我还有一堂课，你看完等我回来再走。"她说完，拿上教材，匆匆出去了。我便打开这些信，一封一封开始读。

一

亲爱的吕老师：

我没有考上中学，我们村张伟也没有考上。张伟是城里二完小的学生，也是今年才毕业。今天我俩相随着到城里中学门口去看榜，从头到尾看了两遍也没有我们的名字，当时张伟"哇"的一声就哭了。十六七岁的小伙子在大街上哭哭啼啼，真没意思！引得街上好多人都站住看他，大约他也觉得有点难为情，一扭身独自跑回村里去了，一路我都没追上他。

说真心话，没考上中学，当时我心里也不怎么痛快，可是我没有哭。哭有什么用呢？我觉得能升学当然很好，升不了学，做别的工作还不是一样？我记得临毕业前，你在最后一次团的会上，给我们讲过这样的话："……考不上中学就参加生产。在今天新社会里，不管做什么工作都有前途；只要把工作做好，对建设祖国就有贡献。"吕老师，我相信你的话是对的，所以我也就下了这样的决心——参加农业生产。

可是……吕老师，当我回到村里的时候，唉……

我一进村，就看到关帝庙门口有一伙人，他们见我过来，都盯着看我，叽叽喳喳，低声议论。不用问也是在说我咧。张伟在我前头回来的，显然他们已经知道我们落榜的消息了。我走过去，只听李玉清说：

"嘀！咱们的女秀才烤焦了。嘻嘻……"

好多人都跟着笑了起来，我不由得脸上热辣辣的。李玉清是我们村里说俏皮话的能手，专爱揭别人的短。我没有搭理他，一直就走回了家里。

一进院子，只见全家人正在树荫下吃午饭，他们见我回来，脸色都变得不好看了。我娘叹了口气，我奶奶鼻子里哼了一声，我爹把胡子一翘，盯了我一眼说：

"丢人！给老子活败兴！"

亲爱的吕老师，家里人这样对待我，我可受不住啦，鼻子一酸，不由得就哭了。我爹"砰"的一声把半碗饭往桌子上一搁，震得调羹、钵子、咸菜碟都跳了几跳，粗声粗气地说道：

"做下有理的了！还有脸哭！"

我娘看着我很难过，忙劝我爹说：

"你少说两句好不好？梅梅心里好过吗？"

我爹没答话，端起饭碗，悻悻地到街上吃去了。我爹一走，我娘安慰我说：

"快洗洗脸吃饭吧！还要哭得上了火哩！你还不知道你爹那脾气。"

这时，我心里也责怪自己："哭什么？连这点委屈也受不起？"后来我就不哭了，洗了脸就坐下来吃饭，心里不住地想，应当怎样向他们解释……

过了一阵，我爹回来了，看样子火气下去了一些。他把空饭碗放在桌子上，在我对面坐下来，边掏出烟袋来抽烟，边问我：

"你打算怎么办？"

"参加农业生产。"我随口这样回答。

"种地？"我爹胡子又翘起来了，气呼呼地吼着说，"老子省吃俭用，供你念书识字为了个甚？为了个甚？"

我奶奶也接上说："哼！我早说什么来？一个闺女家念什么书！果然是能成龙变虎？这不是念了五六年啦，还不是把钱白扔了！"

我知道，他们供我念书是这么个想法：盼望我多学点本事，将来做阔事，赚大钱，全家跟上享荣华，受富贵。如今听我说要种地，当然要生气了。我当时心平气和地说：

"奶奶，有了文化，种地也用得上，再说我爹年纪也大了，家里也没人劳动……"

"老子不少你那几个劳动日！"我爹抢着说。

"爹，你说我不参加劳动做什么？就在家闲着吗？"

我爹被我问住了，半天没说话，只顾低着头抽烟。这时，正好农业社打了上工钟，他拿起锄头边往外走，边说：

"唉！没出息的东西！"

我爹一走，我奶奶也叨叨开了：抱怨我爹供我念书，抱怨我没考上中学，左一个没出息，右一个没出息。我没有理她。帮我娘刷了锅，一气就跑到了农业社里。

人们都上地去了，办公室里只有三个人：社长韩全有，会计张润年，另一个是喂猪的云山爷。只听云山爷说：

"你们早就应该添一个人，添了一个多月啦！还是我独自己，你们就是光会应许，光会应许！"

社长说，他已经动员过好几个妇女了，谁也不愿意喂猪，谁都嫌这工作脏。要说派男社员吧，又要浪费一个全劳动力，再说地里的活还忙不过来咧！他正说着，一扭头看见了我，就忙着和我打招呼。我把我的来意说明以后，他们都高兴极了。社长说：

"咱们社里正缺少人手，特别缺少有文化的人。你来参加工作再好也没有了。"停了一下又说，"你愿意做点什么？随你喜欢挑吧。"

我说："由你们分配吧，做什么都可以。"

社长想了半天，又和张润年低声商议了一阵，然后对我说：

"梅梅，我看你当保管吧，你觉得怎样？"

"我没有意见，"我说，"不过我当了保管，韩二锁又做什么？"

社长说："我们动员他去喂猪。你做保管合适，这工作还比较轻省点！"

看得出来，他们是诚心要照顾我，可是我听了并不特别高兴。吕老师，在学校的时候，你常教导我们："一个青年团员，应当到最艰苦的岗位上去！"我为什么要挑轻松的工作呢！当时我想：别人都不愿意喂猪，难道韩二锁就愿意吗？为什么自己不去干，而要推给别人呢？再说韩二锁做保管工作已经熟悉了，自己反正做什么也是从头学起。我想来想去，觉得自己应当做这工作。后来我说：

"我就喂猪吧！免得又把韩二锁调来调去。"

"你喂猪？"他们齐声说，都吃惊地望着我。云山爷还笑了笑说："梅梅，不说别的，光那股臭味就把你熏跑了！"

我也笑着说："云山爷，熏不跑你，就熏不跑我。"

起初，他们以为我是随便说说，都劝我还是当保管好。后来见我很坚决，社长就答应了，并且对我说：

"梅梅，这群猪是咱们社里很大一笔财产。这担子可不轻啊！"他还说："工作上一定会碰到一些困难，碰到困难就想法子克服，什么工作也不是一帆风顺的！"

事情就这样决定了。晚上，团里还开了个欢迎会，大家都鼓励我好好工作。吕老师，从今天起，我是农业社的一个正式社员了。我想你看了这封信一定会高兴的……

敬礼！

你的学生　韩梅梅
七月二十五日晚

二

亲爱的吕老师：

你的来信我不止看了一遍，你的每一句话，都能鼓励我去克服困难，对我有着很大的教育。这一个时期，我在工作上确实碰到了一些困难，也苦恼了几天，后来在团的帮助下，都顺利解决了。现在，我把我这一个时期工作的情形，简单向你报告一下：

我们社里大大小小总共有四十六口猪，都关在一个大猪圈里，怪不得谁也不愿意做这工作，看了都叫人恶心。圈里到处是粪、尿、污水、烂泥……足有一尺深，猪就在这里边过活，每只猪身上都沾满了这些脏东西。再说那股气味，啊呀！又酸又臭，到处是红头绿蝇。有些人路过这里，都是捂着鼻子跑。开头几天，我实在也有点闻不惯，特别是刚吃完饭的时候，一闻到那股怪味，不由得就想呕吐。在猪圈跟前待上半天，身上的衣服都被熏臭了……这工作虽然又脏又累，我倒还可以咬着牙忍受下去，最使我苦恼的是另外一些事情。

自我在农业社喂了猪，我爹对我的态度更坏了，一见我就凶声凶气地骂："下贱骨头！"我奶奶也常叨叨："一个闺女家和牲畜打交道，不嫌丢人！"我娘虽然没骂我，可是见了我就叹气。村里有些人对我也是议论纷纷，第一天我去喂猪的时候，远远站了好些人看稀奇，有几个妇女还叽叽喳喳地说："看，高等学生喂猪啦！啧啧！""可惜了材料啦！""没出息！"……说什么话的都有。当时我只好装没听见，仍旧干我的活。可是心里却气极了。家里人骂我不要说了，村里人也这样小看我。那几天我的情绪很不好，心里觉得很委屈，简直有点灰心了。大概我们团支书张润年（社里的会计）也看出我的苦恼来了。有天，他和我谈了很久，他说："做工作不能光要人说好，有时候免不了要受一点窝囊气。只要自己是为了大家，想把工作搞好，就是挨几句骂也要干下去，迟早大家总会了解的。"他还说到我们社刚成立的时候，也有很多人说过风凉话，嘲笑过，可是后来农业社办好了，那些人也都人进来了。那天，我半夜都没睡着，翻来覆去地想，我下定决心要坚持下去，不管人们说什么话。我觉得受不起委屈也是一种个人主义，吕老师，你说对吗？

从这以后，我还是每天照常工作，过了几天，人们也就不再说什么了。我心里老想着怎样能把猪喂好，怎样尽到自己的责任。我想应当把猪圈卫生工作搞好，改变这个环境。要不然，这样下去猪也会生病的。后来我就和云山爷商量，把猪圈清理清理。我满以为他一定会赞成，可是谁知他说："我早说过你做这事不成么！闻不惯这股味道吧？"我说："云山爷，我闻惯闻不惯倒是小事，要紧的是猪也应当讲点卫生。弄得干干净净，猪也少生灾害病。"云山爷说："脏猪脏猪，天生下就是种脏东西，你还能把它'卫'了'生'？我活了六十多岁啦，从来也没听说过猪还讲什么卫生！"他一口咬定猪天生爱脏，干净不干净没关系。

这次谈话是失败了，因为自己讲不来很多道理。可是我并没泄气，下定决心非把他说服了不可。那几天，我暗暗做准备工作，一有空闲就翻阅社里存的旧报纸。我想报上一定会有养猪经验这一类的材料，后来果然找到了两篇，而且有一篇专门是讲猪的卫生工作。我像得了宝贝一样，赶忙拿去就给云山爷读。报上除了说道理以外，还举了两个具体例子：有一个农业社养着一百多口猪，由于卫生工作做得好，二年来没有一口猪生病；另一个社恰恰相反，七十多口猪，去年夏天瘟死了十口。云山爷听我读完，自言自语地说："哦，报上也这样说啦！"我说："报上说的都是实情实理，咱们的报绝不能骗咱们。"他说："是啊！是啊！"我见他心眼有点活动了，忙又说："把猪圈弄干净，对全村卫生工作也有好处，听说周围几家邻居早就给社里提意见了。"他说："是啊！人家很不满意。"这天我和他谈了很久，云山爷终于同意了，并且我们还商量好这次把猪圈彻底清理一下，以后就按报上的办法，训练猪在一定的地方大小便，经常注意卫生工作。我高兴得差点要跳起来，可是马上又想到了新的困难：猪圈这么大，脏东西这么多，光靠我们两个人，恐怕一个月也弄不完。而且云山爷还是个跛子，根本不能干重活。说是找社长派人帮助吧，又觉得说了马上也办不到，因为那阵地里活还忙不过来咧！我愁得没办法，后来就去找团支书张润年商量。他听了我们的计划很高兴，并且提议发动团员们利用晚上的时间，进行义务劳动。当天晚上，团里就开会讨论这个问题，大家都赞成。特别有两个团员更加积极，因为他们就住在猪圈隔壁，这一夏天臭得真够受了。第二天，我们就动了手。那几天正好有月亮，我每晚一边和他们劳动，一边教他们唱歌，大家又说又笑，干得很起劲。开头几天，只是男团员们，后来人越来越多，连一些年轻姑娘们也参加了。大家一连干了五个晚上，把圈里的脏东西都挑到村边的粪坑里，拉来几车黄土把圈垫平，把猪棚底下的卧草都换了新的。我又和云山爷把猪赶到小河里都给洗了澡……现在一切都弄好了。我们每天清理两三遍猪圈，这样就可经常保持清洁，并且已经开始训练它们在一定的地方大小便。这可是个困难工作，它们不听话，不过我相信，慢慢它们就会习惯的。

村里人对猪圈的这个改变很满意，周围几家邻居都高兴地说："梅梅算办了件好事！"可是也有人说什么："新官上任三把火！""把猪圈修成金銮殿，猪也变不成公主！"李玉清就说过这一类的俏皮话。

你问张伟吗？他自从那天看罢榜回来，一直就没上街，不愿意见人，整天躲在家里哭哭啼啼。他爹娘怕他气病了，天天给他做好饭吃。前些时候，我去看过他一次，脸色很不好看，眼肿得像红桃。我劝他也参加农业生产，他摇着头说："我丢不起这份人！"并且还对我说："真想不到你去喂猪，那有什么前途？"我说："做什么工作都是为祖国服务……"我还没说完，他就很生气地说："别说了，我没你进步，谁爱表现谁表现去！"我听着气极了，一扭身就跑出来。后来我们团支书张润年去动员过他两回，我们社长也去劝过他，可是一点作用也没起。再后来听说他逼着他爹粜了一石麦子做盘缠，到太原找事去了。前天，他娘拿着他从太原寄回来的一封信，满村夸耀，碰到识字的人就让人家念，碰到不识字的就说："我家张伟在省政府找下事了，是省政府啊！"那封信我也看过，到底找下什么工作了，信上没说。

我爹和我奶奶听到这个消息，又眼红人家，又生我的气，每天少不了冷言冷语敲打我。由他们说去吧,现在我更不在乎了,反正我有我的老主意。再谈。

敬礼!

你的学生　韩梅梅

八月二十三日

三

亲爱的吕老师:

请你放心吧,我决不会因为那么一点点成绩骄傲自满。实际上那也不是我一个人的功劳。你给我寄来的那些关于养猪的书,我都看了,有时还读给云山爷听。我以前只当喂猪这事很简单,看了这些书,我才了解这是一门很大的学问,越学越感到自己的知识不够。要把猪喂好,真不是件容易事。就比方猪的饲料问题吧,谁知有那么复杂:猪也需要有各种养料,也需要钙、磷、维生素什么的。可是我们以前光是喂粉渣,遇上一天粉坊里粉做得少,粉渣不够喂,就得掺一些粮食。这样,浪费了粮食,猪还喂不好。现在我们的办法改变了,除了喂粉渣,还喂一些野菜、野草、玉茭棒、西瓜皮……这样一来,能节省很多粮食。

这件事开头的时候,同样也碰到了一些困难。首先,云山爷就不怎么相信。他笑着说:"梅梅,你隔不了几天就要变个新花样啦!你见过谁家用秸草喂猪?"我说这是别的地方的经验。他说:"又是报上说的吧?报上的话不可不信,也不可全信。猪不是吃草的畜生啊！你喂它也不吃。"我说："有几种草猪吃，我已经试过了，你要不信马上看看！"确实我是试验过了。因为我估计到他不亲眼见了不相信。所以前一天我就到地里拔回好多灰条（一种野菜）和别的几种草来，喂给猪都抢着吃，当时我特意留了一些，让云山爷亲眼看看。云山爷看了之后，半天没言语，随后说："这么多猪，十个人割草也供不过来！"这确是个问题，后来我就把这意见反映给社长，社长高兴极了，他说："正愁缺少喂猪的粮食咧！这可是个好办法。"他发动社员们每天上地回来，大家捎带挑些猪草，我也每天抽空到各家收集菜叶子等能喂猪的东西。后来好些人家自动就把这些东西送来了，种西瓜的吴德厚老汉，还把瓜园里的西瓜皮积存起来，每天回村吃午饭就担回来送给猪吃。社里还计划秋后利用空地，专门种几亩萝卜、白菜喂猪。现在我们的猪，生活大大改善了，人们都说这一个月来长得特别快。猪的数目也增加了。前些日子，有一口白母猪，一胎下了十二个猪娃。它们像一团团白绒球，好看极了，谁见了都喜欢，我和云山爷更是爱得不行。刚生下来的时候，我们用温水都给洗了澡，奶不够吃，就熬一些稀粥喂它们。我还和云山爷轮着看守了几夜，怕母猪压死它们。因为今年春天下的猪娃，一夜就给母猪压死了四口，这是多大的损失啊！这回云山爷和我决心要把它们都好好养大。

中秋节以前，我们社里杀了一口大肥猪，分给了社员们过节。那天，我看到自己亲手喂起来的猪被杀了，心里不由得有点难过。

后来自己也觉得好笑，猪本来就是让人吃肉的动物，不杀还养老不成？另外，社里的运输组还把五口大猪赶到太原卖了，换回一架轧花机来。因为今年我们棉花种得很多。

　　卖猪的人们回来说，他们在太原碰到张伟了。张伟原先是在省政府的一个机关里当勤务员，现在又到机器厂做工去了。他嫌当勤务员没出息，他说那是侍候人的差事。这几天，他娘又整天在街上和人们说："我家张伟当工人了，你们知道如今工人是最吃香的。听说工人是领导！"

　　吕老师，我觉得不管做什么工作，只要能钻进去，就会越干越有趣。现在我对我的工作就很满意。村里人对我也不小看了。连李玉清见了我都不那么嘲笑了，并且背后还和别人说："如今做什么事也离不开文化，有了文化，猪都能喂好！"村里有些养猪的人家，还常来找我谈养猪的事，我也常给他们读那些小册子。今天上午，还有双河镇农业社的一个妇女来找我，要我给她介绍养猪经验。我有什么经验啊？我们的猪喂得好，主要就是采用了科学办法，这些办法都是书上报上的，又不是我创造的。可是她非要我谈不可。后来我和云山爷给她谈了一上午。她说他们因为没有注意卫生工作，今年夏天病死了三口大猪和五口小猪，她还说回去一定要按我们这样做。

　　敬礼！

你的学生　梅梅
九月三十日

四

亲爱的吕老师：

好久没给你写信了。这个时期，我们社里忙着秋收，每天天不明人们就上地了，一直到天黑才回来，谁也顾不上挑猪草了。我和云山爷每天要把猪赶到掘过的山药、红薯地里去放，而且又添了两窝小猪，时时要人照护。另外经常还有人到我们这里来参观，座谈养猪经验……我和云山爷都忙得不可开交，有时连饭也顾不上吃。

现在秋收已经结束了，前天晚上才开完社员大会。会上选出了五个生产模范。他们把我也选成模范了。我算什么模范！我觉得我的工作做得并不算好。对养猪的事情还很不精通，有好些知识我还不知道，有好多该做的事还没有做，可是他们非选我不可。我知道他们是为了鼓励我，希望我成为一个养猪的能手，这是多么光荣的任务啊！

农业社的账目结算了。我总共挣了有七十多个劳动日，分到一千多斤粮食。吕老师，这是多么快乐的事啊！这是用我的劳动换来的，我过去是依靠父母来生活，现在我靠自己劳动能够过活了。

我爹今年一年才挣了一百多个劳动日。我前两封信上，都没有提我爹的事了，现在让我补着告诉你吧。我爹自从我喂了猪，不是给过我好多难看吗？后来经过社长和我们团支书的劝说，虽然再没骂我,可是他情绪很不高,整天愁眉苦脸,有时地也不上。他告诉我娘说劳动得没劲,没有什么指望。他本来一切希望都放在我身上,结果我当了个养猪的,他泄气了。有时整天坐在家里生闷气。他本来不喝酒,可是如今也断不了喝二两,一喝了酒就摔盆打碗,要不就蒙上被子睡大觉。平素看见我把头一扭,连话也不想和我说。吕老师,你想想,我爹这样对待我,我心里多么难过啊!我只好尽量忍着。这几个月来,我除了吃饭睡觉,很少在家里待。有时我也觉得我爹有点可怜,我是可怜他受旧社会的影响太深,他自己是个庄稼人,但他却看不起体力劳动。不过我相信他总有一天会明白过来的。

那天社里开社员大会,我爹没有去参加,晚上开完会我回来的时候,我娘早已回来了。我在门外就听我娘对他说:"你知道咱梅梅分了多少粮?一千多斤,快顶上你多了。"我爹没有说话,只听我奶奶吃惊地说:"啊!一千多斤?真没料到。"接着又听我娘说:"这阵村里谁不说咱梅梅有出息。我在街上碰到人都对我说:'有文化做什么都不一样,看你梅梅多有本事!'今天会上,大家还把咱梅梅选举成模范啦!"我爹还是没开腔。我进去的时候,只见我爹蹲在炕头上低着脑袋抽烟。我说:"爹,我想籴点粮食,买两口小白猪娃,咱们家捎捎带带就喂大了。"我爹说:"你想买就买,粮食是你赚下的。"他没有看我,可是语气不像以前那么硬了。我说:"都是全家的财产,我怎么能随便拿主意。"我奶奶说:"这是好事嘛!两口猪喂大至少能换四五石粮。"正在这时,我们社长来了,一进门就高兴地说:"梅梅请客吧!这么大的事还不请客?"我不知道他指什么说,我们家的人也都发愣了。随后社长才说,刚才接到了县上的通知,派我到省国营农场去受训,学习饲养猪的新方法,一两天内就要动身。我听了高兴得差点跳起来。我娘、我奶奶也喜得合不住嘴。我爹没说话,呆呆地望着我,忽然眼里涌出了两颗泪珠,他哭了。我还从来没见我爹哭过哩!他哭着说:"梅,爹对不起你,这几个月来对你……"他没有说下去,我已经完全懂得了他的心思,我不知为什么,不由得哭了。我娘见我们哭,也哭了,我娘是个顶爱哭的人,平素见别人哭都要陪着流眼泪。我哭着,心里却很高兴,很痛快,说不来那种甜蜜滋味……

今天我准备了一天,我的工作暂时交给了周玉娥。周玉娥是我家对门的一个年轻姑娘。今儿下午团里开会给我做了鉴定,大家都希望我好好学习,精通业务。我决不会辜负国家对我的培养。

开完会,在街上碰到张伟从太原回来了,我们都高兴地跑过去和他打招呼。有个团员还热情地说:"咱们的工人老大哥回来了,给咱们报告报告工厂的事吧!"可是张伟什么话也没说就回家去了。后来我们才知道他已经离开工厂,不干了。嫌当工人脏,累,不随便,说:"还不如种地哩!"这山望着那山高,看不起劳动。这种思想很不对。团里准备今后要好好帮助他解决这个思想问题。

吕老师，明天我就要走了，到了那里再给你写信吧！
敬礼！

            你的学生　梅梅
            十一月十二日深夜

  我一口气把这些信都看完了。仿佛韩梅梅就站在我的面前，不由得引起我对她的敬仰。她正像她的老师吕萍同志一样，那么勇敢，那么坚决，很少在困难面前低过头，屈服过……

  不一时，吕萍回来了，一进门就对我说：“看完了没有？怎么样？能不能供给你做点写作材料？”

  我说：“用不着我费工夫写，这些信本身就是很好的文章。应当送到报馆去发表，让所有的青年同学们都知道：任何成绩，任何荣誉，都不是顺手捡来的。”

卖鸡

/// 李束为

在往红武镇赶集去的大路上,走着一个年轻的女孩子,看去有十七八岁的光景,怀抱一只白母鸡。和她相随的,还有个七八岁的小女孩,是来买饼子看热闹的。她们是亲姊妹,大的叫改改,小的叫娥娥。姊妹俩一面走路一面说话。

妹妹问:"咱这白母鸡要卖多少钱哩?"

姐姐说:"妈妈叫咱们到集上问个行情。"

妹妹又说:"卖了鸡要给我买饼子哩!"

姐姐说:"妈妈不是给了你钱吗?这母鸡说不定卖不了哩!"

姊妹俩说说道道,不觉一阵儿来到红武镇的村口。赶集的人已经来多了。她们正要坐下休息,一阵锣鼓和唢呐的声音猛然间响起来。妹妹急忙去看。不多一会儿,一顶四人抬的花花轿子抬出村来,从改改的面前抬过去了。随后,娥娥跑到姐姐面前,指手画脚地说：

"好怕人呀！一个身子不大大的女子就出嫁了。"说时，两眼瞪得圆圆的，脸上表现出一种叫人可怕的神情。她急口地说下去："那女子不上轿，一个老汉把她抱出来，填到轿里了。我还听见那女子哭哩！"

改改心里一惊，也就安静下来。她想，如果不和妈妈吵那一架，辞退了那桩亲事，恐怕也会像刚才出嫁的那个女子似的，叫人家强迫填到花轿里，一辈子哭鼻子流眼泪。

她家姓白，是在这次土地改革中翻了身的。家里原也贫寒，全凭租田借地熬日月，一家人终年劳动，常是少吃没穿。所以改改十岁上，娘老子使唤了人家五十元彩礼，卖给了一个比改改大二十岁的买卖人。主家催了几次要娶，只因改改不愿意，寻死上吊，才没娶成，直到最近，改改才提出解除婚约。为了这事，改改讲了许多道理，要死要活，使得妈妈生气。但妈妈总是疼女儿，所以也就同意了改改的主张，把五十元的彩礼退给了那家。不过，在先妈妈不答应。那时改改也起了火，说：

"成天还说亲女子，如今把我往崖底推哩！我又不是个牲口，为甚要卖我哩！说好说歹我不去。谁拿了人家的钱，谁去跟人家过日子。你们箍迫我，咱就去代表会讲理。要不，我就死给你们看。"

改改是个有志气的女子，逼得妈妈不得已地说：

"愿找个瞎子，找个聋子，一概由你，如今世事也变了，娘老子管不下儿女了。连那个小的，长大了也由她去，我们操心操够了。"

改改跳出了苦海,再看看刚才哭着上轿的女子,不由得心里一笑。

哪个人都有一点子秘密。改改也是有个秘密的。那就是她早就看上了对象。那后生是刘家沟的青年委员,叫个刘再生,家里原是个贫农。后生倒是挺精干,只是因家里苦寒,如今二十三岁了,却从没人向他提过亲事。改改和刘再生认识,是在去冬土地改革的时候,那时刘再生到她村开过几次会,悄悄地说过两次话。说了些甚,别人也不大清楚,只是风风雨雨地听人说,两人挺对事,改改给那后生还缝了烟荷包。因为改改的那桩倒运亲事没退下,所以闹得他两个挺着急。订婚结婚的事也从没提起。直到如今,两人还是"起山的云彩爬山的雾,他二人闪在为难处"哩!

最近改改退了亲,又听说有人给刘再生说婆姨,改改心上确实着了急。没见那人的话又不好说出口,所以没事寻事,就抱了只鸡来赶集。那本意当然不是卖鸡,只是摆样罢了。如果有人问起,就说是卖鸡也好遮羞。

姊妹二人坐在村口休息,猛不防背后有人问道:

"这两个女子是哪村的?"

姊妹二人回去看时,原来是个老婆婆。那老婆婆不等回答,又问:"这母鸡可是卖的?"

改改说:"是咧!"

老婆婆伸手过来说:"叫我揣摩一下,看下蛋不?"

娥娥抢过来说:"可肯下蛋哩!一天一个,勤谨得多哩!"

老婆婆揣摩了一顿,白母鸡"咕咕"地叫了几声。看样子,老婆婆好像很满意,就问多少钱,改改心里咯噔了一下,出口就要了八万(旧币制),老婆一听要八万,眉头一皱,说:

"哎呀呀!你到集上来问问,有八万的鸡没有?你是不多来赶集吧!八万块能买个凤凰了。有三万也卖得了。"

争执了一顿,那老婆婆大概很爱上了那大母鸡,出到四万。改改却是咬住八万,少了不卖。她们又争了一回,还是闹不成,姊妹二人抱上鸡走了。老婆婆想道:"可是个好鸡,就是太贵了。"想罢,也就走开。

姊妹二人来到集上走了一阵。改改只顾四下瞭望,却忘了自己是个卖鸡的。有个老汉一连问了几声,改改都没听见,那老汉走到改改跟前大声问道:

"你这鸡怎价卖哩!"

改改转身过来,那老汉又说:"我那老婆成天闹得要买一只母鸡!"说着凑近看鸡,就问价钱。改改就要八万。

老汉瞪起眼说:"怎么?有八万的鸡吗!八万块可以买只羊了。"

改改说:"你去买羊吧,这鸡少了八万不卖。"

老汉说:"三万卖得了。再多了只好把它抱回去哩。"说罢,看看改改不想卖,也就作罢。

这正是八月,离中秋节只有几天,离秋收已只半个月了。集上除了瓜、果、梨、桃、月饼之外,收秋的农器家具的买卖也比往年多,那些卖东西的人,很会揣摩农民的心思;农民翻身以后,农器家具也比往年多买些。因此,集上的人格外多。改改领着娥娥在集上来回走了两趟,人是不少,却寻不见刘再生,心里早有些发急。谁知买鸡的就有那么多!走个三五步就有人问。改改在先一口咬定"八万",打发掉了那些买鸡的。后来嫌麻烦,人家问时,她却说:

"这鸡不是卖的,是买来的。"

这街道本来很窄,两旁又摆了各种各样的小摊子,街道上总是你碰他,他碰你的。姊妹俩走乏了,想找棵树下休息一会儿。忽然一闪,有个年轻的后生从改改身旁闪过去了。改改转身看时,却只是个后背。改改心慌了,意乱了,急忙追上去,看了看,原来认错了人!只好再走自己的路。

姊妹俩买了些苹果坐在墙壁下的一块石头上休息,一面吃苹果,一面谈话。

娥娥想起刚才姐姐卖鸡的事,就问道:"姐姐,你怎不卖这鸡哩?"

改改没防备娥娥问起这话,急得一时说不出来,头一抬,哎呀!来了!

刘再生急急忙忙走来。快走近时,改改不高不低地咳嗽了一声。那后生就被那咳嗽吸引过来。改改掏出钱打发娥娥去买饼子。改改的那双眼睛从来没有今天这么有用处。那眼睛好像对刘再生说:"好神神吧!你怎价才来哩!我等你一前晌了。如今才算等着你。"

一男一女的两个青年人,怎好在这热闹地方说话哩!到村外去吧,说话倒是挺方便,那恐怕要落闲言哩。情急生智,虽然在这人来人往的集市上,也能说话哩。改改眼盯着刘再生走来。他四下一瞭,来来往往的人好像都在看他两个。改改的心跳得噔噔的,眼看着刘再生,一时没话说,于是就先说鸡。

改改高声问:"你买鸡吗?"然后悄悄地说:"过来些!我有告诉的。"

刘再生走近些,也高声问:"这鸡要卖哩?"

改改高声说:"是咧。"低声又问:"你怎才来哩!"

刘再生高声说:"这是老母鸡吗?"随后也低声说:"过个三五天,我参战走哩!"

改改高声说:"这母鸡可正下蛋哩!"随后低声说:"听说你问婆姨哩!我可退了那桩亲事了。"

刘再生说:"如今还没定音哩。"随后又高声问一句:"这鸡多少钱哩?"

改改高声说:"八万!"说罢,大胆地四下一瞭,她瞭见来来往往的并没人管他们的闲事,所以就又大胆又小心地谈起来。

改改说:"我那亲事退了,我等你哩!"这话刚说出口,羞得脸都红了,红得如同石头上放的那苹果似的。改改又说:"回去找媒人吧!"

刘再生满心高兴"嗯"了一声说道:"如今我参战走哩,来不及,等我回来吧!"

改改说:"怎来不及,你不说再过三五天才走吗?这事怎难办哩!找个媒人,一天就办了,如今订下,回来结婚。"

刘再生有甚不愿意?就满口应承,明天打发媒人去。

改改正要问话,刘再生说道:"今儿来迟了,要寻个铁匠修我的刺刀去哩!"

改改又问:"你参战走,有盘缠吗?你把这鸡拿去卖了,路上好花。"说着就把鸡送到刘再生的怀里,那鸡又"咕咕"地叫了几声,好像很高兴。刘再生来时带着两万块钱就掏出来给改改,改改怎也不要,那后生故意大声说:"不少了,两万块卖得了!"

改改没法,只得接在手里。眼送刘再生走去,她无意中一瞭,却瞭见刚才那两个买鸡的老婆婆和老汉汉,站在那边,指手画脚地不知说些什么。

娥娥买饼子回来,二人就起身往回走。刚走到村口,那老婆婆和老汉汉迎面走来。

老汉汉说:"你卖东西是为怎哩!三万不卖两万倒卖了。"

老婆婆说:"你给她三万还有可说,我给她四万还不卖哩!人家那后生出了两万就买走了。"

改改本不想和他们争吵,后来越听越难听,不得不分辩一下,她问他们:

"谁说两万,我卖了八万!"

老婆婆说:"我问过那后生了,他说两万价买的。你们讲买卖时,我就看见了。"

改改想:给这些老糊涂也说不清,不如赶快走了吧!有好气没好气地说:"鸡是我们的,我们想卖给谁就卖给谁。"

说罢转身就走。只听那老婆婆在背后说道:

"一来就出四万她怎也不卖,到罢和那后生圪圪捣捣了一阵。啧啧啧……这还像个话哩!我年轻时,老人们从不叫到集上来。"

老汉汉说:"如今好活了年轻人了。"

老婆婆又说:"如今的年轻人,管也管不下了。我给我那小子问下个媳妇,他怎也不要,不知道要怎呀!"

老汉汉说:"唉唉!你的脑筋比我还顽固啦!如今的年轻人,怎说也比咱这一辈的好,快死的人啦,管那些作甚?"

改改穿过那些嫉妒的、羡慕与同情的眼光,又听见这个老人的说话,高高兴兴回到家中。第二天,刘再生果真打发媒婆来了,三言五语说成功。媒婆说:

"如今讲自由啦!我这媒人也成了聋子耳朵——摆设哩!"

那是个能说会道的媒婆,说得改改一家人哈哈大笑。

十年前后

/// 李束为

去年冬天,我在山头村工作的时候,开始是住在独身汉赵满满的土窑里。那眼土窑是在村边子上,窑洞非常潮湿,后窑掌上塌了桌面大的一块土疙瘩。窑顶用些乱木石撑架着,看去很危险。赵满满在这土窑里住了很有几年了。他有一口小铁锅,是给人家推磨赚来的。还有一个毛口袋,天凉了当盖的,天暖了当铺的。还有一些破破烂烂的什么东西和乱七八糟的圪针柴草堆了半窑洞。

初来这村,村公所通信员把我引到赵满满的窑洞里。通信员对他说我要在他窑里住。赵满满马上手忙脚乱起来,扑过来,扑过去,忙着整饬窑洞。他说:

"村里好窑好房有多少,怎么要住我这光棍窑哩,唉!唉!活得不像个人!连个猪圈还不如哩!"

我告他说穷苦人家都是这样,没办法闹得干干净净,不必着急打扫。他哪里听,只顾把那一堆柴草和圪针往窑外拥。霎时间,闹得满窑灰飞尘扬。我帮他把柴草拥出窑洞以后,我就拿起笤帚扫地,被他一把夺过去,说:

"这可不是你们做的营生。"

一会儿,他又给我烧水,因为窑洞潮湿,又刮着老北风,炕洞子也多年不修,走风透气,溜了一窑洞烟。我听他在窑洞里大声骂道:

"老爷爷穷了,火神爷也不抬举啦!用着的鸡就杀不死了!"

赵满满在窑里骂灶火不快,骂锅子太小,骂火柱太短,骂老鼠掏了他的炕洞,窑里的东西几乎叫他骂遍了。我告他说,我不想喝水,不必烧了,他却不听。我一面听他大骂,一面听见火柱捣得炉台"咚咚"响,到后来,赵满满把火柱往门外一扔,就从窑里跳出来,炉烟熏得他两眼发红,口口声声抱歉。

"嘻!嘻!同志,实在没法。穷得连口水也不能叫同志喝,这还算个人家!活着还不如死了好哩!"说着,眼泪簌簌落下,圪蹴在门口唉声叹气。

虽然不久以后,他就搬到地主的油笔彩画的窑洞里,我初来时的印象,却永久难忘。我花了很多工夫从别人口里和他口里,到底了解了他的身世。

赵满满原初是个租地户,也有婆姨和孩子的。赵满满的地主是张家山的张万千。赵满满就在张万千手里栽了跟头。

有一年地主张万千来收租,赵满满看着把他的米快装完了,心里疼得如刀割似的说:

"财主老人家,不多了,留下几颗吧!我们吃上,明年好给你老人家受苦,都装走了,明年受不成咧!"

张万千说:"不用你受了。你看看这账吧:年年交不清,年年交不清!光欠租就有三石多,照你这样子,再一辈也交不清。"

赵满满跟着他的粮食,一步不离,从窑里走到窑外,他拣最好听最可怜的话央求地主,地主一口一个"没良心",他看着他的粮食抬到骡子的脊背上,他忍不住了。他追上骡子,用力一推,就把粮食从骡子上推下来,趴在粮食口袋上痛哭。张万千吼了一声"造反了",举起棍子就打,打得赵满满满地打滚。张万千吩咐把粮食驮起,刚走到村口,赵满满早躺在路口等着了。张万千看看没法,就答应借给满满老汉二斗米,叫他跟着去背。到了张万千家,并不是借给他二斗米,却是一顿乱棍把他打出门来。他被打得走不动,就爬回家来。他婆姨见他被人家打成这样子,痛哭一夜。赵满满说:

"这就是咱受苦人的下场。他吃咱家的租子无其数了,不借米也罢。唉……地也夺走了。人家嫌租子少,又加了租,把地转租出去了。"

赵满满一直到第二年开春,才能下炕走动。也没租下地,眼望今秋又没指望,婆姨和孩子,陪伴着他饿成个黄浮,心里就打了卖婆姨的主意。在原先也舍不得,苦熬苦受一辈子,娶下个婆姨，如果卖了，以后怎办？又想道：不卖又怎办？连自己的嘴也糊不住，怎能养活他们！思谋来思谋去，还是要卖。她娘家没人，没人主，卖了也没人说话。只是他的婆姨待他很好，怎么好开口？一直到春困三月，一家三口饿得见了西北风也要吃几口，再也没法了。赵满满就对他婆姨说：

"你跟上我也受够了。与其一家子饿死，倒不如各鸡刨各食，也许能逃个活命，你再寻个人家吧！"

他婆姨不愿意，说是讨吃也要在一搭。

赵满满说："跟上我这穷命，连累得你母子俩饿死，我心上也过不去。说是讨吃，正是春困三月的时候，年时又是荒年，讨吃还能糊住三张嘴咧？你们在一天，我这肩上好比放了千斤担子，你们一走，一来你们逃个活命，二来我也不操这份心了。我生来命穷，就该我一个受罪，就是饿死，饿死我一个，没牵没挂，死了心里也清静。"

婆姨怎也不肯，两口子直是对哭。赵满满心里已经打定了主意，一定要卖他们。人家不给钱也可以，只要他母子能逃个活命也就好了。有一天，他虚说去讨吃，就引上他婆姨和孩子，到了后山，卖给了一家土财主，他在那张文书上，寒心地押了手印以后，就背了二斗米回来，渡过了春荒。

赵满满自从卖了婆姨，自己觉得理短，所以也少和人谈话。他租不出地来，只是靠揽长工打忙工过日子，他不愿在本村做营生，他怕人家问他卖婆姨的事。他多半是到外村做营生。

他对大人们不大说话，对小孩子可亲热啦。他看见那些孩子们笑了是可爱的，哭了也是可爱的，甚至孩子们骂他也不说甚。那些孩子不知从哪里听说他也有个小子，就问他：

"你不是有个狗娃吗？"

"唉唉！对了！人家要叫他活着，如今有你们这么大了，走时才两岁呢。"

他为了和孩子们亲近，下工以后，就把赚来的工钱买许多烧饼，把孩子们引到村外树下耍。他拿一个烧饼问：

"谁摸我的胡子，给吃一个饼子！"

孩子们听说给吃烧饼，都抢去摸赵满满的胡子。赵满满的花白胡子里好像生出了许多小手手，那些小手手就在他的嘴边乱动，他高兴极了。他笑着说：

"一人一个，一人一个。"等到孩子们吃饱了，精神也来了。他就问孩子们：

"咱们该作甚哩？"

孩子们吼道："要筛灰！"

孩子们一齐扑到赵满满老汉身上，七手八脚把老汉放倒，扯腿的扯腿，扯胳膊的扯胳膊，就把赵满满筛一顿灰，直把赵满满筛成个土人。就是这样，他也是高兴的。等他爬起来以后，孩子们都跑了。他自言自语地把身上的土拍打一顿，走回他的窑洞里。他想着他的老婆和孩子，流着眼泪直到半夜，第二天他又去上工。

他每逢想起他的老婆孩子的时候，就买烧饼引逗孩子们，也只有在这样的时候,才是快乐的。但是他没钱买烧饼的时候,孩子们就不跟他耍了。

虽说那些吃屎娃娃不懂事,却有一次大大帮助了赵满满。有一年快过年了,赵满满没钱去担炭,就拿了一把香和一刀黄表去换炭,一出村,就碰上了一群担炭的孩子们,他们就一齐去窑上担炭。那些孩子们有的是拿了钱,多半是用个小口袋装了米或豆子。窑掌柜一个一个把孩子们的箩头装满以后,赵满满就走过去,问能不能用香表换一点炭。掌柜的把头一扭,给了赵满满一个后脑。赵满满说:

"李掌柜,擖下香表,或多或少给我一点炭,过年还没烧的哩。"

赵满满等了一阵儿,李掌柜却说:"我们这里没这规矩。"

赵满满又是说好话,人家叫他另处去说,说是忙得顾不来听这些废话,赵满满气得没法,圪蹴在一边哭了,心里思谋道:"当了个掌柜的就这样威,居了官该怎呀!穷人怎活哩!"他正思谋,一群孩子跑来问道:

"满满老汉,装起没有?怎不走哩?"孩子们走到跟前一看,说:"怎还没装上,我们在路口可等你多时了。"

赵满满就把刚才的事说了一遍,孩子们就把老汉拉到路口,有一个说:

"我给满满老汉两块大的。"

又一个说:"我也给两块。"

又一个说："每人给满满老汉两块炭。"

有一个不愿给满满老汉，说是怕回去挨骂，其余的孩子都抢过来说：

"怕挨骂，就不要吃老汉的烧饼，不要和我们一搭来担炭来。"

那个小孩受到大家的批评，也给满满老汉的箩头里添了两块炭，并且与大家约定，回去谁也不准说。

赵满满担起两箩头炭，高兴得眼泪也抛出来了。一路上，孩子们直骂李掌柜不是人，说说道道回到村里。

赵满满的生活就这样：有时下地，有时推磨，有时和孩子们说笑，有时一个人和他的窑洞吵架。

赵满满就这样地过了十来年，直到如今土地改革的时候才算翻了身。

在分配土地的时候，赵满满的婆姨引着他的孩子忽然回来了。她回来得那么突然，连赵满满都有些不大相信。

那天黑夜，代表们在我住的窑洞里开会讨论分配土地问题，我也参加了这个会议。忽然有个婆姨引着一个孩子走进来，那婆姨衣服破烂不必说了，头发也多时没梳，乱蓬蓬价越发显得瘦了。那孩子也饿得只剩了两个大眼睛。她手里拉了个棍子，问道：

"工作团住这里？"

我问她是不是河西的难民，她说："我们听说分地哩！是从后山回来的。"

代表会主席是个退伍军人，名叫何正身，他问："你有介绍信吗?"

那婆姨又说:"我们是讨吃的,去哪里开介绍信?"

何正身又问:"你是哪村的?"

她说:"我就是这村的,我男人叫赵满满,不晓得还在不在?"

一听说是赵满满的婆姨,开会的人都惊慌了,他们半信半疑地看着她。我们告她说:赵满满翻身了,搬到地主院去住了。她有气无力地说:

"十年来,就盼得个如今哩!"

何正身和我引她到赵满满窑里。赵满满才做饭,何正身一进门就说:

"满满老汉,看我们给你引了个谁来了?"

赵满满猜不透是谁,他把火柱放下,走到他婆姨面前,看来看去,认不清是谁。那婆姨说:

"我们回家来了。"

赵满满心想:这是谁回来了?他疑心起来。他伸手把锅台上的那盏高脚灯端在手里,走过来,支在他十年不见的婆姨面前,仔细看了又看。他看见她不像他的婆姨,却分明又是他婆姨,看来看去,样子虽然变了,确实是他婆姨,当他疑惑不定的时候,他婆姨把孩子推在他跟前说:

"狗娃子,这是你爹!"

赵满满老汉听见这熟悉的声音的时候,他的身子和那盏麻油灯突然地倒下来,这暂时黑暗的窑洞里,只有炉火发出跳跃的闪光。在这炉火的闪光中老两口的脸掩在手里,失声痛哭。

马上我们又把灯点着,赵满满老汉把狗娃子拉过去,搂在怀里,好像怕他跑了似的。他在那里不言不语,用衣襟给狗娃子拭鼻涕和眼泪。

何正身说:"多年不见,见了面正该高兴,怎就哭了。"

我们劝说了一阵,老两口就转哭为笑了。那婆姨说:"谢天谢地,这全是托毛主席的洪福哩!我们总算活出来了。"

不一会儿,男女老少就把窑洞挤满了。那些婆姨们七嘴八舌地问这问那。赵满满的婆姨就把这十年来的苦处告他们,她说:自从把她卖到后山那家土财主家,一天没有两顿饱饭,倒有两顿饱打。人家买下她,就当成长工子使唤,地里受了家里受。人家说狗娃是个吃手,成天打得要卖哩!她看看母子俩活不出,就偷背上狗娃子翻过山到州里讨吃去了。狗娃子长到七岁上,就跟上人家放羊,她自己就揽了工。一直到如今,听说要土地改革分地哩,娘儿俩就一路讨吃回来。

老婆婆们说:"你原初就不该去州里讨吃,恓恓惶惶受了这十来年。"

满满家婆姨说:"哎呀呀,老人家,那时回来有两难哩:一来他爹也养活不了我们,二来那家土财主又要找麻烦,到头也闹不过人家,倒不如逃得远远价。我们在那边也土地改革哩。人家说这里也土地改革,众人起来把地主也闹倒了,土地也分了。前几年还怕后山地主找来,如今他们叫众人闹倒了,还怕甚哩!"

一个老婆婆说:"说起翻身,从前谁敢到这院里来站一站!如今能坐在这窑里!听说毛主席也是贫寒人家出身,扶下不扶上,咱们才得翻身哩!"

有几个婆姨忙着给她娘俩做饭,代表们从保管室拿来了衣服和棉被,并且做了决定:赵满满的婆姨和孩子也同样分一份土地和其他财物。大家高兴极了,窑里充满了快乐的说笑,不知道谁带来了个管子,吹起了很好听的道情。赵满满一家三口,从十几年、几十年的苦难生活中,一步踏进了土地改革后的新社会里,乐得他们也眉开眼笑了。

摘南瓜

/// 胡正

一

李忠旺老汉常常好在人们面前夸两样事情：一样是"我们农业社的南瓜"，一样是"我的好老伴"。

先说他的老伴。

李忠旺和他老伴到一个家里过活，已经四十多年了。结亲时，一身新衣衫也没有给她做。过了几天光景就连锅盖也揭不开了，但她并没有说过一句歪话，不嫌他穷。李忠旺地不多，夫妻俩就下辛苦开荒。回家来，她总是把稠饭给他吃，自己喝稀汤。土地改革以后，他们分到了房屋、土地，夫妻俩劳动得更欢了。有一回，县长到他们村里来检查生产工作，听说李忠旺的老伴劳动好，还到他家里坐了一会，并夸奖了几句。以后，人们有时闲谈起来，说："李大伯这几年的光景闹好啦。"

李忠旺就说："论光景，我老伴要占一半的功劳。"

人们应和道："李婶子就是会过光景。"

"嘿，没有我那老伴，我早给饿死了。"

人们知道他爱夸老婆，就多说几句："李婶子在劳动上也不能说差呀！"

李忠旺忍不住笑了："县长还到我家里来看过她呢！"

再说农业社的南瓜。

他们村里的南瓜，在周围村里原是有名的。自从他村办起农业生产合作社以后，农业社挑选了最适合种南瓜的土地，上的粪多，又让种南瓜最拿手的人专门养种。这样，峪头村农业社的南瓜就更出名了。赶集时，别人的南瓜还没有动咧，峪头村农业社的南瓜早卖完了。

农业社的南瓜是谁专门养种呢？是李忠旺老汉。李忠旺种南瓜，确是一把好手。从年轻时候起，他无论做什么事情，总要往人前走。他是一个爱荣誉的人。天刚亮，有谁碰见他上地，说："李大伯起得真早，天刚亮就下地。"第二天你看吧，天还不亮，他就到了南瓜地里。大家推选他专门种南瓜的时候，有谁说了一句闲话："李忠旺种南瓜自然是好把式，就怕是农业社的南瓜还不如他自留地里的好。"他当时没有吭气，以后，他在自留地里种了几苗南瓜，三天都不去看一回。农业社的南瓜地呢？从下种到出苗、长出蔓藤，到开花，结上南瓜，他每天都不离南瓜地。他以前只种过一亩南瓜，现在呢？种了二十亩，全身的本事都有地方用了。那么一大片南瓜，一行一行的，齐齐整整，均均匀匀。每天不见见他的南瓜，就过不去。就是到外村办事回来，也要绕几步路到南瓜地里去看几眼。地里没活计时，他在家里也闲不住，就拿个小锄，到南瓜地里压压蔓藤，松松土。

过路的人们取笑他："李大伯，这南瓜成了你的第二个老伴啦！"

李忠旺只是笑一笑，仍旧不停手地作务他的南瓜，高兴地听着别人的夸奖："这南瓜长得真出奇啊！"

但就在这时候，却出了一件事情，叫李忠旺老汉很不高兴。

二

一天早晨，李忠旺下地时，发现地边上少了几颗南瓜。他去问社长，社长也不知道。第二天早晨，又少了几颗，而且连他画上记号、留作种子的南瓜，也丢了好几颗。整整半年多的心血，满希望把那几颗最好的南瓜留作种子，明年来一个更好的收成，可是，竟有人做这种事情——拆农业社的台子。虽然这不像解放以前那种小偷，但是"众人的东西不心疼"，这样下去农业社怎么能办好？自己又负的什么责任！但每天守在地里照看也不顶事呀，而且也不是个根本办法。地里的人很多，南瓜地两边都是小路，人们来往不断。特别是那些女人们，从地里回去时，手里总是拿几颗南瓜，也不知道她们是在自家地里摘的，还是到农业社地边上摘的。一时，他竟对那些女人们不高兴起来。女人们路过地边和他说笑时,他也不理她们,只是狠狠地看着她们手里的南瓜。但南瓜又不会说话,也没有写着是谁家的呀!这一想,倒忽然想出一个办法:他就在路边的每一颗南瓜上,在南瓜把柄上,画上记号。

后晌,他坐在南瓜地里,眼睁睁地看着路过南瓜地的人们,天黑以后,他又到村口上,见有人抱着一颗南瓜回来,他就迎上去说:

"你这南瓜长得真好,给我看看。"

又一个女人进村来,他又说:"你这南瓜真出奇,我看看有多重。"

看来看去,南瓜上都没有他画的记号。

这时,刚巧社长和几个社员也从地里回来。他们问道:"李大伯还不回去吃饭?"

李忠旺摇摇头:"顾不上。今天我得看看是谁摘了咱们的南瓜,查出来,好好地用这件事把他们教育一下。"

一个社员不大相信他这种做法:"你在这里也等不住呀,人家不会从别的地方进村去?"

另一个社员却热心地告诉他:"我今天可看见了。刘相成家女人,刚才从咱们南瓜地边上过来,一会走得慢,一会走得快,我仔细一看,她胳膊底下夹的一颗南瓜。"

又一个社员也附和道:"我们一块儿看见的。八成是她。她以前就多一只手,从谁家地边上过一下,庄稼就跑到她怀里去了。"

解放以后虽说改了，谁又能保住老病不犯呢？"

社长说："靠你们说的这情况，就能断定？"

李忠旺说："我能认出来，我到她家里查去。"

社长拦住他说："先不要急，万一闹错了呢？这种事不要一下抓破脸。我看先找人去和她侧面谈一下，最好让她思想上觉悟了，对大家也是个教育。"

一个急性的社员忍耐不住，差一点高声叫起来："我看就是她，她有觉悟不干这种事？干脆，今晚上开会，叫她坦白。"

社长急忙止住他："低声点，叫别人听见，乱传开去多不好。咱们先回去吃饭吧，一会开个社务委员会，先研究一下再决定办法。"

社长和其他社员都回家去了。李忠旺对社长这些办法当然不能满意，但又有什么好法子呢？他也只好回家吃晚饭去了。

三

李忠旺回到家里，他老伴已经给他端上来一碗热腾腾的南瓜和子饭，他虽然心中有事，不大想吃，但碗里的南瓜确是又甜又绵，他老伴又常是笑盈盈地坐在他跟前，他就随吃随说道：

"这颗南瓜真好吃，在哪块地里摘的？"

"在村后那块自留地里摘的。"

"个头大小？"

"够大了。"

李忠旺忽又喜欢起来。自己的自留地不如农业社的南瓜地好，粪也少，作务不到，还长得这么好，要是把这颗南瓜籽给了农业社，那明年定会长得更好。

"籽子还留着吧？"

老伴回道："留着。"

"在哪里？给我看看，好好地放起来。"

"在案板上放着。"

李忠旺走到案板跟前，看看南瓜籽，又看见旁边还有一颗南瓜，忽然，他心里猛跳了一下，仔细一看，一点不错，南瓜上有他亲手画上的记号。一下子，一股火冒上来，但回头一看见他的老伴，火又憋在肚子里，倒吸了一口冷气。

他老伴问道："怎么啦？"

李忠旺一时说不出话来。

老伴又问："到底怎么啦？"

好一会工夫，李忠旺才冷冷地问道："这南瓜究竟是从哪里摘回来的？"

他老伴慌忙走过来："我不是说过，在村后自留地里摘的。你整天忙在农业社，我好容易把自家的南瓜作务大了，你又要胡生些什么枝节？"

李忠旺的火气冒出来了。他把南瓜放在老伴面前，指着南瓜上的记号：

"这是你画上的？"

他老伴没有想到这一层，愣住了。随后，她想了一下，回到炕上去，反正事情已经弄明了，就实说吧，自己的老汉，也不是外人。

"我也不是为了别人呀，看着你忙累一天，回来连一碗香甜南瓜和子饭也喝不上……"李忠旺沉重地"唉"了一声，他万也想不到他的好老伴打了自己的脸。

"为我？你要把我毁了！"

他老伴原想这不过是小事一桩，农业社有那么多南瓜，摘几颗有什么要紧？隐瞒着，或者敷衍过去也就算了，不想他这么大惊小怪，这么认真。而且，多半辈子，他还没有这么难为过她。她好像受了委屈似的说道：

"你就知道你那两颗命根子，以前咱那儿子生了病，你也没有费过这样大的辛苦，到如今，连个一男半女也没有……"

一提到死去的儿子，老汉也心痛起来：

"唉，不要提儿子啦，那时候咱没钱看病呀，你这不是没来由活冤枉人？"

"我冤枉你？你就是说得好听，原初我说慢一步参加农业社吧，摸不清以后的利害，不知道里头的规矩。你是一定要参加，说什么到了社会主义，还能吃上牛奶、面包。哼，如今吃两颗南瓜都像造下罪似的。"

"谁不叫你吃南瓜？可是……"

"谁像你，这么为公众操心，人多了，轮到每个人名下，才能损伤多少一点?"

"唉!"李忠旺伤心了,他也不看她,只是低着头说,"我现在才知道,你还没有和农业社一心。以前,我看见你在农业社劳动挺好,总以为你对农业社好,不想,你单是为了自己赚劳动日,并不管农业社好坏。咱们都上年纪了,你我常说:咱们无儿没后的,没个靠,好容易有了农业社,有个靠头,老得不能动时,也不用发愁了。可是你还没有下上辛苦把它养壮,倒……"老汉不愿意在老伴面前说出不体面的话来。想起一年来他和其他社员们辛辛苦苦办社,而自己常常夸口的老伴,却来拆自己的台,成了绊脚石,他心里难受得不愿意再多说了。

他老伴也不说话了。她真的觉得自己错了。想起老汉对自己的好处,想起老汉对农业社的尽心,想起老汉的为人,想起自己对农业社、对老汉,却做了这错事,心里一阵酸痛。

老汉听着老伴哭起来,一时又心疼她,又怕外人听见,要是忽然间社长来了呢?

"不要哭了,哭顶什么事!"

"那……你要我怎么办呢?"

这句话把老汉也问住了。怎么办呢?自己去告诉社长,报告自己的老伴做了这种事?去不得!不去说,社务委员们正开会为这件事费心,还怀疑到别人身上。万一真的要开大会……老汉心乱了,一时没了主意。

他老伴忽然坐起来,用劲擦了眼泪,走到案板跟前,提起那颗南瓜。

李忠旺奇怪了:"你做甚?"

"我给社长说去。我认错,改过。还有三喜家妈,也偷摘过农业社的南瓜,我也要劝她坦白、改过。"

李忠旺心里的愁云一下子晴开了,高兴得热烘烘的。还是自己的好老伴啊!她自己去,对的。知错、认错、改了错,当然就好了。社长也会高兴的,农业社又前进一步了。

但他老伴走出门去时,李忠旺又忽然叫道:

"站住!"

"又做甚?"

"你就说是你自己想通的,不要说是我查出来,动员你啊!"

他老伴没有吭气,照直走了。老汉又追到门口,才站住,一直到看不见他老伴了,他还在门口站着。

长篇存目

赵树理《三里湾》

孙犁《铁木前传》

马烽、西戎《吕梁英雄传》

后 记

《百年乡愁：中国乡土小说经典大系》是张丽军教授作为首席专家的2021年度国家社科基金重大项目"百年中国乡土文学与农村建设运动关系研究"的资料选编成果。项目团队核心成员田振华、李君君等参与了全过程选编工作，张娟、沈萍、彭嘉凝、陈嘉慧、姚若凡、胡跃、林雪柔、徐晓文、宣庭祯等参与了编校工作，在此对他们的辛勤劳动表示感谢！

在具体编撰过程中，本套"大系"还得到了张炜、韩少功、周燕芬、王春林、何平、孔会侠、苏北、育邦、刘玉栋、刘青、乔叶、朱山坡、项静等作家与学者的大力支持与帮助，在此深深致谢！

需要特别说明的是，因为选入本套"大系"的作品跨越百年之久，在文字、标点等方面，我们在充分尊重作家初版本的基础上，依据现代语言文字规范统一做了修订。

编 者

2023年7月4日